Titre original : *Thunderhead*

Mary O'Hara

Le fils
de Flicka

Traduit de l'anglais
par Hélène Claireau

Calmann-Lévy

1

À l'intérieur des fermes parois de chair qui le tenaient captif, le poulain ruait rageusement. Il refusait de naître, les violentes contractions des murs de sa demeure qui se faisaient sentir inopinément dérangeaient sa longue croissance paisible et le mettaient en fureur. Alors il se déplia et rua à plusieurs reprises.

Il ne désirait aucun changement. Là où il était régnait une douce obscurité, rien n'attirait ni ne tentait sa vue. Là était la sécurité, rien de fâcheux ne pouvait l'y atteindre. Il trouvait sa nourriture sans effort malgré son ignorance, il avait la plus douce des couches ; son élasticité amortissait tout heurt. Il ne désirait pas naître. Cent fois déjà il avait fait obstacle au travail d'enfantement ; sa mère s'était résignée et avait continué à le porter. (C'était la belle jument alezane nommée Flicka, appartenant au jeune Ken Mc Laughlin du ranch de Goose Bar.) Elle était restée debout patiemment dans le pâturage des Écuries juste au-delà des corrals, bougeant à peine. Et chacun dans le ranch, Rob et Nell Mc Laughlin et les deux garçons, Howard et Ken, et Gus et Tim, les employés, allait régulièrement la voir chaque jour pour constater qu'elle se tenait toujours tranquille, devenant de plus en plus grosse, la vivacité de sa nature ardente muée en une sombre rêverie. Si quelqu'un s'approchait d'elle par-derrière, elle se mettait à ruer.

Les hôtes du ranch eux aussi allaient la contempler. L'un d'eux dit à Nell :

– C'est la jument la plus énorme que j'aie jamais vue.

– Pas si énorme, objecta Nell. Elle le paraît parce qu'elle porte un poulain qui aurait dû naître au printemps et que nous voici presque arrivés à l'époque où les garçons doivent retourner au collège à Laramie, sans qu'elle ait encore mis bas.

Ils convinrent que cela se voyait de temps à autre et chacun avait un cas semblable à citer.

On se demandait comment serait le poulain. Ce serait certainement un bel animal, grand, fort et bien constitué.

La jument en gésine était couchée sur le sol. Le poulain, quoi qu'il fît, était impuissant. Les violents remous se succédaient à intervalles réguliers, et il était retourné en tous sens comme par des mains habiles jusqu'à ce qu'il prît la position d'un plongeur, les sabots de devant étendus devant lui, sa petite tête reposant dessus.

Alors, pour la première fois, il sentit la douleur, et il se serait débattu, il aurait rué s'il avait pu, mais il était maintenu dans un étau et ne pouvait bouger. Une forte pression s'exerçait de tous côtés. Il eut la sensation de ramper dans un couloir et glissa soudain dehors pour toucher terre avec un choc.

Au premier moment, dans la membrane qui l'enveloppait, il se trouva à l'abri de l'air et de la lumière ; puis la jument se releva et tourna autour de lui ; à l'aide de ses dents et de sa langue, elle le dépouilla de la membrane et il commença à respirer.

À partir de ce moment tout ce qu'il connut fut la douleur, car respirer le faisait souffrir et s'il ouvrait les yeux d'aveuglants éclairs le blessaient. La terreur s'empara de lui lorsque des coups de tonnerre martelèrent ses tympans ; il réagit en émettant de petits vagissements étouffés et en essayant de se redresser. Une pluie glaciale coulait sur lui à flots. Le sol sur lequel il était couché ruisselait.

Sa mère le lécha et le relécha. Cela le réchauffait et fit circuler le sang dans tout son corps. Il désirait ardemment se rapprocher d'elle et il se débattit pour se mettre debout, mais la force lui manquait encore. Le ciel était pour lui sans pitié. Plusieurs orages s'amalgamaient après s'être accumulés dans les vallées et être remontés jusqu'à ce pic élevé des montagnes Rocheuses dans le Wyoming. Des masses de cumulus violacés se heurtaient et éclataient en détonations qui ébranlaient la terre. De larges bandes lumineuses d'un éclat intolérable sabraient l'espace du zénith à la terre. Mais il y avait à proximité un refuge pour le poulain et il le savait. Ses faibles efforts pour se relever se firent plus vigoureux. Sa mère l'encourageait en le léchant. Son désir d'atteindre le chaud abri du corps maternel se fit de plus en plus violent ; il fallait l'atteindre.

Ainsi, bien avant la fin de l'orage, le poulain s'était mis sur ses pieds. Il suçait la tétine chaude et gonflée, et la récente expérience du danger et de la douleur commençait à l'instruire. La chaleur et le lait n'étaient pas seulement une nourriture. Ils lui donnaient des transports de joie.

Ken Mc Laughlin cherchait sa jument. C'était un garçon de douze ans avec une tignasse de soyeux cheveux châtains qui retombaient sur des yeux bleu sombre, où passait tantôt le reflet d'un rêve, tantôt une ombre. Il restait debout près des écuries à regarder la place où Flicka aurait dû être et, la voyant vide, n'en croyait pas ses yeux, car plusieurs fois par jour, au cours de ces derniers mois, depuis qu'il avait cessé de la monter, il était allé voir si elle avait mis bas, et jamais elle ne s'était éloignée de sa mangeoire. Cet après-midi, elle s'était tenue près de la mare d'eau fraîche formée par l'écoulement de l'auge de l'écurie, mais à présent il n'y avait pas trace de la bête.

Ce qui signifiait, Ken le savait, que le moment de mettre bas était venu et son cœur bondit plus vite. Elle était partie se cacher, comme le font les animaux laissés libres, pour donner le jour à son poulain sans témoins de ses efforts, de sa souffrance et de sa victoire.

Comme le garçon hésitait, scrutant le bois de pins qui bordait la prairie, son esprit travaillait. S'il avait été, lui, à la place de Flicka et qu'il eût voulu se cacher, où serait-il allé ? Et aussitôt il se dirigea vers le bois. Ces bois clairsemés et sans broussailles couvraient l'éperon rocheux du pâturage à l'endroit où il descendait en pointe vers le nord jusqu'au ruisseau nommé Deercreek qui le bordait. La colline, par places, était si abrupte qu'elle formait des falaises basses d'où pendaient des pins tordus. Leur base était creusée de cavernes. Ken et Howard connaissaient chaque mètre de ces falaises en terrasses. Ils s'y étaient promenés à pied et à cheval. Flicka et Highboy, leurs chevaux de selle, les connaissaient aussi et s'étaient habitués aux sentiers escarpés le long desquels ils devaient descendre en glissades, jambes ployées, leurs cavaliers accrochés sur leur dos comme des singes, s'agrippant à leur crinière pour ne pas être désarçonnés.

Flicka pouvait être dans n'importe lequel de ces étroits

sentiers, de ces poches, ou bien cachée dans l'un des petits vallons au pied de la falaise. Elle les connaissait tous. Ken s'élança vers le bois. Il commençait juste à pleuvoir. Le garçon parcourut d'un regard indifférent le ciel, refusa de reconnaître l'avertissement qu'il y voyait en se disant que ce serait une simple averse dont les arbres l'abriteraient, et il commença ses recherches.

De temps en temps il s'arrêtait et appelait : « Flicka, Flicka », puis écoutait dans cet état de tension que chacun ressent lorsqu'un appel demeure sans réponse.

Ces soirées de septembre, le jour se prolongeait presque jusqu'à huit heures. Mais cette soirée-là était sombre, et déjà, sous certains arbres, des trous d'ombre se formaient que Ken examinait longuement avant d'être sûr qu'il ne s'y trouvait aucun être vivant.

La pluie tombait comme des grains de plomb sur le sol. Bientôt Ken entendit au-dessus de lui le long roulement de tambour qu'il connaissait bien. Soudain le vent rugit. La masse sombre des nuages se rapprocha de la terre, s'ouvrit et déversa des torrents d'eau. Les éclairs étincelaient, le tonnerre grondait.

En traversant l'espace découvert d'un vallon, Ken essuya le plus fort du déluge ; vite il se précipita sous le retrait d'un rocher en forme de plateau qui formait à sa base une caverne peu profonde. Un petit lapin de garenne s'était assis là, gentiment, à l'abri ; l'irruption de Ken le fit fuir. Hors d'haleine, le garçon contempla le spectacle, les bras autour de ses genoux relevés avec une expression d'exaltation sur son visage ardent.

Il tombait de tels torrents d'eau que bientôt le sol fut détrempé. L'eau ruisselait entre les arbres et du haut des falaises tombait en cascade. Un assez gros ruisseau se forma sous l'abri de Ken, et en un instant il fut immergé et trempé. Il roula dehors, suffoquant, riant et secouant la tête pour rejeter l'eau qui lui pénétrait dans les yeux. Puis, comme il ne pouvait se mouiller davantage, il décida de ne pas tenir compte de l'orage et se remit à la recherche de Flicka.

Était-ce que le vent fraîchissait ou que la pluie devenait grêle ou neige ? En tout cas, son chandail mouillé semblait de la glace contre sa peau tandis qu'il trottait par les sentiers entre les arbres. Souvent, en septembre, il y avait des tempêtes de neige sur les sommets des Rocheuses, et il paraissait s'en préparer une à présent. Là-haut, aux grandes altitudes, il neigeait un jour, et le lendemain il faisait un temps d'été.

Ken trouva Flicka dans un petit vallon au pied d'une falaise que coupait le plus étroit des sentiers. Elle se tenait sous un arbre en surplomb, protection insuffisante contre la pluie ; quand il vit le poulain à côté d'elle, il ouvrit de grands yeux. Jamais un poulain blanc n'avait vu le jour au ranch de Goose Bar. Il pouvait à peine y croire. Il en avait la bouche sèche et une sorte de boule dans la gorge. Flicka ! Le poulain de Flicka, son premier-né ! et non seulement clair, mais blanc ! Il en était bouleversé.

Doucement il appela la jument par son nom. Elle tourna la tête et il s'approcha d'elle.

Elle considérait le poulain avec inquiétude. Ken le regardait en écarquillant les yeux dans l'obscurité grandissante. Blanc et étroit, la tête baissée sous la pluie battante, il se précipita vers sa mère ; on aurait dit qu'il allait tomber à la renverse d'un moment à l'autre.

Flicka émit un son qui tenait du grognement et du hennissement; Ken comprenait son langage, il savait qu'elle avait froid, qu'elle était malheureuse et inquiète pour son poulain. Tous deux auraient dû être à l'écurie, avec un seau de bonne pâtée chaude. Il se demandait si le poulain pourrait suivre sa mère le long de cet étroit sentier et il flatta la jument pour l'encourager à tenter l'ascension. Elle ne voulait pas bouger. Ken lui mit sa ceinture autour du cou et la conduisit. Le petit s'efforçait de suivre en vacillant, mais n'y parvenait pas. Flicka se retourna et le vit arrêté. Elle était contrariée. Ken enleva la ceinture passée à son cou; elle redescendit vers son poulain et le lécha. D'une manière ou d'une autre, il fallait faire gravir le sentier au poulain. Ken se demanda s'il serait capable de le porter ou de le tirer. Souvent Howard et lui, luttant avec les petits poulains au cours de dressage (c'était une partie du travail de leurs vacances d'été), nouaient leurs bras autour de l'un d'eux et le soulevaient. Howard avait promené ainsi l'une de ces petites bêtes aux longues jambes pendantes. Mais celui-ci était un poulain de taille exceptionnelle. Ken hésitait. Sa main sur le cou de Flicka, il s'approcha du poulain et lui parla doucement:

— Allons, allons, mon petit bonhomme, je ne te ferai pas de mal, n'aie pas peur; ça va, Flicka, je ne ferai pas de mal à ton petit, tu le sais bien.

La jument était nerveuse et inquiète, et, quand la main de Ken lui effleura le cou, le poulain poussa un cri aigu et se débattit pour s'enfuir.

Ken passa les deux bras autour du corps mouillé, glissant de l'animal, et le tint ferme; mais le soulever était autre chose. Tout en parlant à Flicka, qui le mordillait avec nervosité, Ken déploya toute sa force. Tout à coup il eut dans les bras un petit démon qui battait l'air en ruant, et qui découvrant ses quatre petites dents le mordit au bras.

Ken le laissa tomber. Flicka se rapprocha et lui fit un rempart de son corps. Ken jurant à mi-voix se tenait l'avant-bras mordu et comprenait qu'il lui fallait du secours.

Il gravit le sentier.

Gus et Tim, aussitôt la vaisselle du dîner lavée, avaient pris le pick-up pour se rendre au bal dans la grange de Summervale, à Tie Siding. Les parents de Ken dînaient en ville chez le colonel Harris. Il n'y avait personne au ranch à part lui et Howard, et c'était sur lui que pesait cette lourde responsabilité, puisque Flicka lui appartenait. Et puis ce petit poulain, précisément ce poulain... À l'idée de tout ce qui dépendait de lui, les pieds de Ken accéléraient leur course, et ses yeux exercés à observer et à scruter la nature examinaient le ciel et les nuages, sondaient l'orage.

Le vent changeait ; il soufflait en direction de l'est et – oui – comme il l'avait redouté, chaque goutte prenait consistance, autour d'un petit noyau, et devenait de la neige. Elle le frappait au visage, l'aveuglant presque. Le vent changea ; sa modulation s'éleva jusqu'au hurlement, fouettant les branches des pins.

Mais Ken n'avait pas froid, la surexcitation le réchauffait et lui donnait des ailes. Il atteignit les écuries, descendit le long de la gorge jusqu'à la maison et fit irruption dans la cuisine chaude où Howard, féru d'athlétisme, lisait d'une voix bourdonnante un passage de la brochure intitulée *Hercule*.

– Le poulain de Flicka est né ! Aide-moi à le rentrer ; il est dans la prairie du bas. Au pied de cette falaise rouge, celle que toi et moi chevauchions en tous sens !

Ken reprenait souffle et Howard le dévisageait. Howard ne se pressait jamais. Il jeta un regard encore sur les pages ouvertes devant lui sur la table et continua de lire : « Je transformerai votre vie — le succès dépend de votre développement physique. »

— Allons, Howard ! Viens !

Howard ferma la brochure et se leva de sa chaise.

— Ne veut-il pas suivre Flicka le long du sentier ?

— Il ne le peut pas, c'est trop raide. Il a essayé, mais il ne peut pas.

— Bon Dieu ! dit Howard. Quoi faire ? Il peut mourir s'il reste dehors dans cette tempête toute la nuit.

— Nous le porterons ! cria Ken. Viens. C'est pour ça que je suis venu te chercher. Il le faut.

Ken courut vivement vers la porte, mais Howard hurla :

— Hé là ! arrête ! tu es complètement trempé. Commence par te changer.

— Oh ! je n'ai pas le temps ! lança Ken depuis la porte. Allons, viens. Et après, même si je suis mouillé ?

Howard retourna tranquillement à la table :

— Rien à faire. Si tu ne te changes pas, je ne bouge pas. Je ne vais pas me faire gronder parce que tu vas encore attraper une pneumonie.

Ken lui lança un regard désespéré. Howard parlait sérieusement et s'était effectivement assis. Il se remettait à étudier le corps noueux de l'Hercule de la revue.

Ken revint en courant au milieu de la pièce et arracha ses vêtements ; il les laissa là en tas et s'enfuit de la cuisine complètement nu. Howard entendit le bruit sourd de ses petits pieds nus dans l'escalier. Bientôt il redescendit en courant, les bras pleins de vêtements et d'une serviette-

15

éponge. Devant le feu, il se sécha, enfila tricot, culotte, chaussures et fut prêt à partir. Leurs suroîts et leurs cirés étaient pendus dans l'entrée.

Les deux garçons montèrent en courant le long de la gorge. En passant devant l'écurie, Ken hésita.

– C'est un vrai petit diable qui rue, il faudra peut-être l'attacher, en fonçant dans l'écurie.

– Apporte une lanterne ! cria Howard.

Ken émergea avec deux longes, un licou, une corde pour Flicka et une lanterne d'écurie.

La température baissait rapidement ; le visage de Ken brûlait de son feu intérieur et du froid mordant du dehors, mais il ne s'en apercevait pas. Il ne pouvait penser qu'au poulain blanc.

Glissant par l'abrupt sentier, ravin creusé par la pluie dans la falaise, ils retrouvèrent la jument et le poulain tels que Ken les avait laissés.

– Blanc ! s'exclama Howard en s'arrêtant net comme l'avait fait Ken.

– Viens ! dit Ken avec impatience.

Habitués à ne jamais effrayer les animaux, ils ralentirent le pas et parlèrent doucement à la jument afin de la mettre en confiance. On voyait à ses yeux qu'elle était effrayée et inquiète. Mais quand Ken s'approcha, elle appuya la tête contre sa poitrine, geste d'abandon qu'elle lui réservait, geste disant clairement qu'elle comptait sur lui. Il la tint pressée contre sa poitrine et lui dit qu'ils étaient venus pour les emmener au chaud à l'écurie – elle et son poulain – et qu'on ne leur ferait pas de mal.

Il lui passa le licou et laissa tomber la corde. Puis, ensemble, les deux garçons essayèrent de saisir le poulain, mais il se mit à crier et à mordre. Il semblait posséder une douzaine de jambes, tant il donnait de coups de pied.

Soudain Howard glissa et tomba. Le poulain lui aussi perdit l'équilibre et s'affaissa ; Flicka se retourna nerveusement et se pencha vers lui. Ken se jeta sur le poulain.

— Ici, Howard ! dit-il en gardant tout son calme. Attache ses pattes de derrière ensemble pendant que je le maintiens sous moi. Y arrives-tu ?

Howard réussit à le faire, puis Ken roula de l'autre côté ; les deux garçons lièrent les pattes de devant et se relevèrent essoufflés tandis que Flicka, penchée sur le corps prostré de son poulain vagissant, grognait avec anxiété.

— Nous ne pourrons jamais gravir ce sentier en le portant, dit Howard en allumant la lanterne. Il pèse une tonne. Je n'ai jamais vu un poulain aussi rageur ni aussi fort !

— C'est vrai, fit fièrement Ken, il a aussi de bonnes raisons de l'être, il a été enfermé là-dedans une année et deux mois rien qu'à se nourrir et à grandir ; écoute, Howard, il faudra le hisser sur Flicka. Elle le portera.

— Il tomberait, objecta Howard pas convaincu.

— Je monterai dessus, moi aussi, et je le tiendrai. Tu pourras la guider.

— Comment l'y mettrons-nous ?

— En le soulevant.

Howard accrocha la lanterne à une branche d'arbre, et les deux garçons, prenant dans leurs bras le poulain qui se débattait, le hissèrent sur le dos de sa mère.

Flicka tournait la tête, suivait leurs mouvements et semblait prévoir l'instant où elle recevrait son poulain sur le garrot, mais, tout en tenant la tête tournée pour voir ce que les garçons feraient ensuite, elle se calma.

– Aide-moi, haleta Ken, appuyé à son flanc tout en maintenant le poulain à sa place.

Howard mit son genou et sa main en position et Ken grimpa derrière le poulain.

– Peux-tu le tenir ? demanda Howard.

– Oui, je crois…

Ken, penché par-dessus le poulain, s'accrochait à la crinière de Flicka. Howard prit la lanterne, ramassa la longe de Flicka et partit en avant.

Flicka savait exactement ce qu'elle devait faire. Et la petite procession monta en zigzag jusqu'au sommet de la falaise, s'arrêtant de temps à autre pour reprendre haleine ou pour permettre à Howard de lever haut sa lanterne et de reconnaître le chemin au milieu du tourbillon de neige qui les enveloppait.

Le poulain reposait en travers du garrot de Flicka comme un sac de farine.

La première partie du voyage fut la plus rude. Quand ils l'eurent effectuée, ils se trouvèrent en terrain plat et marchèrent rapidement vers les écuries. Flicka hennit de joie quand l'odeur familière atteignit ses narines. Quand elle fut dans sa stalle et que les garçons eurent détaché le poulain et l'eurent posé par terre, elle se pencha sur lui, le renifla, le lécha et émit cet appel grave, doux, mi-hennissement, mi-grognement, par lequel une jument rassure son petit.

Le poulain se releva, trébucha, se secoua, puis chercha la tétine. Rencontrant l'os de la cuisse à la place, il le mordit sauvagement et rua de colère.

– Regarde-le ! s'écria Howard. Quel méchant petit diable !

Ken ne dit rien, mais observait avec inquiétude. Enfin le poulain trouva la tétine.

– Reste ici, Howard, veux-tu ? demanda Ken. Je vais aller lui préparer sa provende [1]. Tu pourrais lui donner de la paille fraîche.

– Je vais la bouchonner [2], proposa aussitôt Howard.

Et, comme Ken quittait l'écurie, il chercha un sac bien sec et frotta le dos ruisselant, le cou et les flancs de Flicka.

Une demi-heure plus tard la jument et son poulain, contents, secs, à leur aise, avaient une épaisse litière de paille fraîche sous eux, et un seau de provende pour Flicka attendait dans la mangeoire.

– À présent elle va bien, dit Howard à la porte de l'écurie. Viens.

Ken prit un air dégagé et déclara :

– Je vais attendre qu'elle ait fini de manger. Va. Ce ne sera pas long.

Howard hésitait, observant son jeune frère dans son coin, appuyé à la mangeoire presque sous la tête de la jument.

– Bon… je pars en avant, je vais faire du chocolat chaud. En veux-tu ?

Howard savait à merveille faire le chocolat et les œufs frits, il aidait sa mère à la cuisine.

– Et comment ! dit Ken.

Mais il restait assis sur le bord de la mangeoire, regardant sa jument, et Howard sortit en fermant la porte derrière lui.

1. Mélange d'aliments donné à certains animaux, notamment aux chevaux.
2. Frotter un cheval avec un bouchon de paille.

2

Ken, immobile, écoutait s'éloigner les pas de Howard. Il entendit la barrière du corral s'ouvrir et se refermer en grinçant. Maintenant ils étaient seuls, la jument, le poulain et lui-même. Une douce quiétude régnait dans l'écurie où flottait une odeur de foin et de chevaux.

Ken était assis sur le bord du râtelier près de l'auge dans laquelle il avait placé le seau de provende ; la jument y plongea les lèvres, mangea avec avidité puis leva la tête et mâcha en regardant Ken, ses longues oreilles pointées en avant. Elle avait de bons yeux brun doré très expressifs. Sa tête intelligente n'était qu'à quelques centimètres de celle de Ken. Il lissa la mèche blonde qui pendait entre ses yeux, murmurant son nom de temps à autre. Elle détourna la tête pour regarder le poulain endormi. La lanterne pendue au poteau n'éclairait qu'à demi la stalle.

Ken, lui aussi, observa le poulain. Maintenant qu'il avait réussi à le mettre en sécurité à l'écurie, la surprise et le souci éprouvés au premier abord l'envahissaient à nouveau. Que d'ennuis cela allait créer ! Un poulain blanc issu de Flicka ! Un poulain né sur le ranch de Goose Bar où tout le monde connaissait Banner, le grand étalon alezan qui engendrait le lot annuel des poulains.

Le tourment de Ken se reliait à une série d'événements presque désastreux, survenus les années précédentes, auxquels lui-même et une certaine race de chevaux avaient été mêlés.

Cette succession d'événements conduisait directement au petit poulain blanc couché là si innocemment sur la paille fraîche ; leur début remontait au temps où un étalon sauvage de la plaine, nommé l'Albinos à cause de sa couleur blanche, avait enlevé une jument du ranch de Goose Bar. C'était la pur-sang Gypsy, l'une des premières juments de Rob Mc Laughlin.

Il l'avait achetée lorsqu'il était cadet à West Point et s'en servait pour le polo. Quand, promu capitaine, il avait démissionné de l'armée afin de faire de l'élevage, ils furent trois à venir ensemble dans l'Ouest pour s'établir au ranch de Goose Bar : Rob Mc Laughlin, Nell, sa jeune femme, originaire de la Nouvelle-Angleterre, et la jument noire Gypsy. Rob acheta d'autres juments et constitua son fonds d'élevage. Puis, un printemps, Gypsy disparut.

Le ranch de Mc Laughlin n'était pas le seul dans cette partie du Wyoming d'où une belle jument eût disparu. On commençait à parler d'un étalon blanc, « un affreux grand diable, mais un sacré cheval », qui avait parcouru auparavant les grandes étendues du Montana, avait traversé la frontière pendant une période de sécheresse et avait réuni une bande de juments dans les grands espaces du Wyoming, volant les propriétaires des ranchs, abattant les clôtures, attaquant et tuant même d'autres étalons.

Son règne dura six ans. Alors plusieurs propriétaires de ranchs se réunirent, organisèrent une grande battue et réussirent à capturer l'Albinos et ses juments ; ces juments volées portaient des marques provenant des quatre coins de l'État.

Gypsy, du ranch de Goose Bar, était du nombre avec quatre magnifiques poulains. Rob Mc Laughlin, ravi de leur aspect, de leur vélocité, de leurs caractéristiques, les ramena avec lui, voyant que les fugues de Gypsy pourraient ajouter des qualités appréciables à son stock de chevaux de polo.

Mais il constata l'impossibilité de dresser et d'entraîner ces poulains. Bien que les poulinières eussent été fécondées par Banner, l'étalon du ranch de Goose Bar qu'aucun cheval ne dépassait en intelligence et en docilité, les rejetons manifestaient un caractère sauvage.

Il l'expliqua à ses garçons :

— Les poulains sont formés par les mères. Ils les imitent. Voilà pourquoi il est pratiquement impossible d'obtenir un poulain facile d'une jument ombrageuse. Les poulains sont corrompus dès leur naissance. C'est la règle. Il y a, bien entendu, des exceptions. Nous avons quelques remarquables exceptions parmi nos propres chevaux. Voici Gypsy — la jument la plus docile du monde — avec une grappe de poulains sauvages absolument rebelles au dressage.

— Est-ce parce qu'ils sont nés et ont grandi avec cette bande de chevaux sauvages ? demanda Howard.

— C'est à cause de la prédominance de l'étalon, dit Rob, d'un air sombre. Sa sauvagerie domine toute la douceur de la jument et celle de sa longue lignée d'ancêtres aristocratiques… Quel étalon !

Mais tout cela était une vieille histoire pour Howard et Ken. Ils avaient grandi dans le ranch de Goose Bar, familiarisés avec les considérations et les projets relatifs à ce personnage presque mythique, l'Albinos, et voyaient leur père aux prises avec le caractère sauvage qui, à travers Gypsy, s'était introduit dans l'élevage.

La part de Ken, dans ces difficultés, était d'origine moins lointaine. Un jour, il y avait de cela à peine plus de trois ans, lui et Gus, revenant de la prairie, rencontrèrent un poulain nouveau-né et sa mère.

Vois la petite Flicka ! s'exclama le maître valet suédois.

– Que signifie Flicka, Gus ? demanda Ken.

– Cela veut dire « petite fille », en suédois, expliqua Gus.

Et quand, un an plus tard, Rob Mc Laughlin dit à Ken qu'il pouvait choisir pour lui-même n'importe lequel des poulains du ranch âgé de moins d'un an, Ken choisit cette même petite pouliche blonde et la nomma Flicka.

Flicka descendait de Rocket et de Banner. Et Rocket était, de l'avis de tous, le rejeton le plus sauvage ramené par Gypsy de son séjour avec l'Albinos. Rob Mc Laughlin en fut exaspéré.

– J'espérais que tu ferais un choix judicieux, mon fils, dit-il. Tu sais ce que je pense de Rocket. C'est la plus mauvaise espèce de chevaux que je possède. Pas un seul qui soit convenable. Les juments sont des furies et les étalons des sauvages. Je me serais débarrassé de toutes les bêtes de ce lignage si elles n'étaient si diablement rapides et s'il ne m'était venu à l'idée qu'un jour peut-être l'une d'elles, plus douce, me donnerait un cheval de course. Ce ne sera pas Flicka en tout cas.

Mais Ken s'était attaché à elle et ne pouvait y renoncer.

Cet été-là, d'inimaginables désastres se succédèrent… Flicka, tout aussi sauvage que sa noire et vicieuse mère, se débattit furieusement quand on lui passa le lasso et qu'on l'amena au corral. Ne parvenant pas à s'échapper autrement, elle fonça à corps perdu dans les hauts barbelés de la clôture ; il s'ensuivit une longue maladie due à l'infection de ses blessures. Comme elle semblait perdue, Mc Laughlin donna un soir l'ordre de la tuer dès le lendemain afin d'abréger ses souffrances. Ken passa cette nuit-là auprès d'elle, assis dans le ruisseau où elle était tombée, les bras passés autour de sa tête. Gus vint le chercher dans la matinée et porta Ken épuisé et transi de froid jusqu'à la maison.

Ce fut la cause de la grave pneumonie de Ken, durant laquelle, miraculeusement, la pouliche guérit.

À la fin de l'été, un succès fit oublier tout le reste. La pouliche aimait Ken autant qu'il l'aimait lui-même et il put dire à son père :

– Elle est devenue douce quand même, n'est-ce pas, dad ?

Rob Mc Laughlin répondit avec une intonation plus tendre que de coutume dans la voix :

– Douce comme un agneau, mon fils.

Et maintenant, elle était dans sa stalle, opulente, poulinière de trois ans, docile, douce, admirablement dressée, le regard de ses yeux humides et confiants posé sur le visage de son jeune maître.

Mais le poulain ! Cette prédominance absolue dont avait parlé Rob Mc Laughlin ! Malgré toute la peine que Rob avait prise pour éliminer de la race le sang détesté de l'Albinos, le voilà qui surgissait de nouveau. Le poulain ne ressemblait ni à son père, ni à sa mère, ni à aucun des chevaux du ranch de Goose Bar. Il n'était semblable qu'à un seul – l'Albinos. C'était comme si l'Albinos lui-même était présent dans la stalle. La puissance et la férocité du grand sauvage étaient-elles enfermées sous cette enveloppe de nouveau-né marbrée de rose et de blanc ? À cette pensée, Ken frissonna.

Flicka avait mangé sa provende. Ken prit le seau et se dirigea vers la porte de l'écurie. Il ouvrit la moitié supérieure et regarda au-dehors. Il ne neigeait plus. Le vent avait tourné et renvoyait l'orage vers l'est, d'où il était venu. Les nuages fuyaient en désordre dans le ciel où de grandes étoiles proches et scintillantes apparaissaient et disparaissaient parmi eux. Il faisait beaucoup plus chaud.

Ken croisa les bras, qu'il appuya sur la partie inférieure de la porte hollandaise et demeura là, perdu dans ses réflexions.

D'autres ombres encore apparaissaient dans l'aura qui entourait le poulain comme dans les prédictions des diseuses de bonne aventure ; le mot que Rob Mc Laughlin avait laissé tomber fortuitement ce jour-là dans le courant des pensées de Ken : *cheval de course…*

Cheval de course. Ce ne pourrait pas, bien entendu, être Flicka en raison de l'épaississement du tendon consécutif à son infection. Mais pourquoi pas un poulain de Flicka ? Avec une mère douce et maniable pour l'élever, avec la force et la rapidité dont tous les descendants de l'Albinos héritaient. Pourquoi pas ? C'était Nell qui le suggéra la première. Depuis, cette idée n'avait pas quitté la pensée de Ken.

Ken se retourna et glissa la main le long de cette patte

droite de Flicka. C'était de sa faute – ce tendon épaissi, c'était pour lui qu'elle avait été capturée, arrachée à la vie libre de la montagne.

– Mais tu ne regrettes rien, dis, Flicka ? murmura-t-il en se rapprochant de sa tête, parce que maintenant tu m'as, moi…

La tête du cheval tout contre lui exprimait la paix et la satisfaction.

Le poulain – le futur petit cheval de course – était couché en demi-cercle, le museau rejoignant les pattes comme un lévrier endormi. Peut-être rêvait-il à son magnifique avenir qui libérerait le ranch de ses dettes, le relèverait, permettrait de couvrir Nell de bijoux et ferait de son jeune propriétaire un héros.

Ken se pencha de nouveau sur lui. Son nom – quel nom lui donner ? – devrait résumer tout ce que le poulain était en réalité et en puissance. Ken ne trouvait rien d'assez beau. Sa mère lui donnerait sans doute un nom dès qu'elle poserait les yeux sur lui. Elle avait un don pour cela. Quelques mots jaillirent de ses lèvres et parmi eux se trouverait le nom. Ce serait pour demain matin.

Ken prit la lanterne, regarda une dernière fois en arrière, longuement, puis sortit de l'écurie en refermant soigneusement la porte derrière lui. Il fila à travers la gorge.

Devant la maison d'habitation du ranch, en grosses pierres, s'étendaient plusieurs acres de prairies appelées par sa mère « la Pelouse », en souvenir des coquettes petites pelouses des villages de la Nouvelle-Angleterre où elle avait passé son enfance. Cette étendue était recouverte d'une épaisse couche de neige. Ken la traversa en courant jusqu'à la maison ; dans la cuisine chaude, il retira son suroît et son imperméable et but le chocolat bouillant préparé par Howard.

Pendant qu'ils étaient assis en train de boire, les deux garçons se livrèrent à une de ces discussions sans objet, incompréhensibles, qui font dire aux adultes que l'esprit et le langage des garçons sont d'une essence à part, sans rapport avec la raison, la logique, ou la réalité.

3

—Promets !

—Lâche-moi !

—Mais elle est à moi !

—Ma langue n'est pas à toi !

—Prom...

Ken éleva la voix.

—Chut... chut ! susurra Howard, en colère. Si tu réveilles mum...

Il se tortillait pour desserrer les jambes de Ken qui lui emprisonnaient la taille.

—Ôte-toi de mon dos, nom d'un chien !

—Promets de ne rien dire !

Howard se débattait furieusement en silence, s'efforçant de détacher les bras de Ken noués autour de son cou. Les deux garçons roulaient en se cognant sur le plancher de la chambre de Howard, tous deux la figure écarlate.

—Promets ! s'écria Ken, encore plus fort.

—Chut... chut ! fit Howard.

Mais Ken avait conscience de son bon droit. Si leur père entendait le bruit et découvrait l'objet de leur querelle,

Howard en prendrait pour son grade. Il refusait à Ken l'assurance d'être le premier à annoncer la naissance de son poulain.

– Promets ! Promets ! Promets !

– C'est bon. Je promets. Lâche-moi.

Ken desserra son étreinte et les frères se dégagèrent l'un de l'autre. Leurs visages reprenant une couleur normale, ils rajustèrent leurs vêtements, lissèrent leurs cheveux, descendirent sur la pointe des pieds et se précipitèrent dehors.

En route pour l'écurie, ils s'arrêtèrent derrière la maison à la vue de deux voitures étrangères. Des visites ramenées du dîner en ville de la veille. Ils reconnurent les voitures. La bleue appartenait au colonel Morton Harris, ancien camarade d'études de leur père à West Point, à présent colonel d'artillerie au fort Francis Warren. La grise était celle de Charley Sargent, éleveur de chevaux millionnaire, propriétaire du fameux étalon de course Appalachian. Le ranch où habitait Sargent était à moins de quarante kilomètres de Goose Bar.

– Charley Sargent et Mort Harris, dit Howard, allègrement. Voilà qui est chic ! Pas d'église, aujourd'hui.

Mais Ken restait songeur en regardant les voitures. Charley Sargent, grande perche en pantalon collant à la mode de Cheyenne – toujours bouffon et taquin –, semblable, avec son long visage bronzé sous son chapeau de cow-boy, à un Gary Cooper [1] vieillissant… Charley Sargent était toujours amusant et il parlerait peut-être de ses chevaux de course. L'émotion fit palpiter le cœur de Ken.

1. Célèbre acteur américain (1901-1961) qui a souvent interprété des rôles de cow-boy.

Il désirait s'instruire le plus possible au sujet des chevaux de course. Appalachian, ce grand étalon noir qui…

– Viens ! dit Howard en se dirigeant vers l'écurie.

Ken le suivit lentement, se demandant si la présence des visiteurs ferait obstacle à la surprise qu'il préparait. La révélerait-il au petit déjeuner ? Il fallait faire en sorte que l'impression fût favorable. Il fallait que ses parents fussent, comme lui, fiers et contents que sa robe fût blanche. Et ce n'était pas tout. Il lui fallait agir de manière que personne, pas même son père, ne pût soupçonner qu'il cachait quelque chose. Ce serait difficile. Il est déjà difficile de garder un secret quelconque – plus difficile encore lorsqu'on se sent tant soit peu coupable…

Quand ils atteignirent le corral, ils virent Flicka et son poulain déjà dehors, profitant du soleil matinal sous les yeux amusés et surpris de Gus et de Tim.

Ken courut à Gus, l'agrippa et dit :

– N'en parlez à personne, Gus ; ils ne le savent pas encore ; je veux les surprendre… Promettez…

– On aurait pu me renverser d'une chiquenaude, Kennie, déclara le vieux Suédois avec un sourire. Mais les chevaux blancs portent bonheur, dit-on.

– Je n'ai jamais vu un poulain pareil ici, ajouta Tim. Que va dire le capitaine ?

– Ne lui en dites rien avant que j'aie pu le faire moi-même, insista Ken. Vous le promettez ?

– Bien sûr. Vous pouvez le leur dire, Kennie. C'est votre jument et c'est aussi votre poulain, je suppose.

Ken ouvrit la porte de l'écurie et appela Flicka. Le poulain ne la suivit pas ; il resta au soleil à cligner des yeux. Gus et Tim le poussèrent doucement. Ken le mit avec sa mère dans la stalle la plus éloignée ; Howard et lui les regardèrent un moment.

Mais Ken était préoccupé d'affaires sérieuses et il retourna bientôt à la maison où il trouva sa mère préparant le déjeuner et son père en train de se raser.

Tout contre la porte de la salle de bains, Ken appela doucement :

— Dad !

— Ah ! tu es là, toi ?

— Dad, voudriez-vous me dire quelque chose ?

— Ça dépend.

— Eh bien, si vous aviez suffisamment d'argent, quelle sorte de clôture mettriez-vous ici ?

— Si j'étais assez riche, j'arracherais tous les barbelés et je les remplacerais par des clôtures en bois, de bons poteaux solides, espacés d'environ trois mètres, et hauts d'un mètre vingt. Un seul fil de fer au-dessus suffirait à empêcher les chevaux de s'enfuir, à condition que les palissades soient assez fortes pour qu'ils ne puissent pas les démolir en y frottant leur derrière.

— Est-ce que ça coûterait cher, dad ?

— On peut se procurer les poteaux pour rien dans la réserve de l'État, mais l'abattage et le transport seraient onéreux... C'est un gros travail que je n'aurais pas le temps de faire moi-même.

— Même si ça coûtait très cher, ça ne ferait rien, dad.

La réponse de Rob se perdit dans les bruits qui accompagnent le rituel du rasage et il entonna soudain sa chanson habituelle :

K... K... K... Katy ! Belle Ka... aty...

Il ne semblait pas attacher beaucoup d'importance à la grande nouvelle.

La porte s'ouvrit brusquement et il sortit en culotte de cheval, bottes et maillot de corps, de très joyeuse humeur. Sous ses cheveux noirs en broussaille, ses yeux étaient très bleus, et il souriait de toutes ses grandes dents blanches. Il faillit renverser Ken qui se sentit accablé par la personnalité de son père. Avec la porte entre eux, elle ne lui paraissait pas aussi puissante.

> *Je t'attendrai, Katy.*
> *À la porte, Katy,*
> *De la cuisine !*

vociféra Rob en traversant lourdement le palier pour aller à sa chambre. Il se pencha au passage par-dessus la rampe de l'escalier et cria en bas :

— Dites donc, vous autres ! Mort ! Charley ! Dormez-vous encore ? Les crêpes vont être prêtes !

— Nous n'attendons que vous ! lui répondit-on de la terrasse qui longeait la façade de la maison.

Rob se hâta d'achever sa toilette.

Dehors, Nell et ses deux invités se divertissaient, comme d'habitude au ranch de Goose Bar, des gambades et drôleries d'une foule d'animaux. Chaps, le cocker noir, et Kim, le colley, se poursuivaient sur la Pelouse comme s'il ne fallait à leur exubérant bonheur que d'être enfermés pour la nuit et relâchés le matin. Toute trace de neige avait disparu. Un soleil intense se réfractait partout, libérant toutes les couleurs du prisme en se brisant. Un vent bruyant courbait les pins et faisait voltiger la robe de toile bleue de Nell.

– Qu'en pensez-vous ? cria-t-elle au colonel Harris qui, près du jet d'eau, inspectait l'attelage de travail de Rob, deux énormes bêtes brunes. Celui que vous regardez, ajouta-t-elle, s'appelle Grand Joe. C'est le trésor de Rob.

– Je pense, dit le colonel de sa voix précise et raffinée en enlevant ses lunettes pour les nettoyer, je pense que ce doit être un percheron pur-sang, haut de seize palmes [1] et pesant treize cents livres [2].

– C'est à peu près juste, dit Nell en prenant son chat, Pauly, qui réclamait une caresse.

Pauly, un angora fauve aux yeux couleur de topaze, glissa une patte autour du cou de Nell et essaya de lui lécher la bouche. Nell lui donna une tape sur le museau et rit.

La haute silhouette de Charley Sargent se penchait au-dessus d'elle :

– Vous êtes rudement jolie, ce matin. Comment faites-vous pour avoir ces joues roses ?

– Vous oubliez que je viens de trimer devant le fourneau de la cuisine pour faire le déjeuner de… voyons… cinq mâles !

Elle enfouit son visage dans la douce fourrure de Pauly. Charley Sargent la gênait toujours avec ses regards flatteurs et ses manières galantes. Elle se sentait aussi intimidée qu'à dix-huit ans quand il lui faisait la cour.

– Quelle belle journée ! s'écria-t-elle. Qui croirait qu'il neigeait hier soir ! Tel est le Wyoming !

Elle leva la tête vers le ciel. Des pies, des pluviers et de jeunes faucons planaient. Quand le vent tournait, il

1. Environ 1,20 mètre (1 palme équivaut à 7,5 centimètres).
2. Environ 590 kilos (1 livre équivaut à 454 grammes).

apportait du sud le souffle parfumé de neige des monts du Neversummer.

— Hier soir, dit Charley tournant toujours autour d'elle, la réunion était des plus charmantes. Mais j'ai peur d'affronter Rob. Il s'est fâché parce que j'avais trop dansé avec vous.

— Cet autre cheval, cria le colonel Harris, n'est pas un pur-sang, non ?

— Non, répondit Nell, en descendant rapidement les marches de la terrasse pour le rejoindre. C'est notre vieux Tommy, notre dresseur de chevaux sauvages. Quand Rob veut rendre moins fougueux un jeune cheval, il l'attelle avec Tommy.

Tout en bavardant, elle évoquait la fureur de Rob, la veille au soir, quand Charley Sargent, valsant avec elle, l'avait fait virevolter si vite que sa longue robe bleue se gonflait comme la jupe d'un derviche tourneur. Quand même… c'était amusant.

Le colonel abaissa son regard sur elle avec plaisir. Ses manières étaient cérémonieuses.

— Vous paraissez aimer les chats, dit-il.

— Oui, beaucoup. Du moins celui-ci.

— Plus que les chiens ?

— J'ai bien étudié les chiens et les chats. Les chiens sont comme de charmants enfants, mais les chats sont pleinement adultes.

— Eh bien, et la chatte qui passe là-bas, elle n'a pas l'air bien adulte.

— Oh ! la jaune ! C'est Matilda. Elle n'est encore qu'un chaton, mais elle a déjà sa personnalité. C'est la fille de Pauly. On ne le croirait pas, n'est-ce pas ?

– Certainement pas.

– Eh bien, c'est la suite d'une visite que Pauly a reçue. Un grand chat de ville avec de longues jambes droites – rien de commun avec les chats d'ici qui ressemblent à des belettes. Il était jaune. Ses portées sont en général de quatre ou cinq petits, mais, cette fois, elle n'en a eu qu'un seul et qui était énorme. Il a évidemment reçu la nourriture destinée à quatre chatons et il en est résulté une véritable tigresse. Elle a pris possession de Pauly, du ranch et de tous ses habitants, explorant chaque recoin de la maison, des hangars, des toitures, des cheminées. Rob dit aux gens de ne pas s'étonner quand ils entendent un cheval galoper sur le toit : c'est tout simplement Matilda.

À cet instant, Matilda commença à s'intéresser au percheron qui, ayant bu son content à la fontaine, s'approchait de la bordure de fleurs. Nell lui dit de filer ; il n'en tint aucun compte. Elle frappa ses mains l'une contre l'autre et tapa du pied en disant :

– Va-t'en de là, Grand Joe !

Grand Joe resta sur place. Alors, Matilda prit l'affaire en main. Elle s'avança, belliqueuse, pas trop près, juste sous le bout du nez de Grand Joe, puis s'éloigna vivement d'un mètre.

– Qu'est-ce qui se passe ? demanda Rob en franchissant la porte.

Charley Sargent rit :

– Cette petite diablesse jaune enseigne au percheron à rester à sa place ! Regardez-la !

Matilda continua sa besogne. Elle se jeta sur le dos devant Grand Joe, maniant un caillou entre ses pattes en ayant l'air de dire au grand animal qui la regardait, fasciné :

– Tu vois ça ? Si tu étais ce caillou, voilà ce que je te ferais !

Elle tapait la pierre d'un côté, puis de l'autre, courait après quand elle lui échappait et se roulait dessus. Elle la mordit. Et enfin, mettant le comble à l'insulte, elle se retourna sur le dos, et, tenant le caillou entre ses pattes de devant, elle le réduisit en miettes.

Les spectateurs se tordaient de rire.

– Regardez Grand Joe ! s'écria Rob. Regardez sa tête !

Hypnotisé, le percheron suivait des yeux chaque mouvement de la petite boule de fourrure jaune. Prudemment, à titre d'expérience, il allongea le museau, renifla et fit lentement un pas en avant. Matilda fit la culbute, sauta sur la pergola ; d'un nouveau bond, elle atteignit le toit et s'enfuit en galopant à grand bruit.

Le déjeuner fut animé. Il y avait des crêpes, minces, brunes et légères, aux bords croustillants ; des quantités de crêpes, bien chaudes, avec, sur la table, un bol de sucre roux et un cruchon de sirop d'érable. Nell aimait accompagner ses crêpes de marmelade fondue, allongée d'eau et très chaude.

– Ma parole, je vais en essayer, dit Charley Sargent en prenant le cruchon.

Pendant ce temps, la pensée de son poulain ne quittait pas l'esprit de Ken. Tout en observant et en écoutant les autres, il réfléchissait à la façon dont il s'y prendrait pour leur annoncer la nouvelle. Les travaux d'approche tentés auprès de son père n'avaient pas réussi. Ken désirait aussi parler avec sa mère des choses qu'il lui plairait d'acheter quand son poulain gagnerait de l'argent sur les champs de courses. Des vêtements en velours garnis de fourrure comme en portait la femme du général. Il voulait que ses parents s'éprissent de son poulain dès qu'ils le verraient à cause de tout le bien-être qu'il leur apporterait.

Mais à mesure que se poursuivait ce déjeuner si gai, que se succédaient les pamplemousses, les crêpes, les saucisses, les pots de café et d'épaisse crème jaune de Guernesey, que Rob allait et venait de la salle à manger à la cuisine, que Howard ne cessait d'emporter et de rapporter des piles d'assiettes, Ken acquérait la conviction que ce n'était pas alors le moment propice à sa révélation. On n'y ferait pas attention. On dirait simplement : « Ah ! un nouveau poulain ? Flicka a fini par mettre bas ! Bravo ! Passe-moi le sirop, veux-tu ? » Après tout, tant de poulains naissaient sur le ranch de Goose Bar !

Une voiture arriva et stoppa derrière la maison. Comme Rob revenait de la cuisine, le colonel Harris dit :

– C'est probablement le sergent et l'ordonnance avec ma jument.

– Pour quoi faire ? demanda Nell.

– Mort veut faire couvrir sa jument de selle par Banner, expliqua Rob. Alors, je lui ai dit de la faire venir aujourd'hui.

– C'est tard pour les saillies, n'est-ce pas ?

– Oui, dit Harris, en effet. J'ai cru que c'était déjà fait, mais comme il s'avère que non, nous allons essayer de nouveau.

– Pourquoi ne la faites-vous pas couvrir par un véritable étalon ? demanda Charley. Vous ne pouvez ignorer que mon Appalachian est le meilleur étalon de course de toute l'histoire hippique ?

– Réfléchissez à ce que vous faites payer ses saillies, dit le colonel. Deux cent cinquante dollars, c'est trop pour un pauvre soldat !

– Ce que je demande est une chose et ce que j'obtiens en est une autre, objecta Charley en allumant la cigarette qu'il venait de rouler.

– Ken, ordonna son père, cours vite dire au sergent d'aller jusqu'aux écuries et de mettre la jument dans le petit corral de l'est. Elle pourra attendre là que j'aie fait rentrer Banner.

– Chouette ! s'écria Howard, on va faire rentrer Banner !

Ken sortit et vit une voiture avec une remorque, deux hommes en uniforme sur le siège de devant et une jument enveloppée d'une couverture dans la remorque. Il s'acquitta de la commission et revint dans la salle à manger.

– Du reste, était en train de dire le colonel, votre Appalachian est aussi dorloté, gâté, cajolé qu'une star de cinéma ; avec ses pâturages spéciaux, sa nourriture et ses écuries différentes selon le temps et la saison – il n'a plus à penser à rien – tout le monde pense pour lui.

– Dorloté ! rugit Charley avec indignation. Dorloté ! afin qu'il produise un gagnant après l'autre ! Country Squire, qui fut vainqueur à Tia Juana en 1934 ! Spinnaker Boom, qui gagna le handicap à Santa Anita l'année dernière, et une pouliche, Coquette, dans la catégorie de deux ans...

– Je le sais ; je sais tout cela, dit le colonel Harris. C'est un bon étalon pour l'élevage du cheval de course. Mais le robuste gaillard de Rob, son Banner, voilà le genre de type qui m'en donnera pour mon argent. Il pense par lui-même ; il prend soin de ses juments dans la montagne par tous les temps. Il devine, à plus d'un kilomètre de distance, ce que

Rob fait et pense. Il vit, là-haut, dans la montagne, comme un noble chef de brigands avec son harem.

– À propos de nobles chefs de brigands, dit Rob, vous rappelez-vous l'étalon qu'on nommait l'Albinos ? En voilà un qui régnait comme un roi, sans conseils de personne, volant, pillant, s'emparant de tout ce qu'il convoitait…

– Qu'est-il devenu ? demanda le colonel Harris. Je n'ai pas entendu parler de lui depuis des années.

– Je gage qu'il est dans ces parages, lascif et vicieux comme toujours, avec une bande de juments ramassées dans tout l'État, dit Rob… et les plus belles. Il savait les choisir ! Vous savez, nous l'avons eu dans un corral à un moment donné.

– Dommage que personne n'ait eu le bon sens de le garder, dit Charley. Si j'avais été là…

– Si vous aviez été là, rétorqua Rob d'un ton sarcastique, c'est vous qui auriez été renversé et à moitié tué au lieu de moi.

– Il vous a vraiment flanqué par terre ?

– Il est rare qu'un cheval attaque un homme, mais c'est pourtant ce qu'il a fait. Nous l'avions enfermé dans le corral avec toute la troupe des juments, y compris ma Gypsy et ses quatre poulains. Il ne lâchait pas les juments ; il les rassemblait, les faisait tourner en rond, les dirigeait tantôt d'un côté, tantôt de l'autre, jusqu'à ce qu'il se rendît compte qu'ils étaient pris et ne pourraient jamais sortir. Alors il décida de se sauver lui-même. Il fonça sur une clôture, démolit la barre supérieure et passa dans le couloir latéral ; je pressentais qu'il allait aussi démolir la barrière du couloir et, ayant mis pied à terre, je me précipitai pour l'en détourner. Vous savez, si vous sautez devant un cheval en agitant les bras, neuf fois sur dix vous le ferez dévier de son chemin. Crosby arrivait à cheval, aussi vite qu'il pouvait, en brandissant son lasso. Ce fut à ce moment que l'Albinos me fit tomber. Il ne pouvait sauter la clôture latérale, mais il se jeta dessus et la réduisit en miettes à coups de pied. Ah ! Dieu ! comme il y allait ! Nous ne pouvions rien faire que le regarder tout mettre en poussière !

— Il vous a blessé ? demanda le colonel Harris.

Rob se pencha vers lui et souleva ses cheveux noirs de l'une de ses tempes, dévoilant une petite cicatrice blanche.

— Je l'ai esquivé à la dernière minute, mais il m'a laissé un souvenir, l'un de ses fers de devant.

— Mince ! fit Ken.

— Et jamais je n'oublierai l'expression de ses yeux, continua Rob. Je les ai vus de près, de trop près... un œil mauvais.

— Quel genre d'œil, dad ?

— Comme ceux de Rocket. Vous vous rappelez, Charley, cette jument si rapide que vous avez failli acheter ?

— Vous voulez dire que je vous l'ai achetée et que vous avez failli me la livrer, rectifia Charley.

Rob eut un large sourire et se tourna vers Mort Harris afin de lui expliquer l'histoire :

— Il m'a acheté cette jument pour cinq cents dollars à condition que je la lui livre saine et sauve. C'était une diablesse, l'un des poulains de ma jument Gypsy par l'Albinos — elle avait les mêmes grands yeux méchants que lui, cerclés de blanc. J'avais réussi à l'embarquer dans le camion, mais en passant sous l'enseigne, sur la grand-route, elle s'est cabrée et s'y est fracassé le crâne.

— Dad, demanda Ken, si l'Albinos était tout blanc, comment pouviez-vous voir qu'il avait un anneau blanc autour de l'œil ?

— Chez les chevaux, la pupille est très grande ; elle remplit habituellement tout l'espace entre les paupières. S'il y a un cercle blanc autour, c'est parce que les paupières sont un peu trop fendues ; alors, le blanc de l'œil est découvert, ce qui donne au cheval cet air méchant et un peu fou. Une bête ainsi faite est toujours mauvaise.

— Et vous avez entendu parler de mon Mohawk, tonitrua Charley, issu de Stole Away, par Appalachian, qui a remporté tous les prix possibles à Saginaw Falls il y a deux ans. Je vous l'affirme, Mort…

Mort Harris leva la main :

— Charley, je ne veux pas d'un cheval de course. Je n'ai pas l'intention de prendre la fuite devant l'ennemi. Je veux un cheval comme ceux de Rob, élevés dans les hautes montagnes. Je veux de l'endurance, un bon souffle et de l'ardeur. Je veux, quand je pars monté sur mon cheval, être sûr qu'il me ramènera. Je veux qu'il résiste à tout. En outre, Appalachian est noir et je veux un alezan.

— Et vous l'aurez avec Banner, dit Rob. Ses descendants tiennent de lui. De loin en loin, j'en ai un poulain noir — sa mère était une jument noire appelée El Kantara — mais la plupart sont alezans, aussi semblables que les pois d'une même cosse.

En entendant ces mots, Howard et Ken se regardèrent. Ken, confus et déconcerté, et Howard faisant d'horribles grimaces pour exprimer ses craintes et son souci. Il articula silencieusement :

— Quand vas-tu le leur dire ?

À quoi Ken répondit, de la même manière :

— Ferme ça !

Se sentant observés par leur mère, ils cessèrent leur mimique.

Ken réfléchissait. La matinée allait être remplie d'intérêt. Faire rentrer Banner. Faire couvrir la jument du colonel. Il commença à s'inquiéter. Les événements s'enchevêtraient toujours autour de vous de façon à tout gâter. Peut-être vaudrait-il mieux garder sa surprise pour plus tard, quand le reste serait passé.

Rob ajouta :

— Et vous avez raison de vouloir un alezan, Mort, l'alezan est le plus difficile à dresser, mais quand c'est fait, vous avez un cheval.

Il repoussa sa chaise :

— Venez-vous avec moi chercher Banner et les juments ?

— Les juments ? fit Harris. Pourquoi ? Nous n'avons besoin que de Banner.

Rob le regarda d'un œil malicieux et Charley Sargent dit d'une voix traînante :

— Vous ne comprenez décidément par nos chevaux sauvages de l'Ouest, Mort. Ils sont si bigrement affectueux ! Prenez Banner, par exemple, ce vigoureux gaillard que vous vantez, eh bien ! il aurait le cœur brisé si on le séparait de son harem. Rob n'aurait pas le courage de le faire, n'est-ce pas, Rob ?

Harris sourit :

— Je passe ma vie à cheval, et à présent que je suis ici en vacances, pour me reposer, le mieux est de m'y remettre. J'espère que vous avez une bonne monture à m'offrir.

— Quels chevaux y a-t-il dans les corrals, en ce moment, Howard ? demanda son père en se tournant vers lui.

– Taggert et quelques hongres : Bronze, Shorty, High-boy…

Une demi-heure plus tard, ils arrivaient dans les corrals, prêts à se mettre en selle, Charley Sargent comme d'habitude en longs pantalons de Cheyenne et feutre aux larges bords, et le colonel portant une tenue de cheval et des bottes aussi correctes que celles de Rob lui-même.

– Vous pouvez choisir, dit Rob, avec générosité.

– Et vous, lequel montez-vous ? demanda Charley, méfiant.

– Cette baie rouge, Taggert. Prenez-la, si vous voulez ; elle a des allures fantastiques.

Sargent retira son sombrero et se gratta la tête, songeur :

– Elle a l'air chic… je vous suis très obligé. Mais une jument… non, je crois que je vais prendre l'un des hongres. Montez la jument, vous, Harris.

– Quelle bête magnifique ! dit le colonel en l'examinant avec intérêt. Je vais prendre cette grande jument.

Il l'enfourcha tandis que Charley montait sur Shorty et Rob sur Bronze. Ensemble, les trois cavaliers sortirent des corrals.

4

À l'extrémité de l'ancien parc à moutons, Nell cherchait des champignons. Au printemps, elle y avait cueilli de la mâche qui, une fois cuite, finement hachée, salée, poivrée, additionnée d'ail et de crème, était plus délicieuse que les meilleurs épinards. Elle poussait aux endroits où les moutons avaient séjourné. Rob louait maintenant une partie de ses pâturages à un éleveur de moutons, et c'était là qu'au printemps se trouvait le parc, un espace carré dépouillé de son herbe et entouré de fils de fer. Le berger y suspendait des lanternes aux quatre coins afin d'effrayer les coyotes, mais, depuis qu'il était reparti dans la montagne avec son troupeau, l'herbe avait repoussé et des champignons y croissaient souvent. Nell eut vite fait de remplir son panier. De retour à la cuisine, elle prépara la farce pour les quatre canards. Elle était contente que ce fussent des canetons de six mois, tellement plus tendres que les canards plus âgés. Les quatre petits corps jaunes étaient posés sur l'égouttoir de l'évier. Tim les avait plumés, mais elle ferait bien d'y jeter encore un coup d'œil. De la pointe d'un couteau tranchant, elle enleva les plumes naissantes. Elle éplucha les pommes de terre, les mit à tremper dans de l'eau froide en murmurant : « Prévois le déjeuner pour deux heures. » Le travail ne manquait pas ; elle se hâtait, ses sandales brunes se déplaçant, prestes et légères, sur le plancher peint en vert. Pauly était assise au milieu de la cuisine d'où elle pouvait, en tournant vivement la tête, suivre tous les mouvements de Nell. Par moments, elle s'en donnait le vertige au point de tomber ; elle se relevait, secouait sa petite tête affolée et, se rasseyant, elle contemplait encore l'objet de son adoration. Souvent, les yeux fixés sur Nell, elle ronronnait et pétrissait le plancher de ses pattes. Elle attendait l'instant où Nell la soulèverait en passant, la cajolerait une seconde en lui parlant, avant de la reposer par terre et de reprendre son travail. Pauly pressentait ces moments ; elle courait au-devant de Nell, se dressait sur ses pattes de derrière et tendait vers elle ses pattes de devant avec des miaulements de joie.

Nell consulta la pendule et se demanda où étaient les hommes. Chaque fois qu'elle pensait à Rob, elle le voyait par la pensée et sentait presque sa présence. Elle l'imaginait, à cette heure, à cheval, la tête haute, les sourcils froncés, et soudain elle fut prise pour lui de compassion et de crainte – la vie offrait ici tant de dangers : les falaises, les montagnes, les chevaux, le temps… Se raidissant, elle serra les lèvres. *Le bonheur tient à un cheveu…*

Portant un bol jaune et une cuiller à pot, elle se rendit au pavillon de la source. Elle ôta le couvercle de la jarre de crème mise à rafraîchir dans l'eau courante et y puisa : tant de cuillerées pour les champignons ; tant pour la bavaroise aux abricots… plus facile à faire qu'une glace et tout aussi bonne. En sortant du pavillon, elle s'arrêta et laissa ses yeux errer sur les collines bleues des chaînes lointaines et sur l'herbe roussie des pentes proches. Sa vie si dure au ranch était constamment adoucie par la beauté du paysage. C'était comme un accompagnement continuel, d'une exquise harmonie, dont elle pouvait, à volonté, adopter la cadence et tirer un grand réconfort.

Un trait d'une couleur divine fendit l'espace ensoleillé au-dessus de la Pelouse : une mésange dont les ailes miroitaient d'un éclat métallique. Nell ne put s'empêcher de sourire en la regardant. Elle tourna de nouveau la tête vers la gorge. Le vent, venant des écuries, pourrait lui apporter le son d'une voix, celle de Rob criant, l'aboiement d'un chien, le hennissement d'un cheval… mais elle n'entendit rien et reprit le chemin de la maison. Quand tout fut prêt et qu'il ne resta plus que les canetons à faire rôtir, elle s'assit de côté, sur une chaise, croisa les bras sur le dossier, y appuya sa tête et se détendit. Pauly vint se blottir près d'elle. Elle évoqua la manière dont Rob avait posé la main, un instant, sur sa tête, en se levant de table ce matin-là. Il l'avait fait si légèrement que pas un cheveu de sa coiffure lustrée n'avait été déplacé. Elle connaissait le sens de cette caresse. Il détestait la laisser seule pour faire tout le travail et se le reprochait. Sous ses cris et ses violences, sa tendresse pour elle demeurait intacte ; mais elle ne se manifestait plus aussi fréquemment qu'autrefois.

Levant la tête, elle regarda la Pelouse. Dans le bleu venté du ciel, les jeunes faucons tournoyaient toujours. Une file de chevaux roux passait lentement sous les pins d'en face. Le soleil jouait sur les robes luisantes ; des barres verticales d'or scintillant alternaient avec des bandes d'ombre. Courbant la tête, elle tendit de nouveau l'oreille. Toujours aucun bruit du côté des écuries. Rob… était-il heureux ?

Content de lui-même ? Content de la vie ? Satisfait de sa conduite envers elle ? Une question pourtant qui n'avait jamais cessé de le tourmenter : celle de savoir s'il avait bien fait de l'amener ici, dans l'Ouest, loin des êtres et des choses parmi lesquels elle avait grandi. Justement, l'autre soir, une fois les garçons couchés, tandis que la fumée de sa pipe s'enroulait autour de sa tête sombre finement modelée, il avait dit :

— Je n'aurais jamais dû t'amener ici.

Levant les yeux sur lui, elle avait vu, au-delà de la Pelouse, se découper les silhouettes noires des pins sur le ciel serein, plein d'étoiles, et elle avait répondu :

— Pourquoi ?

— Ici, la vie est dure à accepter, non ?

— N'en est-il pas ainsi partout où l'on se trouve ?

— Mais ici, c'est vraiment primitif.

Songeuse, Nell avait dit :

— Je me souviens qu'au temps où nous allions, chaque année, passer l'hiver en Californie, je regardais, en traversant les plaines inhabitées, les pitoyables petites bâtisses toutes de guingois, près de s'effondrer, qui se détachaient sur le ciel, accrochées, en général, au flanc d'un moulin à vent. Et j'éprouvais une impression atroce, un véritable désespoir à la pensée que quiconque pût mener une vie pareille : rien que le vent, le vide, et au milieu de cet espace infini, pour foyer, un amas de planches croulantes. Une telle solitude ! Il me semblait, de la fenêtre du Pullman, en sentir le goût et l'odeur ! Et maintenant que je suis ici je comprends que ces baraques devaient occuper le centre d'un ranch de deux à quatre mille hectares et que parmi le pêle-mêle des corrals, des palissades, des hangars, des murs déjetés, devait s'élever une vraie maison, bien close et confortable, remplie de meubles familiers, de poêles ronflants, en hiver, de grappes d'enfants, de vieilles gens, d'hommes bottés, de bruit, de nourriture, de gaieté. Rien de la solitude et de l'abandon que j'avais imaginés.

Affligé, Rob dit :

— Pas un mur n'est d'aplomb, dans ce ranch.

— Oh ! Rob ! Il ne s'agit pas de notre maison. Tu l'as faite si belle ! Je ne pourrais avoir de foyer plus délicieux.

— Bien vrai ?

— Tu le sais bien.

Il avait tiré quelques minutes sur sa pipe sans rien dire, puis :

— Cependant, Nell, cela aurait pu être dans l'Est. Te sentiras-tu jamais chez toi, ici ?

— Rob, si l'on quitte son pays et sa famille, l'endroit où l'on a passé son enfance, on en garde la nostalgie toute sa vie, et l'on n'a jamais plus de foyer. On peut trouver un séjour meilleur, peut-être une manière de vivre qui vous plaise mieux, mais on a perdu son foyer et l'on ne cesse de le chercher le restant de ses jours. Tu dois t'en rendre compte autant que moi.

Sa réponse émergea d'un profond silence :

— En effet. Quelquefois, j'en suis complètement désespéré.

Elle s'était penchée vers lui et avait glissé sa main dans la sienne :

— Alors, ici, c'est ta main qui est mon foyer.

Il lui avait serré la main avec une violence soudaine.

Les mains de Rob... C'étaient de grandes mains, aux doigts carrés, aux veines saillantes, faisant penser au sang qui circulait en elles et à son pouls bondissant. Malgré leur taille et leur dureté, elles étaient finement dessinées, expressives. Des mains qu'un sculpteur choisirait pour tenir une torche ; des mains qu'un cheval voudrait pour lui passer la bride. En y pensant, elle les voyait détachées de Rob : deux petites personnes indépendantes, ayant leur propre volonté, leur propre cerveau, toujours actives, maniant des outils, des morceaux de métal, des pièces de machines, du cuir ou du fil de fer. Elles avaient construit la terrasse, posé les pierres du petit mur de soutènement, semé la bordure de fleurs à sa base, installé le bassin de pierre au milieu de la Pelouse, planté et arrosé les peupliers…

Quand la voix de Rob avait de nouveau résonné dans la nuit, Nell emportée si loin par sa pensée, consciente seulement de la pression de sa main et de sa présence parfumée de tabac, eut du mal à se ressaisir.

— Mais les garçons, Nell ?

— Oui ?

— Pour eux, c'est ici le foyer.

— Oh ! oui !

— Mais y resteront-ils ? Ou s'éloigneront-ils comme nous l'avons fait pour être, à leur tour, sans foyer ?

Elle avait répondu avec véhémence :

— Tant qu'ils vivront, ils n'oublieront pas ces ciels, ces orages, ces tempêtes, ces éléments déchaînés et ces arcs-en-ciel.

— Précisément. Nous sommes nés et avons été élevés dans des villes puis nous nous en sommes évadés pour échouer ici. Pour eux, ce sera juste le contraire.

— Il en est ainsi pour tout le monde, de nos jours.

Ils avaient rêvé et parlé de la poésie qui fait battre le cœur du monde vivant. Ici, au ranch, on était en contact avec la nature toute nue. Dans les villes, la nature s'entoure d'une coquille ; on n'en sent ni la chaleur ni le sang ; on doute presque de son existence. On peut être tout à fait perdu, dans les villes.

Pendant une heure, ils avaient causé ainsi, la main dans la main, paume contre paume chaude, une heure d'intimité, de compréhension mutuelle.

De telles heures devenaient de plus en plus rares. Pourquoi ? Parce que Rob passait ses journées à lutter contre les chevaux, contre les hommes, le temps, les éléments... et l'équilibre de leur budget. Il portait, la plupart du temps, une cuirasse de défi et d'obstination, et, lançant des regards farouches à tout le monde, même à elle, souvent, il criait et faisait claquer son fouet. Encore une fois, pourquoi ? Le compte en banque...

Elle avait horreur d'y penser. Se rapprochant de la fenêtre, elle observa une bande de petits oiseaux qui voletaient haut dans le ciel, au-dessus de la Pelouse. Le soleil les éclairait par en dessous et ils ressemblaient à des papillons d'argent.

Leur budget... Elle était convaincue depuis longtemps que les chevaux ne rapportaient jamais rien. Pourquoi Rob ne le comprenait-il pas ? Elle n'osait même pas y faire la moindre allusion. Était-elle lâche ? N'était-ce pas son devoir d'épouse ? Mais Rob ne l'admettrait jamais. Il lui était, comme à Kennie, impossible de renoncer à une chose qu'il avait prise à cœur. En vérité, c'était puéril. Un homme mûr devait être plus souple, capable de réviser ses opinions, de modifier ses plans. Mais pas Rob... Oui, les chevaux ne rapporteraient jamais rien. Le ranch était trop loin des marchés. Et puis les acheteurs demandaient des bêtes de grande taille. Or l'on ne pouvait élever un cheval de trois ou quatre ans dans le Wyoming sans de grandes dépenses, en raison de la rigueur des hivers, du manque de personnel, d'équipement, de bâtiments, d'abris. Qu'avait dit à Rob le receveur des impôts ? Que les seuls ranchers du Wyoming à gagner de l'argent étaient ceux qui prenaient des pensionnaires ! Ce n'était pas une région pour l'élevage coûteux des pur-sang. Ici, voyons… qu'est-ce qui florissait dans ce pays ? Le chemin de fer, l'élevage des moutons et des bœufs, quand les cours étaient favorables, et quelques exploitations minières. Les petits propriétaires élevaient quelques bœufs, les abattaient eux-mêmes, les colportaient eux-mêmes dans les villes du voisinage et attrapaient, dressaient et vendaient quelques chevaux sauvages.

Il y avait deux choses que Nell ne pouvait envisager : la faillite, le dénuement vers quoi ils semblaient aller, et le désespoir de Rob. Car il était inévitable. Si l'un devait arriver, l'autre s'ensuivrait. Déjà, chaque jour, sa voix se faisait plus dure, l'expression de sa bouche plus amère, et plus rares la tendresse et la gaieté qui avaient rendu leur union si douce et prolongé leur jeunesse. Que pouvait faire une femme quand elle les sentait disparaître ? Quoi donc ? Oh Rob !

Elle laissa retomber sa tête. Cette situation s'était, bien souvent déjà, imposée à son esprit, mais, d'habitude, elle l'en chassait et pensait à autre chose. Il y avait la beauté de ce qui l'entourait. La prairie découverte, les calmes jours d'été, les grands espaces des plaines ; de la place plus qu'il n'en fallait. Elle ne devait pas l'oublier ; elle devait penser à ses fils, bien portants, heureux, grandissant en force, en intelligence, et dont le caractère se formait.

Et cette soirée d'étroite intimité, cette heure exquise… et ce matin encore quand, en passant, il lui avait dit tant de choses en posant la main sur sa tête. Elle souleva les bras du dossier de la chaise de cuisine et lissa ses cheveux comme pour y retrouver cette main.

Derrière la contre-porte, Matilda demanda accès avec des miaulements péremptoires. Pauly regarda Nell :

– La laisserons-nous entrer ?

Nell alla ouvrir, et Matilda entra, joyeuse, répandant une âcre odeur de putois. Rien, ni les cris, ni le bruit des mains frappées, ni la poursuite menaçante, ni le balai brandi ne la décidèrent à partir. Elle bondit sur le coussin de la chaise de Nell et se mit à lécher avec délices son poil malodorant. Nell lui montra un biscuit. Matilda, qui en était très friande, sauta dessus, mais Nell sortit vivement suivie de Matilda, referma soigneusement la porte et offrit le biscuit. Avec ses mauvaises manières habituelles, la chatte se dressa sur ses pattes de derrière, tapa sur le biscuit avec celles de devant, le fit tomber des mains de Nell, s'en saisit et s'enfuit.

5

Banner flaira le vent. Les juments et les poulains paissaient dans une dépression du plateau en forme de sou-
coupe ; un peu au-dessus d'eux, l'étalon broutait la savou-
reuse herbe tubulaire au bord d'une crête de la montagne.
Soudain, il rejeta la tête en arrière et se tint en alerte, son
corps puissant d'un roux doré, ramassé et tourné pour faire
face au danger, les jambes écartées, arc-boutées aux aspérités du roc, sa crinière et sa queue rousses flottant au vent.

Pendant quelques secondes, il resta immobile, puis
entra en action. D'un trot rapide, il se mit à rassembler les
juments les naseaux levés, cherchant de ses narines palpitantes à identifier l'odeur dont lui parvenait à peine un
effluve de temps à autre.

Il décrivit des cercles de plus en plus étendus, le nez plus
haut, les yeux et les oreilles ardents et attentifs. Au-dessus
de lui se dressait un sommet rocailleux, point le plus élevé
des kilomètres à la ronde. De là, sa vue perçante lui permettait de distinguer le plus lointain des êtres en mouvement, et son odorat aiguisé humait et discernait le

moindre apport du vent. Il gravit les pentes escarpées sans ralentir son allure, ses longs et souples muscles jouant sans effort sous sa robe lustrée. Ses pieds de devant plantés sur l'aiguille la plus haute, son corps suivant l'inclinaison du rocher, il levait et balançait la tête sans parvenir à ressaisir l'odeur. Il redescendit et se mit à tourner en rond, le nez en l'air, la queue levée en panache au-dessus de sa croupe. Le ciel d'un bleu profond s'arrondissait au-dessus de sa tête, parcouru par des cumulus blancs qui paraissaient à l'étroit entre le ciel et la terre.

Les juments et les poulains continuaient placidement à paître.

Les mouvements de la tête d'un étalon quand il flaire le vent sont une chose curieuse à voir. Il la remue incessamment, la lève haut, toujours plus haut, droit vers le ciel, les narines largement ouvertes. Il parcourt le terrain au petit galop ou au grand trot avec aisance et rapidité, toujours en rond, afin de ne pas omettre le moindre centimètre du champ à inspecter. À la fin, Banner discerna sans erreur possible l'odeur de son maître ; il s'arrêta, fit demi-tour et se dirigea vers les cavaliers qui approchaient, mais en les encerclant, de manière à les rejoindre par-derrière. Rob, qui s'attendait à cette manœuvre et jetait sans cesse des regards en arrière et sur les côtés, vit soudain l'étalon arriver vers eux avec prudence, d'un trot élastique, les fixant de ses yeux tranquilles et interrogatifs. « Que se passe-t-il ? » avait-il l'air de demander. « Dois-je faire rentrer les juments ? les changer de pâturages ? ou ne s'agit-il que d'une exhibition ? »

Les hommes ralentirent et s'avancèrent à sa rencontre. Sargent et Harris le connaissaient déjà, mais il était impossible de ne pas éprouver d'émotion en voyant approcher l'intelligent animal qui les examinait avec curiosité en dressant les oreilles.

Souvent, Rob s'était demandé comment l'étalon devinait ses pensées. Il les lisait peut-être dans le balancement et l'inclinaison de son corps sur son cheval ; une observation attentive montre à quel point les innombrables et continuels petits mouvements du corps révèlent la pensée et les intentions. Peut-être aussi suivait-il la direction de son regard. Et dans une certaine mesure les paroles prononcées, le ton de la voix et des signes déterminés devaient lui servir d'indication.

— Regardez-le ! s'écria Charley Sargent. Quel coquin !

— L'admirable cheval ! dit Harris. Il nous a rattrapés par-derrière.

— Ses juments sont probablement par là-bas, dit Rob en faisant un geste par-dessus son épaule. Pas d'avoine pour toi, aujourd'hui, mon vieux…

Banner l'avait déjà compris. Il n'y avait jamais d'avoine quand son maître arrivait à cheval, mais seulement quand il venait en automobile.

— Où est ta famille ? ajouta Rob.

Il se retourna et aperçut la bande des juments à quinze cents mètres.

— Les voilà ! dit-il en éperonnant son cheval. Vous voulez les voir, Mort ?

— Bien sûr !

Ils partirent au petit galop à travers la montagne, suivis de l'étalon qui courait en demi-cercle autour d'eux, les serrant de près, reniflant chacun des chevaux. Au moment où ils s'arrêtèrent près du troupeau de juments, le hongre de Charley fit volte-face et échangea avec Banner des grognements et des glapissements. Ils se cabrèrent tous deux et Charley eut de la peine à garder son assiette [1] quand soudain les deux chevaux se mirent, pour s'amuser, à se donner des coups de sabots, à se mordiller par-dessus la tête en visant le cou.

– Ce sont de vieux amis, dit Rob en riant.

Charley se pencha et fit un mouvement pour chasser l'étalon :

– Va-t'en, vieille brute !

Banner sursauta et s'éloigna d'un bond, mais il revint au bout de quelques secondes, et cette fois se mit à flairer la jument que montait Harris ; s'alignant sur elle il la serra de près et brusquement lui allongea un coup de pied. Le colonel Harris écarta la jument et cria contre l'étalon. Banner fit un tour et revint, la tête rasant le sol, rampant sur l'herbe comme un serpent. Rob et Charley arrêtèrent leurs chevaux et observèrent le spectacle en souriant. La jument recevait des ordres de deux côtés différents : son cavalier la retenait de force, lui enjoignait de cesser ce jeu et de se tenir tranquille ; tandis que l'unique coup de pied de Banner avait suffi pour lui faire comprendre ses intentions.

Il continuait à les exprimer en lui mordillant les jambes de derrière. Effrayée et impuissante, elle obéit à l'étalon. Le colonel Harris tirait en vain sur les rênes. Une seconde plus tard, Banner l'avait forcée à prendre le galop, la poussant droit sur son troupeau de juments. Rob et Charley la suivirent lentement, leurs visages dilatés par de larges sourires.

---

1. Stabilité, équilibre.

– On ne croirait pas qu'un homme ayant passé sa vie à cheval puisse être appelé à vivre une aventure hippique tout à fait nouvelle. C'est pourtant ce qui me semble attendre Mort, dit Sargent joyeusement. Je suis rudement content de ne pas être à sa place !

Taggert et son cavalier se perdirent dans le groupe des juments, lequel se resserra sur l'ordre de Banner. Il en fit rapidement le tour, tête baissée, les dents découvertes, sa crinière lui retombant sur les yeux. Tirant un sifflet de sa poche, Rob siffla. L'étalon et toutes les juments s'arrêtèrent et le regardèrent. Rob fit demi-tour et partit au trot en direction du ranch, un bras levé haut : « Viens, Banner ! Ramène-les ! »

Il passa au galop, suivi de près par Charley. L'étalon se mit à rassembler ses juments. Éperonnant son cheval, Rob dit :

Je préfère rester devant.

Mais ce fut impossible. Bien avant qu'ils eussent atteint le bas de la pente, la bande des juments, conduite par l'étalon, Harris toujours emprisonné parmi elles, avait rattrapé Rob et Charley. Sautant les ravins, dévalant les côtes, glissant, se bousculant les unes les autres, elles étaient en proie à un accès d'exubérance sauvage. Elles se dérobaient en ruant et en caracolant. La jument de tête gardait sa place, le cou tendu, repoussant jalousement toute jument qui venait la provoquer. Les poulains, âgés à présent de trois ou quatre mois, n'en étaient pas à la première course de ce genre. Rapides et agiles, ils bondissaient par-dessus les ravins, agitaient la tête, jouaient et hennissaient d'allégresse. Quand il passa près d'eux en trombe, Rob et Charley aperçurent le visage pâle de Harris et l'entendirent émettre un bref juron ; rejeté en arrière comme pour une course d'obstacles, il gardait son assiette et l'emprise de ses genoux, laissant son corps rebondir librement. Il ne pouvait être question pour lui de guider sa monture ; il ne le tentait même pas et se bornait à tenir les rênes sans la diriger.

— Même un artilleur ne prend pas souvent part à une charge pareille ! ricana Charley Sargent.

Les juments disparurent derrière une crête et, pendant quelques minutes, Rob et Charley ne virent plus qu'un nuage de poussière au-dessus de la pente.

Howard et Ken avaient ouvert les barrières du pâturage. Les juments connaissaient le chemin. Quand elles en furent à proximité, Banner les fit ralentir. Elles prirent le tournant. Bientôt, le sergent d'écurie et l'ordonnance du colonel poussèrent des exclamations admiratives et des jurons d'étonnement à la vue de l'étalon roux ramenant le troupeau de juments et de poulains, ventre à terre, à travers le pâturage jusque dans les corrals. Gus referma les barrières. Alors seulement les deux soldats virent leur colonel au milieu du troupeau.

Il descendait de cheval, rajustant son chapeau d'une main qui tremblait légèrement. Son visage était blême. Gus prit Taggert par la bride.

— Rude chevauchée ! dit le colonel en s'époussetant, car il était couvert de poussière, d'écume et de débris de gravier.

L'ordonnance se mit au garde-à-vous et salua.

— Où est la jument ? demanda Harris.

Il aurait pu s'épargner cette question, car déjà Banner se cabrait et frappait des pieds la barrière du corral de l'est.

Les trois hommes l'ouvrirent, et l'étalon entra dans l'enclos.

Charley et Rob s'approchèrent à cheval, l'air innocent ; le colonel les aborda, impassible et grave comme toujours, ses lunettes à leur place, sur son nez.

– Vous avez crié quelque chose en nous dépassant, dit Rob. Je ne l'ai pas bien saisi.

Le colonel sourit.

– Vous ne l'avez peut-être pas entendu ; cela vaut mieux. Mais vous savez très bien ce que je disais. Quoi qu'il en soit, c'est fini maintenant, et tout va bien. Curieuse aventure, vraiment ; je n'aurais pas voulu la manquer.

– Vous êtes bien heureux d'en être quitte, n'est-ce pas, Mort ? et vous appréciez d'être ici dans le corral, sain et sauf, sur vos deux jambes avec le déjeuner en perspective.

– Je devais dormir debout pour que vous ayez pu me coller une jument pareille !

Howard et Ken arrivèrent au galop et sautèrent à terre. Le sergent et l'ordonnance remettaient la couverture sur la jument ; Tim ramena Banner auprès de ses juments. Gus et Tim remplirent d'avoine les mangeoires posées par terre contre la clôture du corral, les juments et les poulains commencèrent à manger non sans échanger morsures et coups de pied. Rob surveillait l'opération, réprimant les querelles d'une voix rude. Il tenait à la main la part de Banner, un seau à demi plein d'avoine ; l'étalon y enfouissait sa tête avec circonspection, regardant Rob par-dessus le bord ; puis il l'en sortait pour mâcher tout en jetant un coup d'œil sur ses juments, et l'y replongeait de nouveau. Cette obligation de cacher son nez et ses yeux dont dépendait la sécurité de sa bande blessait son instinct le plus profond, et il en frémissait tout entier. Seule sa confiance en Rob lui permettait de supporter cette situation. À la fin, Rob laissa tomber le seau et ordonna à Tim d'ouvrir les barrières du corral.

– C'est tout, dit-il à Banner, il n'y a plus rien.

Et, levant les bras, il avança vers les juments, les poussant pour ainsi dire devant lui.

– Ramène-les, Banner, dit-il à l'étalon.

Le troupeau s'écoula lentement par les barrières et se mit à brouter l'herbe haute et juteuse qui croissait au bord du ruisseau.

– Que vont-ils faire maintenant ? demanda Harris.

– Ils rôderont un certain temps autour des corrals, broutant et songeant à l'avoine, puis ils retrouveront à travers les pâturages le chemin de la route nationale ; la barrière est ouverte. Ils la franchiront et remonteront dans la montagne. Banner les empêchera de s'égayer. Ayez l'œil, Tim ; quand ils seront passés sur la route, vous refermerez la barrière.

– Oui, monsieur.

Ken vit approcher sa mère. « Voilà le moment, se dit-il. Tout est terminé et tout le monde est réuni ici... »

Groupés autour de la remorque, les hommes embarquaient la jument du colonel. Le sergent et l'ordonnance prirent place sur le siège du devant de la voiture et celle-ci s'éloigna.

– Dad, dit Ken.

– Eh bien, mon fils ?

– Je vais vous faire une surprise.

– Pas possible ?

– Je la réserve depuis hier soir.

Toutes les personnes présentes se retournèrent pour le regarder. On allait enfin l'écouter.

– Elle est dans l'écurie, venez la voir, ajouta-t-il en saisissant le bras de son père qu'il entraîna dans le corral.

Soudain, Rob devina :

– C'est le poulain de Flicka ? demanda-t-il.

Ken inclina la tête, rayonnant, ses yeux bleus brillants d'émoi.

– Oui !

– La jument de selle de Ken aurait dû pouliner au printemps, expliqua Rob à ses amis. Elle est restée dans le pâturage tout l'été comme une poule couveuse, attendant l'événement, s'enflant comme un ballon. Il doit y avoir quatorze mois...

– Attendez ici ! dit Ken, très excité, quand ils furent tous dans le corral. Je vais les faire sortir. Ils sont dans l'écurie.

Un instant après, la porte de l'écurie s'ouvrit et Flicka en sortit en trottant ; puis, pendant une minute, plus rien. Flicka regarda derrière elle et hennit. Toujours rien. Enfin un petit cri aigu, furieux se fit entendre et Ken apparut, poussant devant lui le poulain blanc.

Un silence absolu accueillit cette apparition. Rob entrouvrit la bouche et les yeux lui sortirent de la tête. Nell fut la première à parler :

– Comment ! Kennie ! s'écria-t-elle ; un poulain blanc !

Charley Sargent retrouva sa langue et, avec un éclair de joie dans les yeux, regarda Rob :

– Voilà, je suppose, un exemple de la pureté des descendants de Banner ? Je me rappelle vos paroles : « La plupart sont alezans, aussi semblables que les pois d'une même cosse. »

Et, se tournant vers Mort Harris, il dit d'un ton affligé :

— Je compatis profondément à votre malchance, Mort… Votre jument…

Harris émit un hurlement, regarda dans la direction qu'avait prise sa voiture avec la remorque et fit semblant de s'arracher les cheveux.

Ken était au supplice. Il vivait un de ces moments où des espoirs démesurés et une profonde déception se concilient grâce à l'ardeur du désir. Aussi s'efforçait-il de trouver les arguments susceptibles de convaincre ses parents que l'événement était heureux. Il attendait que sa mère parlât, car les premiers mots qu'elle prononcerait seraient le nom de son poulain. Enfin, il ne devait pas laisser échapper son coupable secret.

— N'est-il pas beau ? s'écria-t-il joyeusement. Et un cheval blanc porte bonheur, comme chacun sait !

Le visage de Rob était décomposé. Il ôta son chapeau et s'essuya le front.

— Mon Dieu, Ken… commença-t-il.

Mais il ne pouvait rien dire.

Flicka hennit de nouveau, appelant son petit. Il se mit à courir vers elle, puis apercevant Highboy, debout contre la clôture, ses rênes négligemment accrochées à un poteau, il se dirigea vers lui et essaya de le téter. Un cri s'éleva des spectateurs, amusés et surpris. Highboy, agacé, s'éloigna du poulain, tourna autour et lui donna de petits coups de tête. Le poulain resta immobile, gémissant, puis il courut à Cigarette et chercha sa tétine. Flicka l'appelait en vain ; quand il passait près d'elle, il ne semblait pas faire de différence entre elle et les autres chevaux. Le visage de Nell prit une expression horrifiée.

– Quoi ! Il ne reconnaît pas sa propre mère !

Le poulain parcourait le corral.

– Un cheval blanc porte bonheur, répéta Ken avec désespoir. Gus l'a dit. Chacun le sait.

Rob retrouva enfin la parole :

– Un retour atavique [1] ! s'écria-t-il avec dégoût.

Et il jeta sur Ken un de ces regards fulminants que Ken ne pouvait soutenir. En quelque sorte, c'était sa faute.

Nell examinait le poulain. Il ne ressemblait pas aux poulains de Goose Bar. Un poulain nouveau-né pur-sang est bâti suivant des lignes perpendiculaires ; son petit dos est si court que ses quatre jambes semblent étroitement groupées par-dessous ; le cou prolonge leur ligne perpendiculaire jusqu'à la petite tête, curieuse, pareille à celle d'un hippocampe. Mais la structure de ce poulain-là était en longueur comme celle d'un cheval adulte. Il avait un air repoussant de précoce maturité avec son cou épais et la grande tête noueuse qui le surmontait, sa large bouche aux grosses lèvres molles et noires, et ses courtes jambes inégales…

– Mais c'est un gnome ! s'écria-t-elle.

Le sang afflua à la tête de Ken ; pris de vertige, il alla s'appuyer à la clôture du corral. Personne ne parla pendant un moment.

Gnome. Elle l'avait baptisé.

– Gnome, Gnome, Gnome ! cria Howard.

Mais Ken ne se tenait pas encore pour battu. Il se tourna vers sa mère. Il prétendait que ce n'était qu'un vain mot. Il prétendait qu'elle ne l'avait pas encore nommé.

---

1. C'est-à-dire la réapparition de caractères héréditaires.

– Mum, voudriez-vous lui chercher un nom ? Un nom qui rappellerait sa blancheur et… qu'il va devenir un merveilleux cheval de course…

– Un cheval de course ! s'exclamèrent-ils en chœur.

Soudain, Ken s'empourpra ; regardant son père, il dit :

– Vous avez dit un jour : « Si jamais il y avait dans le lot une bête docile, on pourrait avoir un cheval de course ! » Eh bien, Flicka est devenue douce. Elle est aussi douce qu'un chaton. Vous l'avez dit vous-même. Mais, à cause de sa jambe malade, elle ne pouvait devenir cheval de course et il fallait que ce fût son poulain au lieu d'elle-même. Le voici, et c'est un mâle. Il est grand et fort. Il a dans les veines le sang de Flicka et sa vitesse. La vitesse et l'ardeur de tous les poulains de l'Albinos. Sa mère lui donnera de bonnes manières parce qu'elle est douce, si bien qu'on pourra le dresser à devenir cheval de course… Il ne sera pas difficile à manier, même s'il a hérité de l'Albinos sa robe blanche !

– L'Albinos était son arrière-grand-père, expliqua Nell à Sargent.

– Et Banner est son père, dit Sargent de sa voix traînante. Que faut-il penser de toutes les théories de Rob sur l'élevage du pur-sang ? Il a fait couvrir Flicka par son propre père, et voyez ce qu'il a obtenu !

Mais Rob regardait son jeune fils debout devant lui, le visage en feu, les yeux étincelants, défendant son poulain. Et sa colère s'éteignit, remplacée par une silencieuse approbation :

– Bravo, mon fils !

– Donnez-lui un nom, mum, insista Ken. Donnez-lui un nom qui convienne à un vainqueur de courses et qui évoque sa couleur blanche.

– Fromage blanc ! cria Howard, moqueur.

Puis, minaudant avec affectation :

– Ou bien Chou à la crème !

– Perle du Harem ! plaisanta Sargent.

– Vache de Mooley ! s'écria Howard en galopant gauchement à travers le corral.

– Que quelqu'un arrête ce gamin, sans quoi il n'en finira pas, dit Rob en portant une botte à Howard.

Celui-ci l'esquiva, mais tomba dans les bras de Sargent qui l'empoigna et lui appliqua la main sur la bouche.

Nell n'avait pas parlé. Ken ne la quittait pas des yeux.

– Mum ! implora-t-il, continuez, mum !

Sargent lâcha Howard qui, après un coup d'œil sur son père, décida que la plaisanterie avait assez duré.

Le cœur de Nell se serra. Elle regarda le poulain : cet air buté, cette tête de mule, cette stupidité : vouloir téter tous les chevaux qu'il voyait sans reconnaître sa propre mère… et sa colère : il courait, tête baissée, à travers le corral, lançant des coups de pied d'une de ses jambes de derrière, il paraissait rempli de haine…

Mum, supplia Ken.

De désespoir, Nell leva les yeux et vit au-dessus de la ligne verte de la colline un gros cumulus montant dans le bleu foncé du ciel. Sa blancheur était tellement éblouissante qu'elle en fut à demi aveuglée.

– Tiens, dit-elle avec calme, vois-tu cela ? Un cumulus. Et d'un blanc pur. Nous l'appellerons Thunderhead [1], Ken. Aucun cheval de course ne pourrait avoir un plus beau nom.

1. *Thunderhead* signifie « cumulus » en anglais.

Personne ne dit mot. Le silence était comme une ombre fraîche par une journée chaude et poussiéreuse. Ken ne bougeait pas, ému jusqu'à la faiblesse par ce nom si magnifique. Il regarda le grand nuage et se détourna pour cacher son visage aux autres. Thunderhead ! Il mènerait le poulain à la gloire. Avec un nom pareil, quel cheval pourrait faillir ?

Le poulain, qui se démenait toujours à travers le corral lançant des ruades et hennissant, s'approcha du groupe de personne rassemblées près de la clôture. Il n'en avait pas peur. Un poulain ordinaire aurait fait demi-tour, mais le colonel Harris, qui le prit par le cou, fut mordu et le lâcha. Nell étendit la main. Le poulain se frotta contre elle ; pendant un instant, la tête cachée, il retrouvait l'obscurité, et elle fut la bienvenue, cette obscurité familière des longs mois passés à l'intérieur de sa mère. Il se pressa tout contre Nell et demeura tranquille.

Une étrange sensation parcourut Nell. Il était laid et elle l'avait tout d'abord mal nommé ; tout le monde s'était moqué de lui ; maintenant qu'il se tournait vers elle, un flot de tendre compassion l'envahit. Elle posa la main sur son cou et le caressa. Un peu haletant, les flancs battant, ses lourdes jambes comiquement écartées, il s'appuyait contre elle, fermant les yeux sur le monde et sur les êtres.

6

Ils descendirent déjeuner.

Quand Rob ajouta une bouteille de bourgogne au repas, Charley Sargent lui-même renonça à faire de l'esprit aux dépens du poulain blanc et devint attentif aux canetons rôtis et aux champignons à la crème. Ken était au septième ciel. Après tout, cela s'était bien passé – mieux qu'il n'avait osé l'espérer. Thunderhead ! Quel nom ! Et son père avait empêché Howard de s'en moquer. Il jeta un coup d'œil sur son père et vit ses yeux bleus si pénétrants fixés sur lui d'un air pensif. Ce regard le mit très mal à l'aise. C'était avec ce regard-là que son père découvrait ce qu'il avait fait, d'où il venait et même à quoi il avait pensé. Parfois, Ken essayait de garder ses secrets, mais il avait constaté que c'était inutile quand son père le mettait sérieusement sur la sellette.

Ken baissa les yeux et s'occupa du pilon charnu qu'il avait dans son assiette. Il le prit à la main, en demandant d'un regard la permission à sa mère. Ronger son os lui cachait en partie le visage, mais ses joues étaient brûlantes et son père continuait à le regarder. Il ne voulait pas lui rendre son regard ; il y était fermement décidé ; il se retint de le faire jusqu'à ce que tout son corps en fût contracté et angoissé. Alors, il leva les yeux. Leurs regards se croisèrent. Au bout d'une seconde, un petit sourire apparut sur le visage de Rob comme s'il avait obtenu ce qu'il désirait.

Après cela, son père ne le regarda plus, et quand le colonel Harris demanda :

– Je voudrais savoir pourquoi vous avez ramené toutes les juments alors que vous aviez seulement besoin de Banner ? Était-ce simplement pour me faire faire cette chevauchée des Walkyries ? Si oui, mille mercis. Je n'aurais pas voulu la manquer. Encore un peu, et Taggert et moi nous nous serions envolés loin de la terre. J'entendais déjà la musique céleste !

– Howard, dit Rob en riant, explique au colonel Harris pourquoi nous avons ramené les juments avec Banner.

Howard trouva difficile de répondre à une question aussi simple :

– Parce qu'il ne serait jamais venu sans elles, monsieur, dit-il.

– Vous voulez dire, fit Harris ébahi, que vous ne pouvez emmener cet étalon nulle part sans toutes ses juments ?

– Toutes ses juments et tous ses poulains, répondit Rob tranquillement. Environ vingt juments et autant de poulains. Ils constituent sa famille. Quand il se déplace, ils sont quarante et un à se mettre en mouvement.

– Du reste, dit Howard, s'il venait seul, comment serait-il sûr de jamais les revoir ? Qui les protégerait en son absence ? Il en est responsable, c'est pourquoi il est obligé de les emmener.

– Et quand vous avez besoin d'une des juments ?

– Nous faisons rentrer tout le troupeau. Nous enfermons la jument, ce qui rassure Banner ; il sait qu'elle est ainsi en sécurité, soignée et conservée pour lui… et nous renvoyons les autres.

Ken ne contribua en rien à la conversation qui s'ensuivit. Il était déprimé et avait hâte que le repas se terminât. Quand on se leva enfin de table et que sa mère eut préparé le plateau du café que l'on prenait sur la terrasse, il se disposa à filer aux écuries. Mais son père le rappela :

— Reste par ici, Ken ; je peux avoir besoin de toi.

Ken s'assit sur le mur de soutènement de la terrasse, ses jambes pendant au-dessus de la bordure de fleurs, le dos tourné à la société qui entourait la table basse. Ken se tenait souvent ainsi quand ses parents recevaient des invités. Il pouvait, de la sorte, entendre ce qu'ils disaient si cela en valait la peine, et, sinon, il y avait une foule de choses à observer sur la Pelouse, parmi les pins, sur la falaise ou dans le ciel. Aujourd'hui, son dos tressaillait parce que son père était derrière lui, mais il s'efforça d'oublier ce qui l'attendait et de fixer son attention ailleurs. Là-bas, près de la fontaine un gros rouge-gorge s'appliquait à chercher un ver. Devant l'entrée du trou, une oreille tournée vers le sol, il épiait, se disait Ken, les mouvements du ver qui lui révéleraient, par quelque léger bruit, sa position exacte. Puis le bec plongea brusquement dans le trou et ressortit en tenant le ver par un bout ; le rouge-gorge recula tirant, tirant sur le ver comme sur un élastique. Ken était fasciné ! Cinq centimètres de ver… deux centimètres, et le rouge-gorge reculait toujours… C'était palpitant à voir.

— Et maintenant, annonça Rob d'un ton enjoué, Ken a quelque chose à nous dire. Il va nous apprendre qui est, en fait, le père de ce poulain blanc.

Ken s'y était cru préparé, mais il en éprouva quand même

69

un choc, une sensation désagréable. Les mots lui man-
quaient. Son esprit était tout embrumé.

– Le père ! s'écria Harris. Qu'est-ce que cela veut dire ? Je
croyais que Banner engendrait tous vos poulains ?

– Pas celui-ci, dit Rob avec un large sourire. Votre jument
n'a rien à craindre, Mort. Elle vous donnera un beau petit
alezan, quand elle poulinera l'été prochain. Je vous l'ai dit,
Banner est un reproducteur fidèle : toujours des alezans ;
comme des pois dans leur cosse.

– Ah ! s'écria Charley, vous voilà prêt à le désavouer, ce
pauvre retour atavique ! Je ne l'aurais pas cru de vous, Rob !

– Allons, Ken, dit Rob, qui est le père de ce gnome ?

Sans se retourner, Ken désigna Charley Sargent d'un
geste du menton et du coude :

– C'est son grand étalon noir !

– Quel étalon ?

– Celui de Mr Sargent.

– Ça alors ! Vous lui permettez de raconter des blagues
pareilles, Rob ? Ou ce garçon est-il sujet aux hallucina-
tions ?

Rob était aussi surpris que quiconque.

– Tu parles d'Appalachian, Ken ?

– Oui, m'sieur.

– Mais il ne le connaît même pas ! cria Sargent. Ken,
l'as-tu déjà vu ? Appalachian n'a jamais quitté mon ranch,
qui est à trente kilomètres d'ici !

– C'est un grand cheval noir avec trois paturons blancs
et une étoile blanche entre les yeux. Il vient rôder dans le
petit ravin, près des trembles et des sureaux, à l'endroit où
la clôture longe votre propriété. C'est à trente kilomètres
d'ici par la grand-route, mais en ligne droite, à travers la

campagne, cela n'en fait guère que dix. Une seule barrière à franchir et les fils de fer de votre saut-de-loup [1] à aplatir.

Il y eut un silence de stupéfaction. Puis les paroles de Ken produisirent leur effet : Charley Sargent se leva d'un bond. Sa longue figure hâlée exceptionnellement sérieuse, son grand chapeau un peu de travers, ses sourcils froncés, il s'écria :

– Je n'en crois rien ! C'est impossible ! Ce petit avorton le fils d'Appalachian ! Allons donc !

En deux enjambées, il fut auprès de Ken, le saisit par l'épaule, le souleva et le déposa sur la table basse, face à tout le monde, en disant :

– Reste là.

Ken était un peu pâle, mais ses yeux d'un bleu sombre soutinrent sans vaciller le regard de son père.

– Vas-y, Ken, dit Rob. Raconte ton histoire. Je vais te la commencer : Il y a un an, au printemps dernier, nous avons décidé que Flicka devait être couverte.

– Non, m'sieur ; c'était l'automne d'avant, vers la fin de novembre. Vous et mum avez dit : « Nous ferons couvrir Flicka dès qu'elle aura l'âge, pour en avoir un poulain. »

– C'est exact. Maintenant, je m'en souviens. Vous étiez ici, toi et Howard, pour le week-end de Thanksgiving [2].

– Oui. Et quand nous sommes retournés au collège, pendant tout l'hiver, j'y ai pensé. Quand je suis revenu pour les vacances de Pâques, vous m'avez laissé dresser Flicka et la monter un peu parce qu'elle avait juste deux ans, qu'elle était forte et bien développée. Et vous m'avez dit que

1. Grand fossé destiné à interdire l'accès d'une propriété.
2. Fête célébrée aux États-Unis le quatrième jeudi de novembre. Ce jour-là, on rend grâce à Dieu du bonheur reçu pendant l'année.

j'étais assez léger pour ne pas lui faire mal au dos. Je l'ai habituée à la couverture et au surfaix et j'ai commencé à la monter. Pendant ces vacances-là, si vous vous le rappelez, vous m'avez emmené en ville et nous avons déjeuné avec Mr Sargent à l'hôtel de la Montagne. Il a parlé de son étalon, Appalachian. Il l'a van… enfin, il ne cessait de faire son éloge. Puis il s'est mis à van… enfin à faire l'éloge de tous les poulains qu'il en avait eus.

Ken s'arrêta et lança à son père un regard interrogateur.

– Oui, je m'en souviens. Il a fait leur éloge ; c'est dans ses habitudes, dit Rob en souriant.

Le colonel rit ; Sargent pinça l'épaule de Ken un peu plus fort et dit :

– Continue ton histoire, jeune homme.

– Alors, vous comprenez, quand je suis retourné au collège après les vacances, je pensais à Appalachian.

Rob poussa un gémissement :

– Et j'aime autant vous dire que lorsque Ken se met une chose en tête, il ne pense plus qu'à cela !

– Si bien, dit Ken, poursuivant son idée, qu'à mon retour ici en juin, c'est à cela que je pensais. Je suis allé plusieurs fois, monté sur Cigarette, voir Appalachian.

– Quel culot ! fit Sargent. Eh bien, ajouta-t-il avec une certaine curiosité, qu'en as-tu pensé ?

– Oh ! répondit Ken, la voix gonflée d'enthousiasme, la même chose que vous ! J'ai approuvé toutes les louanges que vous en aviez faites !

– Je t'en remercie, mon garçon !

– Et après, Ken ? demanda Rob.

– Eh bien, c'était à peu près l'époque de faire couvrir Flicka et vous m'avez dit de m'en occuper.

Rob ferma les yeux à demi et regarda au loin, essayant de raviver ses souvenirs, Nell inclina la tête :

– Je me le rappelle, Rob. Tu avais fait monter Banner et les poulinières sur le Dos-d'Âne. Il ne restait ici que les juments de selle, Flicka et Taggert. Tu as dit à Ken qu'il en était responsable et qu'il devait la mener à l'étalon.

– En effet, approuva Rob. Eh bien, Ken ?

– Eh bien, dit Ken avec effort, je n'avais cessé de penser à Appalachian ; j'y pensais constamment parce que nous désirions que le poulain de Flicka fût un cheval de course et que Banner n'en a jamais été un. Et quand je me rappelais tout ce que Mr Sargent m'avait raconté sur son étalon et tous les poulains qu'il lui avait donnés, alors… alors…

– Eh bien ? dit Charley.

– Eh bien, quand elle a été en chaleur, je l'ai simplement enfourchée un jour pour la mener là-bas – cela m'a pris presque toute une journée – et je l'ai mise dans le pré avec Appalachian. Quand il l'a eu couverte, je l'ai ramenée ici ; c'est tout.

Un moment de silence suivit le récit de Ken. Soudain le colonel Harris éclata de rire. Howard regardait son jeune frère bouche bée d'admiration. Le fait lui-même n'était rien comparé au secret dont il l'avait entouré pendant plus d'un an. Howard enviait cette faculté de faire des choses extraordinaires et de n'en rien dire à personne.

– Tu as fait ce long trajet de vingt-cinq kilomètres sur ta jument ?

– Oui, m'sieur. Je mettais pied à terre pour la laisser se reposer, de temps en temps. Vous me permettiez de la monter parce qu'elle avait si bien grandi et moi pas.

C'était vrai, Ken n'était pas plus développé qu'à dix ans.

– Tu as dû être absent presque toute la journée. Je ne m'en souviens pas.

– C'était un jour où vous et mum êtes allés en ville. Vous y avez déjeuné et vous n'êtes rentrés que tard dans l'après-midi...

Ken réservait pour la fin le grand coup qu'il allait frapper...

– De toute façon, je peux vous le prouver, dad, ajouta-t-il.

– Comment cela ?

Ken descendit de la sellette et disparut dans la maison. Ils entendirent ses pas dans l'escalier. Il revint, brandissant un papier plié, froissé et sale. Il le tendit à Rob qui l'ouvrit, l'air intrigué, et le lut en silence. Puis il le passa à Charley. Sargent le fixa longtemps avant de lire lentement à voix haute : « FLICKA À APPALACHIAN, 2 h 30, 28 juin. »

Sargent jeta le papier, sauta sur ses pieds et cria :

– Je ne le crois pas !

Puis, d'un seul bond, il passa par-dessus la plate-bande et partit à longues enjambées vers le corral.

– Ça me confond, dit Rob. Je n'avais jamais songé à Appalachian. Je savais que ce n'était pas Banner. Je croyais que, l'Albinos étant quelque part dans les environs, il avait pu rencontrer la jument ou que Ken, à force de penser toujours à la même chose, avait eu l'idée folle de la lui amener.

Charley revint :

– Donnez-moi à boire, Rob. Si c'est vrai, c'est un coup terrible.

– C'est parfaitement vrai, dit le colonel Harris. J'ai observé le visage de Ken pendant qu'il parlait. Son expression était aussi sincère que son histoire est véridique.

Charley avala d'un trait la boisson que lui versa Rob et,

comme Rob venait de remplir les autres verres, il lui tendit de nouveau le sien.

— J'espère que vous n'allez pas vous mettre à boire, Charley, dit Harris d'un ton sec. Ressaisissez-vous ! Nombre de gens ont des secrets de famille à cacher !

— Nous ne le divulguerons pas, Charley ! ricana Rob.

Charley ne les entendait même pas. Il enleva son chapeau et se passa distraitement les mains dans les cheveux.

— Ça n'a peut-être pas pris ! s'écria-t-il soudain. Elle a peut-être été couverte plus tard, pendant l'été, par un autre étalon. C'est cela ! dit-il, très agité : vous avez dit que le poulain est né avec plusieurs mois de retard sur vos prévisions !

Mais Ken secoua la tête.

— Elle n'est plus jamais remontée dans la montagne. Vous comprenez, c'était le premier été où je n'avais guère pu la faire travailler ni même la monter. Elle avait deux ans. Je l'ai gardée à l'écurie ou dans le pâturage de la Maison, afin qu'elle fût bien dressée quand il me faudrait quitter le ranch à l'automne. Et il n'y avait pas d'autre étalon par ici.

— C'est vrai, dit Nell. Elle n'a pas bougé de tout l'été. C'est tout juste si Ken ne l'a pas fait entrer dans la cuisine.

— Mais je l'y ai menée, mum ! Rappelez-vous quand vous avez mis le seau d'avoine sur l'évier ; je l'ai appelée ; elle est entrée ; elle a fait le tour de la cuisine, regardant et flairant tout, et, à la fin, elle a mangé son avoine devant l'évier !

— Ken, te rends-tu compte que tu as *volé* ce service ? dit Rob. Tu as entendu ce que Mr Sargent a dit pendant le déjeuner : le tarif des saillies d'Appalachian est de deux cent cinquante dollars.

La bouche de Ken s'ouvrit toute grande. Il avait tout prévu, sauf cela. Il se heurtait toujours à la question de l'argent. Il ne répondit pas, mais se tourna vers Charley Sargent avec la tête d'un condamné à mort.

— Je t'ai toujours dit, insista son père, que tu me coûtes de l'argent chaque fois que tu lèves le doigt.

— Je vous coûte de l'argent ?

— Eh bien, tu en dois à Charley ici présent et tu n'as pas de quoi le payer, n'est-ce pas ?

— Non, m'sieur.

— Il faudra bien que quelqu'un le paie.

— Ça non, par exemple ! s'écria Charley. Si ce poulain est bien issu d'Appalachian, tu ne me dois rien. C'est moi qui te dois des excuses, à toi et à ta jolie petite jument.

Ken recommença à respirer ; il regarda son père pour voir si, de ce côté-là, il avait une punition à craindre.

— Si Mr Sargent te tient quitte de ta dette, Ken, je n'ai rien à dire.

— Voilà Gnome qui arrive ! s'écria Howard.

Gus avait ouvert le corral pour faire paître les chevaux ; Flicka, son poulain, Taggert et les hongres s'avançaient pour s'abreuver au bassin de pierre qui s'arrondissait au milieu de la Pelouse.

Les hommes et les garçons descendirent les voir de plus près.

— Il faut en prendre votre parti ; c'est bien l'atavisme de l'Albinos qui a été transmis à ce poulain par sa mère ; le sang de votre étalon n'a pas été assez fort pour contrebalancer l'influence du sien.

— Mon étalon ! S'il ne s'agissait que de lui ! Mais c'est le sang de soixante générations des meilleurs chevaux de course que cette jument a remplacé par l'hérédité de ce mustang sauvage.

Le poulain, comme toujours, ne suivait pas sa mère, mais errait çà et là selon son caprice. Flicka tourna la tête, l'appela d'un petit hennissement, puis plongea le museau dans la fontaine.

– Quelle magnifique jument ! dit Charley Sargent en regardant la robe blonde et lustrée de Flicka, sa crinière et sa queue couleur de lin, la douceur et l'intelligence des grands yeux dorés qu'elle posait sur eux.

Elle savoura l'eau fraîche qui ruisselait de ses lèvres, puis se tourna de nouveau vers son poulain.

– Dad, demanda Ken, d'un ton malheureux, est-il vraiment si… horrible ?

Rob hésita :

– Personne ne pourrait prétendre qu'il est très bien conformé, Ken. Il est fait comme un cheval adulte et un cheval sauvage par-dessus le marché. Il aura beaucoup à changer.

– Mais il changera, dad ! Il grandira !

– Il faudrait qu'il grandisse d'un côté et qu'il rapetisse de l'autre. Cette tête carrée !

Ken regarda la tête du poulain. Elle était certainement trop grande. Et son expression était terriblement obstinée.

– Hé ! petit ! fit Charley en s'adressant au poulain.

Puis, se tournant vers Ken :

– Eh bien, tu l'emportes, Ken. Je crois ton histoire. Ton Gnome est bien issu d'Appalachian, et si tu veux des papiers tu les auras.

– Je ne peux prétendre qu'à une moitié des papiers, monsieur, parce que Flicka n'a de pedigree que d'un côté.

– Tu ne mériterais aucun papier, Ken, avec une saillie volée, dit son père.

– Je passe l'éponge là-dessus, dit Charley. Vous rendez-vous compte, Rob, que ce petit Gnome a pour père Appalachian, Banner pour grand-père et l'Albinos pour arrière-grand-père ? Il y a de quoi en faire le premier coureur du monde.

Matilda bondit hors de la maison. Elle fonça sur le poulain qui se tenait, les jambes écartées, la tête un peu baissée. Sans broncher, il la poussa du menton ; Matilda fit demi-tour, s'élança sur la margelle de la fontaine, courut autour et sauta à terre avant d'atteindre le nez de Flicka. Highboy secoua sur l'herbe son menton ruisselant et fit un pas vers la chatte. S'accroupissant, elle leva la patte et lui frappa prestement le bout du nez ; comme il avançait encore, elle partit comme une flèche, grimpa le long du tronc d'un des jeunes peupliers et se suspendit à une branche, laissant pendre sa longue queue jaune et une patte aux griffes recourbées, attendant l'occasion. Gnome observait tout. Rob poursuivait le fil de ses pensées :

– Peut-être votre étalon n'est-il pas si remarquable, après tout, dit-il. Je présume que tous ces gagnants que vous nous avez tant vantés… excusez-moi, j'aurais dû dire *tant loués* (voilà une bonne expression, Ken), avaient pour mères des juments pur sang ?

– Bien entendu.

– Peut-être devaient-ils leurs qualités de coureurs à leur hérédité maternelle et non à Appalachian.

– Un mot de plus et je vais rentrer pour l'abattre !

– Buvez encore un petit verre et calmez-vous, Charley ! dit le colonel Harris. Avez-vous lu *Trois hommes dans un bateau*[1] ? Eh bien, c'est à vous maintenant à ne pas vous mettre en colère ! voilà toute la différence. En tout cas, Banner n'a rien à y voir.

Ken contemplait le poulain. Les commentaires désobligeants qu'on ne lui avait pas ménagés avaient ébranlé sa confiance. Et c'était le nom de Gnome qui lui restait ; pas l'autre. Lui-même y pensait en l'appelant Gnome. Où étaient le nom superbe, et toute sa fierté et sa gloire ?

Le poulain se retourna et le regarda. La pupille de l'œil était noire de même que le bord des paupières et les cils, mais elle était entourée d'une bande de sclérotique[2] blanche. Un œil cerclé de blanc ! C'était cela qui lui donnait cet air égaré et furieux ! Soudain, Ken se sentit complètement abattu.

Une voiture ralentit à l'extrémité de la terrasse. Plusieurs personnes en descendirent. Nell s'avança à leur rencontre ; comme les salutations commençaient, Ken se précipita dans la maison et s'enfuit par la porte de derrière. Il n'en pouvait plus ; on allait recommencer à parler du poulain blanc d'Appalachian et de ce qu'il avait fait. Il voulait échapper à cette publicité, à cette cuisante humiliation. Combien de fois lui faudrait-il encore supporter ces moqueries ? Quand donc cette histoire serait-elle oubliée ou considérée comme dénuée d'importance ? Quand pourrait-il passer de nouveau inaperçu ?

Il escalada la colline, derrière la maison, et pénétra dans le bois. Alors il se mit à pleurer. Il pleurait parce qu'il voyait soudain que ses ennuis ne prendraient jamais fin.

1. Roman de l'écrivain anglais Jerome K. Jerome publié en 1889.
2. Enveloppe externe du globe oculaire.

Jamais, tant qu'on lui reprocherait l'existence de ce Gnome à la tête carrée, aux yeux cerclés de blanc, que lui seul destinait à une carrière de cheval de course célèbre parce qu'il avait l'ascendance requise pour le devenir. En vérité, ses ennuis ne faisaient que commencer ; il en était responsable et aurait encore longtemps à en subir les conséquences. À quoi aboutirait-il ? Gnome serait-il un grand coureur ? Non, sans doute. Telle était l'opinion générale… Il se jeta, face contre terre, sur les aiguilles de pins. Il pleurait de s'être mis dans un pétrin dont il ne pouvait plus sortir. Il n'était pas possible de supprimer le poulain, et, au fond de lui-même, il ne le désirait pas. Raté ou non, le poulain lui était follement cher ; c'était le petit de Flicka, son premier-né. Sa magnifique destinée avait été prévue par Nell, il y avait bien longtemps, et tout avait été mis en œuvre pour la réaliser. Ses sanglots étaient en grande partie motivés par l'amour débordant qu'il portait à la disgracieuse petite créature qui s'était détournée de lui avec un regard rancunier de ses yeux cerclés de blanc. Il pleurait aussi de désappointement. Il avait cru fermement que le poulain de Flicka serait d'un beau noir, aristocratique, avec de longues jambes, la tête fine, trois paturons blancs et une étoile blanche sur le front… ou peut-être d'un alezan doré avec la crinière et la queue de lin de sa mère. Et il pleurait aussi de soulagement : cette longue année pendant laquelle il avait trompé son père était enfin terminée et il avait la conscience en repos.

Quand ses larmes cessèrent de couler, il se retourna sur le dos et laissa le vent lui sécher les yeux et les joues.

Il recommençait à se sentir heureux. La paix s'était refaite en lui. Petit à petit, il acceptait tout ce qui s'était passé et tout ce qui l'attendait. Quel que fût l'avenir, il s'en tirerait d'une manière ou d'une autre. Et le poulain… Distraitement, les yeux de Ken suivaient la forme d'un grand nuage blanc qui voguait dans le ciel. C'était l'un de ces nuages solides, ayant l'air découpé dans du marbre, d'un blanc éblouissant. Soudain, il reconnut ce nuage : c'était le cumulus qui avait donné son nom au poulain. Il était monté lentement de l'horizon jusqu'au zénith. D'autres cumulus s'en approchaient par-derrière et sur les côtés. Sa forme avait un peu changé, mais c'était bien le même… le même ! comme une vieille connaissance, pour Ken ; bien mieux : comme une promesse nouvelle, comme un nouvel espoir… Plein de bonheur, il étendit les deux bras sur la terre et leva son visage vers le ciel.

7

Quand il fut âgé de deux semaines, Gnome accompagna sa mère, montée par Nell, jusqu'au sommet du Dos-d'Âne. Nell fit le trajet à cru, sans même une couverture parce qu'elle comptait revenir à pied. Elle s'assit, souple et parfaitement à l'aise, en travers de Flicka, laissant pendre ses pieds chaussés de hautes bottes aux courts éperons sans chaîne. Ils sortirent du corral au pas et s'engagèrent dans le pâturage des Écuries. La journée était fraîche ; on sentait déjà l'hiver dans l'air. Le ciel balayait de ses basses vagues grises et blanches l'herbe triste et roussie des plaines de septembre. Nell portait un pantalon de gabardine noire, une jaquette de tweed gris, une écharpe de laine rouge autour du cou et une casquette à visière rabattue sur les yeux. Face au vent, face aux montagnes, face à l'interminable hiver, son visage avait l'air un peu tiré et triste. Elle s'efforçait de ne pas perdre Gnome de vue, mais ce n'était pas facile, car il ne courait pas aux côtés de sa mère comme la plupart des poulains. Un observateur qui assisterait à la capture d'une jument sauvage et de son poulain pourrait croire, en les voyant dans le corral, que le cordon ombilical subsiste encore, invisible à l'œil humain, et maintient le petit attaché au flanc de sa mère, tant leurs mouvements coïncident. Demi-tour à droite, arrêt net, reculade et virage, bond à gauche, tour complet rapide, départ foudroyant, dans toutes ces évolutions, le poulain suit sa mère de si près qu'on dirait des jumeaux siamois.

Mais aucun cordon ombilical ne reliait Gnome à Flicka, à peine un lien immatériel. Il reconnaissait en elle la source de sa nourriture et l'appelait d'une façon impérieuse quand il avait faim ou soif. Et, vaguement, il acceptait sa protection comme celle d'un port pendant la tempête, bien qu'en réalité il préférât lutter tout seul. Il ne dépendait pas d'elle et menait sa propre vie. Au cours de ces premières semaines, il s'était développé très vite. Anormalement grand et fort au début, il grandit comme s'il avait voulu rattraper les poulains nés au printemps.

Howard et Ken l'avaient fait travailler, désireux de terminer la première partie de son dressage avant leur rentrée au collège. Ils l'avaient enfermé dans un enclos, l'avaient pansé, soigné, lui avaient examiné les pieds l'un après l'autre, lui avaient passé le licou et lui avaient fait faire un tour. Il s'était prêté à tout cela sans trop de résistance. C'était un bon commencement. Ils avaient constaté qu'il n'était pas stupide, mais différent des autres. Tout ce qu'il faisait offrait un caractère d'indépendance et d'agressivité ; soit qu'il courût aux côtés de sa mère, soit qu'il se tînt dans un coin éloigné du pré, il le faisait de son propre gré et non parce qu'elle le conduisait ou l'appelait. Quelquefois, il errait seul pendant une heure ou deux, revenait téter puis s'en allait quelque part et se couchait pour dormir.

D'une manière assez insolite pour un poulain aussi jeune, il s'intéressait à tout ce qu'il voyait, à tout autre cheval, à chaque personne. Il se mêlait de tout. Il éprouvait le besoin de se renseigner, souvent d'intervenir, en usant de ses dents et de ses sabots. Quand il se trouvait avec d'autres chevaux, il n'aimait pas que sa mère s'éloignât ou fût appelée ailleurs. Il commençait par refuser de la suivre, puis il galopait après elle furieusement, tournoyait, lui lançait des coups de pied. Si ces manœuvres ne ramenaient pas Flicka, il retournait au galop auprès des autres, puis, au bout de quelques instants, il rejoignait de nouveau sa mère. Il les aurait voulus tous réunis au même endroit. Au cas où Flicka continuait son chemin et augmentait la distance qui la séparait des autres chevaux, les allées et venues du poulain devenaient plus frénétiques et se ponctuaient de cris furieux.

Le galop de la majorité des poulains est indescriptiblement léger, aérien. À leur naissance, ils ont les jambes presque aussi longues que celles d'un cheval adulte, et ces longues jambes fuselées portent leur petit corps avec une très grande rapidité. Mais les jambes de Gnome, aussi bien en elles-mêmes que par rapport à son long corps, étaient courtes. Et, quand il s'allongeait pour courir, il frôlait de si près la terre que Howard inventa un nom spécial pour désigner cette allure rampante particulière.

Quand il courait ainsi follement entre sa mère et les autres chevaux, sa grosse tête blanche tendue au bout de son long cou, il paraissait si drôle que les spectateurs en éclataient de rire. Nell elle-même riait aux larmes et s'essuyait les yeux avec une sorte de remords. On n'aime pas se moquer des animaux, fussent-ils aussi grotesques que Gnome. Du reste, elle le soupçonnait de l'aimer. Elle basait cette impression sur le fait que, lorsqu'il la regardait, il avait l'air de la reconnaître ; et puis, lorsqu'elle posait la main sur lui, il ne se détournait pas. Parfois, il suivait ses mouvements des yeux, et, maintenant que les garçons étaient retournés au collège et qu'elle en avait la charge, il l'acceptait. Gnome n'aimait pas voir sa mère servir de monture ; un cavalier pouvait empêcher Flicka de satisfaire aux exigences de son fils. Dès qu'elle obéissait à quelqu'un d'autre, même si c'était Nell, il s'en rendait compte et s'y opposait avec colère.

Revenant au grand galop du coin le plus éloigné du pâturage des Écuries où il était allé se promener seul, il se mit à côté de Flicka pour téter. Flicka continuait d'avancer ; à peine Gnome avait-il pris la bonne position et avalé une ou deux gorgées de lait, que la tétine lui était arrachée de la bouche, et qu'il lui fallait recommencer à la chercher. En moins d'une minute, sa patience se lassa. Il cria, rua, donna des coups dans le flanc de Flicka en visant la jambe pendante de Nell ; puis il en fit le tour et la mordit, pas seulement une fois ; pendant de longues minutes, cette lutte se prolongea : Nell repoussait tant bien que mal la tête du poulain ou relevait la jambe sur le cou de Flicka. La férocité et la résolution de cette petite créature étaient étonnantes.

– Mais tu n'es qu'un petit démon ! s'écria Nell en riant, retirant sa jambe juste à temps pour éviter un sauvage coup de dents de plus.

Enlevant sa casquette, elle la brandit pour effrayer le poulain et mit Flicka au trot. Gnome partit au galop.

À la barrière de la grand-route, Nell mit pied à terre, l'ouvrit et fit traverser Flicka, puis attendit que Gnome la suivît. Il n'apparaissait pas. Il boudait dans un coin. Elle l'appela :

– Gnome ! Gnome ! Viens, mon garçon, viens !

Le poulain prit la direction opposée. Nell accrocha les rênes de Flicka à un poteau et retourna en arrière pour chercher le petit. Elle trouvait intéressant d'étudier son caractère. Il passait tout son temps à mijoter quelque tour. À présent, les oreilles dressées, il regardait par-dessus la clôture. Nell l'appela de nouveau. Il tourna la tête, la vit et se mit à galoper vers elle. Juste avant de l'atteindre, il s'arrêta, freina des quatre pieds et demeura quelques moments la tête en avant, un peu pendante, roulant les yeux. Évidemment, la vue de Nell à pied le surprenait. Qu'était devenue sa mère ? Elles étaient ensemble, et maintenant, Nell, avec ses deux jambes, était sur le sol et sa mère n'était plus nulle part ! Ses pensées se lisaient si clairement que Nell en fut amusée. Elle l'appela une fois encore, mais à cet instant Gnome aperçut sa mère et partit vers elle à une vitesse incroyable, ses petits sabots faisant sur la terre un bruit de tonnerre. Presque à sa hauteur, il stoppa, les jambes raides, glissant dans la boue, et jeta en arrière un regard sur Nell ; puis il fit volte-face et revint vers elle de son étrange allure pour retourner ensuite vers Flicka avec une si violente rapidité que Nell, convulsée de rire, pouvait à peine marcher.

Ils finirent quand même par franchir la barrière tous les trois. Nell la referma, enfourcha Flicka et commença à gravir lentement la pente douce du Dos-d'Âne. Elle se demanda où pouvaient être Banner et ses juments. Elle espéra qu'ils ne se trouvaient pas trop loin ; elle ne voulait pas avoir un long trajet à pied pour rentrer. Par une journée aussi brumeuse, la nuit tomberait de bonne heure. Nonchalamment, ses pensées tournaient autour de Gnome.

Comment Banner accueillerait-il Flicka avec ce poulain d'Appalachian ? Saurait-il qu'il n'en était pas le père ? Oui, probablement, mais cela lui serait indifférent. De toute façon, il ne s'occupait guère des poulains. En fait, ce n'était pas tout à fait exact. Après les premières chutes de neige, quand les poulains l'interrogeaient désespérément des yeux, ne sachant ce qu'était devenue l'herbe verte, l'étalon piétinait la neige pour leur montrer l'herbe qui était dessous. Maintenant qu'elle était sèche, elle n'en était que plus riche et plus nourrissante. Et, bien entendu, quand un poulain était attaqué par un puma ou un coyote, l'étalon le défendait jusqu'à la mort. Mais, en général, il n'accordait aux poulains que de la tolérance, et seulement tant qu'ils étaient tout petits. Dès qu'ils approchaient de l'âge d'un an, il commençait à les persécuter, les mâles par jalousie — ses dents laissaient sur leurs flancs des cicatrices et des blessures saignantes — et les femelles parce qu'elles retenaient trop l'attention de leurs mères qui partageaient entre elles et lui leur attachement. Ses juments devaient ne suivre que lui, ne penser qu'à lui, ne regarder que lui.

C'était, songeait Nell, un système parfaitement approprié à l'intérêt du troupeau qui ne doit jamais devenir trop important, qui doit avoir un chef compétent et que les infidélités ne doivent jamais désunir.

Pour la bonne croissance des poulains et l'hivernage plus facile des juments, Rob les séparait en décembre, quand ils avaient de cinq à sept mois, selon l'époque de leur naissance. Il ramenait toute la bande dans les corrals, y enfermait les poulains et en chassait les juments. Cela exigeait toujours une longue et exaspérante journée d'un travail ardu. À mesure qu'on les chassait, les juments faisaient le tour de l'enclos et y entraient à nouveau. Les poulains, dans leur effort pour rejoindre leurs mères, grimpaient sur des palissades et des barrières d'une hauteur impossible. Juments et poulains ne cessaient de pleurer, de hennir, de crier. Banner approuvait pleinement ce sevrage. Il participait au travail et s'en acquittait bien ; se plaçant entre les corrals et les juments, il les chassait quand elles tentaient de revenir à leurs poulains. Rob lui donnait ses ordres par la parole, par le geste ou par un simple coup d'œil. Leur entente et leur collaboration étaient parfaites.

Nell atteignit la crête du Dos-d'Âne le souffle coupé et rattrapant sa casquette au vol. Là-haut, un vent d'ouest modéré que rien n'avait arrêté sur trois cents kilomètres résonnait aux oreilles avec un bruit métallique. Cette vue-là creusait toujours en elle un vide soudain. Elle arrêta sa monture. Le plateau, à une altitude de deux mille quatre cents mètres, avait l'étendue de la mer. Il en avait les vagues, la houle mouvante ; çà et là, se voyaient une longue arête crénelée ou quelque masse monstrueuse amenuisée par le vent jusqu'à n'être plus qu'un pic. C'était une marine dans les tons ocre et olive. L'immensité, pareille à la mer, remplissait les yeux ; là où elle se terminait commençait l'immensité du ciel. À environ cinquante kilomètres vers le sud, la frontière du Colorado était marquée par les rochers escarpés et les promontoires des monts du Buckhorn ; au loin, à l'ouest des vergers opulents et des terres cultivées de l'État du Sud, qu'elle connaissait, mais qu'elle ne pouvait voir, les montagnes du Neversummer, aux sommets couverts de neiges éternelles, apparaissaient entre les nuages, semblant faire partie du ciel plutôt que de la terre.

La pensée de Nell s'arrêta et elle demeura immobile,

tout offerte à l'espace. Flicka était aux aguets, les oreilles dressées, la tête tournée. Le poulain lui aussi, sans bouger, levait la tête, les narines dilatées, les yeux fixes. Le vent, l'odeur de la neige ou peut-être une autre odeur qui lui parvenait l'excitaient; il quitta le flanc de sa mère et se mit à trotter… au-devant de quoi? De quelque chose qu'il semblait chercher. Il portait la tête plus haut que de coutume. Il agissait avec décision et assurance. Nell l'observa, amusée de son changement de maintien. Elle se demanda si son flair aigu décelait l'odeur du troupeau. Il s'arrêta, scruta le vent de son petit nez frémissant, tourna lentement sur lui-même, s'arrêta de nouveau et reprit l'examen de tout ce que sa vue et son odorat lui permettaient de percevoir. C'était comme s'il prenait possession du Dos-d'Âne.

Nell poursuivit son chemin le long de la crête, fouillant du regard chaque creux, chaque petit ravin, chaque pente lointaine où Banner et son troupeau pouvaient être cachés. Elle avait oublié d'apporter un sifflet. Par intervalles, elle poussait un long cri: « Ba… a… a… anner! Oh! Ba… a… anner! » que le vent emportait. Étonné, Gnome se retourna pour la regarder.

Banner arriva, le vent derrière lui, sa crinière rabattue sur les yeux. Nell glissa à bas de la jument, ôta la bride qu'elle passa sur son bras et attendit. En avant, le poulain regardait fixement le grand cheval qui s'approchait. Banner fit halte et les observa. Gnome hennit et trotta à sa rencontre. Banner ne sembla pas s'apercevoir de sa présence, mais commença à tourner autour d'eux au petit trot. Nell et Flicka se dirigèrent vers lui. Le poulain, avec l'air de prendre en main la situation, tourna à l'intérieur du cercle décrit par Banner et, juste à l'instant où l'étalon atteignait Flicka, il présenta son petit arrière-train et rua. Ses sabots résonnèrent sur le ventre de Banner qui n'y fit aucune attention. Il avait flairé Flicka et tous deux poussaient maintenant de stridents hennissements. Nell s'écarta.

– Va, Flicka, dit-elle, va avec Banner.

L'étalon avait une allure magnifique, trottant autour du groupe, lançant de petites ruades ou baissant la tête pour mordiller les pieds de la jument, puis, filant sur la crête afin qu'elle le suivît. Flicka partit lentement et Nell demeura attentive. La jument s'arrêta, regarda en arrière et appela son poulain en hennissant. Gnome glapit et se mit à tourner autour de Nell. Banner revint sur ses pas et vint mordiller Flicka par-derrière pour accélérer son allure. Gnome se mit à aller et venir entre Flicka et Nell. Mais Flicka s'éloignait. Devant elle s'élevait un monticule au-delà duquel Banner avait déjà disparu. Gnome, tout près de Nell, avait pris son attitude favorite quand il réfléchissait, la tête pendante et les quatre jambes écartées. Flicka fit entendre un autre appel. Le poulain lui répondit par un cri, baissa la tête, rua successivement des quatre pieds, puis partit rejoindre sa mère en faisant tonner ses petits sabots. Après qu'ils eurent tous deux disparu derrière le monticule, Nell resta là encore un moment, la tête tournée vers eux. Plus un son, à présent, à part la mélodie du vent ; pas un mouvement dans tout ce monde houleux, en dehors des nuages et des herbes couchées par le vent. Nouant plus solidement la bride autour de son bras gauche, elle s'engagea d'un pas rapide dans la descente du Dos-d'Âne.

8

Heureusement pour le poulain à la mince robe soyeuse, l'hiver fut tardif cette année-là. La nature lui fut favorable. Son poil devint de jour en jour plus fourni. Sur la montagne, la lutte contre le vent le fortifiait ; l'étendue des plaines l'invitait à la course, à l'aventure, et développait son odorat.

Tant de choses éveillaient son intérêt : le trou d'eau logé entre deux collines et auquel conduisait la piste de l'Antilope, un sentier dénudé pas plus large qu'un fil. Et puis, près de la grand-route, un gros bloc de sel jaune où les langues des chevaux avaient creusé des cavernes. Il avait voulu le lécher lui aussi et avait reculé, goûtant, un peu dérouté, sa saveur étrange, d'abord désagréable et ensuite délicieuse.

En dehors de la troupe de Banner, il y avait d'autres chevaux sur le Dos-d'Âne : à quelques kilomètres de distance paissaient les yearlings qui étaient nés, qu'on avait sevrés et élevés ensemble ; venus au monde au printemps comme la plupart des poulains, ils étaient techniquement devenus des yearlings au Nouvel An suivant, puisque, par commodité, les éleveurs attribuent à tous les chevaux le même jour de naissance, à savoir le 1er janvier.

Âgés à présent de dix-sept ou dix-huit mois, ils se classaient parmi les yearlings « longs » ; l'étalon leur interdisait d'approcher des poulinières, les mères qui les avaient mis bas deux printemps auparavant. Ces autres chevaux, aperçus de loin en de rares occasions, chatouillaient de leur senteur le nez de Gnome. Quelquefois, il s'éloignait des poulinières, trottait jusqu'au sommet d'une colline et restait là, les oreilles dressées, son petit menton noir levé et frémissant, ses yeux s'exerçant à voir à longue distance.

Mais le phénomène le plus intéressant du monde où évoluait Gnome était l'étalon, le chef de la bande. Cette grande créature était évidemment un cheval, mais différent du reste du troupeau. Il avait l'air d'un dieu, et tout en lui était inattendu. Si autoritaire et terrifiant qu'il captivait et déconcertait autant que le grand ballon de feu qui surgissait tous les matins à l'est, de derrière l'horizon.

Gnome suivait constamment Banner. Il est fréquent qu'un poulain s'attache à l'étalon qui, en retour, semble l'adopter ou, du moins, être content de l'avoir à ses côtés. Banner et son petit-fils blanc étaient ainsi souvent l'un près de l'autre ; de temps en temps, ils s'arrêtaient de brouter pour se regarder, échangeant leurs pensées. Ils contemplaient parfois le ranch du haut du Dos-d'Âne ; une sorte de frémissement parcourait Banner quand il voyait, serrés les uns contre les autres, les toits rouges des bâtiments. Gnome ne comprenait pas pourquoi. Ses regards se portaient alternativement sur Banner et sur le ranch. Il y avait là un mystère…

À l'approche de l'hiver, toute la chaleur se retira de la terre qui perdit ses tons or et olive et devint d'un brun terne ; les courbes douces des collines prirent des tons veloutés gris et fauves. Les dernières fleurs sauvages, verges d'or, asters violets et ces braves myosotis des plaines se fanèrent, se recroquevillèrent et tombèrent en poussière. Les cumulus blancs éblouissants, les nuages en forme de château ou de navire disparurent, laissant le ciel pâle et vide. Le long des ruisseaux brillait le jaune automnal des peupliers, et à leurs pieds, parmi les groseilliers sauvages et les merisiers dont le feuillage passait de l'ambre à l'or, les baies écarlates de l'églantier mettaient leurs taches rouges. Les trembles des petits vallons, des ravins et du grand boqueteau derrière les écuries étaient d'un ocre éclatant éclaboussé de cramoisi. Sur la Pelouse, les globes jaunes des jeunes peupliers laissaient tomber doucement et sans cesse leurs feuilles en forme de cœur qui couraient et tourbillonnaient sur le sol. Tous les animaux modifièrent leur aspect et leurs habitudes. Les tamias, les ratons et les taupes disparurent complètement, enfouis sous la terre et les rochers en attendant le retour du soleil. Les lapins et les hermines passèrent du brun au blanc et les vaches comme les chevaux se couvrirent d'une épaisse toison. À cause de l'ouverture de la chasse, les cerfs, de plus en plus nombreux, cherchaient refuge au ranch et, au petit jour, ils se tenaient par deux ou trois près de la maison. Ils la regardaient avec une curiosité et un étonnement inlassables, comprenant bien que c'était là le centre de leur zone de sécurité. Des biches et des faons à demi adultes bondissaient par les travées à ciel ouvert des bois de pins. De temps en temps, un dix-cors [1] à l'opulente ramure sortait du couvert et, du haut d'une butte, regardait dédaigneusement le monde.

1. Cerf âgé de 7 ans.

Le froid devint glacial ; cependant il ne neigeait toujours pas. Les dernières feuilles tombèrent. Le ciel bas était d'un gris de plomb, l'air silencieux plein de menaces, et, dans les cheminées de la maison, l'on entendait comme une plainte, même quand le vent ne soufflait pas. Accoudée à la fenêtre, les yeux fixes, les coins de ses fines lèvres roses abaissés, Nell ne voyait que désolation sur la terre et n'avait que tristesse dans le cœur. Il en était toujours ainsi à l'automne. Elle prit l'habitude d'aller tous les soirs jusqu'à la voie ferrée pour voir passer le « vingt-sept ». C'était le train de luxe ; les fenêtres du wagon-restaurant étaient brillamment éclairées ; des dîneurs attardés étaient assis devant les petites tables aux nappes damassées autour desquelles rôdaient d'obséquieux serveurs noirs. Nell, en pantalon de laine et veste de peau de mouton, une écharpe autour du cou et une casquette à visière lui protégeant les yeux, posait un pied sur un barreau de la clôture, croisait les bras sur le barreau supérieur et s'y appuyait. Elle entendait de loin venir le train ; elle l'entendait siffler à l'approche du croisement – son triste et sourd qui se perdait au loin et qui représente pour des oreilles humaines la séduction, la promesse d'un monde différent – et puis elle voyait le train passer comme un éclair, une série de carrés lumineux alternant avec des blocs obscurs. Elle s'efforçait de saisir l'image d'une personne ou d'un groupe de voyageurs.

Certains jours, quand elle regagnait la maison d'un pas lourd, les pieds si froids – en dépit de ses chaussures fourrées – qu'elle recroquevillait ses orteils, une scène entrevue lui revenait à la mémoire. Une femme assise, un homme penché sur elle et le serveur aidant deux enfants à s'asseoir en face d'eux. Momentanément libérée des étroites entraves de sa propre existence, elle pensait à ces gens. Qui étaient-ils ? Quelle était leur vie ? Pourquoi se rendaient-ils de l'Atlantique au Pacifique ? C'était la civilisation qui passait devant elle, la laissant sur la voie de garage. Cette vie-là aurait pu être la sienne.

Quelquefois, elle avait au cœur une si pénible sensation de solitude qu'elle en éprouvait presque de l'effroi. Elle était à bout ; elle n'avait plus la force nécessaire pour continuer. Rejetant la tête, elle regarda le ciel ; il n'était que grisaille, nuages en fuite avec, par-ci par-là, une étoile flambant dans une déchirure. Son immensité effaçait les petites vies humaines. Et la procession sans fin des vents… Toutes ces allées et venues… venant d'où ? allant vers quoi ? Et soudain un profond souffle immatériel la parcourait, traversant tout son corps. Bientôt apparaissaient dans l'obscurité les petits points brillants des lumières du ranch.

Rob et Nell firent les changements habituels à l'intérieur de la maison. Ils en condamnèrent une partie à l'aide de lourdes portes de bois afin de conserver la chaleur dans les pièces habitées, celles qui entouraient la grande cheminée centrale située entre la cuisine et la salle à manger. Celle-ci devenait leur salon, rendue confortable par l'adjonction d'un canapé, en face de la cheminée où brûlait un feu de charbon, et de deux grands fauteuils placés de chaque côté de l'âtre. Ils préparaient et prenaient leurs repas dans la cuisine.

Rob ajusta les doubles fenêtres, et Nell accrocha les rideaux chaudement doublés, d'une ardente couleur rouge cerise. Au bout de la table, derrière le canapé, elle disposait dans une coupe de verre de petites fleurs jaunes arrondies d'un aspect très gai et presque aussi durables que des immortelles. Sur la table du coin, près de la fenêtre, elle mettait dans un vase à large embouchure une masse de feuillages rouges. Le châssis sur lequel elle faisait ses tapis au crochet était rangé d'un côté de la cheminée, et l'autre était occupé par le seau à charbon en cuivre et le panier d'osier plein de fagotins et de bûches. Une marmite de fonte facile à retirer pendait à une crémaillère au-dessus du feu. Le soir, pendant que Nell crochetait, que Rob réparait les harnais, ou graissait les quatre paires de skis en prévision de la neige, ou qu'il mettait ses livres de comptes à jour, Kim le colley, Chap et Pauly se couchaient sur le tapis devant le foyer. Comme beaucoup d'enfants, Matilda n'aimait pas rester tranquille à la maison et préférait traîner dehors.

Les rats envahirent la maison ; Pauly et Matilda en firent un abondant carnage.

Un jour que Nell regardait Matilda engagée sur la terrasse dans un combat à mort avec un rat qu'elle pourchassait en émettant des grondements et des rugissements de tigre, elle dit :

– L'idée ne t'est jamais venue que Matilda ne pouvait vraiment pas être une femelle ? Regarde-la : elle lutte comme un vieux singe : elle a déjà jeté ce rat cinq fois par-dessus sa tête.

– Si elle s'avère être un mâle, dit Rob, nous pourrons l'appeler Matt.

– J'ai lu dans un livre intitulé *Les Rats, les poux et l'histoire* que le nombre des hommes et celui des rats sont sensiblement égaux, sur la terre. Cela fait environ deux milliards, n'est-ce pas ? Deux milliards de rats, un par personne. Mais ici, sur le ranch, il nous faudrait compter les chevaux comme des personnes, car nous avons déjà tué des douzaines de rats.

Ils gardaient le Marlin calibre vingt-deux sous la main afin d'abattre ceux qui échappaient aux chats. Un soir qu'ils étaient assis à la table de la cuisine, après le dîner, ils virent un gros rat passer sur le plancher et courir dans la salle à manger par la porte ouverte. Nell tint la lanterne à pétrole pour éclairer Rob. Ils repérèrent le rat, tapi contre le mur sous le buffet. Rob s'étendit à plat par terre et tira sur le rat. La balle rogna le coin de l'étroit rebord du meuble.

– Quand on tire dans une maison, il faut prendre soin de ne pas rater son coup, sinon tout n'est bientôt plus que trous.

Au-dessus de la cuisine se trouvait leur chambre, une pièce carrée aux larges fenêtres, chauffée toute la journée par le fourneau de la cuisine en plus du feu entretenu dans sa propre cheminée. Ils se couchaient de bonne heure. Nell avait entassé d'épaisses couvertures sur le grand lit de noyer recouvert de l'édredon de soie rouge. Au lieu de ses pantoufles d'été en satin bleu clair, elle portait des poulaines larges et chaudes fourrées de peau de mouton. Son peignoir de bain était de laine tricotée, double, blanc à l'intérieur, bleu à l'extérieur. Sa robe de maison était de soie bleu foncé ouatinée d'un duvet d'agneau et doublée de rouge. Ses pyjamas en laine très fine, rose pâle, faits sur le modèle des costumes de ski, étaient serrés à la cheville, et elle tirait par-dessus le pantalon de bons chaussons de lit. Elle s'asseyait chaque soir, avant de se coucher, sur la peau d'ours blanche devant le feu afin d'avoir bien chaud quand elle se mettrait au lit. Le grand fauteuil de Rob était tout près ; il s'y asseyait, enveloppé de sa vieille robe de chambre de flanelle bleue, fatigué de sa journée, fumant une dernière pipe, les yeux fixés sur Nell. En attendant la neige, après le départ des garçons pour le collège, Rob et Nell se sentaient toujours, pendant un mois environ, très désemparés et ils affectaient une gaieté forcée. Peu à peu, cette impression de vide s'effaçait ; ils se rapprochaient l'un de l'autre, d'autant plus étroitement intimes que leur solitude était plus absolue.

« S'il n'y avait pas cela, pensait Nell, je ne pourrais pas supporter cette vie… »

Énervée, elle ne trouvait pas le sommeil dans le grand lit de noyer, couchée à côté de Rob. Elle se souleva doucement et le regarda. La tête reposant sur un bras, il lui tournait le dos. La chambre baignait dans la clarté de la lune, et elle distinguait le profil dur, bien modelé de Rob et sa bouche légèrement affaissée. Endormi, il avait l'air plus jeune, mais extrêmement las. Elle croisa les bras autour de ses genoux relevés et y appuya sa tête, ses cheveux fauves lui retombant sur le front. Ses mains étaient tellement serrées que les jointures en blanchissaient.

De nouveau l'hiver ; les tempêtes de neige. Les orages furieux. Journée de terrible solitude et de crainte alors que Rob était dehors par un temps où tout homme devrait être chez lui au coin de son feu – peut-être était-il en camion sur la grand-route, transportant du fourrage – les heures traînaient et rien n'annonçait son retour. Puis survenait la nuit. Elle l'attendait devant la fenêtre, à l'extrémité nord de la maison, essayant de percer l'obscurité. À quoi bon ? Que pouvait-on voir dans ce noir d'encre ? Même en plein jour, que voyait-on d'autre que la neige qui tombait, tombait toujours, blanche comme un suaire ? On apercevait les lumières : les deux grands phares du camion de Rob, au loin, sur la route du ranch. On les apercevait presque aussitôt que le camion avait quitté la grand-route de Lincoln pour les perdre de vue quand ils tournaient près des bois, puis on les voyait de nouveau, avant la descente de la côte, lumières trouant l'obscurité, descendant lentement la pente avec un chargement d'avoine ou de bottes de foin.

Du vent… encore du vent… toujours du vent, vous renversant quand on voulait marcher ou se tenir debout. D'abord, il gémissait, puis il hurlait, atteignait une note aiguë qui vous transperçait, vous emplissait la tête à vous rendre fou… Et la neige. Des jours, des semaines de réclusion sous la neige ; parfois, elle s'amoncelait devant les fenêtres et les portes de sorte que, pour sortir et voir le soleil, il fallait creuser un tunnel.

« Oh ! que c'était donc dur ! si dur ! »

Soudain, un désespoir frénétique la prit. Ce n'était pas ainsi qu'ils avaient projeté de vivre. Les chevaux devaient rapporter suffisamment pour qu'elle et Rob pussent avoir toute l'aise nécessaire – un calorifère dans la maison – des vacances dans une région tempérée tous les hivers pendant que les garçons étaient au collège et qu'il y avait peu à faire au ranch à part s'efforcer d'avoir chaud et de rester en vie.

L'argent, l'argent, l'argent ! Tout se ramenait à lui ! Bondissant dans toutes les directions, son esprit, en quête d'une issue, revenait à son point de départ. Des chevaux, rien que des chevaux. Gnome… Soudain elle s'accrocha à ce rêve irréalisable de Ken… était-il vraiment impossible ? Quand on se rappelle l'hérédité de ce poulain ! Rob avait été le premier à dire que, si jamais un cheval de la race de l'Albinos se montrait maniable, on aurait un *cheval de course* ! Et c'était elle-même qui avait suggéré de faire couvrir Flicka afin d'obtenir un poulain combinant sa douceur de caractère et sa vitesse. Mais Gnome n'avait ni l'une ni l'autre. Nell serra davantage les poings, saisie de cette fureur intérieure qui s'empare des êtres énergiques quand ils sont trop souvent vaincus. Elle ne pouvait pas, elle ne voulait pas se résigner à la défaite. Quelque chose devait réussir. Les courtes jambes épaisses de Gnome pouvaient s'allonger et devenir rapides. Son aspect disgracieux, sa grosse tête, ses disproportions pouvaient se transformer harmonieusement. Son mauvais caractère – cette vilaine tendance à mordre, à ruer, à être hostile à tous – pouvait faire place à l'intelligente docilité de Flicka. Et la *vitesse* ! La même vitesse que Flicka… celle de Rocket… celle de l'Albinos… la VITESSE !

Nell avait enfourché un rêve de course et elle volait vers la victoire. Gnome ! Non, ce ne serait plus Gnome, mais THUNDERHEAD ! *L'étalon de course du ranch de Goose Bar* ! La grande bête blanche serait toujours en tête sur tous les champs de courses de la région ! Quelles couleurs porteraient leur jockey ? Rouge cerise et blanc. Quel serait le champion qu'il remplacerait ? *Biscuit de mer*, naturellement… et il serait non seulement un grand cheval de course mais un grand reproducteur, engendrant des centaines de gagnants, ses saillies rapportant des milliers de dollars. Il ne faudrait jamais castrer Gnome…

La bulle de savon qu'était son rêve éclata. Elle se sentit soudain épuisée. Elle venait, en quelques minutes, de vivre tout l'hiver, de subir une demi-douzaine de tempêtes de neige ; de voir Gnome remporter d'innombrables victoires ;

de se disputer avec Rob au sujet de sa castration ; elle avait gagné et dépensé des sommes astronomiques. Elle en était lasse et, du reste, rien de tout cela n'était réel.

On ne revient ni vite ni facilement de ces voyages rapides de l'imagination. Elle poussa un profond soupir, leva la tête et rejeta ses cheveux en arrière. Son regard parcourut la chambre. Vidée, à bout de forces, elle affrontait de nouveau les réalités de sa vie : la chambre carrée familière, le froid mordant, la large épaule de Rob arrondie à son côté. Un ennui mortel s'empara d'elle. Descendue de son rêve, elle n'arrivait pas à reprendre pied sur la terre ferme. Les réalités de son existence lui répugnaient.

Pour Nell qui, sous son aspect tranquille, vivait chaque instant avec passion, c'était une véritable torture, et, pendant quelques minutes, elle se sentit perdue, s'efforçant de se ressaisir, de retrouver sa maison, de revenir à elle. Elle avait déjà plus d'une fois subi de pareilles crises, et elle connaissait le moyen d'en sortir : il faut saisir la chose même qui vous répugne, ne pas s'en détourner, ne pas chercher à s'y soustraire, mais la serrer de près, presser avec ardeur ses lèvres sur le visage froid de la réalité ; creuser profondément, jusqu'au cœur même, et là, on trouve le feu.

Elle s'y contraignit. Elle étudia la chambre. Cela était bien réel. Ce clair de lune qui entre à flots par la fenêtre, regarde-le. Cette masse, c'est Rob qui dort à ton côté. Ici, c'est le ranch. Bientôt ce sera l'hiver – pareil à tous les autres hivers – avec les mêmes tempêtes et les mêmes dangers. Ils étaient pauvres et le deviendraient davantage – rien ne leur avait jamais réussi et, vraisemblablement, rien ne leur réussirait jamais. Elle avait lu quelque chose de savant à ce sujet : « Si l'on veut connaître l'avenir, il faut considérer le passé et simplement le prolonger ! »

Se fustigeant de cette manière, elle revint à la réalité. Sa colère se ranima de nouveau. Il n'y avait vraiment ici ni un jour ni une minute où l'on fût en sécurité. Les éléments pouvaient vous tuer aussi facilement qu'une mouche. Et, toute l'année, il suffisait d'un orage violent, d'une inondation, d'une sécheresse, des sauterelles, d'une épidémie, d'un incendie ou simplement d'un temps hors de saison pour annuler tout le travail d'un an et avec lui emporter tout espoir. « C'est cela sans doute, se dit-elle avec ironie, que les hommes comme Rob trouvent fascinant dans cette existence. Ce sont des aventuriers ; on joue gros jeu avec toutes les chances contre soi ; c'est la vie la plus excitante, la plus dramatique qui soit ! »

Elle se sentit renaître et, bien que son animation fût l'effet de la colère, elle voulut pénétrer plus profondément la vérité. Son indignation était-elle sincère ? Détestait-elle vraiment les conditions matérielles de sa vie ? Plongeant presque malicieusement dans ce repli secret de son cœur, elle y vit la vérité pure et l'accepta. Elle était d'accord avec Rob pour courir tous les risques, partager tous les dangers, endurer les privations. Elle aussi était née « vent debout ». L'ombre d'une jouissance s'insinua en elle. Elle appuya son visage sur ses genoux. La rigueur même des hivers et jusqu'à l'appréhension et la crainte la séduisaient et lui remplissaient les veines d'un vin fort. Et la beauté, la sauvage, la terrible beauté de l'hiver ! Les étés – oh ! les étés ! Les ciels incroyablement bleus des montagnes – les grands nuages tous différemment sculptés, l'herbe si verte – les jeunes animaux sauvages et libres aux yeux effrayés, leurs courses folles, leurs gambades, et ce parfum, mélange de menthe, de sauge, de pin, d'herbe, de trèfle, de neige, que le vent recueillait à travers des centaines de kilomètres complètement déserts. Et la solitude – ah! non, pas la solitude, mais un isolement serein, profond, tranquille – rien qu'elle-même, Rob et les garçons...

Ses pensées fiévreuses se calmèrent. Elle demeura blottie, sans bouger, pleine d'un mystérieux bonheur. Elle se retourna pour regarder Rob. Son sommeil n'avait pas été troublé par le bouleversement qu'elle venait d'éprouver. Elle se rapprocha de lui et posa la joue sur son épaule. Elle n'avait jamais perdu sa pudeur de jeune fille – *cet homme à côté d'elle dans ce lit!* Et, cependant, c'était très doux...

Une modulation basse s'éleva de la Pelouse. Elle montait en trois notes plaintives et retombait comme hésitante et à regret. Nell leva la tête et la tourna vers la fenêtre. Quel son étrange dans cette solitude, si pur, si musical! Était-ce réel ou l'imaginait-elle? Était-ce la voix du chanteur, du rêveur, du vagabond qu'elle portait dans son cœur? Cela semblait venir de dehors.

Elle se glissa hors du lit, courut à la fenêtre et scruta le décor enchanteur: la nappe d'argent devant la terrasse que striaient les ombres noires des pins de la falaise d'en face, la masse de la fontaine de pierre. L'une des ombres paraissait bouger; elle rappelait un petit ours dressé sur ses pattes de derrière; c'était un porc-épic. Il avançait lentement en longeant la terrasse et c'était de lui qu'émanait ce doux chant, le chant si rare du porc-épic, aussi innocent et inconscient que la voix d'un tout petit enfant qui gazouille pour s'endormir. Il marchait dressé tout droit, très lentement, chantant à la lune. Nell joignit les mains, prise

103

d'une joie naïve. Jamais encore elle ne l'avait entendu. Et maintenant, entre elle et le sombre rocher d'en face, il y avait quelque chose de brillant dans l'air. Sous le ciel clair étoilé, cela remplissait l'espace, au-dessus de la Pelouse, tombant d'un néant bleu. Le clair de lune en faisait une pluie de diamants. La neige. La première neige !

Au matin, le sol était blanc ; les flocons tombaient aussi silencieusement que dans un rêve. Rob et Gus harnachèrent Patsy et Topsy pour chercher une charretée de bois de chauffage. Ils dépassèrent Nell, vêtue de son costume de ski en drap vert ; posé en arrière, un béret de laine blanche tricotée découvrait la frange fauve qui lui descendait jusqu'aux sourcils.

— Elle ne vieillit jamais, s'émerveilla Gus. Elle a l'air d'une petite fille. Une petite Suédoise dans la neige !

Rob répondit avec fierté :

— Quand il neige, impossible de la garder à la maison. Il faut qu'elle sorte.

Nell marchait à travers la neige, levant la tête de temps en temps pour recevoir les flocons dans la bouche. Toute sa vie, quand la neige fraîche tombait, il lui fallait sortir ; même tout enfant, elle courait de-ci de-là, bombant sa petite poitrine et criait : « Je suis un héros ! Je suis un héros ! » La neige lui donnait le désir de rejeter toute faiblesse et d'accomplir des actes courageux.

Elle monta à travers la Gorge et s'en alla si loin de la maison qu'elle semblait perdue et seule dans un désert de flocons. Elle s'arrêta pour écouter le silence, aussi profond que si le monde avait été vide. Ses yeux bleu de saphir, à fleur de tête, étaient protégés contre la neige par ses épais cils noirs ; elle clignait des paupières pour chasser la poudre des flocons. Comme elle regardait les longues pentes blanches du Dos-d'Âne, elle vit une petite forme sombre se traîner hors des rochers du pied de la montagne. Elle se demanda ce que cela pouvait être. Cela montait lentement, traînant sur la neige une longue queue touffue. C'était de la taille d'un chien. Ce ne pouvait être qu'un renard noir argenté, valant son pesant d'or. Avant qu'il eût atteint le sommet, il en émergea des rochers un autre qui suivit la même piste. S'il n'y avait pas eu de neige sur le sol, jamais elle ne les aurait vus. Elle exultait. Elle aurait voulu suivre les renards, s'enfoncer de plus en plus loin dans ce désert de neige.

« Si j'avais un traîneau », se dit-elle, et elle s'arrêta, voyant par la pensée un traîneau, en forme de cygne, à la mode ancienne, tiré par les petites juments noires Patsy et Topsy que Rob avait dressées deux ans auparavant au double attelage pour les tractions légères. Presque aussi distinctement que les renards, elle voyait les deux juments noires gravir le Dos-d'Âne, le léger traîneau couvert de peaux d'ours glissant derrière elles, tandis qu'une silhouette penchée en avant faisait claquer un fouet. Pourquoi n'aurait-elle pas de traîneau ? Elle en avait vu dans la cour d'un marchand de bric-à-brac, à Denver. Il était en morceaux, sans patins, la carène cassée, mais il était réparable et pouvait sans doute être acheté pour une bouchée de pain. Et les juments noires, elles faisaient en réalité partie du stock des chevaux de selle et n'auraient pas dû servir de chevaux de trait, mais elles se ressemblaient au point qu'on ne les distinguait pas l'une de l'autre – et Rob avait eu besoin d'un attelage de plus, un attelage léger, et, « de toute façon, avait-il dit, quelle chance ai-je de tirer un bon prix de mes chevaux de selle ? De cette manière, elles me rembourseront au moins leur entretien ».

Au début, les juments avaient détesté la charrette et Rob avait eu un mal de tous les diables à les dresser. Mais maintenant, bien habituées au harnais, elles trottaient, pour chercher un chargement de bois. Sans doute préféreraient-elles le traîneau… elles seraient merveilleuses avec un traîneau !

Elle ne cessait, en regardant la pente du Dos-d'Âne, de voir les juments noires la monter à fond de train tirant le traîneau en forme de cygne. Quand elles disparurent derrière la crête, Nell fit demi-tour et se mit à descendre le sentier neigeux. Elle pensait à l'amertume que Rob, souvent, ne pouvait retenir ; il parlait constamment de sa malchance. Et soudain son cœur se gonfla du désir de voir enfin la fortune leur sourire. Elle se souvint de son rêve au sujet de Gnome ; il avait déposé en elle un grain d'espoir. Qui pouvait prévoir l'avenir ? Gnome avait une ascendance extraordinaire. Les poulains se transforment en grandissant. Si seulement il ne lui arrivait rien. Rien ne *devait* lui arriver. Elle revint lentement. La neige avait apaisé son cœur. L'hiver ne l'effrayait plus. Elle aimait l'aspect qu'il prêtait au paysage. Pouvait-on croire que ce fût le même ? Tout était si différent ; la terre, précédemment brune puis rousse, était à présent une étendue ondulante de nacre et de perle ; les sapins, naguère sombres tours vertes, étaient des eaux-fortes noir et blanc. La maison, les communs, le pavillon de la source n'étaient plus des maisons, mais de jolies images de cartes de Noël avec leurs toits blancs aux bords matelassés de ouate.

9

Pour Gnome, au début, la tempête se reconnaissait à un froid intense et à la prolongation de la nuit. Il était né au cours d'un orage, et à son premier contact avec le monde il avait senti ruisseler sur son corps un déluge de pluie glaciale, mais sa conscience n'était alors qu'à demi éveillée, et ses perceptions imparfaites. Maintenant, c'était différent. Ses connaissances s'étaient rapidement développées et elles s'accroissaient d'heure en heure. Son indépendance foncière et sa tendance à tout examiner tout seul l'avaient rendu capable d'apprendre la vie sans le secours de sa mère. Il atteignait ses trois mois. Un froid intense à l'aube était chose ordinaire fin novembre, mais, environ une heure plus tard, le soleil se levait, et juments et poulains, laissant pendre leur tête, se chauffaient à ses rayons dans une détente absolue. Même quand le thermomètre marquait zéro et que la neige couvrait la terre, ils sentaient cette chaleur pénétrer jusqu'à leurs entrailles et leur rendre la vie.

Aujourd'hui, cependant, la basse température de l'aube se prolongeait. Au lieu du soleil qui aurait dû apparaître à l'horizon, un faible crépuscule éclairait dans l'air tranquille un océan de nuages bas, épais, profonds, sans nuances et sans fissures ; et le monde qui s'accroupissait en dessous était incolore et replié sur lui-même.

On sentait encore autre chose plutôt qu'on ne le voyait ; Gnome s'éloigna du troupeau, trottant jusqu'au pied de la colline comme si, en se lançant à sa poursuite, il allait découvrir cette chose étrange et inconnue. Le museau levé, il dilatait ses narines au point qu'on en voyait la doublure cramoisie. Il essayait de saisir l'odeur de la peur.

Puis, la neige arriva de l'est, d'abord à peine perceptible, petits flocons pareils à de minuscules plumes fraîches tombant doucement sur le poil rugueux des robes des poulains, et y fondant immédiatement. À mesure que le froid s'accentuait, les flocons devenaient plus petits et plus durs. Le ciel s'abaissa, les enveloppant d'un brouillard de neige. Le monde s'évanouit, et les poulains, terrorisés, se collaient aux flancs de leurs mères. Un bruit s'éleva dans la tempête et une force se fit sentir à laquelle juments et poulains tournèrent le dos, marchant lentement, avec des têtes résignées, leurs queues poussées en avant entre leurs jambes. Les poulains, énervés, hennissaient. Si leurs mères n'avaient montré cette patience impassible, ils se seraient affolés.

Le bruit était celui du vent qui se lève. Il venait de ces cavernes de malheur, loin dans le nord-est, ce vent qui provoque les naufrages dans l'Atlantique, les cyclones dans les États du Centre et les tempêtes de neige dans les montagnes Rocheuses. Appelé « l'oriental » dans les régions montagneuses, il dure sans relâche pendant trois jours au moins, quelquefois une semaine.

Comme les heures passaient, les juments essayèrent de brouter, piétinant la neige, et les poulains les imitèrent. Ils se déplaçaient en direction du sud-ouest, tournant le dos à la tempête. Parfois, Banner montait sur une éminence et restait là, entièrement caché par la neige tourbillonnante. Les juments ne lui accordaient aucune attention ; elles n'avaient d'yeux que pour leurs petits.

En même temps que le vent gagnait en force, son bruit s'accentuait et devenait un gémissement. Les flocons infligeaient de douloureuses piqûres d'aiguille. Quand les poulains, courant en tous sens, sentirent une seconde leur contact sur leurs yeux, ils poussèrent des hennissements de souffrance, revinrent auprès de leurs mères et cherchèrent sous leur ventre un abri et le réconfort du lait chaud. Parce que les juments ne cessaient de produire du lait, qu'elles eussent elles-mêmes mangé ou pas. Vingt-quatre heures d'une tempête de ce genre suffisaient à leur faire perdre plusieurs dizaines de livres.

Les chevaux sentaient tout leur corps se transformer. La neige transperçait leur épaisse toison d'hiver, fondait à la chaleur du sang et se congelait ; ils prenaient l'aspect d'étranges fantômes blancs qui se mouvaient silencieusement dans la tempête blanche. Seules leurs queues et leurs crinières, constamment fouettées par le vent, formaient des taches sombres. Ils se sentaient lourds et anormaux. Les poulains demandaient à leurs mères : « Avez-vous peur ? » et les mères répondaient : « Non, c'est un désagrément à supporter ; cela passera. » Et les poulains se disaient entre eux : « Il n'y a rien à craindre. Tout finira par s'arranger. » Et, malgré leur nervosité, leur confiance demeurait intacte.

Toute cette peur, tout ce courage, toute cette incertitude, toutes ces prévisions, toute la responsabilité, toutes les décisions à prendre étaient l'affaire de Banner.

Un cheval de quelque caractère vient au monde avec une seule ambition : être le chef d'un grand troupeau ; posséder les juments les plus belles – une jument maladive sera chassée et isolée jusqu'à ce qu'elle recouvre la santé – élever les poulains les plus beaux, les plus forts, les plus rapides. Pour atteindre ces buts, l'étalon se battra, risquera sa vie, souffrira de la faim, errera dans des régions inconnues, volera, pillera et acceptera tous les châtiments. Une fois sa bande constituée, il ne lui ménage pas ses soins. Il cherche pour ses juments les pâturages les plus savoureux, au nord, au sud, dans tous les coins de l'État ; il leur procure des abris pendant les tempêtes et les protège contre les ennemis quels qu'ils soient. Il combat tous ceux qui le provoquent ou qui menacent de voler ou de blesser ses femelles ; il examine tous les dangers avec une bravoure intrépide et au mépris de sa propre sécurité. Un étalon porte toujours des cicatrices et des plaies, blessures reçues dans l'accomplissement de son devoir de chef. Et comme le but de son maître, s'il en a un, est le même que le sien, ils se partagent la besogne en parfaits associés.

Au cours de cette tempête, Banner ne s'accordait pas un instant de repos ; il faisait calmement le tour du troupeau, attentif à ce qu'aucune jument, aucun poulain ne s'en éloignât. Il montait sur chaque monticule. Malgré la glace brûlante de la bourrasque, il gardait les yeux grands ouverts. Son grand cou s'arquait, sa crinière et sa queue battaient derrière lui sur le flot horizontal de la neige chassée par le vent. Ses cils étaient des franges de minuscules glaçons. Il en pendait un, plus long à son menton – c'était son haleine qui avait gelé.

Combien de temps cela durerait-il ? Debout sur une

110

hauteur, il scrutait la poussière blanche comme s'il pouvait y trouver une réponse. N'était-ce qu'une rafale qui passerait quand le vent changerait ?

D'autres vies étaient exposées à la tempête. Les lapins de garenne y étaient le plus à l'aise, chaudement encapuchonnés de fourrure blanche, invisibles jusqu'à ce qu'ils sautent, bondissant à travers l'espace comme projetés par le coup de pied d'une mule.

Soudain, les oreilles de Banner pointèrent en avant et il tourna la tête, s'efforçant d'entendre. Le faible gémissement d'une meute en chasse lui parvenait à travers la neige : les coyotes, rôdant dans le voisinage de son troupeau comme de tout ce qui vit, guettant les égarés et les blessés. Il sursauta. Trois coyotes, galopant sans bruit, leurs langues rouges pendant hors de leurs gueules, surgirent devant lui, le dépassèrent et disparurent.

Banner descendit de sa colline et rejoignit ses juments. Il les amena au trou d'eau qui se trouvait dans un endroit exposé ; quand, au détour de la colline, les juments durent faire face à la tempête, elles reculèrent. L'étalon les força d'avancer ; elles obéirent à contrecœur, puis elles flairèrent l'eau qui les attira. Pendant qu'elles buvaient, elles virent tout à coup, de l'autre côté de la mare, des antilopes qui les regardaient en inclinant vers l'eau leurs cous graciles. Banner conduisit son troupeau à un repli entre deux collines où il était à l'abri du vent, mais où ne croissait pas d'herbe. L'étalon savait que ses juments souffriraient moins de la faim que du fouettement du vent qui pouvait durer plusieurs jours. Pourtant, il s'interrogeait encore. Cela durerait-il vraiment plusieurs jours ? ou seulement quelques heures ?

La force du vent augmentait plutôt qu'elle ne diminuait. Les pics escarpés des montagnes où le roc perçait le sol étaient nus ; la neige tourbillonnait autour d'eux et s'amoncelait sous le vent. Au centre des ravins dans lesquels elle tombait en spirales, elle s'amassait doucement et formait comme des vagues. La température s'abaissait rapidement. Si le vent ne changeait pas, il ferait trente degrés au-dessous de zéro cette nuit. Maintenant, pendant le jour, la tempête était blanche ; ce soir, ce serait un furieux déchaînement noir avec des cris continus de déments.

Le vent ne changea pas. La nuit vint de bonne heure. Le troupeau se serra pour conserver un peu de chaleur ; et les coyotes tournaient autour, terrifiant les poulains par leurs longs hurlements tremblés.

Quelques juments dormirent étendues à plat sur le côté, et tous les poulains se couchèrent sous leur mère ou tout près d'elle. La tourmente mugissait au-dessus d'eux.

Quand, au matin, Banner les obligea à ressortir du ravin pour les faire remuer et paître, deux des poulains refusèrent de se lever. Voyant leur mère s'éloigner, ils s'efforcèrent de se mettre debout et retombèrent ; ils firent un nouvel effort, se dressèrent péniblement sur leurs jambes et suivirent lentement les autres. L'un des poulains demeura, pleurnichant, penché sur le corps prostré de la vieille jument qui était sa mère. Banner et les autres passèrent devant eux sans avoir l'air de les voir, comme s'ils n'existaient pas. Ils étaient déjà marqués par le destin. Avant même qu'elle se fût refroidie, les coyotes commencèrent à dévorer la jument. Le poulain cria et s'enfuit, poursuivi par trois coyotes. Ils le cernèrent et lui sautèrent à la gorge. Le poulain rua et frappa les têtes aux mâchoires crochues, mais les dents d'un grand coyote gris s'enfoncèrent dans sa veine jugulaire et le poulain s'effondra, son dernier cri de terreur brusquement coupé. Les coyotes éventrèrent la jument morte. Ils arrachèrent les parois de l'utérus, trouvèrent le fœtus et se disputèrent en grondant ce fin morceau.

Banner mit son troupeau à l'abri dans un endroit qui n'était ni balayé par le vent ni trop couvert de neige : dans un ravin, un petit boqueteau de trembles retenait la neige. Elle sautait par-dessus les arbres, touchait terre et s'accumulait en gros tas. Plus loin se trouvait un espace protégé du vent le plus puissant et des plus forts tourbillons. Ici la neige tournoyait à hauteur des fanons comme une marée bouillonnante.

Les poulains étaient les moins à plaindre : du lait chaud à volonté et la masse chaude du corps de leur mère s'interposant entre eux et la tempête. Mais le froid mordant les pénétrait ; quand ils dormaient, couchés par terre, le sang s'alourdissait dans leurs veines et ils se réveillaient en frissonnant.

À bien des reprises, ce deuxième jour, Banner remonta sur la hauteur. Il avait obtenu la réponse à l'une de ses questions. Il ne s'agissait pas d'une rafale de quelques heures ou même d'un jour à laquelle résistait n'importe quelle bande de juments et de poulains : c'était une tempête venue de l'est. Restait un autre point à élucider ; à cet effet, il se plaça face au ranch, le vent lui poussant la queue entre les jambes et lui rabattant la crinière sur les yeux. Il restait là, observant, protégeant ses yeux de ses paupières frangées de glace, essayant de discerner un son qui ne fût pas un gémissement ou le grondement de la tempête. Une petite silhouette se tenait juste en dessous du pic, levant la tête vers lui. D'un blanc pur, même sans être poudré de neige, Gnome était à peine visible. Banner inclina sa grande tête et le regarda. Gnome lui rendit son regard. Aucun des deux ne bougea. Puis, relevant la tête, sans plus faire attention au poulain, Banner fixa de nouveau la blancheur dans la direction du ranch.

Gnome était plein de curiosité et d'intérêt. La tempête l'intriguait, et aussi la brusque et mystérieuse disparition de l'herbe sous cette couverture blanche. Cette substance qui souffletait sa tête, lui aveuglait les yeux et gémissait à ses oreilles l'intéressait au plus haut point. Il ouvrit la bouche, sentit les flocons glacés fondre sur sa langue et les goûta avec étonnement. Il ne souffrait pas. Plein de vigueur, un sang chaud courait rapidement dans ses veines et lui donnait la force de tenir tête à la tempête. Il était à son aise dans la montagne par tous les temps. Il avait tout de suite voulu savoir pourquoi Banner quittait le troupeau ; il tournait vers lui ses oreilles et ses yeux comme s'il avait été nécessaire qu'il sût tout ce que faisait l'étalon et pour quelles raisons. Finalement, il se décida à le suivre. Il renifla, s'en approcha davantage puis, l'imitant, tourna la tête d'un côté et de l'autre, cherchant, écoutant, observant, réfléchissant.

À la fin, il s'éloigna. Banner ne lui accorda aucune attention. Le poulain blanc disparut dans la neige.

Ce n'était ni un son perceptible ni un signe visible que Banner attendait, mais la soudaine et sûre lumière qui devait se faire en lui-même. Elle se produisit vers quatre heures de l'après-midi.

Rob et Gus avaient rempli les râteliers de foin, s'étaient

frayé un chemin jusqu'à la grand-route et avaient ouvert les barrières. Rob avait levé la tête vers le Dos-d'Âne et lancé un grand cri dans le vent qui le lui avait aussitôt arraché.

– Ba… a… nner ! Ramène-les !

Il criait quand même parce que cette expression de son ordre le rendrait plus net à ses propres yeux. Ce serait l'étroite communion entre lui et l'étalon qui informerait Banner de l'ouverture des barrières, qui lui ferait savoir que les corrals et les râteliers étaient prêts et que Rob l'avait appelé.

Debout sur la crête, l'étalon, couvert de son linceul blanc, sentit naître en lui sa propre décision. Le moment était venu. Il dévala vers ses juments et les éveilla de leur léthargie. Elles quittèrent leur abri et entrèrent dans la neige profonde, engourdies et raidies par le froid. Banner mordillait et frappait. Il s'avança vers Gypsy, stérile cette année, et qui était sa préférée comme tête de file. Elle se dépêtra de la neige qui barrait la route et contourna le mamelon. Les autres la suivirent, accélérant leur allure sous l'aiguillon de l'étalon. Elles comprirent sa décision. De plus, elles savaient où elles allaient. Les poulains ne les quittaient pas.

Banner prit la tête dès qu'ils furent en marche, et les juments suivirent. Ils étaient à environ cinq kilomètres à l'est de la barrière de Goose Bar. La tempête les poussait. De temps en temps, Banner tournait autour du troupeau, ramenant les traînards, sa tête rasant la neige, son menton l'éraflant. Les crins de sa queue et de sa crinière étaient dressés, comme animés d'une vie individuelle. Les juments se réchauffaient à mesure que leur sang circulait plus vite.

Une excitation s'empara d'elles, et elles trouvèrent la force de crier, de ruer, de sauter par-dessus les ravins qui se creusaient tout à coup sous leurs pieds.

Il manquait à Gnome les longues jambes fines et la vitesse des autres poulains. Mais, quand vint l'ordre de partir, il galopa du côté de Flicka avec une farouche et ardente impétuosité. L'air glacial lui brûlait les poumons ; sa poitrine se gonflait. Avec ses jambes courtes, il avait peine à ne pas se laisser distancer. Ce n'était plus l'allure rampante qui lui avait valu les moqueries de Howard : il allongeait les jambes le plus possible et galopait avec énergie. Une jument le renversa et le troupeau passa au grand galop par-dessus son corps, les grandes bêtes faisant l'une après l'autre un saut pour l'éviter. Il réussit à se remettre debout. Ils étaient tous partis. Il ne pouvait plus ni les voir ni les entendre ; seul le vent hurlait à ses oreilles. Tremblant, il appela sa mère. Il vit s'approcher une forme blanche ; comme elle était sous le vent, il ne percevait pas son odeur et la reconnut à peine. De tout près, il entendit sa voix, et, transporté de joie, lui répondit en hennissant. Ils foncèrent de nouveau en avant, sur les traces du troupeau. Une fois de plus, il galopa de toutes ses forces. Soudain, un ravin s'ouvrit sous ses pas. Il sauta bravement ; ses pieds s'enfoncèrent profondément dans la neige moelleuse – sa tête suivit. Il heurta le sol, fit une culbute complète et resta étourdi, à demi enseveli. Flicka se pencha sur lui en hennissant. Elle essaya de le débarrasser de la neige à coups de pied. Le poulain se débattait en ruant furieusement, mais il n'avait pas de prise. Un tourbillon s'éleva derrière eux. C'était l'étalon qui arrivait au galop, ses yeux brillant à travers la neige comme des escarboucles. Il plongea la tête dans le monceau de neige, saisit Gnome par le cou comme un chat prend un chaton dans sa gueule, le souleva, le secoua, le déposa et repartit aussitôt, rapide comme l'éclair, rejoindre son troupeau – il avait d'autres chats à fouetter.

Flicka et Gnome continuèrent à galoper tout seuls. Ils dépassèrent une jument immobile dans la tempête ; une jambe de devant levée, le pied pendant ; il s'était cassé en se prenant dans un terrier de blaireau. Son joli poulain bai se tenait debout auprès d'elle, abrité du vent par le corps paralysé de sa mère. Elle essaya de suivre Flicka et Gnome en sautillant sur trois pieds. Mais elle dut s'arrêter. On ne la revit plus jamais.

Ils franchirent les barrières ouvertes, traversèrent à fond de train le pâturage des Écuries et atteignirent les corrals. Tout le troupeau mangeait aux râteliers dans l'écurie et dans le corral de l'est que la falaise protégeait contre le vent. D'autres chevaux étaient rentrés aussi : des yearlings, des chevaux de deux ans et de plus âgés. Banner refusa d'entrer dans les écuries ; il n'y avait jamais consenti. Rob lui tendit un seau d'avoine à l'abri du mur, et l'étalon, debout devant lui, les flancs palpitants, la neige qui avait fondu à la chaleur de son corps gelant de nouveau et formant çà et là des glaçons, plongea le museau dans le seau. Il prenait à pleine gueule le grain producteur de chaleur, levait la tête pour mâcher, pour regarder autour de lui et au fond des yeux de Rob.

« *Ai-je bien travaillé ?* »

– Bon travail, mon vieux.

Rob lui parlait. Les grands yeux noirs de l'étalon regardaient l'homme avec intelligence et compréhension. Les hommes avaient du bon : cette paix et cette confiance qu'ils vous donnent. Et plus encore : le murmure grave et amical de la voix de son maître le soulageait de son fardeau. L'étalon déposait sa responsabilité, sa crainte, son incessante vigilance, et il se reposait. Ses flancs se dilatèrent et retombèrent en un grand soupir.

Avant la nuit, un joli poulain bai arriva en pleurnichant par le pâturage des Écuries, sans sa mère. Il se faufila entre les juments jusqu'aux mangeoires où il se gava goulûment. Rob aperçut de longues déchirures saignantes sur sa croupe et son épaule. Les coyotes ! ou peut-être des loups-cerviers ! Où était sa mère ? Rob chercha parmi les juments et ne la trouva pas. Il quitta l'abri des râteliers et alla, face au Dos-d'Âne, près de la clôture scruter en vain l'air épais, plein de neige. La jument pouvait être n'importe où, là-haut, morte ou vivante. Non – pas vivante. Car en ce cas le poulain ne l'aurait pas abandonnée. C'étaient les loups.

Le poulain était beau, fort et bien constitué, âgé de cinq mois. Gardé à l'écurie et nourri, il survivrait. Une jument de plus à rayer de la liste. Le troupeau resterait enfermé aussi longtemps que durerait la tempête. Un jour, peut-être avant même que la neige eût cessé, Rob trouverait les écuries vides, et il saurait que l'étalon, pris de la nostalgie du vent et de l'espace, était parti pour la montagne, aussitôt le danger passé, en emmenant ses juments.

À la tourmente de neige succéda un tourbillon venant du sol. Bien qu'il ne neigeât plus, la fine neige poudreuse était soulevée en spirales et chassée par le vent à douze ou quinze mètres au-dessus de la terre. Une vie était vite perdue dans une tempête de ce genre.

Finalement, le vent tomba ; l'air devint calme et transparent, parfumé d'une fraîcheur, d'une pureté si intenses qu'on ressentait dans les poumons de petites piqûres d'aiguilles. Magnifique, l'éclat du soleil sur cette blancheur. Magnifique, la profonde coupe bleue du ciel. Le monde entier étincelait et brillait. Et, sur la hauteur, les juments parcouraient avec satisfaction le terrain familier des pâturages en disant aux poulains : « *Nous vous l'avions bien dit. C'est fini.* »

Gnome enregistra cette instructive expérience et nota en outre pour sa gouverne : *Lorsque le froid devient douloureux, quand le vent est mortel, prends le chemin qui descend de la montagne. Les barrières sont ouvertes. Les râteliers sont pleins de foin. On trouve là un abri, de la nourriture, de bons traitements, et la blancheur hurlante ne peut pas y entrer.*

10

À mesure que Gnome se développait, des changements s'opéraient dans son aspect et son comportement. Il perdait certaines habitudes et acquérait certaines qualités propres aux poulains.

Sans doute grâce à l'allongement de ses jambes, l'allure rampante, objet de la dérision de Howard, avait été remplacée par le long trot élastique, caractéristique des poulains.

Il apprit l'art de la lutte. Son adversaire habituel était Pepper, un grand poulain noir. Sur un terrain plat d'où le vent avait balayé presque toute la neige, ils galopaient dans des directions opposées en dessinant des huit. Quand ils se croisaient, au centre, ils s'arrêtaient, ruaient et échangeaient des coups de sabot. Alors commençait un jeu merveilleux. Se courbant d'un côté ou de l'autre, entrelaçant leurs têtes, puis, se laissant glisser presque agenouillés afin de se mordre les jambes de devant, ils se dressaient ensuite sur celles de derrière, bien haut, pour se livrer à un véritable combat de boxe tandis que leurs crinières et leurs queues – la noire et la blanche – soulevées et raidies par leur ardeur, se déployaient comme des éventails ouverts. Brusquement, ils se séparaient l'un de l'autre et, comme s'ils exécutaient les figures imposées d'une danse, ils recommençaient à dessiner des huit, avec un grand bruit de sabots.

Gnome devint aussi un sauteur accompli. Les matins de gel, quand le soleil brillait et que l'air enivrait, tous les poulains quittaient leurs mères et se réunissaient pour jouer. Ils gravissaient à fond de train la pente douce d'un monticule et redescendaient l'autre versant en faisant des sauts de mouton. La plupart des autres poulains se contentaient de s'amuser à quelques cabrioles, mais pas Gnome. Ses bonds devenaient de plus en plus hauts, ses jambes plus raides, la torsion de son petit corps puissant et solide plus violente. Cet exercice semblait lui monter à la tête. Il finissait par rester seul, continuant, quand la partie était finie, à sauter, transporté par une folle joie.

Quand, en décembre, les poulains de printemps furent sevrés et retenus au ranch pour être dressés et nourris d'avoine, Gnome fut laissé dans la montagne. Plus de lutte ni de boxe maintenant, car il n'avait pas de camarade de jeu, et quand il s'y essayait avec Banner, ruant devant lui et levant les sabots, le grand étalon continuait de paître en l'ignorant.

Gnome joua seul. Il parcourait les flancs sinueux de la montagne, traçait des huit au grand galop, se cabrait, simulait la boxe, baissait la tête en ruant, roulait les épaules, faisait le saut de carpe, tournait en vrille… Il connaissait tout.

Trois fois encore avant que ses six mois de nourrice fussent achevés, Banner ramena son troupeau au ranch, car pas un mois ne se passait sans tempête de neige. Gnome en arriva à si bien connaître le chemin qu'il tenta de prendre la tête du troupeau ; seul son manque de vitesse l'en empêcha.

Un jour, après une violente tourmente, il ne lui fut pas permis de regagner le Dos-d'Âne : il devait être sevré. La violence du vent s'apaisait et ne soulevait plus que rarement un cône de neige tourbillonnante. Ken Mc Laughlin, chaudement vêtu d'un costume et d'un bonnet de ski bleus, était dans le corral des écuries, tenant Flicka par son licou. Il était venu passer à la maison un week-end pour assister au sevrage de Gnome. On avait, dans le corral, de la neige jusqu'à mi-jambe, une neige à moitié fondue par le piétinement des poulinières. Pendant deux jours, elles avaient été laissées libres d'entrer et de sortir des écuries et des corrals, libres de s'en aller ou de rester à se gaver d'avoine et de foin.

Le visage de Ken, pâli par la vie confinée de l'hiver et par le froid, reflétait un grand amour paisible tandis qu'il regardait Flicka dans les yeux et caressait sa mèche frontale. Ses lèvres fines, sensibles, étaient entrouvertes.

La robe dorée de Flicka avait foncé avec le froid. Passant la main le long de son cou, sous son épaisse crinière, Ken sentait que son poil avait pris l'épaisseur d'une fourrure. Son poitrail était large et fort. Ses narines dilatées rougissaient à chaque inspiration. Et ses jambes… oh ! pourquoi Gnome n'avait-il pas ces longues et fines jambes de cheval de course ?

Flicka était de nouveau pleine. Debout, auprès de son jeune maître, elle ne faisait pas attention à lui. Elle regardait par-dessus sa tête, vers la Pelouse, les oreilles dressées. De temps à autre, un hennissement angoissé lui secouait tout le corps. C'était par là qu'on l'avait conduite quelques minutes auparavant, suivie de Gnome. Puis on l'avait ramenée sans lui. Il était, avec tous les autres poulains, enfermé dans l'enclos contigu à la grande étable aux vaches, en contrebas de la Pelouse. Elle émit de nouveau un violent hennissement qui se termina par une série de brefs gémissements. Ken lui tapotait les joues et lui parlait :

— Ne t'en fais pas, Flicka. Bientôt ton chagrin passera : tu vas avoir un nouveau bébé et, pour toi, il vaut mieux ne pas continuer à nourrir. Tu as maigri ; je sens tes côtes sous ton poil.

Partagé entre le désir de réconforter sa jument et celui d'aller voir Gnome, Ken choisit de rester auprès de Flicka.

Banner était parti du côté de la barrière de la grand-route. De toute évidence, il en avait assez de la vie domestique. Il se mit à appeler ses juments et à les rassembler. Le jour baissait, et la pleine lune, qui n'avait été qu'un disque de brouillard transparent, prenait le brillant de l'argent.

Quand le dernier cheval de la bande fut sorti à la suite de Banner, Ken amena sa jument dans l'écurie, lui remplit sa mangeoire d'avoine et s'en alla, refermant la porte derrière lui. Puis, il s'élança en courant dans la gorge, traversa la Pelouse, sa course rapide lui rougissant les joues et l'émoi assombrissant ses yeux bleus. *À présent, Gnome ! À présent, son cheval de course ! Enfin !*

Au moment où il ouvrait la barrière du corral des poulains, son père leva la main et Ken entra doucement. Le dernier quart d'heure écoulé avait été plein d'émotions pour Gnome. Dans la joie de retrouver ses anciens amis et d'examiner ce nouvel endroit, il n'avait pas tout de suite compris qu'on l'avait séparé de sa mère. Puis il entendit son hennissement angoissé. Il tourna aussitôt sur lui-même et partit vers elle. La clôture haute d'un mètre cinquante l'arrêta. La barrière était close. Il était totalement enfermé.

Il fit le tour de l'enclos en courant, cherchant une sortie. Des sentiments divers l'agitaient. Des poulains se pressaient autour de lui ; Pepper, le grand noir, se cabrait et le suppliait de jouer. Une odeur étrange émanant de l'auge placée au milieu du corral l'intriguait. Il aurait voulu l'identifier. Mais il était encore en colère. Il ne savait que faire.

À la vue de Gnome, le cœur de Ken se mit à battre violemment. Quel changement ! Le poulain avait grandi de partout, de sorte qu'il était toujours bâti comme un cheval adulte ; son aspect était des plus bizarres ! Mais on ne pouvait se méprendre sur sa vigueur. Le comparant rapidement aux autres, Ken vit qu'il était aussi grand que le plus grand et le plus âgé de tous. En six mois, il les avait rattrapés. Ken avança lentement jusqu'au milieu du corral et appela le poulain par son nom en étendant la main. Gnome cessa de courir en rond et regarda Ken. Il allongea sa grosse tête, mais ses jambes ne bougèrent pas ; ses lèvres noires découvraient ses dents et le cercle autour de ses prunelles était bien visible. Ken l'appela de nouveau. Poussé par une curiosité insatiable, Gnome s'approcha prudemment ; il lui fallait se renseigner au sujet de ce petit être humain dont la taille ne dépassait guère la sienne et dont la vue éveillait dans sa mémoire un écho qu'il ne s'expliquait pas. Son museau se porta en avant aussi loin que possible ; son corps demeurait obstinément immobile. Une bouffée d'odeur lui parvint au moment même où la main de Ken allait lui tapoter le nez. Le poulain rabattit ses oreilles en arrière, fit demi-tour et rua des quatre pieds. Ken fit un plongeon.

— Il s'en est fallu de peu ! dit Rob en riant. Il faut être vif avec ce gaillard-là !

– Dieu ! ce qu'il a grandi ! s'émerveilla Ken. Il est plus grand qu'aucun des autres, n'est-ce pas, dad ?

– C'est un costaud.

Gnome courait en rond le long de la clôture, furieux de ne pas découvrir d'issue. Dans l'autre enclos, quand ils descendaient de la montagne lors des tempêtes, les barrières demeuraient toujours ouvertes. Ils étaient là de leur propre volonté ; même quand ils se serraient dans l'écurie, ils n'éprouvaient pas la même impression d'emprisonnement.

Il se mit à faire le saut de mouton, non par jeu, mais en manière de protestation, de véritable résistance. Tout son répertoire y passa. Les autres poulains s'écartèrent ; Rob et Gus reculèrent jusqu'à la palissade.

– Nom d'une pipe, alors ! s'écria Gus. Regardez comme il saute, ce poulain !

Gnome se replia sur lui-même, le nez et les quatre sabots réunis, se tordit et, les jambes raides, il sauta à quatre-vingt-dix centimètres du sol.

– C'est son sang de cheval sauvage, dit Rob avec dégoût ; jamais il ne fera un cheval de course s'il ne se corrige pas.

Cheval de course ! Ces mots traversèrent Ken comme une flamme. Son père croyait-il donc que ce fût possible, comme il le croyait lui-même ?

Gus versait avec un seau de l'avoine dans l'auge. Les autres poulains se pressèrent autour de lui, se battant entre eux, enfouissant leurs museaux dans l'auge. La voix rude de Rob s'éleva pour les réprimander. Il exigeait de ses chevaux de bonnes manières :

– Allons, les gaillards ! Pas de ça !

En entendant sa voix, Gnome s'arrêta, regarda autour de lui, se secoua, puis, comprenant soudain qu'il perdait quelque chose, il se précipita vers l'auge, se frayant un chemin à travers la foule à coups de dents et de pied. Il fourra son nez dans l'avoine, s'en emplit la bouche et, faisant demi-tour, retourna près de la clôture, mâchant et réfléchissant à ce qui venait de se passer.

Ce même soir, monté à cru sur Flicka, Ken parcourut la vaste étendue des neiges aplanies par le clair de lune, gravit et redescendit le Dos-d'Âne, à la recherche des poulinières. Il allait très lentement pour faire durer son plaisir. Il avait joué un tour à son père. Il avait mis Flicka à l'écurie au lieu de la renvoyer avec Banner, à seule fin de pouvoir la monter seul, le soir, et revenir à skis. Rob ne s'était pas laissé berner. Il avait fixement regardé Ken jusqu'à ce qu'il baissât les yeux, mais, pour finir, il lui avait donné son autorisation.

Ken trouva les poulinières très loin, sur la crête, silhouettes d'un noir d'encre sur la blancheur. Banner s'élança à la rencontre de Flicka. Ken jeta ses skis sur le sol, mit pied à terre et ôta la bride. Flicka eut conscience d'un nouvel éloignement, plus durable, de son poulain ; elle hennit désespérément et tenta de fuir l'étalon. Ken observa la poursuite, les circuits, les sauts de côté, la course côte à côte. Cela finit comme finissent toujours ces poursuites : Banner poussait impitoyablement la jument vers où il voulait aller et bientôt leurs deux formes sombres se fondirent dans la masse des poulinières. L'air glacé porta jusqu'à Ken un dernier hennissement de désespoir. Incapable de bouger, il regardait autour de lui. C'était plus qu'il n'en pouvait supporter ; le paysage enneigé était trop vaste, le silence trop éternel, la solitude trop affreuse. Pendant quelques instants, il prit conscience de lui-même d'une manière anormalement aiguë et il se vit, petite silhouette solitaire, au milieu de cette blancheur sans limites.

Il sentit brusquement tout ce qui le dépassait : les choses plus grandes : sa propre vie d'homme… les femmes… l'amour… la mort. Le choc fut si violent qu'il en aurait crié de douleur, et il leva la tête vers la lune, clignant des yeux pour chasser ses larmes brûlantes. Cette maturité soudaine l'avait porté à l'âge adulte avant qu'il en eût la force. Il y a toujours une première minute où l'on en prend conscience. Dans sa faiblesse et son effroi, il évoqua l'image de sa mère, son sourire, ses calmes yeux violets, la sensation de sa main sur ses cheveux, sa façon de le regarder, compréhensive, lisant dans son âme. Il ne fallut que le cri soudain d'un coyote, son hurlement de chasse, mélancolique, indéfiniment prolongé, pour le bouleverser et faire battre son cœur à grands coups.

Il fixa ses skis à ses chaussures. Quelques poussées au départ et puis l'on dévalait le reste du trajet. Il prit de la vitesse. L'air glacé lui brûlait les yeux et les joues, faisait bourdonner ses oreilles, dispersait ses pensées à tous les vents. La mort et la terreur, Nell, le hurlement du loup, tout tournait dans sa tête comme une chandelle romaine : Dieu ! que c'est amusant ! Vite ! vite ! encore plus vite ! Attention à ce rocher ! Hop ! là-à-à-à-à !

Dans un transport de joie, il ouvrit la bouche et, derrière lui, un long cri de triomphe se déroula entre deux hautes spirales de poussière de neige argentées par la lune.

Très loin, sur la crête, Flicka se tenait immobile parmi les formes sombres, la tête tournée comme si elle surveillait encore le poulain blanc absent.

11

Gnome n'eut besoin que d'une nuit pour apprendre qu'une chose de la plus grande importance venait de transformer sa vie : l'avoine. Il ne se sentait pas d'aise. Quelle indépendance ! Plus besoin de suivre sa mère en quémandant ! Plus besoin de piétiner et de gratter la neige pour obtenir quelques bouchées d'une herbe desséchée ; cette auge longue au centre du corral contenait hier soir de quoi vous remplir la panse d'une bonne chaleur, d'une force nouvelle ; et ce matin il y en avait encore de cette substance délicieuse, au goût étrange, nouveau, exquis ! Il promenait les grains dans sa bouche, mastiquait avec ravissement, et, si un autre poulain le poussait, il avait vite fait de lui allonger un méchant coup de dents.

Soudain, un anneau de corde tomba mollement autour de sa tête, se tendit et le tira. Il réagit comme une bombe qui explose.

À l'automne, les garçons l'avaient accoutumé au licou, mais, depuis lors, la fière majesté des montagnes, le libre essor du vent, le rythme des plaines et la force des tempêtes l'avaient pénétré. Sa fougue s'en était à la fois accrue et assagie. Non, ce n'était certes pas lui qui se laisserait docilement attacher et conduire. La lutte était ouverte.

Deux heures plus tard, transpirant, sans chapeau, souffrant d'une main meurtrie par une brusque torsion de la corde, Rob dit :

— J'ai l'impression qu'il est maté. Abandonnons-le à ses pensées. Nous avons eu de la chance d'en être venus à bout sans le tuer. Dieu ! quelle énergie !

Ils étaient tous dans le corral, Rob et Nell, Gus et Ken. Gnome, enfin à bout de résistance, entravé par le licou, mais libéré de la bitte de tournage et de la longe, haletait, secouant la tête pour la dégager du licou et de la corde d'attache. Brusquement, il se cabra, ses pieds de devant s'agitant de chaque côté de sa tête.

L'étonnement arracha un cri bref à Rob.

Le poulain avait glissé sa jambe de devant dans la jugulaire du licou et n'arrivait pas à l'en retirer. Ken s'élança vers lui.

— Reste tranquille, lui ordonna Rob. S'il bondit maintenant et qu'il retombe mal, il se cassera cette jambe.

Ken gémit.

Debout sur trois pieds, Gnome frémissait et grognait.

— Mais il faut que je le délivre, dad !

— Si l'un de nous fait un pas vers lui, il va bondir et retomber à faux.

Rob se mit à parler au poulain, mais ni sa voix grave et impérative ni sa main tendue ne produisirent le moindre effet. Les yeux de Gnome allaient de l'un à l'autre de ses tortionnaires. Nell et Ken l'appelèrent à leur tour, d'un ton caressant et rassurant, les mains tendues vers lui.

– Il n'est certainement pas dénué d'intelligence, mur-mura Rob ; regardez-le. Il réfléchit. Il sait qu'il devra accep-ter notre aide.

La terreur du poulain n'était visible que dans ses yeux. Il regarda Rob, Nell, Gus, Ken, puis, délicatement, se mit à traverser le corral, sur trois pieds, dans la direction de Nell. Chaque poussée en avant de son corps projetait sa tête vers le sol, et sa jambe de devant battait l'air, impuissante, au niveau de son œil.

– Viens, mon garçon, viens, Gnome, je vais te l'arranger.

La voix de Nell l'encourageait ; Rob et Ken retenaient leur souffle.

Arrivé devant elle, le poulain s'arrêta, pencha la tête en avant et supporta qu'elle prît dans sa main la jambe pri-sonnière. Elle fut obligée de détacher le licou. Quand il se sentit libéré, quand son pied reposa de nouveau sur le sol, il resta immobile, haletant, de l'écume lui dégouttant de la bouche. Nell lui prit la tête entre ses mains, et, comme déjà une fois auparavant, il s'appuya contre elle, apaisé, rassuré.

– Allons-nous-en, dit Rob à Ken ; elle fera le reste, elle est au mieux avec lui.

Pendant une heure, Nell joua avec le poulain, lui ôtant et lui remettant le licou, lui frottant le dos avec un sac pour le sécher. Tout ce qu'il avait appris lui revenait maintenant à l'esprit. Il lui donna sa confiance, lui mangea dans la main, la regarda droit dans les yeux. Elle était pour lui un élément bienfaisant ; au même titre que l'avoine, qu'un abri, que la chaleur. Elle avait été créée pour lui. Elle était sa mère.

Pendant le dîner, avant d'être reconduit au collège, Ken interrogea son père :

– Croyez-vous qu'il puisse un jour devenir grand ?

– Je le suppose. Cet Albinos devait mesurer plus de seize palmes. C'était un énorme cheval. Gnome tient de lui. Il va probablement se développer de la même manière. L'Albinos avait peut-être aussi les jambes courtes étant jeune.

– Alors, s'il grandit, il pourrait devenir un cheval de course !

Rob posa sur son jeune fils son sévère regard bleu :

– Ne vends pas la peau de l'ours avant qu'il soit tué.

– Non, m'sieur, dit Ken en baissant les yeux.

Nell jeta sur son mari un coup d'œil oblique. Ah ! s'il connaissait tous les rêves qu'elle avait échafaudés à propos de Gnome ! Mais, l'air pensif, il tirait sur sa pipe sans la regarder.

– Je songeais à ces trois étalons, ancêtres immédiats de Gnome : Appalachian, Banner, l'Albinos. Des chevaux pur sang, doués de personnalité, d'intelligence, de volonté. Et avant ces trois-là, il a dû y en avoir d'autres, des individus exceptionnels dont nous ignorons tout. Gnome est leur descendant. Il l'a prouvé aujourd'hui. L'influence prépondérante semble être celle de l'Albinos ; c'est sa couleur et son type qui prévalent. Les lois de l'hérédité constituent un mystère fascinant. Gnome n'a pu devenir ce qu'il est que parce qu'il possède certaines caractéristiques héréditaires…

Nell commença à soupçonner Rob de compter lui aussi sur la peau de l'ours. Il se leva et se mit à marcher de long en large.

– Mon Dieu ! s'écria-t-il tout à coup, cet Albinos m'intéresse. J'aimerais savoir où il est !

Ken s'arrêta de manger et regarda son père. Rob se rassit les yeux à terre, la pipe à la main :

131

– Vous savez que les chevaux sont les plus intelligents de tous les animaux domestiques. La science l'a démontré. Ils pensent et ils raisonnent. Ajoutez l'instinct à l'intelligence et vous obtenez une faculté qui semble presque surnaturelle. Ils agissent parfois avec une telle sagesse qu'on les dirait doués d'un pouvoir miraculeux. Il est évident qu'ils savent des choses que nous ignorons, par exemple, ce qui se passe à distance. Or, cela établi, et l'Albinos étant un spécimen particulièrement remarquable, que ne pouvons-nous attendre de lui ? Je doute fort qu'il ait pu accepter en chien couchant sa défaite et la perte humiliante de ses juments. Il doit être resté dans ces parages.

De sa pipe, Rob indiqua la direction du sud.

– Peut-être est-il dans les montagnes du Buckhorn. Entre le ranch et la frontière du Colorado s'étendent des milliers de kilomètres de rase campagne, vous savez.

– Mais quelqu'un l'aurait sans doute vu, dad, et nous en aurait parlé…

– Mille chevaux pourraient se cacher dans ces montagnes sans qu'aucun homme les vît jamais. Certains de ces plateaux sont à plus de quatre mille mètres d'altitude. Comment diable un homme y accéderait-il ? Quelques mineurs ou prospecteurs… il n'y a pas de routes. On doit pouvoir y pénétrer jusqu'à un certain point quand les rivières sont prises par les glaces, mais lors du dégel au printemps, les torrents qui déferlent dans les gorges sont impossibles à traverser.

– N'y a-t-il pas de ranchs là-haut ?

– Non. Tout ce territoire appartient au gouvernement. Près de la moitié du Colorado et des autres États des montagnes Rocheuses est restée aux mains de l'État ; il ne concède même plus de forêts à bail parce que le déboisement détruirait le régime des eaux.

« De plus, il n'y a rien à tirer de cette région dont même les montagnards ignorent la plus grande partie. Elle comprend des montagnes, des vallées, des pics, des rivières que nul être humain n'a encore vus.

– Que pourrait donc y faire l'Albinos ? demanda Ken, les yeux écarquillés d'étonnement.

– Ce que fait tout étalon, répliqua sèchement Rob. Tu devrais bien le savoir à cette heure.

Ken retourna au collège, et Gnome s'adapta à son nouveau genre de vie. Il y avait beaucoup de choses auxquelles il lui fallait se soumettre. Quoiqu'il fût libéré de ses père et mère, leur autorité avait été déléguée à une bonne d'enfant, comme cela se passe chez les humains. C'était un gros hongre, de couleur pie, nommé Calico, qui paraissait vraiment prédestiné à ce rôle de grand-mère.

Calico conduisait les poulains à l'abreuvoir matin et soir. Il leur apprenait à courir vers Rob dès que retentissait son sifflet, préambule certain d'une distribution de bonnes choses. Il leur enseignait les manières ; il les habituait à n'être pas sauvages, à ne pas s'enfuir, à ne pas s'acharner contre les barbelés. Il leur faisait comprendre que la maison, les corrals et les écuries du ranch constituaient leur véritable foyer. Il leur enseignait à rester bien tranquilles pendant qu'on les brossait et les pansait, pendant qu'on peignait et lissait leurs queues et leurs crinières, pendant qu'on soulevait et maniait leurs jambes l'une après l'autre.

Une grande partie de ces opérations était fort pénible pour Gnome, mais il avait heureusement Nell, son réconfort. Il s'avançait vers elle, toujours très lentement, les yeux fixes, les oreilles tendues, immobiles, pointées en avant ; lorsqu'il arrivait à portée de sa main, il s'arrêtait et la regardait. Semblable à un jeune homme timide en face de l'élue, il s'offrait à elle, silencieusement, sa seule présence, son regard humble et franc disant tout ce qui devait être dit.

Mais en dépit de l'avoine, du gîte, des soins qu'il recevait, malgré la société de ses semblables, malgré tout ce qui concourait à développer la force de ses muscles, son poids et sa taille, un désir frénétique de liberté rongeait Gnome. Il se tenait souvent devant la barrière sud du pâturage, dressant par-dessus sa tête levée très haut les oreilles tendues vers le Dos-d'Âne. Un long frisson le parcourait soudain ; il tournait sur lui-même et s'éloignait au trot de la barrière, décrivait un grand cercle puis il y revenait, s'immobilisait de nouveau et jetait un cri de nostalgie désespéré.

Vers la fin de l'hiver, non seulement les animaux et les humains, mais la terre elle-même semblaient malades du désir impatient de revoir le printemps et l'herbe verte. Les éleveurs du Wyoming prononçaient « herbeverte » comme un seul mot : « Avez-vous assez de fourrage jusqu'à l'herbeverte ? Les réserves sont bien faibles. J'en suis malade d'attendre l'herbeverte. »

La dernière tempête de neige eut lieu au début de mai ; les flocons s'amoncelèrent sur la terre brune et nue. Mais ce manteau de neige devait posséder une chaleur magique et fécondatrice, car, lorsque le soleil l'en dépouilla, le monde était vert : une pelouse d'émeraude, à perte de vue. Nell découvrit toute une bande de mésanges qui gisaient, gelées, sur le sol de la grange. Elle les ramassa et les porta à la cuisine dans des paniers. Sous l'effet de la chaleur, elles se ranimèrent, commencèrent à battre des ailes, se dressèrent sur leurs pattes et finalement s'envolèrent par la porte et les fenêtres grandes ouvertes. La dernière, incapable de trouver son chemin, se précipitait à droite et à gauche, complètement affolée, poursuivie par Rob qui criait :

– Allons, Bébé ! allons, Bébé !

Elle finit par découvrir la porte et s'élança, pareille à une ravissante faucille d'acier bleu. Quelques instants plus tard, les oiseaux se rassemblèrent au-dessus de la Pelouse et disparurent derrière la falaise d'en face.

Les bruyants pluviers des montagnes, la tête et la gorge rayées de blanc et de noir, couraient rapidement dans les sentiers sur leurs pattes jaunes vacillantes ou se laissaient glisser sur la brise, au-dessus des prairies, en criant : « *Ku-itt ! ku-itt !* »

Les gros nuages blancs de l'été montèrent de l'horizon, projetant sur la plaine leur ombre aux contours changeants. Des antilopes venaient en file indienne boire au trou d'eau ou se réunissaient par petits groupes sur la prairie, levant leurs têtes délicates d'un air interrogateur. Elles ressemblaient aux figurines de porcelaine qu'une dame aurait posées sur le tapis vert d'une table de son salon.

Pauly vint se planter devant Nell qui, assise dans son fauteuil, reprisait des chaussettes, et lui demanda d'un air sérieux la permission de mettre bas sur ses genoux ; quand cette permission lui fut refusée, elle s'installa à côté du fauteuil, dans le panier à papiers, et y mit ses chatons au monde.

Quant aux poulains, la venue de l'herbe nouvelle signifiait pour eux que leur dressage était terminé. Libérés de leur bonne d'enfant, des étrilles, des licous et des longes,

ils furent ramenés sur le Dos-d'Âne ; c'étaient eux maintenant les yearlings, tandis que ceux de l'été précédent étaient
à présent les chevaux de deux ans.

Banner et ses poulinières ne se trouvaient plus sur le
plateau. Le 1er avril, Rob les avait descendus dans la prairie clôturée au pied du Castle Rock. Les juments prêtes à
pouliner et les premiers petits à naître y étaient mieux
abrités. Les dernières tempêtes du printemps étaient dan-
gereuses pour les nouveau-nés. En outre, à l'approche de la
période du poulinage, Banner commençait à être à l'affût
de juments nouvelles, et là-haut, sur le Dos-d'Âne, il y en
avait de jeunes, ses propres filles, que le printemps allait
mettre en chaleur. Même à huit kilomètres de distance,
l'étalon s'il n'était pas enfermé, se mettrait à leur recherche
et les adjoindrait de force à son harem. Il se battrait peut-
être avec les jeunes et en tuerait quelques-uns. Au bas de
la prairie, un bouquet de trembles répandait une ombre
agréable. Un ruisseau la traversait, et il restait encore beaucoup d'herbe de la saison passée, repoussée après la fenaison. Le Castle Rock, énorme masse de pierre aussi élevée
qu'un grand hôtel, surplombait, telle une vigie, la partie
inférieure de la prairie.

Gnome goûta pour la première fois l'herbe nouvelle.
Son enfance était terminée. Il n'avait plus de mère ; il n'en
avait pas besoin. Il n'avait plus besoin d'avoine et des soins
des humains. Le monde entier, sous ses pieds, était bon à
manger et lui appartenait. Pour la première fois de sa vie,
il était réellement et absolument libre, n'ayant même plus
à obéir à une nounou de couleur pie.

Aucun animal de la montagne n'est aussi rapide que les
yearlings, courant de colline en colline, pareils à des daims ;

aucune gaieté n'est plus folle, plus spontanée, plus espiègle que la leur ; leurs petits corps bondissent par-dessus les ravins ; crinière flottante, ils rivalisent de vitesse sur les plateaux, secouant leur tête, faisant voler leurs sabots. Le yearling est tout en longues jambes semblables à des pistons, en poil hirsute, en grands yeux agités. Il n'a qu'un faible poids à porter et apprend à sauter les obstacles naturels, à galoper librement le long des pentes abruptes, à se frayer à fond de train un chemin sur le sol rocailleux parsemé de buissons et de trous de blaireaux. Sans cesse il se surpasse, surmontant des difficultés encore inconnues. Et ainsi se développent les muscles du poitrail et de l'arrière-train, se fortifient l'endurance et le cœur.

Pour Gnome, galoper sur l'herbe verte du Dos-d'Âne représentait plus que l'amusement et la liberté. Avec la première bouffée d'air pur qu'il respira dans la solitude, juché sur un monticule, face au sud, une nouvelle personnalité se fit jour en lui ; son émoi fut si vif que tout son corps en tressaillit. Il se sentit gonflé à en éclater d'une force, d'une furie, d'une chaleur stimulantes. Il se mit à explorer la montagne. Son allure rampante avait fait place à de longues et puissantes foulées. À chacune d'elles ses boulets le projetaient un peu plus en avant, si bien qu'il paraissait se mouvoir sur des ressorts. Il parcourait inlassablement le Dos-d'Âne sur toute sa longueur. Puis l'herbe s'anima ; les brins devenus assez longs pour se plier et se redresser sous l'effet du vent, l'étendue verte ondulait comme une soie moirée. Les lapins y pullulaient, d'un gris brunâtre, maintenant, ayant abandonné leur fourrure blanche. Ils se cachaient dans leurs terriers ou parmi les rochers invisibles contre la pierre, et à la moindre alerte, ils se sauvaient en bondissant par-dessus les hautes herbes comme des petits kangourous.

Gnome monta sur les sommets pour s'y tenir comme l'avait si souvent fait Banner, les narines frémissantes, prêtes à capter chaque odeur qu'apportait le vent, les oreilles si attentives qu'elles saisissaient des sons produits à des kilomètres. Face au ranch, selon l'habitude de Banner, Gnome frissonnait aussi de la même manière en le voyant et en percevant son odeur. Le ranch, c'était Nell. Il se rappelait les mains de Nell le touchant, défaisant doucement la corde où il avait accroché sa jambe, et le calmant avec sa voix… et puis, quand tout avait été fini, il s'était reposé, la tête cachée contre elle, à l'abri de la peur et du trouble. Et parce qu'elle le tenait contre elle, il avait senti s'apaiser, un moment, sa violence et son hostilité.

Nell et l'avoine. Nell et l'avoine et le ranch avec ses râteliers pleins de foin où il avait trouvé abri et nourriture pendant les tempêtes hivernales. Elle avait conquis *la moitié* de son cœur. La moitié ! Quant à l'autre moitié… Il cessa de frissonner. Il se retourna et scruta les plaines et les hautes montagnes face au sud. Ses narines palpitantes cherchaient à percevoir les messages que le vent apportait du Colorado, des pics dentelés des monts du Buckhorn et des hauts plateaux qui s'étendaient au-delà. Il baissa la tête et piétina la terre. Il se mit à tourner en cercle, son nez rasant le sol. Puis, s'arrêtant de tourner en rond, il grimpa de nouveau sur le pic le plus haut, celui-là même où Banner se tenait de coutume quand un petit poulain blanc le regardait d'en bas. Face au ranch, ses frissons le reprirent aussitôt. Il perçut un long cri, affaibli par la distance. Ce n'était que Rob appelant Gus. Ensuite, un chien aboya.

Mais ces bruits le traversaient de part en part, le faisant se cabrer comme s'il s'apprêtait à redescendre en trombe de la montagne.

Puis, d'une brusque torsion du corps, il se retourna une fois encore vers le sud avec un grognement. L'air avait ce jour-là une limpidité de cristal et les monts du Buckhorn, gravant leurs contours fantastiques sur le bleu foncé du ciel, montraient tout le détail varié de leur relief. Une brise douce soufflait, une brise douce, sauvage et parfumée, une brise étrange…

Tout, d'ailleurs, était étrange et incompréhensible : ce violent désir de quitter le ranch qu'il aimait pour des endroits inconnus et lointains. Mais il arrive parfois, même aux êtres humains, d'être poussés vers leur destinée sans en avoir conscience.

Quelque chose appelait Gnome. Il répondit d'un puissant hennissement et se mit à descendre à toute allure la pente de la montagne. Parvenu en terrain plat, il reprit son long trot élastique, la tête haute, les naseaux au vent, se dirigeant vers la rase campagne et les monts du Buckhorn.

12

Une fois les yearlings mis au vert, on ne les inspectait plus de tout l'été. Si quelque membre de la maisonnée allait par hasard se promener sur le Dos-d'Âne, il en rapportait des nouvelles sur leur état et leur croissance, sur les changements de leur aspect, de leur couleur ; il disait si la bande s'était divisée ou si elle avait complètement disparu – ce qui signifiait qu'elle se régalait dans l'un des petits ravins de la montagne d'où elle réapparaîtrait le lendemain.

Mais le lendemain même du départ de Gnome, les garçons arrivèrent du collège. La première chose qu'ils firent fut de monter à cheval pour aller voir les yearlings – et en particulier Gnome. Ils revinrent ayant passé tout l'après-midi à le chercher, en disant qu'il n'y était pas.

Tout le monde se mit à sa recherche. Rob se rendit en voiture dans les ranchs voisins demander s'il avait été aperçu. Il déposa une affiche au bureau de poste. Le ranch lui-même fut passé au peigne fin, car il était possible qu'une attirance précoce et inconvenante pour les juments eût amené Gnome à se joindre à des bandes plus âgées.

Mais, au bout d'une semaine, Rob abandonna la partie,

et le travail du ranch reprit comme de coutume. Il affirma brièvement que le poulain réapparaîtrait. Il s'était enfui ; il reviendrait. Telle était l'habitude des chevaux. Dès qu'ils savaient s'orienter, ils revenaient toujours au lieu de leur naissance.

Ken fut abasourdi de chagrin ; il avait, tout l'hiver, pensé à Gnome, rêvé d'être avec lui, de commencer son entraînement. Avec son argent de poche, il avait, avant de quitter Laramie, acheté un chronomètre. Presque inconsciemment, ses doigts le trouvaient, poli, rond et frais, dans la petite poche de son pantalon, sous sa ceinture. Rien que son contact, aussi rempli de promesses que la cloche du dîner, provoquait en lui une excitation délicieuse. Maintenant, ce n'était plus qu'une chose morte, lourde et froide.

Le soir, dans son lit, il imaginait ce qui avait dû arriver au poulain : la terre cédant sous ses pieds, au moment de sauter un ravin, puis la chute, la jambe cassée. Il le voyait couché là, mourant, puis mort, et les coyotes et tout ce qui fourmille au ras du sol venant le dévorer… Un massif d'arbustes aurait facilement pu cacher le corps – et combien de milliers d'arbustes y avait-il sur le ranch ? Dixie avait, un an auparavant, été victime d'une pareille aventure. Son squelette ne fut découvert que six mois plus tard…

Et il s'était passé autre chose encore. Un troupeau de chevaux paissait près de la route. Une voiture passa, pleine d'individus vilains et bruyants. L'un d'eux cria en montant la colline :

– Vous voyez cette vieille jument ; je parie que je ne la rate pas !

Les ouvriers travaillant au chemin de fer parallèle à la route avaient vu l'homme, debout dans l'auto, ajuster son fusil, tirer, et la jument bondir ; puis retomber. Ils avaient entendu le rire rauque des hommes ; ils avaient vu l'auto accélérer et disparaître de l'autre côté de la colline.

Ken se mit à trembler dans son lit. Un poulain blanc dans un troupeau de chevaux foncés… tellement facile à repérer ! Mais dans ce cas il y aurait eu un cadavre, et l'on n'en avait pas retrouvé. Cette idée lui procura un certain soulagement.

Pendant que Ken se tourmentait ainsi, Gnome paissait dans de savoureux pâturages, au sud de la frontière. Bien qu'en un seul après-midi de jeu sur le Dos-d'Âne il fût capable de courir plus de trente kilomètres avec les autres yearlings sans même s'en apercevoir, il avait mis une semaine entière pour atteindre le pied de la chaîne du Buckhorn. Il y avait tant à voir sur la route ! Tant de vallons et de ravins à explorer ; tant de monticules sur lesquels monter pour regarder et flairer une contrée si vaste, et tant de troupeaux d'élans et d'antilopes ! Et puis, l'herbe de chaque prairie avait un goût différent.

Il y avait aussi toutes les heures passées face au nord, face au ranch. Alors, tout son corps se tendait, vibrant et frémissant.

Les chevaux semblent souvent se déplacer comme poussés par leur subconscient plutôt que par un raisonnement. Appelez-les ; ils n'y prendront pas garde et continueront à paître comme s'ils n'avaient rien entendu. Marchez dans la direction de l'écurie et disparaissez finalement de leur champ visuel ; ils continueront à paître. Mais ils s'avanceront lentement vers l'écurie et vous les trouverez devant la porte, comme par hasard, ayant l'air de dire : « Eh bien, me voilà ! »

C'était de cette façon que se déplaçait Gnome. Dès qu'il s'était mis en marche vers le sud, il n'avait fait qu'errer. À présent, il était arrivé au bord de la rivière. Elle l'intéressait vivement. Bien des kilomètres avant de l'atteindre, il en avait senti l'odeur. N'ayant encore jamais rien vu de pareil, il mit longtemps à se persuader que cette chose, quoiqu'elle remuât, n'était pas dangereuse. Elle plongeait et bondissait, se jetait sur les roches, se projetait en l'air ; elle était donc vivante. Et elle avait une voix, une voix forte qui ne cessait de parler, de chuchoter, de ricaner, de glousser. La force qu'il sentait en lui-même lui faisait comprendre que la rivière aussi possédait une force. Debout, sur la rive, cette force lui parut le défier et il se prépara au combat. Au bout d'une heure, il reconnut le fait que la rivière ne l'attaquerait pas ; elle l'ignorait. Rien de ce qu'il faisait ne modifiait son attitude et son cours. Enfin, il en but et elle ne réagit pas. Il la suivit en amont. Elle le conduisit à travers des collines devenant plus abruptes à mesure qu'elles se resserraient jusqu'à devenir verticales. Elles se penchaient au-dessus de lui, formant de hautes murailles de part et d'autre de la rivière rétrécie. La voix de l'eau était maintenant un rugissement profond. Par moments, il voyait devant lui cette eau se précipiter le long d'une paroi rocheuse, bleue sur la pente et blanche d'écume dans le bas.

Le chemin se faisait plus difficile et la nourriture plus rare. Il était obligé de s'éloigner de la rivière pour trouver de l'herbe et du trèfle ; mais qu'ils étaient donc succulents !

Pendant tout ce temps, il éprouvait la satisfaction d'avancer dans la direction voulue. Mais, le matin, il cherchait une éminence, y grimpait et regardait vers le nord, vers le ranch. Il hennissait parfois de nostalgie, mais, quand il se remettait en route, c'était pour remonter la gorge.

C'est sûrement de l'observation des chevaux que fut tiré le proverbe : « Les champs les plus lointains sont toujours les plus verts. » Car le sentier qui longeait la rive opposée du cours d'eau semblait toujours à Gnome présenter plus d'attrait. Il le traversa plusieurs fois. Un saut d'un rocher à l'autre, un plongeon, quelques brassées de nage, et il était de l'autre côté. Bientôt, celui qu'il avait quitté lui paraissait plus agréable et il y retournait.

Il arriva ainsi que, prêt à bondir d'un rocher plat sur une autre roche émergeant au milieu de la rivière, la chose se jeta contre ses jambes ; son épouvante fut telle qu'il sauta de travers et fut emporté par le courant. Il ne se rendit plus compte de rien, tout à l'effort de tenir le nez hors de l'eau et de s'en sortir à coups de patte. Quand il y eut réussi, il se retrouva plusieurs mètres en aval. Tout en se secouant, il tournait la tête pour essayer de voir ce qui l'avait frappé. Il lui fallait le savoir. La chose était encore là, sur le rocher plat, et ne bougeait pas. Les oreilles dressées, les yeux fixés sur elle, Gnome revint en arrière afin de l'étudier.

Un poulain ! Assez semblable à lui-même, mais, au lieu d'être tout blanc, son corps était tacheté de brun, comme sa grand-maman pie, Calico. Gnome frissonna des pieds à la tête, car ce poulain n'avait pas d'yeux ; on les lui avait arrachés et il saignait d'une demi-douzaine de blessures.

Ce fut à cet instant que Gnome bondit à la rencontre d'un nuage noir qui tombait sur lui du ciel, agité d'un étrange battement. D'énormes ailes lui frappèrent la tête. Cette créature était aussi grande que lui-même. Gnome poussa le premier cri de sa vie quand l'horrible face s'approcha tout près de la sienne et que l'énorme bec crochu visa ses yeux. Il se cabra et tomba en arrière tandis que l'aigle le flagellait des ailes, du bec et des serres. Roulant sur la rive étroite, la moitié du corps dans l'eau, Gnome se débattait pour échapper à l'aigle. Dès qu'il se fut remis debout, avec l'instinct batailleur de l'étalon, il baissa rapidement la tête pour mordre son ennemi à la patte. Il la saisit entre ses dents, et la broya. L'autre serre l'agrippa et lui entailla profondément l'épaule. Les ailes battantes lui martelaient la tête comme des gourdins. Il tenait bon. Le bec acéré le lardait de coups dont chacun entamait sa chair. Le sang jaillissait de son cou et de son ventre.

Brusquement, l'aigle s'envola ; il monta d'abord en flèche, puis chercha l'abri des pins. Gnome était seul ; pendant entre ses dents, la patte maigre, recouverte de plumes fines et serrées que terminait, semblable à un poing, la serre froide et recourbée, laissait couler un mince filet de sang malodorant. Il la lâcha et resta tout tremblant devant cet objet qui le terrifiait. Mais la curiosité l'emporta sur la peur, et il se baissa pour le flairer à nouveau. Jamais il n'oublierait cette odeur. Elle le fit se dresser sur ses jambes de derrière avec un reniflement de dégoût. Le bruit que faisait l'aigle lui remplissait les oreilles – des hurlements furieux – « Kark ! Kark ! Kark ! » Fuyant cet endroit fatal, il dégringola à travers les rochers, en aval, s'écartant de la berge, vers un terrain moins accidenté.

Du haut de son pin, l'aigle le suivit du regard ; perché sur une branche nue, ses ailes déployées maintenaient l'équilibre entre son unique serre et son moignon. Au bruit de ses cris de rage répétés, les bois d'alentour s'animèrent de la fuite de petits animaux effrayés. Redoutables par la portée de leur vue et leur cruelle convoitise, les yeux de l'oiseau suivaient le poulain qui galopait vers le nord, trait blanc sur le bord sombre du ravin, et, à la fin, point mobile, à huit kilomètres de là dans la plaine. Gnome courait comme il ne l'avait encore jamais fait ; il usait de la vélocité prodigieuse qui lui avait été transmise par ses ancêtres dans ses chromosomes. Ce fut une course formidable. Le lendemain matin, au lever du soleil, il était confortablement installé parmi les yearlings du ranch, présentant le flanc à la délicieuse chaleur des rayons, ronflant doucement dans la quiétude d'un paisible bien-être.

13

La paix et le bonheur durèrent huit jours. Une semaine pendant laquelle, par l'effet du hasard, aucun membre de la famille Mc Laughlin ne découvrit le retour du prodigue.

Ce fut au cours de cette semaine que le jeune Ken Mc Laughlin, désespéré de la perte de son poulain, jeta, dans un accès de rage, du haut de Castle Rock, le chronomètre qu'il avait acheté pour calculer l'allure de son futur cheval de course.

À la fin de la semaine, Gnome quitta le troupeau des yearlings et s'en alla de nouveau lentement vers le sud. Sa peur s'était muée, comme toute peur le devrait, en connaissance et compréhension du danger. Il avait pris une leçon. Et les montagnes lointaines le fascinaient irrésistiblement. Sa marche se fit plus lente. Il passa une semaine à paître dans un vallon avec une bande d'antilopes. Il étendit ses explorations sur les deux rives du cours d'eau. Quand il atteignit enfin le rocher où l'aigle l'avait attaqué, on était aux derniers jours de juillet. Cette fois-ci, il n'y avait ni poulain pie sur le roc au milieu de la rivière ni aucun oiseau monstrueux dans l'air.

Gnome resta une demi-heure à cet endroit, flairant, reniflant chaque centimètre de la petite grève où avait eu lieu son combat avec l'aigle. Il y trouva un objet semblable à une branche desséchée portant à son extrémité un caillot noir. Il en fit le tour, puis se cabra et le piétina, le réduisant en miettes qu'il enfonça dans la terre.

Il remonta le torrent aussi loin qu'il le put, jusqu'à ce que, grossi des ruisseaux qui coulaient des falaises, il remplît entièrement la gorge. De la neige stagnait dans les fentes des rochers. Démesurément enflée par les crues du printemps, la rivière bouillonnait avec une telle furie qu'un arbre mort emporté par son courant était projeté à des dizaines de mètres en l'air. Gnome la contempla longtemps. Il leva la tête. Qu'y avait-il au-delà de cette eau ? Là-haut ? Ses narines frémissaient. Les parois du canyon étaient si élevées qu'il ne pouvait plus voir le ciel : rien qu'une succession de sommets escarpés étagés les uns au-dessus des autres. Mais c'était au-delà de leurs masses arides qu'il lui fallait aller.

Vaches et chevaux possèdent d'instinct la science de l'ingénieur, découvrant toujours le chemin le meilleur à travers un pays montagneux. Gnome s'éloigna de la rivière du côté est. Il avait une rude ascension à faire, mais les parois présentaient des trouées, et ses courses sur le Dos-d'Âne avec les poulinières l'avaient rendu aussi agile qu'une chèvre. Des heures d'une marche pénible l'amenèrent enfin au dernier plateau herbeux, au pied d'une falaise presque perpendiculaire. Le site ressemblait à un parc, avec des groupes de pins et de rochers, des petits vallons et des bosquets ; épars à la base de la falaise et sur son sommet, il vit nombre d'énormes blocs de pierre pareils à celui qui couronnait, au ranch de Goose Bar, le faîte du Castle Rock. Ces blocs, gros comme des maisons, parfaitement lisses et sphériques, qu'on rencontre dans toute la région de la ligne de partage des eaux du continent, laissent le spectateur rêveur. Par quels glaciers gigantesques et à quelle époque reculée ont-ils pu être broyés et polis, puis suspendus comme par un cheveu au bord d'étroites saillies ou en équilibre sur un pic ou au-dessus de crevasses qui, plus larges d'un centimètre, les auraient laissés tomber et se fracasser dans l'abîme ?

Gnome avait faim. Il inspecta d'abord les lieux, puis se mit à brouter. Au détour d'un bouquet d'arbres, il s'arrêta et leva vivement la tête : à moins de cent mètres de lui, près de la base de la falaise, deux beaux poulains bais étaient en train de paître. Gnome resta un moment sans bouger, tout à la joie d'une rencontre avec ses semblables. Puis il hennit et frappa du pied. Les poulains levèrent la tête et trottèrent vers lui avec une amicale bienveillance. En sa qualité d'étranger, Gnome devait s'assurer immédiatement de certaines choses : étaient-ce des juments ou des étalons ? d'où venaient-ils ? seraient-ils amis ou ennemis ? Tout comme les enfants qui se rencontrent se demandent toujours : « Comment t'appelles-tu ? quel âge as-tu ? où habites-tu ? » ces poulains échangèrent des renseignements au moyen de petits cris, de ronflements et de gambades.

Un hennissement retentissant, semblant émaner directement de la paroi rocheuse, interrompit leur conversation. Les poulains y répondirent aussitôt et galopèrent vers le rempart jusqu'à l'endroit où il projetait, sur toute sa hauteur, une arête saillante et dentelée ; à la stupéfaction de Gnome, les poulains pénétrèrent alors dans la muraille et disparurent. Il s'empressa de les suivre, contourna l'éperon et se trouva dans une fissure étroite qui s'enfonçait jusqu'au cœur du rocher. Il n'y vit pas les poulains, mais, comme ce couloir était plein de l'odeur des chevaux, Gnome s'y avança avec confiance. Soudain, un cri rauque partit d'en haut et l'ombre de larges ailes passa au-dessus de la fissure. Toute sa vie, une ombre mouvante passant au-dessus de sa tête jetterait Gnome dans une terreur folle. Reculant, il s'accroupit et essaya, en rejetant la tête en arrière, de découvrir son ennemi. Mais il ne pouvait apercevoir l'aire des aigles accrochée presque au sommet de la montagne, la femelle posée au bord du nid, tandis que le mâle – celui qui n'avait qu'une seule patte – planait au-dessus de la crevasse.

Les poulains et les aigles vivent sur des plans différents. C'était seulement par l'ombre froide qui tombait sur lui, par ce cri, mélange étrange de férocité et de mélancolie, par le frisson de terreur dont il tremblait, que Gnome prenait conscience du danger qui le menaçait. Se précipitant en avant, il fonça droit sur le rocher qui semblait lui barrer le chemin ; mais là, le passage s'infléchissait. Le poulain avança en zigzag sans plus voir ni entendre l'aigle. Enfin, les murailles qui l'enserraient s'élargirent, démasquant un grand coin de ciel. Devant lui, une masse de gros rochers éboulés obstruaient complètement le couloir. Mais, comme l'odeur des chevaux persistait, Gnome continua d'avancer, et un tournant lui révéla une issue, une sorte de trou de serrure, surmonté d'une seule grosse pierre posée sur les légères aspérités des parois latérales. Au-delà de la serrure, Gnome aperçut du ciel bleu et de l'herbe verte. Il s'élança et émergea en plein soleil devant une longue perspective de vallées et de montagnes.

C'était le cratère d'un volcan éteint. Large de trois kilomètres environ, d'une forme oblongue irrégulière, cette vallée était tapissée de la plus fine herbe de montagne, si haute qu'on en avait jusqu'au ventre. Çà et là, s'élevaient des collines rocailleuses ou boisées atteignant l'altitude de la falaise abrupte et dentelée qui l'encerclait de toutes parts. Des montagnes encore plus hautes, boisées de pins, de genévriers et de trembles, se dressaient à l'extérieur du cratère. D'étroits ravins, bordés d'épais taillis de trembles, coupaient les pentes inférieures du rempart ; issus de mille fissures, des ruisseaux allaient grossir la large rivière qui serpentait au fond de la vallée. Arrivée au rempart, elle fonçait au travers, transformée en torrent par la pression des murs qui l'enserraient étroitement.

Ici, à quatre mille mètres d'altitude, s'étendait une vallée d'une richesse incomparable, inconnue de l'homme. Les touristes et les alpinistes explorent bien les chaînes de montagnes voisines des régions habitées, mais non les retraites inaccessibles qui s'étendent sur des centaines de kilomètres à travers les Rocheuses, érigeant leurs pics solitaires jusqu'au domaine des nuages, du soleil et des aigles.

Immobile, Gnome scrutait la vallée et, le museau levé, aspirait, savourait, interprétait tous les messages qu'elle lui envoyait. Il la connaissait déjà bien : c'était le pays qui l'avait appelé et il avait répondu à son appel. Ces chevaux qui, là-bas, paissaient tranquillement, ce grand troupeau dispersé, c'étaient les chevaux qu'il avait voulu rejoindre. Des juments ! Ses narines palpitèrent, et il hennit fortement. Les juments levèrent la tête ; les poulains se retournèrent. Quels magnifiques animaux ! Grands, lisses, luisants ; rien que leur odeur avait la douceur pénétrante de la santé et de la force. Des noires, des baies et des alezanes avec leurs poulains de même pelage, sauf quelques-uns qui étaient pies, hennirent, levèrent la tête et trottèrent au-devant du nouveau venu. Gnome se précipita joyeusement à leur rencontre. Il était habitué aux juments, ayant passé presque toute sa vie parmi elles. Elles l'entourèrent, excitées et émues par l'arrivée d'un étranger. Dans son bonheur d'être au milieu d'elles, il perdit toute notion de peur ou de prudence. Il les flairait, leur parlait, s'approchant de l'une après l'autre. Les glapissements, les hennissements, les sauts, les ronflements, les coups de pied folâtres constituaient un amusement délicieux. Certaines d'entre elles essayèrent de chasser l'intrus, mais leurs coups de dents et leurs ruades n'étaient décochés qu'à contrecœur.

Sur le sommet d'une colline proche se tenait un grand étalon blanc. Heureusement pour Gnome, le vent ne lui venait pas du côté de ses juments. Néanmoins, l'Albinos remarqua l'agitation de son harem et leva la tête pour l'observer. D'un blanc pur, il mesurait seize palmes et demi. Son corps dégageait plus de puissance et de force que de grâce. Il n'était pas lisse, mais noueux comme un vieux chêne. Sa robe était marquée de nombreuses cicatrices. Son grand âge se voyait aux creux dessinés dans ses flancs, ses épaules et sa tête. Au fond de sa sombre prunelle brûlait une lueur ardente, reflet d'une volonté irrésistible, d'une personnalité semblable au point central d'un ouragan.

Il surveillait son royaume. Il était là depuis des années à surveiller son royaume et à se demander – si les chevaux savent penser – qui lui succéderait quand il n'y serait plus. Il n'avait pas d'héritier. Comment eût-il pu en avoir ? Il ne permettait à aucun poulain de plus d'un an de rester parmi le troupeau de juments ni à aucun étalon de plus de deux ans de demeurer dans la vallée. L'herbe haute cachait les os blanchis de ceux qui l'avaient défié. Ceux qui tentaient de revenir après avoir été chassés ne faisaient pas de second essai.

Quand Gnome sentit la forte odeur de l'étalon, cette odeur qui ne trompait pas, il quitta au trot le troupeau des juments pour aller à sa recherche. Il l'aperçut, juché sur une colline, se tenant comme l'aurait fait Banner et il s'avança vers lui avec un hennissement joyeux. L'Albinos descendit du monticule et vint à sa rencontre.

Lui-même ardent et magnétique, Gnome, à la manière d'un électroscope, sentit, au point qu'il eut peine à le supporter, s'approcher l'étalon. Il s'arrêta. L'idée lui vint qu'il n'était pas le bienvenu, mais il tint bon. Il guetta. Jamais encore il n'avait rien éprouvé de pareil. L'étalon se dominait si fortement, sa puissance était si ramassée et contenue qu'il se creusait de partout. Son grand cou était tellement arqué que son menton rentrait ; sur le sommet arrondi de sa tête, ses oreilles se dressaient comme des lances, et l'expression féroce de son visage était terrifiante ! Ses énormes jambes aux muscles saillants, levées haut, donnaient à son corps gigantesque l'air de flotter ; les coups de massue de ses sabots sur la terre faisaient trembler la colline et résonnaient comme le tonnerre dans la vallée. Gnome, cependant, tenait toujours bon. L'Albinos ralentit, s'approcha, s'immobilisa. Ils étaient nez à nez. Durant une longue minute, ils se firent face en s'observant. Ils étaient identiques. Tronc et branche d'un même arbre. Et cette ressemblance troublante – chacun croyant se voir comme dans un miroir déformant – fit naître l'épouvante et la fureur.

Aucun étalon qui se respecte ne daigne attaquer un simple yearling, ni même le prendre assez au sérieux pour lui administrer une correction sévère. Mais soudain, l'Albinos leva son sabot droit et en assena un coup terrible accompagné d'un bref et horrible cri de colère. En agissant ainsi, en même temps qu'il le reconnaissait, il tentait de détruire son héritier. Ce coup, porté avec la rapidité de l'éclair et d'une si grande hauteur, aurait été mortel si son but – la tête – avait été atteint. Mais Gnome était doué de la même vitesse et de réflexes plus rapides que la pensée. Il se déroba. L'énorme sabot glissa le long de son cou, déchirant la chair de l'épaule, et l'envoya rouler par terre.

Afin de parfaire son attaque, l'étalon baissa le nez jusqu'au sol, se tourna et lança des coups de ses pieds de derrière pour atteindre le poulain renversé et l'achever. Mais Gnome avait roulé trop loin et trop vite ; il se remit debout, pirouetta et fit face à l'ennemi. La tête tendue comme un dard, la bouche tordue, ouverte, prête à mordre, découvrant ses grandes dents semblables à des dalles jaunes, ses yeux flamboyants, l'Albinos s'élança sur lui. Gnome tournoya et partit comme une flèche vers les juments qui assistaient au combat, fascinées, serrées les unes contre les autres. Elles ouvrirent leurs rangs pour lui faire une place. Le choc de l'étalon arrivant ventre à terre les dispersa. Gnome se jeta de côté. Il sentit les dents de l'Albinos lui racler l'arrière-train, en arracher un morceau ; il cria et s'abrita derrière une jument. La brusque poussée de l'étalon la renversa, et Gnome se trouva pris sous elle. Il ressentit une douleur cuisante à l'oreille et parvint à se dégager. De nouveau sur ses pieds, il put se faufiler parmi un groupe de juments et de poulains. Quand il en ressortit, du côté opposé, l'Albinos l'avait un instant perdu de vue. Ce fut son salut. Il s'enfuit vers la fissure du rempart poursuivi par l'étalon dont les sabots faisaient un bruit de tonnerre. Dans l'étroit passage tortueux, sa petite taille l'avantagea. Quand ils émergèrent de l'autre côté du rempart, l'Albinos avait perdu du terrain, mais il avançait quand même rapidement.

Ce fut une longue poursuite. La jeunesse de Gnome, sa promptitude à s'esquiver, à profiter du couvert des rochers et des bouquets d'arbres le sauvèrent. Quand le jour déclina, il se trouva enfin seul, à dix kilomètres en aval ; la douloureuse blessure de son épaule le faisait boiter ; penchant la tête pour atténuer la souffrance de son oreille déchirée, il la secouait de temps en temps, répandant des gouttes de sang. Il avait mal partout. Maintenant qu'il ne courait plus, le moindre mouvement était un supplice. Frissonnant, il passa la nuit sous un arbre sans rien manger. Au matin, il s'approcha de la rivière et but à longs traits. Le souvenir de tout ce qui s'était passé restait gravé dans sa mémoire. Il regarda le rempart, dressa son oreille intacte, tourna la tête pour chercher le vent et demeura tendu, aux écoutes, flairant, se remémorant presque aussi clairement que s'il l'avait eu devant les yeux le monstre redoutable qui l'avait terrifié et battu. Il aurait voulu hennir et le défier, mais il n'en avait ni la force ni le courage. Tant pis ; le jour viendrait ! Patience ! Il lui fallait d'abord guérir ses blessures. Il se mit à paître jusqu'à ce que son ventre fût plein et ses forces réparées, puis il prit le chemin du retour.

14

Son fusil en bandoulière, Ken suivait, l'air maussade, le fossé d'irrigation desséché. Il savait qu'il serait en retard pour dîner, mais ne s'en souciait pas. Traînant les pieds, les yeux sur le gravier qu'il soulevait, tout son aspect annonçait à une lieue à la ronde, depuis sa bouche aux coins abaissés jusqu'à la casquette qui lui sortait d'une poche et aux cheveux qui lui retombaient en désordre sur le front, qu'il était malheureux, qu'il avait des ennuis et s'en préparait d'autres.

Bientôt, il s'assit sur un roc et posa son fusil sur ses genoux. Depuis des semaines, il entretenait son chagrin ; il ne faisait même rien d'autre. Chaque matin, il s'éveillait en proie à une sombre tristesse, conscient d'un malheur vague sans pouvoir, pendant quelques instants, l'identifier ni croire que ce fût réel. Puis, avec un choc, il s'en ressouvenait : Gnome était parti. C'était difficile à croire. Avoir perdu Gnome était une chose tout bonnement impossible qui ne pouvait lui être arrivée, à lui.

C'était cela qui l'avait sidéré. Il savait que des choses terribles arrivent aux autres gens ; on en lit le récit dans les journaux, on en entend parler, mais à lui-même... à sa propre famille ! Dérouté, il laissait son regard errer sur la

156

prairie. Si la vie était vraiment ainsi… si personne n'était en sécurité, pas même sa propre personne…

Il prit son fusil et tira sur un faucon qui volait bas ; l'oiseau s'éleva brusquement ; le coup avait failli le toucher. Ken avait envie de tuer. Il lui vint de mauvaises pensées : des reproches à l'adresse de son père qui ne cessait de dire que le poulain reviendrait de lui-même, que le ranch l'attirerait, que les animaux retournent toujours tôt ou tard à l'endroit où ils sont nés. Tout cela était très joli, mais on atteignait la fin de juillet, et Gnome était déjà parti quand lui et Howard étaient rentrés du collège, le 15 juin. On n'aurait jamais dû courir le moindre risque avec un animal aussi précieux, destiné à faire leur fortune à tous ; on n'aurait pas dû le lâcher dans la montagne avec les autres yearlings !

Il y avait autre chose : son chronomètre, qui lui avait coûté si cher. Ses doigts tâtèrent automatiquement la petite poche, sous sa ceinture, où il avait eu l'habitude de le sentir, et qui, à présent, était vide.

Howard… Il aurait dû prévoir que Howard agirait de la sorte. Et si content de lui ! Pas du tout comme s'il lui avait joué un sale tour, mais comme s'il cherchait simplement à s'instruire… quand il avait demandé à son père, la veille, en dînant :

– Dad, je voudrais vous demander quelque chose.

– Eh bien, Howard ?

– Vous savez que Ken s'est acheté un chronomètre avant de quitter Laramie.

– Ah ! vraiment ?

– Oui, pour calculer la vitesse de Gnome et voir s'il pourrait devenir un cheval de course…

157

Ce calme de Howard, ce ton impersonnel… « Hypo-
crite ! Serpent, va ! »

Un silence s'était produit, et leur père avait pris une
drôle d'expression.

— Eh bien ? avait-il demandé.

— Eh bien, si Ken s'est mis en colère contre son chronomètre et l'a jeté du haut de Castle Rock — il l'a jeté de
toutes ses forces, dit Howard, informant ainsi son père
de l'accès de rage de Ken — et si je le trouve, appartient-il à
moi ou à lui ?

L'affreuse détresse qui l'avait étouffé quand son père, se
tournant vers lui, avait demandé :

— Cela s'est-il passé ainsi ?

Et il avait répondu avec sarcasme :

— Certainement ; il peut l'avoir ; je n'en veux pas.

— Mais je voudrais savoir, avait insisté Howard, s'il est
vraiment à moi ou à lui ?

Leur mère avait fixé Howard de ses yeux rétrécis, très
bleus. Mais il avait obstinément repris :

— À qui appartient-il ?

— À toi, avait dit leur père durement, à toi, Howard.

De cette façon, Howard possédait non seulement le
chronomètre mais une sorte de titre de propriété qui justifiait sa possession.

Le soleil déclinait. À regret, Ken se remit debout et prit
d'un pas lourd le chemin de la maison. Comme il en approchait, l'occasion de tuer se présenta : le putois dont l'odeur
incommodait sa mère depuis plusieurs jours. Le voyant
passer sur la terrasse, Ken l'ajusta et pensa seulement à
l'instant de tirer que derrière le putois se trouvait la maison. Cela le fit légèrement sursauter ; la balle frappa l'une

158

des pierres plates qui bordaient la terrasse, ricocha et traversa la fenêtre de la cuisine où la famille venait de s'attabler pour dîner.

– À quoi diable penses-tu ? hurla Rob Mc Laughlin en se précipitant au-dehors et en saisissant Ken par l'épaule.

– Mince ! voilà un beau petit trou dans la vitre ! fit Howard, ravi.

– Kennie ! s'écria Nell, indignée.

Le putois répandait son horrible puanteur.

– Tu passes la mesure ! rugit son père en prenant le fusil des mains de Ken. Je n'en supporterai pas davantage ! Monte dans ta chambre et restes-y. Oublie le dîner ; tu n'en auras pas.

Avant d'avoir eu le temps de penser, Ken se trouva seul dans sa chambre, assis sur sa petite chaise. Il lui était indifférent de ne pas dîner ; il n'avait pas faim. À quoi bon manger, du reste ?

Comme toujours quand il était enfermé ou envoyé dans sa chambre, il tendait l'oreille pour entendre ce que faisaient les autres membres de la famille. Ils avaient fini de dîner. Sa mère lavait la vaisselle. Howard l'aidait ; leurs voix lui parvenaient. L'un d'eux penserait-il à lui, tout seul en haut, dans sa chambre ? Ses lèvres tremblèrent. Oui, sa mère, peut-être, penserait à lui et monterait le voir. Comment agirait-il si elle venait ? Serait-il triste et lui montrerait-il combien cet été lui semblait affreux avec Gnome disparu ? Ou bien bouderait-il en arpentant la pièce sans rien vouloir dire ? Ou bien se mettrait-il à lire un livre, comme si tout lui était égal et, si elle s'apitoyait sur lui, se contenterait-il de ricaner ?

Les entendant tous sortir de la maison, il courut à la

fenêtre : ils partaient en voiture. Ils ne se préoccupaient nullement de lui !

Il énuméra ses malheurs. Le premier et le pire : il avait perdu Gnome. Le deuxième : son père était furieux contre lui. Le troisième : s'il ne devait pas avoir de cheval de course, il ne pourrait jamais faire de cadeaux à sa mère ni offrir à son père des clôtures de bois à la place du fil de fer barbelé.

Il cessa de se débattre au milieu de ses difficultés et sombra dans la stupeur. Quand les choses allaient mal, il réussissait généralement à se procurer un certain soulagement. À la maison, dans sa chambre, en regardant les gravures accrochées au mur, il pénétrait dans le monde qu'elles représentaient au point d'en oublier ses ennuis. Dehors, il pouvait s'accrocher à bien des objets, des choses qu'il nommait « noyaux », c'est-à-dire le tréfonds des objets, leur point central, comparable au petit œuf minuscule contenu dans le dernier qu'on puisse ouvrir d'une série d'œufs chinois, ces œufs de bois renfermés les uns dans les autres. Quelle que soit la chose, on la décortique jusqu'à ce qu'on ait découvert ce tout petit point central ; alors on s'arrête de chercher parce qu'on comprend que c'est cela le noyau. Les oiseaux sont des noyaux ; on ne peut en détourner les yeux. Si un oiseau s'approche de vous, on est obligé de cesser de regarder le reste pour ne plus regarder que lui. Les oiseaux sont cela. Il pense à Sapho et Saphir, le couple de mésanges que l'on considérait au ranch comme des estivants réguliers. Le printemps précédent, ils étaient revenus pour bâtir un nid à l'endroit familier où le plâtre s'était détaché entre deux pierres, près de la porte d'entrée. Son père avait réparé le trou avec du ciment au cours de l'hiver. Perchés sur la pergola, les deux oiseaux discutaient, affolés

160

par la perte de l'emplacement où ils reconstruisaient leur nid chaque année. Voyant la famille entrer et sortir par la porte, ils avaient décidé de suivre cet exemple, de sorte qu'un matin Nell découvrit l'ébauche déjà assez avancée d'un nid au sommet du portrait encadré de la tante Émilie, au-dessus du canapé, tandis que Sapho et Saphir allaient et venaient, très affairés, apportant du dehors des fétus et des brindilles. Et c'était là qu'ils avaient élevé leur famille, car, pour ne pas les contrarier, Mc Laughlin avait laissé ouverte nuit et jour la partie supérieure de la porte hollandaise.

Ken se rappelait l'émoi éprouvé quand, levant les yeux du livre qu'il lisait, il avait observé le vol rapide des allées et venues des oiseaux.

C'était bien un noyau, cela !

Mais il en existait d'autres ; en cherchant bien, on en trouvait partout. Un endroit pouvait être un noyau. Comment souhaiter vivre dans un endroit qui ne fût pas un noyau ? Le ranch, voilà où vivre ! voilà un vrai noyau, le point central de tout !

Penser à des noyaux ne le rendait pas plus heureux. Pourquoi ? Il y réfléchit et conclut qu'on ne peut *sentir* les noyaux que lorsque tout va bien ; quand les choses vont mal, rien à faire. Il parcourut tristement sa chambre du regard. Où donc son charme s'en était-il allé ?

Tout comme un adulte, revenant après bien des années au séjour de son enfance, y erre, l'âme en détresse, recherchant vainement les bras protecteurs, l'enchantement, la certitude que là et nulle part ailleurs l'on était au cœur même de la vie, ainsi Ken, faisant le tour de sa chambre, de son petit univers, n'y voyait qu'un vide affreux. Il demeura longtemps assis en silence.

Bientôt il remarqua le tic-tac de son réveil. Cela lui rappela son chronomètre ; il se demanda si Howard le portait toujours sur lui ou s'il l'avait laissé dans sa chambre. Il serait intéressant de le savoir.

Ken se rendit dans la chambre de son frère et se mit à y chercher son chronomètre. Il fouilla les tiroirs de la commode et du bureau et toutes les poches des vêtements suspendus dans le placard. Il s'assit et ses yeux parcoururent la pièce à la recherche de petites cachettes ingénieuses. Il y avait l'encrier mais il n'était pas assez grand ; on aurait pu l'accrocher derrière le réveil – mais il n'y était pas. C'était pourtant une bonne idée ; il pourrait s'en servir un jour lui-même.

Désœuvré, il regarda les tableaux qui ornaient les murs ; ceux de sa propre chambre lui plaisaient davantage, mais il aimait par-dessus tout celui qui représentait le gros canard placé sur le mur du palier, la gravure d'Audubon, comme l'appelait sa mère. Seulement, à l'heure présente, rien ne l'intéressait ; tout lui semblait fade, comme des aliments sans saveur. Il s'arrêta devant un texte imprimé encadré ; c'était un héritage ; Howard y avait eu droit parce qu'il était l'aîné. Il lut :

Arrête-toi, voyageur !
Considère ici le caractère de Mrs Elizabeth Salton,
Épouse de Peter Salton !
En elle se résume tout ce qui est aimable.
Elle était délicate, pleine de grâce et de dignité,
Et l'esprit rehaussait sa beauté !
Elle était le charme même !
Et cependant la beauté de sa personne était surpassée

Par celle de son âme.
La vertu s'ajoutait chez elle à l'élégance de la pensée.
Ses manières étaient engageantes et aisées,
Son humeur douce et sereine,
Son cœur humble, bienveillant et pur.
Elle était pieuse et vivait en vue de son salut éternel.
Oh! la meilleure de toutes les femmes!
Digne des plus longs jours,
Elle vécut estimée et mourut regrettée
Le premier jour de mai 1806,
Dans la trente et unième année de son âge.
Passe ton chemin, voyageur!
Pense à ta propre mortalité
Et apprends à mourir!

Ces derniers mots convenaient à la tristesse de Ken. Des sentiments mélancoliques et religieux l'envahirent. La vieille écriture anglaise du texte était difficile à déchiffrer. Il l'étudia et examina le parchemin sur lequel il était écrit et les armoiries qu'il portait. Elles lui étaient familières ; on les voyait sur les brosses d'argent de sa mère et sur nombre d'autres objets. L'emblème figurait une petite colombe tenant dans son bec une feuille minuscule et, en dessous, une banderole avec les mots latins : *Sine Deo Quid?*

Ken retourna dans sa chambre, approcha la chaise de la fenêtre et s'assit pour attendre le retour de la famille. Il entendrait, de là, l'automobile remonter la côte.

Sine Deo Quid? Je sais que cela signifie *Qu'y a-t-il sans Dieu?* Il y réfléchit. Ce n'était pas vrai, du moins la plupart du temps, car il y avait bien des choses sans Dieu, bien des choses agréables et amusantes : monter à cheval, faire des projets, rêver, jouer avec d'autres enfants, être à table avec la famille, manger, causer se taquiner et rire… (la table familiale était noyau !) et la bonne nourriture, et la façon dont sa mère lui souriait – et quelquefois son père. Alors, comment pouvait-on dire *Qu'y a-t-il sans Dieu* ? quand la vie offrait toutes ces bonnes choses ? Mais, en lui-même, une sorte de discordance le privait à présent de jouir de tout cela. Il n'avait envie de rien d'autre que de Gnome. *Qu'y a-t-il sans Gnome* ? Rien. Voilà où il en était.

Il retourna sa chaise, posa ses bras croisés sur le haut du dossier et y appuya sa tête ébouriffée ; immobile, silencieux, il conserva cette position, tandis que la chambre s'assombrissait et qu'une à une les étoiles s'allumaient au-dessus des pins, de l'autre côté de la Pelouse.

Plus tard, lorsqu'il se fut couché, son père entra et, debout au pied du lit, lui parla.

– Quand Howard n'obtient pas ce qu'il veut, dit-il, il serre les dents, il se maîtrise et ne tarde pas à prendre sa déception avec philosophie. Mais toi, jour après jour, si tu ne peux avoir ce que tu désires, tu hurles.

Offensé, Ken répliqua :

– Je ne hurle pas, dad !

– Tu as ta manière à toi de hurler : cette façon de broyer du noir, d'avoir l'air d'un cadavre, de ne pas manger, de te laisser aller au désespoir, nous inquiète, ta mère et moi. Personne, ici-bas, n'obtient toujours ce qu'il désire ; telle est la vie, Ken.

Le visage du jeune garçon frémit.

– Mais… Gnome, dad…

– Je sais, Gnome. Avant cela, c'était Flicka, et, dans un an ou deux, ce sera autre chose. Les gens passent leur vie à

164

désirer… et s'ils n'obtiennent pas ce qu'ils veulent ? Alors quoi ?

Ken rendait à son père son regard fixe, ses yeux bleu foncé exprimant tant de sentiments et de pensées. La bougie placée sur sa table de chevet éclairait ses joues pâles de sa lueur vacillante. Il se heurtait de nouveau à l'idée que les malheurs pouvaient arriver à soi-même au lieu de frapper des gens dont parlent les journaux : par exemple, Gnome pourrait être vraiment perdu et ne jamais revenir… Flicka aurait pu mourir au lieu de se rétablir. À supposer que toutes les choses dont on rêve, dont on se réjouit d'avance, ne se produisent pas, et qu'il s'en passe d'autres, des choses terribles, qu'elles arrivent à lui-même, Kenneth Mc Laughlin…

— Alors quoi ? répéta péremptoirement son père.

Il prit la brosse, sur la commode, se pencha sur le lit et se mit à remettre la chevelure de Ken en ordre.

— Eh bien, eh bien ! bégaya Ken, réfléchissant avec effort, car c'était une question importante.

Il était difficile d'y répondre, parce que, parce que si l'on n'obtient pas ce qu'on désire, à quoi bon vivre ?

— Réponds-moi donc, dit Mc Laughlin en remettant la brosse sur la commode. Es-tu capable d'encaisser, oui ou non ?

Ken lui jeta un regard ahuri. Il avait le visage souillé de poussière et de larmes. Son père quitta la chambre et revint avec un gant de toilette mouillé et une serviette.

— Je t'ai demandé si tu pouvais encaisser. Tu as déjà entendu cette expression, n'est-ce pas ?

— Oui.

— Eh bien, que crois-tu qu'elle signifie ? Tu m'as vu bien

souvent ne pas avoir ce que je voulais, perdre quelque chose que j'avais espéré et sur quoi je comptais. Me vois-tu jamais négliger mes devoirs, oublier ce que j'ai à faire et me rendre insupportable ?

Voilà la pire des révélations : même quand on est adulte, qu'on est son propre maître, qu'on donne des ordres à tout le monde, on n'obtient pas ce que l'on veut. Et Ken avait toujours pensé qu'il lui suffirait d'atteindre ses vingt et un ans pour que finissent toutes ses misères. Intérieurement, il se tordit de douleur.

Son père lui frottait vigoureusement la figure avec le gant de toilette. Les yeux fermés, Ken tendait vers lui son visage. Mc Laughlin l'essuya, jeta le gant et la serviette sur la chaise et demanda :

– Eh bien ?

– Négliger ses devoirs ?... interrogea Ken en marmottant.

– Tu as loupé le dressage de ces poulains de deux ans, et tu le sais. Tu ne t'y appliques nullement. Tu as laissé le coffre à avoine ouvert, de même que la porte de la grange, pendant qu'un de ces poulains était dans le corral ; il s'est gorgé d'avoine et s'est presque effondré. Il n'en est pas encore remis. Tu n'es jamais exact aux repas. Tu n'es ni propre ni ordonné. Quand il est l'heure que tu travailles, tu es parti ruminer ton chagrin, je ne sais où, et je ne peux mettre la main sur toi.

Il s'arrêta pour reprendre haleine. Son beau visage dur, bronzé, aux traits nettement dessinés, éclairé par ses yeux d'un bleu de cobalt intense, retenait le regard de Ken. L'idée lui traversa l'esprit que le visage de son père était un noyau...

Il cessa de s'apitoyer sur lui-même. Il aspirait à l'estime de son père. Il souhaitait ardemment comprendre, comprendre vraiment tout ce qui concerne la vie et ce qui arrive aux hommes... et puis être capable d'« encaisser ».

— Encaisser, dad, qu'est-ce que ça veut dire au juste ?... À propos de Gnome ?

L'expression de Rob s'adoucit. Il s'assit sur le lit et s'y accouda. Ken se sentit pénétré de douceur... comme s'il avait été dans les bras de son père.

— On ne peut pas toujours gagner. Les échecs sont plus fréquents que les réussites, dans la vie. Et si tu ne sais t'adapter qu'à la réussite...

— M'adapter ?

Impatiemment, Rob expliqua :

— Cela veut dire que, si tu ne peux être toi-même, gai, actif, poli, que lorsque tout te réussit, alors, tu n'es qu'un faible. Tu es incapable d'encaisser.

Il se leva, mais Ken se cramponna à sa main. Rob resta encore un moment, cherchant comment rendre son idée tangible.

— J'ai lu autrefois un livre intitulé *Fortitude*. J'ai oublié son contenu, mais je me suis toujours souvenu de la citation par laquelle il commençait : « Ce n'est pas la vie qui importe, c'est le courage avec lequel on vit. » Cela signifie que les choses qui vous arrivent, bonnes ou mauvaises, sont sans importance, mais que seule compte la force d'âme avec laquelle on leur fait face, la « fortitude ».

Ken levait vers son père un visage illuminé, lui tenant toujours la main serrée.

— Dad... est-ce que je n'en ai pas, de *fortitude* ?

Il y eut un long silence avant que Rob, se penchant,

déposât un baiser rapide, de ses lèvres dures et pleines, sur le front de l'enfant, et répondît :

– J'attends précisément que tu me le prouves.

Il dégagea sa main et se dirigea vers la porte. Ken se mit sur son séant et dit d'un ton plein d'ardeur.

– Dad, j'ai décidé que *j'encaisserai.*

– Il est très différent de décider une chose et de la faire effectivement.

– Pourquoi ?

– Une chose peut être décidée jusqu'à ce que l'enfer gèle, et néanmoins ne pas être faite. Mais, si tu la fais, elle est faite, n'est-ce pas ?

– Oui… mais pourquoi ? Du moment qu'on a *décidé,* on peut aller de l'avant et la faire, n'est-ce pas ?

– Quelquefois oui, quelquefois non. Des événements surviennent. Les circonstances ne s'y prêtent pas. On peut essayer, s'efforcer jusqu'à s'en briser le cœur et cependant n'y pas réussir.

Sur cette déclaration incompréhensible, la porte claqua et Ken se trouva seul. Il supposa que son père avait voulu lui donner, par ces mots énigmatiques, un avertissement, l'empêcher d'oublier, le lendemain, quand, avec l'aide de sa nouvelle *fortitude,* il commencerait à *encaisser.*

Les douleurs de la croissance se faisaient déjà sentir. Une semence telle que la fortitude ne peut être plantée dans un jeune cœur sans qu'il en souffre.

Dans la chambre voisine, Nell, posant ses bras sur les épaules de Rob, le regarda dans les yeux :

– Que lui as-tu dit ?

Rob se laissa tomber dans le grand fauteuil, l'attira sur ses genoux et le lui raconta. Perchée de côté, elle tenait encore à la main la brosse avec laquelle elle était en train de se coiffer.

– C'est vrai, dit-elle d'un ton pensif. Je m'en suis souvent tourmentée. Si, l'autre fois, il n'avait pas obtenu ce qu'il désirait, si son premier cheval, Flicka, n'avait pas guéri, je me demande ce qu'il serait devenu.

– C'est ce que je lui ai dit : qu'on ne peut passer sa vie à désirer avec une telle violence ; si l'on est déçu, on s'effondre et on cesse de jouer.

– Au sujet de Flicka, dit Nell avec un hochement de tête, il n'a été qu'affligé et abattu. Mais cet été, à propos de Gnome, il a été mauvais.

– Oui, approuva Rob ; c'est parce qu'il est plus âgé ; c'est naturel…

Nell passait lentement la brosse dans ses longs cheveux fauves, si fins et si soyeux qu'ils accrochaient n'importe quelle lumière et semblaient suivre la brosse en l'éclaboussant d'or.

Les yeux de Rob la dévoraient parfois avec une sorte de fringale de paix et de répit. Il l'entoura de ses bras, la serra contre lui et appuya sur ses seins sa dure tête ronde.

– Il est le gamin le plus « avide » qu'on puisse imaginer, dit-il, enfoui dans la soie bleue du peignoir de Nell.

– Pareil à qui ? dit-elle en lui caressant la joue.

– Tu dois avoir raison, dit-il lentement, au bout d'un silence.

Dans sa petite chambre, Ken, couché sur le flanc, regardait l'unique étoile qu'encadrait sa fenêtre et songeait à la FORTITUDE. Pour un cheval aussi, la fortitude serait une qualité précieuse. Si Gnome revenait, s'il s'avérait très rapide et s'il avait de la FORTITUDE…

15

Ken eut à faire preuve de « force d'âme » dès le lendemain, quand Flicka fut inopinément prise des douleurs de
l'enfantement et que Rob dit que ce serait difficile et qu'on
aurait besoin du vétérinaire.

Dans la voiture avec sa mère, en route pour la poste, Ken,
le visage blême et furibond, dit soudain :

– C'est Dieu qui a fait le monde, eh bien ! je n'admire
guère son ouvrage. Je l'aurais mieux fait que lui ; j'imagine
un tas de mondes extrêmement agréables.

Nell lui jeta un regard. Que pouvait-elle lui dire ? Gnome
et, à présent, Flicka… la dose d'ennuis qu'il avait à supporter était forte.

– Pourquoi faut-il que tous ces malheurs aient lieu ?
demanda-t-il rageusement.

Pourquoi, en effet ? Elle garda le silence. Comment expliquer ?… Expliquer quoi ?… Les souffrances et la méchan-
ceté des hommes en dépit de l'amour et de la puissance de
Dieu, problème qui met fin à toute discussion théologique
et qui déconcerte les sages comme les ignorants. Elle y avait
réfléchi le dimanche précédent, à l'église, et elle était par-
venue à une conclusion hésitante, à une explication dou-

170

teuse, à savoir qu'avant l'acte créateur final qui pourvoit l'être humain d'une volonté libre semblable à celle de Dieu, il peut exister une période pendant laquelle il s'empare de cette faculté et en fait un mauvais usage, semant le mal et le récoltant, en attendant d'être devenu assez sage, assez bon, assez mûr pour comprendre qu'une libre volonté doit toujours s'appliquer au bien... sans quoi le désastre s'ensuit.

– Pourquoi, mum ?

Elle devait lui répondre.

– Il ne nous est pas donné de comprendre entièrement, Ken.

– Pourquoi cela ?

– On ne peut comprendre ce qui est tellement plus grand que soi. Tu ne peux même pas comprendre entièrement ton père et moi ; tu n'en comprends qu'un côté. Tu comprends d'autant moins notre Père divin, notre Père à tous. Ce serait comme si un petit cercle, comme le pourtour d'une noix, pouvait entourer un grand cercle, comme le pourtour d'une orange.

Ken demeura silencieux.

– Avant même de commencer à poser des questions, il faut que tu saches qu'on n'y peut répondre de façon à te satisfaire... On doit, pour le reste, faire acte de foi.

– De foi ?

– Tu sais bien ce que c'est. C'est *croire* lorsqu'on ne peut comprendre. Tu crois en Dieu ; tu sais qu'Il existe, qu'Il nous a créés et qu'Il est sage et que si nous ne gâtons pas tout, Il fera qu'à la fin tout se terminera bien.

Ken réfléchit un moment, puis demanda d'une voix plus calme :

– Est-ce que votre mère vous parlait de Dieu, quand vous étiez une petite fille ?

– C'était mon oncle qui m'en parlait, dit Nell, cherchant à lui raconter quelque chose qui l'intéresserait. Mon grand-oncle, plutôt, le frère de ma grand-mère, qui vécut avec nous pendant de nombreuses années. Il était prêtre, jésuite.

– Sapristi ! s'écria Ken qui connaissait les jésuites et les hérétiques par des romans historiques où les jésuites étaient toujours des gredins.

– Ils portent de longues robes noires, tu sais.

– Mince ! Comment était-il ?

– Il était l'être le plus exquis que j'aie jamais connu de ma vie. Je ne l'ai jamais oublié. Un jour, je me tenais auprès de lui en haut de l'escalier ; il allait descendre. Notre cuisinière, qui était catholique, avait appris que le père Salton se trouvait à la maison ; elle arriva, monta les marches en courant pour le voir et s'agenouilla devant lui afin qu'il pût la bénir.

– La bénir ? Comment a-t-il fait cela ?

– Il a fait le signe de la croix en l'air, au-dessus de sa tête.

– La croix !

Ken ne fit sur ce sujet aucun commentaire. Il était submergé par tous les mystères que ce mot évoquait ; l'église, l'école du dimanche, les hymnes, les rites, les symboles…

– Racontez-moi autre chose sur votre vie de petite fille ; parlez-moi du père Salton.

Les pensées de Nell prirent le chemin du passé. Elle se rappela les nombreuses occasions où sa grand-mère recevait des prêtres à sa table ; des prêtres de dénominations diverses. En leur présence, le ton de la conversation s'élevait ; elle était plus intéressante, étant nourrie de philosophie et de science. Au souvenir du vigoureux courant de force vive qui circulait autour de la table, Nell s'anima. Aucune tristesse, aucun ennui, aucun apitoiement sur soi-même ; ces hommes-là affrontaient quotidiennement ce que la vie offre de plus brutal ; par amour de l'humanité, ils se tenaient le dos au mur sans se lasser de prier, d'espérer, de travailler, de promettre. Il y avait en eux quelque chose du héros et du saint et, comme il s'ensuit presque toujours, c'étaient des hommes de bonne humeur, aimant les plaisanteries de toutes sortes.

– Continuez, insista Ken. Ne pensez pas… parlez…

– Eh bien, une année que j'étais malade, alitée, mon oncle Jérôme – c'était lui le père Salton – vint habiter chez nous. Ma grand-mère le conduisit dans ma chambre. Il s'assit au bord de mon lit et se mit à me parler en me tenant la main ; bientôt je remarquai qu'il regardait mes ongles et je savais qu'ils n'étaient pas propres ; j'en avais une telle honte que je fermai le poing afin qu'il ne pût pas les voir.

– Qu'y a-t-il fait ? demanda Ken en riant.

– Il a écarté mes doigts un à un, a regardé mes ongles et m'a dévisagée avec une expression offusquée et un éclair de malice dans ses yeux bleus.

– Il avait les yeux bleus ?

– Oui.

– Comme les vôtres ?

– Non, plutôt comme ceux de Gus.

– Presque tout le monde a les yeux bleus. Ceux de dad sont les plus ardents.

– Ceux d'oncle Jérôme étaient comme des billes bleu pâle, très clairs et purs, les yeux les plus gais que j'aie jamais vus.

173

– Continuez. Qu'avez-vous fait pour vos ongles ?

– J'ai essayé de trouver une excuse ; j'étais si honteuse que je pouvais à peine parler ; j'ai murmuré : « J'ai été malade ! »

– Oh ! mum ! fit Ken, choqué.

– Oui… c'était infect, n'est-ce pas ? Il n'a rien répliqué, mais il a retroussé sa robe et a mis la main dans la poche de son pantalon, m'apprenant ainsi pour la première fois qu'il portait un vrai pantalon d'homme sous sa robe noire ; il en a tiré une petite lime et m'a nettoyé les ongles un à un.

– Mince ! vous avez dû détester ça ?

– J'aurais pu pleurer tout le long de cette opération. Pendant longtemps, quand je cherchais à me rappeler ce qui m'était arrivé de plus pénible, je pensai à l'ablation de mes amygdales sans anesthésie et au nettoyage de mes ongles par l'oncle Jérôme.

Ils roulèrent quelque temps sans parler. Sa mère évoquait, elle aussi, les choses pénibles qu'elle subissait.

Des choses affreuses… le monde en était rempli. Entre la route et la voie ferrée, on voyait des bestiaux morts étendus par terre, la panse tellement enflée que leurs pattes se dressaient en l'air comme des bâtons rigides. Et ce spectacle rappela à Ken le malheur de leur voisin qui avait loué son ranch à cause de ses bons pâturages et y avait vu mourir l'une de ses bêtes dès le troisième jour, deux le quatrième, et le cinquième, son beau et jeune taureau enregistré. Cette perte le désolait et l'exaspérait. Mc Laughlin avait envoyé ses fils aider à chasser le bétail de ces pâturages empoisonnés ; il avait vérifié à l'université de Laramie que la cause de ce désastre était une petite fleur, très commune dans l'herbe des plaines, et par elle-même inoffensive ; les bestiaux étaient habitués à en manger. Mais sa racine était toxique. Sur cette langue de terre proche de la voie ferrée, la cendre des locomotives ameublissait le sol de telle manière qu'en broutant les bestiaux arrachaient la racine en même temps que la tige ; c'est ainsi qu'ils s'empoisonnaient.

Quelle traîtrise ! Comment deviner une chose pareille ! Ken détourna les yeux des cadavres en songeant avec horreur que là n'était pas le pire. Le pire était que des malheurs analogues pourraient le frapper lui-même : si l'une de ces pauvres bêtes avait été Gnome !

— Je voudrais que Dieu ne nous laisse pas gâter les choses ! dit-il avec violence.

— Moi aussi, répondit Nell. Il ne le permettra peut-être pas… à la longue…

Puis, après une pause, elle ajouta :

— Je suis sûre qu'il ne le fera pas. Mais il faut que nous l'y aidions.

Ken conservait un visage impassible. Sa mère comprenait l'importance de chacune des paroles qu'elle prononçait à ce moment. Les enfants abordent la religion de front, sincèrement, ardemment. Ils ont besoin d'elle, de Dieu, comme de leurs parents. Elle aurait aimé apporter à Ken une aide plus grande.

Ils passèrent sous le pont du chemin de fer ; errant sur la plaine, les yeux de Ken ne voyaient pas le voyage ; il était tout à ses pensées.

— Mum, dit-il tout à coup, vous savez qu'un tas de gens ne croient pas du tout à l'existence de Dieu. Au collège, beaucoup de garçons n'y croient pas.

— Ils se l'imaginent peut-être, dit Nell, mais attends seulement qu'ils tombent dans le malheur ! Le colonel Harris nous en parlait un jour qu'il était venu nous voir et qu'il évoquait ses souvenirs de la dernière guerre. Il était en train de se noyer dans la boue d'un trou d'obus, trop faible pour pouvoir crier, agrippé à la paroi, se demandant si on allait le laisser sombrer... Il priait, nous a-t-il dit, ah! comme il priait! Tous les hommes en faisaient autant; sur le point de mourir, il n'y avait plus d'athées... Une autre fois, dans une tranchée, la moitié du mur de soutien s'était effondrée sur lui et l'immobilisait; tous les autres étaient partis sans s'en apercevoir. Il ne pouvait bouger; ses pieds dépassaient l'amoncellement de terre; des rats se mirent à manger le cuir de ses chaussures, puis à lui grignoter les doigts de pieds. Il ne cessait de prier!

– Et qu'est-ce que Dieu a fait? demanda Ken.

Prise au dépourvu, Nell s'écria:

– Oh! Ken! je n'en sais rien. Mais le colonel Harris s'en est tiré, n'est-ce pas? Il a déjeuné chez nous et a monté Taggert le lendemain de la naissance de ton poulain. Il a donc été sauvé d'une façon quelconque.

Elle se tut, cherchant comment inspirer à Ken la foi qu'elle voulait lui communiquer.

– Tu comprends, reprit-elle, la prière ne nous fait pas toujours obtenir ce que nous désirons. Ce monde n'est pas le paradis et n'y ressemble en rien. Nous n'y serons pas toujours; nous ne faisons qu'y passer. Au bout, il y a la mort, notre porte de sortie. Je ne m'effraie pas de la mort; je l'accepte. On en exagère sottement l'importance. Les animaux sont bien plus sensés que les hommes, à cet égard; ils savent que la mort est naturelle. Toute personne raisonnable conçoit que la vie est un gymnase, un endroit où subir des épreuves, s'entraîner et se développer. C'est cela qu'il convient de ne pas perdre de vue. Si chacun de nous n'obtient pas ici-bas ce dont il a envie, du moins il se fait des muscles spirituels en s'efforçant d'y atteindre et en apprenant à y renoncer. À la fin, tous perdent la partie, si toutefois on considère que mourir soit perdre. La bataille de la vie est perdue d'avance, mais ce qu'il ne faut pas perdre est son cœur, son courage, son cran, sa...

— Fortitude, suggéra Ken.

Où as-tu appris ça ? demanda Nell en riant.

— De dad, hier soir.

— Oh ! oui, eh bien ! si tu pries Dieu de t'accorder ces choses-là, Il t'exaucera.

— Toujours ?

— Il l'a toujours fait pour moi.

— Est-ce que vous vous agenouillez pour faire vos prières ?

— Pas quand il fait très froid ou si je suis très fatiguée, répondit Nell avec un sourire ; en pareil cas, je fais mes prières dans mon lit.

— Mum ! s'écria Ken d'un ton de reproche, est-ce que ce n'est pas agir en poule mouillée ?

— J'ai trouvé dans la Bible plusieurs passages qui me fournissent à cet égard une sorte d'alibi. D'abord, il y est dit qu'il faut prier constamment ; or, comme on ne peut rester agenouillé tout le temps, cela doit signifier qu'il faut prier pendant qu'on s'habille, qu'on fait la cuisine, qu'on monte à cheval... et puis le roi David est décrit comme priant assis par terre, les bras passés autour de ses genoux, la tête appuyée sur eux. Ainsi, tu vois !

Ken ne dit rien ; il était occupé à composer une prière importante : « Je vous prie, mon Dieu, de m'accorder la force d'âme et de faire que je ne perde pas mon cran. Mais si vous pouviez vous arranger pour que Gnome revienne et que Flicka mette bas sans encombre ce serait vraiment épatant. Au nom de Jésus-Christ, *amen*. » Ses yeux rayonnaient quand il les releva sur sa mère.

Ils arrivèrent à la gare ; Nell entra dans le bureau de poste ; Ken écouta les crépitements mystérieux qui demandaient à l'employé des télégraphes de Laramie de bien vouloir rendre au capitaine Mc Laughlin le service de téléphoner au vétérinaire, le Dr Hicks, pour lui demander s'il pouvait venir tout de suite au ranch de Goose Bar délivrer une jument. En moins de cinq minutes, on reçut la réponse : le Dr Hicks viendrait.

16

Au ranch de Goose Bar, il ne faisait chaud – vraiment chaud – que pendant deux ou trois semaines au milieu de l'été. Ce jour-là, le thermomètre marquait trente-huit, et une chaleur sèche et brûlante suspendait au-dessus du sol ses ondes miroitantes, rappelant à chacun la proximité du désert.

À l'intérieur de l'écurie, malgré les portes et les fenêtres grandes ouvertes, tout le monde était trempé de sueur ; le Dr Hicks se détournait à chaque instant pour secouer son front ruisselant ; Rob et les deux garçons avaient le torse nu.

Épuisée par des heures d'un travail infructueux, Flicka était couchée sur le côté. Longtemps avant l'arrivée du vétérinaire, l'une des jambes de devant du poulain était sortie.

– Ce qui signifie, dit le Dr Hicks, que l'autre est repliée, ce qui rend la naissance impossible. Le petit est dans une mauvaise position, il va falloir le redresser.

Il demanda un sac de jute, y découpa des trous pour le

passage de ses bras et de sa tête, retira sa chemise et son gilet de corps, revêtit le sac, et, après s'être graissé le bras, se mit à l'œuvre.

Ken le regardait faire, se promettant que Flicka ne serait plus jamais exposée à avoir un autre poulain.

Lentement, le vétérinaire, tout en soufflant, repoussait la petite jambe jaune à l'intérieur de la jument. Ken la vit disparaître avec une sensation étrange. Le poulain pouvait-il encore être en vie après avoir été manié de la sorte ? À la fin, la main et le poignet du Dr Hicks disparurent à leur tour, et Ken, observant son lourd visage brun dont l'expression comique donnait à croire qu'il allait à tout moment faire une plaisanterie, chercha à y déchiffrer ce qui se passait à l'intérieur de Flicka. Il se réjouit de la haute taille et de la vigueur du vétérinaire, car redresser un poulain dans le sein de sa mère exige de la force !

Sans interrompre son travail, il grommelait par saccades :

— Cette jument n'aura plus jamais de poulain – l'infection dont elle a souffert étant petite l'a endommagée – tissu cicatriciel – c'est merveille qu'elle soit telle qu'elle est. Parfaite pour la selle… ah ! ça y est, maintenant… je le tiens.

— Vous tenez quoi ? balbutia Ken.

— L'autre sabot. Je les tiens tous les deux. Ça n'ira pas trop mal, après tout.

Agenouillée auprès de la tête de Flicka, Nell lui humectait les lèvres d'une éponge imbibée d'eau froide.

Le vétérinaire tirait sur quelque chose tandis que Flicka faisait des efforts convulsifs et gémissait. Ken peinait et gémissait avec elle, mais Howard suivait tous les mouvements du vétérinaire avec les marques du plus vif intérêt.

Deux sabots minuscules et un museau se montrèrent ; le vétérinaire se releva et essuya son visage en sueur.

— Maintenant que je l'ai mis dans la bonne position, elle pourra peut-être faire le reste toute seule.

Mais Flicka n'en était pas capable. Elle avait épuisé presque toutes ses forces, et il semblait qu'un obstacle empêchait toujours la délivrance. Mc Laughlin consulta sa montre.

— Il y a près de trois heures, à présent, dit-il.

Il échangea quelques propos à voix basse avec le vétérinaire. Leur ton indifférent et fataliste effraya Ken. Il toucha les petits sabots ; ils n'étaient pas encore durs, et une substance semblable au caoutchouc les recouvrait ; il essaya de les tirer et fut stupéfait de constater que c'était comme s'il tâchait d'arracher une branche d'un arbre. Mc Laughlin envoya Gus chercher des cordes. On en attacha une aux jambes du poulain ; le vétérinaire et son assistant s'y attelèrent de tout leur poids. Le poulain bougea un peu ; sa tête était presque sortie. Puis elle se coinça, et, les hommes continuant à tirer, le seul résultat fut de faire glisser tout le corps de Flicka sur le sol. Ils lui attachèrent les pieds de devant à un poteau et recommencèrent à tirer. Le corps de Flicka tendu et raide s'allongea entre les cordes qui la liaient au poteau et celles que tiraient les hommes, mais le poulain ne bougeait toujours pas.

— Sacrifiez le petit, dit Mc Laughlin ; elle ne pourrait guère en supporter davantage.

— Ce ne sera peut-être pas nécessaire, dit le vétérinaire ; je ne jette pas encore le manche après la cognée.

Ils fixèrent un palan au mur et y enfilèrent la corde. Puis le Dr Hicks s'empara d'un instrument rappelant une pincette à glace et, sous les yeux horrifiés de Ken, il en introduisit les pointes dans les orbites du poulain. Alors, ils se mirent à tirer tous ensemble. Le poulain bougea légèrement. Flicka haletait et se débattait, en proie à de violentes contractions. Les hommes tiraient au point d'en avoir la figure écarlate... et soudain le petit corps tout entier apparut. Instantanément, on défit les cordes, et Gus alla préparer une pâtée chaude pour Flicka. Le vétérinaire, à genoux, se penchait sur le poulain, qui respirait à peine.

– Est-il né avant terme ? demanda Nell.

– Peut-être un peu. Les dents sont tout juste percées. Quand la jument a-t-elle été couverte ?

– Nous ne le savons pas au juste.

– Vivra-t-il ? demanda Ken.

Le Dr Hicks ne répondit pas. Il nettoya et sécha le petit, le massa et lui fit une injection hypodermique. C'était une pouliche très petite, mais très bien faite : le dos court, de longues jambes fines très rapprochées l'une de l'autre et une belle petite tête au chanfrein plat. Sa robe était d'un jaune rosâtre, et sa queue et sa crinière étaient blondes.

– Exactement comme Flicka ! s'écria Nell.

– Vivra-t-elle ? insista Ken.

– Je ne peux l'affirmer avec certitude ; elle est très faible. Mais ces petites bêtes vous réservent parfois des surprises. C'est affaire de hasard.

Ils étaient tous surpris de constater que les terribles crochets n'avaient nullement blessé les yeux de la pouliche. Nell remarqua combien Ken avait l'air pâle et fatigué. Quand Flicka souffrait, il souffrait aussi. Elle se demanda si, après tant de souffrance, le sang de l'Albinos produirait jamais rien de bon ? Serait-ce cette toute petite pouliche ?

Bientôt, Flicka fut en état de se lever et de manger sa pâtée. La pouliche donna des signes de vie et s'efforça de se soulever. Le vétérinaire et Mc Laughlin l'y aidèrent et la tinrent sous sa mère pour téter. Quand la tette toucha ses lèvres, elle ouvrit la bouche et se mit à sucer. Tout le monde souriait et se sentait soulagé. Une fois rassasiée, la petite bête fut recouchée sur le foin, et le vétérinaire s'apprêta à partir. À cet instant, une ombre intercepta le soleil que la porte laissait entrer ; tous se retournèrent et virent Gnome arrêté sur le seuil.

Si Ken avait vu ressusciter un mort, il n'aurait pas éprouvé un choc plus violent. Une vague de chaleur lui envahit tout le corps, suivie d'une telle joie qu'il n'y voyait plus clair. Puis la voix de Gus cria :

– Bon sang de Dieu ! Regardez-le ! il est tout déchiqueté !

La buée qui obscurcissait la vue de Ken se dissipa : il aperçut les blessures et les cicatrices qui tachaient la robe blanche de Gnome et se précipita sur lui. Surpris, Gnome s'enfuit dans le corral, mais, sans le quitter, par la barrière ouverte, il en fit le tour et revint avec hésitation.

Mc Laughlin réprimanda vivement Ken et s'approcha doucement du poulain.

– Du calme, mon vieux ! Bon Dieu ! Regardez cette oreille !… Oui, tu es bien sage !… Quelle entaille il s'est faite à l'épaule !

– Et il lui manque un morceau de croupe ! dit Howard.

– Ce poulain a sûrement pris part à une bataille, dit le vétérinaire, en examinant la blessure enflée de l'épaule. Ce coup-là a été donné par un sabot et un joliment grand sabot. Je ferais bien de m'en occuper pendant que je suis là.

– Va chercher un seau d'avoine, Howard, dit Mc Laughlin, et toi, Ken, apporte le licou.

Gnome se jeta sur l'avoine avec voracité et les hommes l'attachèrent.

– Il a été mêlé à deux batailles, dit le vétérinaire ; certaines de ses blessures sont presque guéries. Vous voyez ces marques de griffes, là sur l'autre épaule, on dirait celles d'un puma.

– Et ça, dit Howard, très excité, toutes ces petites cicatrices sous son cou et son ventre, qu'est-ce que c'est ?

Elles étaient éparses et à peu près sèches : intrigué, le vétérinaire dit d'un ton incertain, en secouant la tête :

– Ce pourraient être des déchirures de barbelés.

Chaque fois que Gnome sortait le museau du seau, il tournait la tête vers Nell. Elle lui caressa la figure, se demandant si c'en était fait de toutes les espérances fondées sur lui. La blessure de l'épaule paraissait profonde. Si elle avait atteint les os et les tendons…

Rob exprima ce qu'elle pensait :

– Cette blessure de l'épaule portera-t-elle atteinte à sa vitesse, doc ?

– Je ne le crois pas ; c'est un coup oblique qui l'a causée.

– Je n'arrive pas à comprendre comment il a pu revenir ici, dit Mc Laughlin. Il y a une clôture de barbelés d'une quadruple épaisseur entre ce pâturage et la grand-route.

Le vétérinaire rit tout en remettant sa chemise et dit :

– Je suppose que vous avez là un fameux sauteur.

– J'ai vu sauter beaucoup de clôtures en bois, dans l'Est, dit Rob, mais les chevaux ne sautent pas ces haies de barbelés. Non… il doit y avoir des barrières ouvertes par là-haut.

– Dressez-le pour la chasse à courre et envoyez-le dans l'Est à un équipage. On vous en donnerait un gros prix. C'est un costaud. Quel âge a-t-il ? Est-ce un yearling de printemps ?

– C'est un yearling d'automne, déclara Ken avec fierté. Il est né en septembre dernier.

– Bon sang ! c'est un petit éléphant, dit le vétérinaire.

– Il a bien commencé sa vie de cheval entier, dit Mc Laughlin, sèchement. Ces cicatrices ne s'effaceront jamais.

– Cristi ! quel combat ça a dû être ! s'écria Howard. Croyez-vous qu'il se soit battu avec Banner, dad ? Banner est le seul étalon ici.

– Il a pu se battre contre l'un des autres yearlings, dit Nell.

– Un yearling n'a pas de sabots de cette taille, fit remarquer Rob en désignant la blessure de l'épaule. Ça ne peut être que Banner. Si Gnome l'a attaqué… Mais je ne comprends pas comment Banner a pu lui infliger une correction pareille. Il a dû faire quelque chose qui le méritait.

Ken avait l'impression que lorsque les prières sont exaucées, elles ont tendance à l'être d'une façon accablante. Car ce soir-là, après dîner, Howard, l'air mystérieux, le pria de monter avec lui dans sa chambre. Quand ils y furent, il ouvrit un tiroir, y prit une petite boîte et la donna à Ken.

– Ouvre-la, dit-il, rayonnant.

Ken l'ouvrit et y vit son chronomètre avec un verre neuf remplaçant celui qu'il avait brisé.

– Il a aussi un nouveau ressort, dit Howard, gambadant de joie à travers la chambre ; il est comme neuf. Tu en auras besoin maintenant que Gnome est revenu ; nous pourrons le faire courir et le chronométrer.

Stupéfait, Ken parvint à dire :

— Je te remercie mille fois, Howard, mais dad a dit qu'il t'appartenait…

Howard s'avança, les poings levés. À présent qu'il commençait à avoir des muscles d'Hercule, il était toujours en train de fléchir les bras et de vouloir lutter.

— Ça va bien… je te le donne, dit-il en ponctuant ses paroles de petits coups dans la poitrine de Ken. Je suis l'aîné, tu sais, et les aînés font des cadeaux à leurs petits frères.

Ping… Ken brandit les poings…

— Il sera comme qui dirait à nous deux… nous nous amuserons beaucoup avec…

Ils échangèrent une série de coups, puis la boxe se mua en lutte corps à corps et les deux garçons roulèrent sur le plancher.

Mais Ken ne garda pas longtemps son poulain. Il avait été mis dans le pâturage le plus proche afin qu'on l'eût sous la main au cas où ses blessures auraient eu besoin d'être soignées. Flicka et sa pouliche y furent mises également dès que la petite fut capable de courir aux côtés de sa mère. L'un de ces étranges attachements particuliers aux chevaux naquit entre Gnome et sa petite sœur. Dès qu'il approchait, elle quittait sa mère pour aller vers lui. Courbant la tête, il se penchait sur elle ; elle levait son petit museau pour lui toucher le visage et le cou. Les garçons leur portaient de l'avoine matin et soir.

Un beau matin, Gnome n'était plus là. Rob examina toutes les clôtures. Les sourcils froncés, il dit :

— Je commence à croire que le vétérinaire a raison et qu'il est capable de sauter ces clôtures ; à moins qu'il n'ait réussi à se faufiler à l'endroit où il y a un petit creux sous les barbelés.

Les garçons sellèrent leurs chevaux et partirent à sa recherche. Il n'était ni avec les yearlings ni avec les poulinières, ni avec les chevaux de deux ans. Il n'était visible nulle part.

Cette fois, Ken ne fut pas aussi malheureux. Du moment que Gnome était revenu une première fois, il reviendrait probablement de nouveau. Sa récente force d'âme se révélait à la hauteur de cette épreuve ; cependant, au moment de faire sa prière, ce soir-là, l'idée lui traversa l'esprit de demander au Tout-Puissant s'Il ne trouvait pas injuste de donner pour reprendre. Mais il réprima cette impulsion comme insuffisamment respectueuse et susceptible de lui porter préjudice dans l'avenir.

La petite pouliche prospérait. Ses sabots et ses os prirent de la consistance. Elle apprit à connaître la famille, les chiens, les chats, à s'intéresser à leurs allées et venues. Le matin, de bonne heure, elle se tenait au soleil. Au crépuscule, à l'heure où les poulains aiment à jouer, elle folâtrait à travers la Pelouse, projetant son petit corps à droite et à gauche et faisant des cabrioles. Bientôt, elle ferait un léger roulement de tonnerre sur le sol en courant. Nell la baptisa Revient-de-loin.

Rob Mc Laughlin en était fou. Elle représentait pour lui la justification de sa théorie sur l'élevage. Quand il la regardait, ses yeux se rétrécissaient et se faisaient perçants.

– Voilà une petite pouliche qui a de la race ! disait-il. Regardez ces jambes parfaites.

Il la nourrit d'avoine presque dès le début : il lui en donnait à mâcher quelques grains à la fois. En la suralimentant, il pensait qu'elle surmonterait le handicap de sa naissance prématurée. Elle fut dressée au licou de très bonne heure sans la moindre peine.

— J'ai toujours eu l'idée que si Flicka était couverte par Banner, le résultat sortirait de l'ordinaire.

Ils se tenaient sur la terrasse, après le dîner ; Flicka était avec la pouliche près du jet d'eau, au centre de la Pelouse. Soudain, ils entendirent retentir dans le pré des Veaux un tonnerre de sabots et virent apparaître Gnome de derrière la colline. Rob se leva, stupéfait. Comment pouvait-il avoir pénétré dans le pré des Veaux ?

Un instant après, ils eurent tous le mot de l'énigme. La Pelouse était séparée du pré des Veaux par une quadruple rangée de fils de fer barbelés. Gnome s'en approcha d'un petit galop aisé, tourna devant le poteau de la barrière et sauta par-dessus sans aucun effort. Toujours à la même allure, il se dirigea vers Flicka et sa pouliche en hennissant pour leur dire bonjour.

— Eh bien, j'en suis baba, dit Rob, et il remit lentement sa pipe dans sa bouche. S'il se bat contre Banner et s'il saute toutes les clôtures, j'aurai du fil à retordre, désormais. Un cheval qui peut aller et venir à sa guise !

Les garçons descendirent sur la Pelouse en bavardant avec agitation. Nell les suivit avec Rob. Gnome et sa petite sœur étaient tout à la joie de leurs retrouvailles.

— Il l'embrasse ! cria Ken. Regardez, mum ! Regardez Gnome !

— Il est ridicule de l'appeler ainsi. Ce cheval n'a rien d'un gnome, c'est THUNDERHEAD !

Il y eut un instant de silence ; Ken sentit les paroles de sa mère le pénétrer. Tout se réalisait enfin. Le poulain blanc semblait grandi de plusieurs pouces ; il présentait encore ce mélange de maturité physique et d'une étrange précocité, comme un jeune garçon chargé des responsabilités d'un homme.

Nell leva les yeux sur son mari :

— Ne vois-tu pas, Rob, qu'il a complètement changé ? Il est changé depuis sa première disparition, depuis qu'il a été si affreusement blessé.

— Que voulez-vous dire par « changé » ? demanda alors Howard.

— Eh bien, il est devenu adulte. Il a plus de dignité, il a acquis quelque chose de nouveau qui a effacé en grande partie sa maladresse et ses petitesses. À partir de maintenant, nous devons l'appeler par son véritable nom ; il en est digne.

— Gnome est mort. Vive Thunderhead ! cria Howard.

Ken alla chercher un seau d'avoine et en fit manger au cheval ; il en donna ensuite à Flicka, et quand elle fut rassasiée, il offrit le seau à la minuscule pouliche ; elle y trempa le museau ; il y adhérait quelques grains lorsqu'elle l'en retira pour s'éloigner d'un bond en secouant sa petite tête.

— Dad, où se rend-il quand il s'en va… Thunderhead ? demanda Ken, rougissant presque en désignant son poulain par ce nom formidable.

— Je voudrais bien le savoir, dit son père… Quant à sa faculté de sauter les barbelés, il l'a héritée tout droit de l'Albinos. Rien ne l'arrêtait. Thunderhead personnifie le retour atavique.

Quand la nuit tomba, ils remirent les trois chevaux dans le pré des Veaux.

– Cela ne servira pas à grand-chose, fit observer Rob, ce Thunderhead allant et venant à son gré.

Ils retournèrent s'asseoir sur la terrasse dans l'obscurité. Deux hiboux s'interpellaient au-dessus de la Pelouse.

– Eh bien, dit Mc Laughlin d'un ton pensif ; Thunderhead sait sauter ; il sait ruer, se cabrer et se battre. Mais ce ne sont pas là des talents qui importent pour un coureur ; il reste à savoir si Thunderhead sait courir.

17

Thunderhead savait courir, mais il s'écoula une année avant qu'on en fût certain. Les garçons étaient à nouveau revenus au ranch pour les grandes vacances, et le poulain, maintenant âgé de deux ans, fut soumis à un entraînement intensif. Il avait été laissé en liberté tout l'hiver.

À certaines périodes, au su de Rob et de Nell, il avait été absent du ranch. Il partait vers le sud ; c'est tout ce qu'on avait pu découvrir. Au bout d'un temps plus ou moins long, il revenait. Mais, maintenant que Ken était là et avait sérieusement commencé son dressage, il fallait que Thunderhead restât tout l'été dans le domaine. Il ne s'agissait plus de courailler.

Ken travailla le poulain pendant une quinzaine ; il l'habitua au licou, au pansage à la couverture ; il le monta à cru puis avec une selle ; il le montait dans le corral, lui faisant dessiner des huit, reculer, avancer, rester immobile. Un jour se passait rarement sans que Thunderhead le désarçonnât. Finalement, Ken le fit sortir du corral. Le poulain tournoya, se déroba un peu, puis se mit à ruer, à refuser d'obéir, à ruer de plus belle et désarçonna Ken qui le remonta et recommença la lutte. Thunderhead n'aimait pas son maître. Il semblait parfois animé envers lui d'une véritable haine. Galopant jusqu'à un gros arbre, il essayait de se défaire de son cavalier en le serrant contre le tronc. Ken esquivait juste à temps. Puis Thunderhead apprit à prendre le mors aux dents et à s'emballer. C'était un galop si furieux, la tête du cheval était si lourde que Ken avait les mains et les bras à la torture.

À la fin d'un après-midi, au bout d'une heure d'une lutte de ce genre, la colère s'empara de Ken et il se mit à frapper Thunderhead de sa cravache. Il le cravacha jusqu'à ce qu'il se sentît épuisé. De son autre main, il tenait les rênes et forçait le cheval à prendre telle ou telle direction tout en lui enfonçant ses éperons dans les flancs. Ses yeux étaient pleins de larmes de faiblesse et de rage. Soudain, Thunderhead eut l'instinct d'obéir. Les nombreuses générations, qui, avant lui, furent soumises au dressage, lui avaient infusé la compréhension de ce que l'obéissance à un cavalier habile peut faire de l'équitation : un travail conjugué, un art comparable à la danse, quelque chose qu'un cheval ne peut accomplir tout seul. Sa bouche permit aux mains de Ken, d'une légèreté de plume, de lui transmettre ses ordres, et, y obéissant, il réussit des exercices auxquels il ne s'était encore jamais livré. Il mettait à présent dans ses mouvements de la grâce, de la retenue, une technique savante et comme une joie. Il ne cherchait plus à se débarrasser du mors, et à la moindre traction opérée sur les rênes, il prenait la droite ou la gauche, comme s'il avait enfin appris ou toujours su ce que Ken s'était efforcé de lui enseigner. Son pas était devenu souple et fringant ; les tournants brusques et faciles l'enchantaient, et il laissait les mains qui le guidaient lui imprimer un trot de plus en plus allongé.

L'obéissance grandissait Thunderhead, car les connaissances et la volonté d'un autre être s'ajoutaient aux siennes. La nouveauté de ces impressions faisait circuler dans ses veines comme du vif-argent. Il aimait Nell, mais personne d'autre que Ken n'avait lutté contre lui, ne l'avait fouetté et obligé à l'obéissance. À la fin, Ken relâcha les rênes, ne le dirigeant plus que par la voix, les mains et les talons. Thunderhead se mit à courir. Ses sabots, projetés en avant, touchaient à peine la terre avant de rebondir.

Un bien-être extraordinaire s'empara de Ken. Aucun effort n'était plus nécessaire, aucune lutte ; lui et le poulain formaient enfin une seule entité. La bataille était finie, et il était le maître !

Il sentait sous lui une force, une puissance telles qu'il ne les avait même pas espérées. Et il les dominait, les possédait. Devant eux s'élevait une masse rocheuse ; il ne la contourna pas ; ses genoux se serrèrent légèrement, il leva à peine les mains, et l'étalon, sans ralentir son allure, franchit l'obstacle en le survolant. Cette clôture, là, près de la route ! « Saute-la, Thunderhead ! »… Et ce fut de nouveau ce bond planant et long, cet atterrissage sans heurt…

Tout paraissait changé aux yeux de Ken. Il voyait, sentait, percevait, comme il ne l'avait encore jamais fait auparavant ; il croyait pénétrer dans un monde secret que personne d'autre ne connaissait. Le vent lui fouettait les joues, lui entrait dans la bouche, sifflait à ses oreilles. Quelle allure ! Quelle incroyable vitesse ! Quel train étrange, flottant ! Ces longues foulées semblaient lentes comme les mouvements d'un nageur. Puis, le choc vif comme l'éclair contre le sol et de nouveau cette traversée rapide de l'air. Aucun obstacle ne pouvait l'arrêter. Il n'y en avait plus ; ils flottaient par-dessus. Les sabots de l'étalon lui donnaient l'impression de faire rouler la terre sous eux. Ils parcouraient une région que Ken n'avait encore jamais vue. Il n'essayait même pas de diriger le cheval qui le portait sur les montagnes et jusque dans le ciel… Les nuages, les arbres, la terre défilaient à l'infini. Un groupe d'antilopes ! Ken vit leurs bonds effrayés, leurs visages surpris… et déjà elles avaient disparu. Il avait conscience d'une fusion extraordinaire entre lui et le monde extérieur ; il englobait le monde tout entier ; il en était le cœur ; il en était le noyau. C'*était cela*. C'était cela le bonheur !

À table, au repas du soir, il était comme dans un rêve, incapable de parler ou de manger. Il se demandait si Thunderhead se sauverait une fois encore. Quand il l'avait dessellé, il s'était tenu devant lui et l'avait regardé dans les yeux ; il regardait l'avenir, et ses mains tremblaient parce qu'il savait maintenant sans aucun doute possible ce dont le cheval était capable. À ce moment-là, il vit que Thunderhead n'avait pas cessé de le détester : ses yeux sombres cerclés de blanc lui lançaient des regards méchants.

– Comment a été le poulain, aujourd'hui, Ken ?

– Mieux, dad.

– L'as-tu fait avancer, sous la selle ?

– Oui, m'sieur.

– A-t-il consenti à courir ?

– Un peu…

Mc Laughlin jeta sur son fils un regard scrutateur et ne lui demanda plus rien.

18

Par une chaude soirée d'août, Rob se rendait en voiture à un ranch situé au sud-ouest du sien pour y voir une jument : c'était une pur-sang, enregistrée, disait-on, qui avait été cheval de course. Elle était à vendre, et pas cher. Il possédait seize poulinières, mais elles se faisaient vieilles. Au cours des deux dernières années, il en avait perdu quatre, et il lui faudrait en vendre deux autres avant l'automne parce qu'elles ne pourraient supporter un hiver de plus dans la montagne. Des fermiers du Colorado gardant quelques chevaux à l'écurie pendant l'hiver seraient susceptibles de les acheter pour les poulains qu'elles mettraient bas au printemps. À une vente aux enchères, elles n'atteindraient qu'un prix très bas mais tout valait mieux que de les laisser manger par les coyotes sur le Dos-d'Âne.

Nell l'accompagnait. Ils roulaient sur une route de traverse qui n'était guère qu'une piste tracée par les roues des voitures à travers la prairie. C'était l'heure où les phares ne servent pas à grand-chose et où la lumière du jour ne suffit plus. L'auto filait rapidement, mais avec de tels cahots que Nell était sur le point de protester, mais un coup d'œil sur le visage de Rob l'en empêcha : il avait son air fâché. Elle se cala dans son coin et soupira. Ça aurait pu être une soirée si agréable. Il lui plaisait toujours de faire une promenade en voiture après sa journée laborieuse, mais s'il était de mauvaise humeur...

– Gypsy, elle aussi, n'en a plus pour longtemps, dit soudain Rob. Ma troupe de poulinières ne tardera pas à être réduite de moitié.

– Ne pourrais-tu y adjoindre quelques-unes des jeunes juments ? demanda Nell, celles de cinq ans, les alezanes ; ce sont d'admirables bêtes.

– Et les faire couvrir par leur propre père ?

– C'est de l'élevage sélectionné, par accouplements consanguins, dont tu vantes toujours les mérites.

– Il demande de la discrimination ; il exige des individus de choix. Aucune de ces juments n'est assez parfaite.

– Que feras-tu, alors, pour renouveler tes poulinières ?

– J'en achèterai, comme j'ai acheté les autres. Je ferai le tour des champs de courses et j'essaierai de mettre la main sur des juments de bon lignage qui ne peuvent plus courir.

Le cœur de Nell se serra. Ces tournées d'achat qu'il faisait tous les trois ou quatre ans coûtaient au moins un millier de dollars.

– Ou bien j'achèterai un nouvel étalon de manière à pouvoir utiliser mes jeunes juments, dit Rob. Ce serait peut-être ce qu'il y aurait de mieux.

– Un nouvel étalon pur-sang ! s'écria Nell. Oh ! Rob ! Pourquoi ne pas simplement garder l'un de nos jeunes étalons, ne pas le castrer ?

– C'est de cette manière qu'un élevage commence à péricliter, dit Rob d'un ton froid.

Nell avait failli répondre : « Qu'est-ce que ça change ? » mais, pour la centième fois, elle retint cette phrase. Rob devait la penser comme elle et savoir qu'elle la réprimait. Si elle la prononçait, ce serait la petite poussée qui fait s'écrouler le château de cartes.

— À moins, suggéra-t-elle, que tu n'obtiennes un étalon du gouvernement qui ne te coûterait rien.

— Imagines-tu que je pourrais lâcher un étalon du gouvernement dans la montagne pour y prendre soin de mes chevaux comme le fait Banner ? On ne peut avoir un étalon du gouvernement que si l'on garantit qu'il restera enfermé. Ses juments doivent être des bêtes élevées au corral et il faut qu'on le nourrisse d'avoine toute l'année. Ce sont les habitudes des haras de l'État ; leurs chevaux ne peuvent vivre autrement.

Nell ne répondit pas. Rob avait envie de lutter. Il ne voulait ni tourner la difficulté ni user d'un compromis. Elle changea de conversation.

— Je suis fatiguée du cheval que je monte cet été, Rob. Cheyenne m'ennuie. J'ai terminé son dressage ; je ne veux plus le monter.

— Voilà qui est beau, fit Rob.

Elle se demanda ce qu'il entendait par là, et, à voix haute, elle dit :

— Je voudrais un autre cheval.

— Lequel désirerais-tu ? demanda Rob avec une politesse étudiée.

— Je pensais pouvoir prendre l'un de ceux que tu as dressés pour la vente à l'armée. Par exemple, Indien. Crois-tu qu'il serait dangereux pour moi ?

— Si tu désires monter Indien, tu ferais bien de te procurer des ailes, dit Rob de son ton le plus sarcastique. Mais monte-le si tu en as envie. Fais ce qui te plaît.

– Ça, c'est gentil ! murmura Nell.

Quelques instants après, Rob se pencha vers elle :

– Qu'est-ce que tu viens de dire ?

– Rien, répondit-elle en reculant davantage dans son coin.

Tandis qu'un lourd silence les enveloppait, elle songea combien il est étrange que deux personnes puissent être physiquement aussi proches et cependant incapables d'échanger leurs pensées.

La voiture dévala une pente, traversa un ravin, remonta l'autre versant et retrouva un terrain plat. La nuit tombait. Nell vit un vol de canards sauvages se détacher sur le ciel du soir. Assise à la droite de Rob, elle voyait, de sa fenêtre, le coucher du soleil. Le vent soufflait du sud-ouest, le vent du beau temps aux États-Unis.

– Le vent ne se fait-il pas plus fort ?

– Non. C'est simplement qu'ici rien ne l'arrête plus. Cette plaine s'étend sur plus de trois cents kilomètres sans un obstacle. Affreux endroit pour y vivre.

Mue par une soudaine impulsion, Nell tapota affectueusement la cuisse de Rob, et y laissa sa main. Ils roulaient souvent ainsi pendant des heures. Il lui disait : « Où est ta petite main ? » Et elle la posait là. Mais ce soir, sous sa culotte de whipcord, cette jambe musclée avait la dureté de la pierre. Elle retira sa main.

– Rob, dit-elle, je pense à Thunderhead. Ken est tellement heureux à son sujet ; il est capable d'une telle vitesse. Crois-tu absolument nécessaire de le castrer ?

– Il a deux ans, dit Rob, brusquement. Tous les autres poulains de deux ans vont être castrés ; pourquoi pas lui ?

– Ken en est malade d'avance.

– Ken est un faiseur d'histoires.

– D'ailleurs, dit Nell, il n'a pas encore deux ans ; il a juste vingt-deux mois.

Avec une patience lassée, comme s'il s'adressait à un enfant arriéré, Rob expliqua :

– On attend qu'ils aient deux ans pour les castrer afin de donner à leur cou le temps de se développer. Celui de Thunderhead l'est déjà comme s'il avait trois ans. On aurait pu le castrer il y a six mois.

Les joues de Nell s'enflammèrent. Quand Rob lui parlait de cette façon, elle se détournait complètement de lui. Elle étendit son bras le long de la fenêtre ouverte et y appuya sa tête. Son esprit, emporté par le vent, flotta parmi les plaines où s'allongeaient les ombres.

Rob alluma les phares. Une demi-heure passa durant laquelle un panorama d'une beauté divine se composa aussi doucement qu'en rêve sous les yeux ravis de Nell. Le coucher du soleil était bleu et argent ; la terre, d'où toute lumière avait disparu, formait une mer sombre sous un ciel d'un bleu de turquoise, et l'œil ne pouvait discerner en quel point mystérieux et lointain cette terre obscure rejoignait le vert azuré du ciel. Un peu au-dessus de l'horizon, un lac de vif-argent, en forme de torpille, long de deux kilomètres, se découpait aussi nettement que si ses rives eussent été faites de verre, et sous ce lac, surgissant de derrière la terre, des cumulus d'un blanc argent étincelaient comme des lampes d'albâtre. Allait-il s'effacer, ce décor d'une beauté irréelle ? Devait-il disparaître ? Un long moment, il demeura inchangé sous ses yeux, comme s'il avait été créé pour elle seule et que son regard l'eût soutenu.

Peut-être était-elle seule au monde à le contempler, et cette splendeur d'un art parfait n'existait-elle que pour sa seule joie. Mais il changeait. Oui, imperceptiblement, il s'altérait, se ternissait, avec une mobilité incessante analogue à l'éternel mouvement de la terre, des étoiles, de l'univers entier... Il y était... il n'y était plus... un bras gigantesque, tout-puissant, l'avait éteint... Et elle chercha dans sa mémoire le passage des *Confessions* de saint Augustin où il dit que la beauté des éléments proclame Dieu...

– D'ici une semaine environ, tu pourras monter Indien si tu le désires. Je le ferai bien travailler tous les jours.

Nell ne répondit pas. Rob lui donna un coup d'œil. Le coucher du soleil argentait son visage : sa frange, déplacée par le vent, était rejetée en arrière et ses yeux se remplissaient d'ombre.

– M'as-tu entendu ? demanda-t-il sèchement.

– Oui ; à propos d'Indien. Ça n'a pas d'importance.

Élevant la voix, Rob dit :

– Tu viens de dire que tu en avais envie. Qu'est-ce que tu as, maintenant ? As-tu changé d'avis ?

Toute tremblante, Nell se redressa, mais son visage était toujours détourné et le vent emporta sa réponse ; il ne l'entendit pas dire : « Ne crie pas après moi » ; il fit :

– Quoi ?

– Rien.

– Qu'est-ce que tu as dit ? hurla-t-il.

Elle retint les mots qui lui montaient aux lèvres ; elle savait crier aussi bien que lui, mais, si elle se laissait aller, ils en seraient dans un instant à se chamailler comme chien et chat. La querelle passerait, mais l'écho de leurs paroles acerbes retentirait tout au long des années et ils ne les oublieraient jamais : « Je te déteste… Tu es une brute… Je voudrais ne t'avoir jamais rencontré… » Nel frissonna dans sa mince robe de soie imprimée de coquelicots et dit :

– J'ai froid.

Rob arrêta la voiture d'un coup de frein grinçant :

– Où est ton manteau ?

– Dans le coffre arrière.

Chacun des gestes lents et méticuleux avec lesquels il chercha son manteau, l'invita à descendre et l'aida à l'enfiler, fit sentir à Nell qu'elle avait le dessus.

Ils remontèrent en voiture et se remirent en route. Toute la soirée, la lune avait vogué très haut dans le ciel. Maintenant, avec l'obscurité elle se mit à briller. Bientôt, sur la droite, ils virent une masse qui devait être une maison et vers laquelle bifurquait un petit chemin. Rob stoppa devant un entassement de murs, de clôtures, de corrals, et dit en hésitant :

– Ce doit être là.

Le clair de lune prêtait aux bâtisses un air bizarre.

Rob mit pied à terre et se dirigea vers la maison que Nell continuait à regarder fixement. C'était bien cela. Des bâtiments décrépis, un hangar accroché à l'autre comme pour réparer un oubli ; des clôtures de fil de fer, de planches et de poteaux rafistolés, effondrées par endroits, commencées ici, abandonnées là et recommencées ailleurs. La maison, clignant d'un seul œil, n'était qu'un assemblage de planches variées, de bardeaux, de caisses, de papier goudronné, de feuilles de zinc, le tout de guingois, réuni au hasard. C'était bien cela qu'elle avait aperçu avec horreur, étant enfant, de la fenêtre du Pullman : la demeure soigneusement construite et obstinément chérie du désespoir humain, continuellement ébranlée par le vent qui remplissait tous les coins de paquets d'herbes, de tuiles cassées, de journaux et de détritus. C'était bien cela !

Une jument pur-sang !

Nell vit les silhouettes de son mari et d'un grand homme courbé qui portait une lanterne sortir de la maison. Ils se rendirent aux hangars, de l'autre côté de la cour, et elle les perdit de vue.

Elle se sentait si déprimée pendant qu'elle attendait qu'elle sursauta quand une voix, près de sa fenêtre, l'interpella. C'était la voix d'une personne cultivée, et l'accent en était presque anglais.

— N'aimeriez-vous pas mieux entrer pour attendre que nos maris aient terminé leur transaction ?

Une femme âgée se tenait devant la portière ; le vent fouettait les cheveux gris, clairsemés, qui s'étaient détachés du petit chignon qu'elle portait sur la nuque. Son visage était de ceux qu'on rencontre fréquemment dans les fermes isolées et dans les ranchs éloignés des villes. Un visage fin et plein de caractère : le nez en bec d'aigle, pareil à une lame recouverte de peau, le long menton, les fausses dents petites et luisantes, la peau brune creusée de rides profondes et les yeux décolorés enfoncés dans leurs orbites, avec cette expression d'endurance qui ne la quitterait plus jamais. La voix patiente répéta sa question.

— Oh ! je vous remercie beaucoup, s'écria Nell. Je crois que je vais attendre ici, à moins que je ne puisse aller aux écuries ? J'aimerais bien voir la jument, moi aussi.

— Je vais vous montrer le chemin, dit poliment la vieille femme.

Parmi les mauvaises herbes, les amas de saletés, les bidons

202

vides, les instruments aratoires, les rouleaux de barbelés, elles se dirigèrent vers la cour qui précédait l'écurie et y entrèrent. La jument s'y trouvait. L'homme l'avait amenée près de la porte et Rob était en train de l'examiner.

Oh ! Pourquoi ? Pourquoi la regarde-t-il ? Le pauvre animal ! Pourquoi leur donne-t-il la moindre espérance ?

Les longues jambes fines de la jument semblaient à peine capables de la supporter, elle avait le dos ensellé ; sa tête aristocratique pendait, sans vie ; elle ne la tourna même pas pour regarder les nouveaux venus. À la base de son cou se voyait la marque d'un collier.

— Vous vous en servez pour labourer ? demanda Rob.

— Oui ; elle fait une bonne journée de travail.

Nell regarda l'homme et chercha qui il lui rappelait. C'était l'oncle Sam ; il prenait le même air dégagé. Il fallait bien qu'il eût ce genre pour venir finir ses jours avec sa vieille femme dans un endroit pareil. Lui tendant la main, elle dit :

— Je suis Mrs Mc Laughlin.

— Comment allez-vous, madame Mc Laughlin ?

Elle remarqua que lui aussi parlait comme quelqu'un de cultivé.

— Euh… bredouilla Rob qui ne se souvenait jamais des noms. Je vous demande pardon, j'ai oublié votre nom.

— Je m'appelle Kittridge, fit l'homme en donnant à Nell une poignée de main chaleureuse. Thomas Jefferson Kittridge.

Rob leva la tête et son sourire découvrit ses dents blanches. Son visage bronzé était d'une beauté frappante éclairé par la lueur douce de la lanterne. Nell vit que la vieille femme le regardait la bouche ouverte.

— Vous lui êtes apparenté ? demanda Rob.

— Mais oui, du côté des femmes. Mon grand-père est venu de Virginie en Oklahoma, et mon père, qui avait beaucoup d'enfants, est venu ici. J'ai possédé autrefois un grand ranch, mais nous avons eu des déboires.

— Et les garçons sont devenus grands et nous ont quittés, intervint la voix basse de la femme.

— Des garçons ! s'écria Nell. Combien ?

— Deux. L'un est mort. L'autre travaille en ville, à Pittsburgh.

— Alors, j'ai pris une ferme plus petite et j'ai essayé la culture à sec, dit l'homme. Cette jument a fait tous mes labours depuis des années.

— Je n'ai pas besoin d'un cheval de labour, dit Rob. C'est une poulinière qui m'intéresse.

— Eh bien, c'est un pur-sang enregistré, dit l'homme en s'efforçant de prendre un ton vantard. Elle aurait un beau poulain ; je peux vous montrer ses papiers.

— Je le regrette, mais elle est trop vieille ; j'ai peur qu'elle ne puisse supporter l'hiver chez moi.

Comme ils regagnaient la voiture, le vieillard tenait toujours sa jument par le licol.

— Du reste, lui dit doucement Nell, vous devez avoir besoin d'elle pour votre travail, n'est-ce pas ?

— Non ; nous élevons des dindons, à présent.

— Est-ce d'un bon rapport ?

— Assez bon, assez bon, quand les coyotes ne les chipent pas. C'est un travail que nous pouvons faire. Ma femme les garde un bout de temps, et ensuite c'est moi qui m'en occupe. Je pourrai me passer de ma jument.

Rob et Nell remontèrent en voiture. La femme debout

devant la portière serrait le cadre de la vitre en dévisageant Nell. À la fin elle dit :

— Vous êtes très jolie, beaucoup trop jolie pour vivre par ici. Avez-vous des enfants ?

— Oui, j'ai deux fils.

— Quel âge ?

— Seize et quatorze ans.

— On ne croirait jamais en vous voyant que vous êtes la mère d'aussi grands garçons.

La femme sourit de nouveau d'un sourire étrangement doux et enfantin. Nell lui rendit son sourire, la gorge serrée. Mrs Kittridge s'écarta de la voiture.

— C'est une belle soirée, n'est-ce pas ? Le coucher de soleil a été magnifique.

— Vous avez vu ce coucher de soleil ?

— Oui, je suis sortie et je suis restée assise sur le porche de derrière à le contempler, très longtemps.

Nell tendit le bras et lui serra la main en disant :

— Moi aussi, je l'ai regardé.

Rob mit le moteur en marche.

— Alors, vous ne croyez pas pouvoir utiliser la jument ? demanda Kittridge.

— Je crains bien que non. Je vous remercie beaucoup de me l'avoir montrée.

La voiture démarra. Nell se pencha au-dehors et envoya un dernier adieu. Ils se tenaient tous les trois en rang d'oignons, la vieille femme la main dans celle de son mari, et la jument de l'autre côté de l'homme. Le clair de lune baignait leurs étranges silhouettes. Puis, la voiture s'éloignant, le vent, la nuit et l'immensité des plaines se refermèrent sur eux.

L'impitoyable joie qu'on éprouve à comparer son sort avec celui des autres quand le leur est moins bon, la honte de se sentir exulter de la sorte et le souhait compatissant de voir une corne d'abondance déverser le bien-être sur toute l'humanité occupèrent tour à tour l'esprit de Nell pendant le trajet du retour. Une autre émotion s'y ajoutait : la peur. La peur que le malheur qui avait frappé les autres les atteignît eux-mêmes. Les terribles détails qu'entraîne la ruine défilaient devant ses yeux comme des images grimaçantes. Ses étroites mains hâlées serrées sur ses genoux, elle s'appuyait au dossier, toute rigide d'angoisse.

— C'est vraiment un pur-sang, dit Rob ; il m'a été pénible de ne pas l'acheter.

— C'était affreux, n'est-ce pas, Rob ? dit Nell en ouvrant les yeux.

— Terrible.

— Oh ! Rob, pourvu que *nous*…

Il se tourna vers elle avec une vive colère :

— Voilà que tu te fais des idées en te mettant à la place des autres ! T'imagines-tu que nous puissions jamais en arriver à ce point ? On ne tombe pas aussi bas quand on a quelque intelligence, quelque bon sens, quand on a commencé la vie avec quelques ressources et certains avantages.

— Mais eux aussi avaient tout cela ! À quoi bon avoir du bon sens si on ne s'en sert pas ? Il a dû y avoir pour eux, autrefois, un moment crucial où ils ont manqué de jugement.

— Ils n'en ont jamais eu, sans quoi ils ne seraient pas dans une telle situation.

Le ton violent de Rob était pour Nell une sûre indication qu'il ne voulait pas en entendre davantage sur ce sujet. Elle serra les lèvres, mais ses pensées ne changèrent pas de cours. Elle voyait qu'ils couraient au désastre financier aussi vite qu'ils pouvaient galoper. Cet automne, Howard devait entrer à l'école préparatoire de Bostwick, où la pension coûtait douze cents dollars, dont la moitié payable d'avance. Où trouver cette somme ? Et l'argent nécessaire à son voyage, à son trousseau ? Elle n'avait pas osé le demander à Rob. Il leur faudrait huit cents dollars pour le 10 septembre. Ils ne les auraient peut-être pas.

À la pensée d'abandonner leurs projets concernant l'éducation des garçons, elle se mit à tapoter nerveusement ses genoux. Non. N'importe quoi sauf ça. Les études à Bostwick ne duraient que deux ans ; après, il entrerait à West Point et serait entièrement défrayé. Mais il y avait aussi leurs propres dépenses pour l'année à venir. Ils avaient besoin de deux mille dollars pour vivre, et il restait pour mille dollars de notes impayées — maréchalerie, vétérinaire, élévateur, réparation des machines — et puis, ces cinq mille dollars dus en octobre ; il *fallait* les payer. L'année précédente l'homme avait prorogé la traite d'un an et dit que c'était la dernière fois.

— Rob, demanda-t-elle, est-ce que Bellamy va renouveler son bail pour ses moutons, cet automne ?

— Je n'en sais rien. Je ne le lui ai pas encore demandé. Mais je suppose qu'il le fera. Pourquoi ? fit-il en lançant ce dernier mot avec hostilité.

— Je me le demandais. Ces quinze cents dollars représentent beaucoup pour nous.

De sa main libre, Rob lui saisit la tête avec enjouement et la secoua.

207

– Ne tourmente pas ta petite tête avec des questions d'argent. Je m'en occuperai.

– Oh ! tu me fais mal ! dit Nell.

Elle remit ses cheveux en ordre et retourna à ses pensées. Rob, à son habitude, ne voyait jamais les choses qui lui déplaisaient et n'y pensait pas. S'il était différent, s'il était raisonnable, que devraient-ils faire ? Que faisaient les gens quand ils constataient que ce qu'ils avaient passé la moitié de leur vie à faire allait, s'ils y persévéraient, les conduire à la ruine ? Ils y renonçaient et s'engageaient dans une autre voie. Mais Rob, on l'aurait dit hypnotisé, comme s'il ne pouvait pas changer d'occupation. Il n'admettait même pas qu'on en discutât. Soudain, la colère la prit. Ils étaient associés dans la plus grande entreprise possible : la vie de famille ; elle aurait à souffrir autant que lui des conséquences de sa faillite, et cependant, il ne permettait jamais que fût abordé ce sujet désagréable. Il se mettait à crier, à la rudoyer, il créait de telles frictions, une atmosphère si odieuse qu'elle ne pouvait le supporter. Ce n'était pas juste.

Rob s'arrêta devant le bureau de poste de Tie Siding. Il y entra pour prendre le courrier et revint portant une petite caisse, de la taille de celles qui contiennent une douzaine d'œufs.

– Veux-tu la tenir ? dit-il en la déposant doucement sur les genoux de Nell.

– Qu'est-ce que c'est ? demanda-t-elle. Oh ! des poussins ! je les entends piauler !

– Oui, je les ai commandés pour cette vieille poule qui va se tuer à couver si nous ne lui faisons pas quitter son nid.

La voiture repartit. Nell mit la caisse à son oreille et écouta les petits gloussements. S'accoutumeraient-ils à leur nouvelle mère ? C'était une vieille poule qui ne pondait plus, qui n'avait, en réalité, pas droit à une famille ; elle n'était bonne qu'à mettre au pot, mais Rob avait voulu voir si elle adopterait des poussins. Comme ils s'engageaient dans la route du ranch et que Nell éprouvait la chaude satisfaction du retour au foyer, la peur la ressaisit, et, avec le courage du désespoir, elle dit :

— Rob, ne songes-tu jamais à abandonner l'élevage des chevaux et à faire autre chose ?

— Quoi ?

— Eh bien, tu es sorti de West Point avec le diplôme d'ingénieur.

— Tu veux dire tout lâcher ? Vendre le ranch ?

— Oui.

Il y eut un long silence avant qu'il répondît lentement.

— Je me suis souvent demandé si tu n'étais pas lasse de cette vie, si elle n'était pas trop dure pour toi.

— Ce n'est pas cela, dit-elle en serrant ses mains l'une dans l'autre, ce n'est pas cela du tout. Le ranch est mon foyer ; je l'aime. Je préférerais une existence plus facile, être aidée davantage, avoir un calorifère et assez d'argent pour pouvoir nous en aller deux ou trois mois au milieu de l'hiver, mais cela me briserait le cœur de le quitter.

— En es-tu sûre ?

— Oui.

Il la regarda dans les yeux et y vit la crainte d'une femme qui redoute de perdre son foyer.

— Alors, pourquoi m'as-tu dit cela ?

— À cause de l'argent, de la situation dans laquelle nous

sommes. Cette hypothèque du gouvernement sur le ranch, cette traite non renouvelable… Nous sommes à leur merci, ils pourraient nous saisir à tout moment. Et puis il y a les études des garçons. Nous ne pouvons pas être certains qu'ils seront reçus à West Point… Et nous-mêmes… notre avenir… nous ne rajeunissons pas.

– L'argent… dit Rob avec lenteur. Que crois-tu donc que me rapporteraient les chevaux si je les vendais aux cours actuels ? Pas le tiers de ce qu'ils m'ont coûté ; pas même le quart. Et, pour le ranch, ce serait pareil ; je le *donnerais* pour une bouchée de pain.

– Qu'est-ce que cela peut faire ? Tu en obtiendrais toujours assez pour nous permettre de vivre jusqu'à ce que tu aies une autre occupation, comme ingénieur ou dans les affaires.

– Ce que cela ferait ? fit Rob en se mettant à crier. Tu en as de bonnes ! Je ne suis plus ingénieur et je n'ai jamais été homme d'affaires. Je suis venu dans l'Ouest – et tu y es venue avec moi – exprès pour élever des chevaux.

– Et alors ? Il y a de cela belle lurette. Ce que tu as à faire maintenant n'est ni d'élever des chevaux ni aucune autre chose en particulier, mais tout bonnement de gagner de quoi vivre et de quoi payer nos dettes !

Comme si elle n'avait rien dit, Rob continua :

– … élever des chevaux parce que j'étais sûr qu'ici, à cette haute altitude, dans ce terrain calcaire, on pouvait élever les plus beaux chevaux du monde, avec des poumons et des cœurs solides, de l'endurance, des pieds aussi sûrs que ceux des chèvres, tels qu'il en faut pour le polo. Et j'avais raison. Je l'ai prouvé…

Il poursuivit, battant en brèche toutes les tentatives que

Nell faisait pour lui répondre. Elle finit par y renoncer et attendit patiemment qu'ils eussent regagné la maison. Se calmant, Rob dit :

– Nell, on ne peut abandonner une entreprise à cause de quelques mauvaises années. C'est une question de cours. Ils sont mauvais un certain temps ; puis ils redeviennent bons. J'aurais vraiment l'air d'un imbécile si je vendais le tout pour une bouchée de pain et qu'ensuite le polo revienne à la mode, ce qui se produira immanquablement et fera remonter les prix des chevaux. Que diras-tu alors ?

Nell était découragée, car les mauvais cours ne dataient pas de quelques années ; depuis le début de leur exploitation, les chevaux s'étaient vendus à perte.

En approchant de la maison, elle leva les yeux sur les fenêtres. Les lumières étaient allumées au rez-de-chaussée. En haut, on n'en voyait aucune ; les garçons devaient dormir. Rob remisa la voiture et ils en descendirent, Nell portant la caisse de poussins.

– Accompagne-moi jusqu'à l'écurie, dit Rob, et aide-moi avec la poule.

– À supposer qu'elle ne veuille pas prendre ces poussins ? demanda Nell, qui, aussitôt, s'en mordit la langue.

– En ce cas, je les mangerai tous, un à un, y compris les plumes ! rugit Rob. Oui, les vingt-cinq !

Des larmes brûlantes montèrent aussitôt aux yeux de Nell. Rob prit dans la voiture sa torche électrique et en dirigea les rayons devant Nell, en route pour l'écurie.

Il avait enfermé la poule dans la sellerie. Elle y était assise dans une caisse, énorme, têtue, mélancolique, enfiévrée par son désir. Rob tint la lanterne pendant que Nell ouvrait, les mains tremblantes, la boîte des poussins. Leurs petits piaulements s'élevèrent dans l'obscurité ; la poule souleva sa tête enfouie sous ses ailes et la tourna de droite et de gauche, attentive. Les poussins s'étaient entassés dans un coin de leur boîte.

– Tu as dit vingt-cinq, Rob ? Il ne peut y en avoir vingt-cinq là-dedans.

– Mais si ; tu vas voir.

Sa grande main s'introduisit dans la boîte et prit une poignée de poussins qu'il déposa devant la poule. Ils trébuchaient, mal équilibrés sur leurs minuscules pieds jaunes. La tête de la poule s'avança brusquement vers l'un puis l'autre.

– Elle les béquète, Rob, dit Nell.

Il mit hâtivement le reste des poussins dans la caisse de la poule. Ils formaient, autour d'elle, comme une ruche duveteuse. Elle avait renfoncé sa tête sous ses plumes. Rob détourna la lanterne afin de laisser la vieille poule seule dans l'ombre pour prendre sa grande décision. Quand ils la regardèrent de nouveau, ils la virent faire de gracieux et savants mouvements avec sa tête et son cou, se penchant tantôt sous l'une tantôt sous l'autre de ses ailes. Le murmure d'un doux gloussement accompagnait ses gestes.

– Elle les prend et les met sous ses ailes, dit Rob à voix basse.

Il éloigna de nouveau la lumière et ils attendirent. Quand ils éclairèrent de nouveau la poule, aucun poussin n'était plus visible ; la poule, grosse, enflée, la tête immobile, était plongée dans ses méditations ; on apercevait à la jointure d'une de ses ailes la petite tête d'un poussin qui dépassait un peu, semblable à un bouton jaune.

Doucement, d'une voix étonnée, Rob dit :

– N'est-ce pas étrange ? Elle ne pondait pas d'œufs ; elle n'avait aucun droit à la maternité. Mais, pendant un mois, elle est restée sombre, souffrante, couvant des œufs imaginaires – si ce n'est pas là prier, je ne sais ce qu'est la prière – et tout à coup, sans qu'elle eût rien fait, la voici nantie d'une famille. De grandes mains venues d'en haut, d'un endroit qu'elle ne peut voir, lui apportent des poussins à pleines poignées et les disposent autour d'elle. Vingt-cinq petits, plus qu'elle n'aurait jamais pu en faire elle-même !

Un verset de la Bible revint à la mémoire de Nell : « Adresse-toi à moi… et j'ouvrirai les portes du Ciel et je déverserai sur toi une telle bénédiction que la place te manquera pour la recevoir. » Vingt-cinq poussins. Elle avait tout juste réussi à les loger sous ses ailes. Une toute petite tête n'y avait pu trouver place et émergeait sur son dos comme un petit bouton… pauvre petit…

En revenant à la maison, Nell pensait à la poule, se demandant si les petits se battaient à l'abri de ses ailes… À mi-chemin, Rob s'arrêta :

– Je vois que j'ai été extrêmement bête, dit-il.

– Que veux-tu dire ?

– J'avais toujours cru que tu étais *avec moi*.

– Avec toi ?

– Oui, dans tout ce que je faisais : le ranch, mon travail, les chevaux, mes projets… tout, enfin…

– Mais Rob, bien sûr…

– Autrefois, oui, tu l'étais. Je ne sais pas quand tu as changé. J'ai continué, comme un imbécile, à le tenir pour naturel.

– Tenir quoi pour naturel ?

– Que tu aies confiance en moi.

213

– Tu ne devrais pas présenter les choses de cette façon. Les gens mariés devraient discuter leurs affaires ensemble, et tu refuses toujours de le faire. Ce n'est pas que je manque de confiance en toi…

– Mais si, tu en manques. Tu n'as pas confiance dans ma capacité de réussir en élevant des chevaux. Moi, je sais que ce sera une réussite si j'y persévère. Ma volonté forcera le succès. Tu le croyais aussi, autrefois ; tu étais avec moi. À présent, tu n'y crois plus.

Nell garda le silence.

– Que voudrais-tu exactement me voir faire ? demanda-t-il avec une mine sévère.

– Je… je ne sais pas.

– Précisément. Tu ne le sais pas. Tu n'en sais rien du tout. Mais pendant que je fais mon possible pour m'en tirer au mieux, prenant sur mon sommeil pour réfléchir aux moyens d'améliorer mes chevaux et de trouver les meilleurs débouchés, tu attends tranquillement le désastre pour ramasser les débris.

– Oh ! non, Rob, je…

– Ne le nie pas, Nell. Ne mens pas. Je le sais.

Ils étaient arrivés sur la Pelouse, devant la maison ; le clair de lune était si lumineux que Rob éteignit sa lampe et ils baignaient tous deux dans la lueur argentée. Deux chevaux s'approchèrent de la clôture du corral. C'étaient Thunderhead et sa petite sœur Revient-de-loin. « Elle le suit partout », songea Nell, tout en ayant conscience de la faiblesse qui s'emparait de tout son corps. « Je l'ai dit, à présent. Je n'aurais pas dû le faire. C'est son travail, sa responsabilité… Je devrais simplement le soutenir, toujours… mais non, ce ne serait pas sincère… ce ne serait pas juste… parce que, si le désastre se produisait, il aurait le droit de me reprocher de ne pas l'avoir averti… »

— Je le sais, reprit Rob avec obstination ; je le sais, parce que, depuis longtemps, tout ce que tu dis, fais et penses sous-entend que nous allons continuer à décliner, à devenir de plus en plus pauvres…

— Eh bien, murmura-t-elle soudain ; c'est un fait que nous allons vers la ruine, depuis des années. Tu l'as dit toi-même. C'est toi qui me l'as révélé. C'est toi qui te tourmentes à t'en rendre malade. Nous ne changeons pourtant rien à notre vie, rien à nos projets ; alors, comment s'attendre à un changement dans les résultats ?

Rob était debout devant elle, les pieds écartés, sa tête sombre, si belle, abaissée sur sa poitrine. Le clair de lune donnait à son teint basané une pâleur verdâtre.

Brusquement Nell lui tendit les bras – rien n'importait – elle s'approcha de lui. Il la repoussa, disant :

— Non, Nell, je ne puis le supporter.

Elle recula, humiliée. Elle aurait dû prévoir qu'il n'avait pas envie d'être réconforté ou câliné ; il voulait relever la tête devant elle. Mais comment pouvait-elle l'y aider ? Pendant que, se tordant les mains, elle luttait contre les larmes qui, dans un instant, ruisselleraient de ses yeux, Rob se détourna et disparut.

Dans ces moments d'insupportable douleur, les amants se fuient.

Nell alla s'appuyer à la clôture du corral. Bientôt, elle vit les chevaux s'approcher, Thunderhead et Revient-de-loin. Elle appela l'étalon par son nom et lui tendit la main. Il vint à elle et Nell lui toucha la tête.

— Thunderhead ! Thunderhead !

Il devina sa peine, comme le font toujours les chevaux, et frotta son nez contre elle. Revient-de-loin, désireuse de tout faire comme son grand frère, avança aussi son museau, quêtant une caresse.

Quand Nell rentra, une demi-heure plus tard, elle trouva Rob, la pipe à la bouche, lisant confortablement son journal, les jambes croisées, dans le fauteuil de son bureau. À sa vue, elle oublia tout sauf son désir de rapprochement et de compréhension. Il leva son regard sur elle. Les yeux couleur d'iris de Nell étaient noirs d'émotion et cernés, mais ils étaient remplis de douceur et de tendresse, et son sourire appelait la réconciliation. Rob étendit la main vers elle. Elle l'embrassa et il lui rendit son baiser. Leurs regards ne se rencontrèrent pas franchement.

– Est-ce que tu montes ? demanda-t-il.

– Oui.

– Ne m'attends pas. Je vais lire encore un peu.

Elle monta lentement l'escalier. « Il faut que les yeux soient honnêtes, pensa-t-elle. Quand on jette un regard direct à quelqu'un, on lui donne quelque chose de soi-même. Quand on dissimule ce qu'on ne peut donner, les regards ne se croisent pas ; à moins qu'on ne soit endurci à tromper, les regards s'évitent… » Elle alluma la lampe de leur chambre et commença à se dévêtir.

Ce n'était pas encore fini ; il monterait et ils coucheraient dans le même lit. Cela devrait être fini. Ils étaient tous deux épuisés. Eh bien, elle serait endormie quand il monterait… elle était exténuée, et il ne la réveillerait pas. Le lendemain matin, tout serait plus facile.

Pendant qu'elle se déshabillait, elle revécut la soirée : elle revit le ranch des Kittridge, leur misérable maison, la jument, la distinction de cette vieille femme, et ce merveilleux coucher de soleil bleu et argent. Au souvenir de sa splendeur, elle se détendit et son visage s'illumina d'un sourire heureux. Où donc avait-elle lu que contre les souffrances de la vie il existe quatre panacées : la nature, la religion, le travail, la camaraderie humaine, quatre aides toujours prêts à soutenir nos pas chancelants ? Personne n'en est dépourvu au point de devoir s'effondrer. Mais, pour elle, la camaraderie humaine, c'étaient Rob et les garçons, précisément les trois êtres au sujet desquels elle se tourmentait tant. Leur évocation ne lui était d'aucun secours ; c'était la nature qui lui apportait le plus de réconfort ; elle en avait fait presque une religion. Elle se demanda pourquoi la nature est pour l'âme un tel baume ; peut-être parce qu'on l'aime. Elle est si belle, si vivante, et elle vous parle. Cet amour qu'elle inspire vous fait pousser de longs soupirs d'apaisement. La vieille femme elle-même était allée regarder ce crépuscule bleu et argent. Après tout, la nature est notre mère.

Une fois couchée, Nell prit le petit livre relié en cuir placé sur sa table de chevet et y chercha les paroles de saint Augustin qu'elle avait essayé de se rappeler :

Les Cieux, le soleil, la lune, les étoiles répondirent : « Nous ne sommes pas le Dieu que tu cherches. » Et je dis : « Parlez-moi de Lui. » Et ils crièrent d'une voix forte : « Il nous a créés. »

Mon amour pour eux était ma question. Leur beauté était la réponse.

Le livre sur ses genoux relevés, Nell lut et relut ce passage ; puis elle remit le livre sur la table et éteignit la lampe.

19

Le lendemain, Rob se rendit d'un pas rapide aux écuries. Le fait qu'il portait des bottes et une culotte de whipcord au lieu d'une salopette prouvait qu'il entendait monter à cheval.

Il n'avait jamais perdu l'allure martiale acquise étant cadet, ni l'habitude d'une tenue méticuleusement soignée. Ses cheveux noirs étaient soigneusement taillés ; il tenait la tête haute ; il n'avait ni le pas traînant du fermier ni le pas déhanché du cow-boy. C'était le pas allongé qui couvre la terre et en prend possession, la démarche typique des élèves de West Point. Et si, derrière le regard perçant de ses yeux bleus, perpétuellement attentifs aux moindres détails du monde physique, se cachait un rêve, une pensée détachée de ce qu'il observait, il le dissimulait joliment bien.

En arrivant aux corrals, il sut immédiatement quels animaux étaient visibles ou à portée de voix, combien les poulets avaient grossi, quelles portes étaient ouvertes, quelles serrures et quels gonds avaient besoin de réparation et si des outils avaient été oubliés par terre.

Gypsy était dans sa stalle et poussa un petit hennissement quand son maître vida un seau d'avoine dans sa mangeoire. Pendant qu'elle s'en régalait, il la peignit et la brossa.

—Ça te plaît, lui dit-il, de mener cette existence de rentière ? de ne plus vivre à la dure, dans la montagne, de ne plus courir avec le troupeau ? Eh bien, tu le mérites, ma vieille.

Il souleva la mèche qui lui retombait sur le front et le lui essuya soigneusement avec un torchon fin. Il lui examina les dents qui n'étaient plus que des chicots usés.

—Tu ne rajeunis pas, mon bébé, hein ? Moi non plus. Nous ne sommes plus ce que nous avons été…

Et il se mit à chantonner *La Vieille Jument grise* tout en s'éloignant d'elle pour la contempler. Elle tournait vers lui sa tête de pur-sang, ses oreilles dressées, son cou incurvé.

—Gypsy, je te salue. Tu es toujours belle fille même si tu es âgée d'un quart de siècle… Voyons, est-ce exact ?

Sortant son tabac de sa poche, il se mit, tout en bourrant sa pipe, à compter les années écoulées depuis la dernière qu'il avait passée à West Point. Gypsy avait cinq ans quand il l'avait montée dans le match de polo entre l'armée et Willowbrook. C'était trois ans avant son mariage — quatre ans avant la naissance de Howard, et Howard avait à présent seize ans. Ces faits le frappèrent comme s'il les avait ignorés. *Howard avait seize ans !* Il s'était allongé soudain : ses jambes de pantalon et ses manches de chemise laissaient dépasser les chevilles et les poignets. Et ce matin même, en déjeunant, ils s'étaient tordus de rire à entendre sa voix qui muait passer brusquement de l'aigu au grave.

Seize ans. Howard était presque adulte. Presque une

génération depuis qu'il avait acheté le ranch et amené Nell dans cette solitude, tous deux alors si pleins de confiance et d'espoir. Qu'avait-il accompli au cours de ces seize ans qui auraient dû le voir réussir et assurer leur avenir à tous ? Ils étaient derrière lui, ces seize ans, et il n'avait atteint ni le succès ni la sécurité.

Cela peut arriver qu'une personne termine un chapitre sans qu'il contienne rien de ce qu'il annonçait. Toute une génération, précisément cette fraction de la vie pendant laquelle les grandes choses auraient dû être faites… et elles ne l'étaient pas. Jamais il n'aurait cru à un tel échec de sa part *à lui*.

Il fit sortir la jument, l'enfourcha et se rendit au pâturage des Écuries, continuant à penser à Howard. C'était un garçon très intelligent, bon élève ; il avait toujours de bonnes notes. S'il était bien préparé, et à Bostwick il le serait, il devrait entrer à West Point dans deux ans.

Bostwick lui rappela les huit cents dollars qu'il fallait se procurer avant le 10 septembre… et Bellamy, l'homme des moutons.

Comment s'en serait-il tiré sans la location de ces pacages ? Trois ans plus tôt, cela n'avait eu, à ses yeux, aucune importance, quand il avait consenti à Jim Bellamy le droit de faire paître sur ses terres son troupeau de quinze cents brebis ; elles ne gênaient pas les chevaux, ne mangeant pas les mêmes herbes. Il y en avait suffisamment pour les uns et les autres. Et les vingt-cinq tonnes de foin qu'il vendait à Bellamy lui en laissaient assez pour les chevaux et les vaches… bien qu'il fût obligé de le ménager. Laisser paître les moutons chez lui ne lui avait en somme rien coûté et il en était arrivé à compter sur ces quinze cents dollars de location, payés exactement deux fois par an, comme sur le revenu le plus sûr du ranch. S'il ne le touchait pas, comment pourrait-il envoyer Howard au collège ?

Il refit mentalement la liste des diverses dettes dont il avait discuté avec Nell la veille au soir. Ce n'était pas une addition agréable à faire. Il supputa ce que la vente d'été pourrait lui rapporter, mais ce genre de calcul ne lui préparait jamais que des déceptions. On le roulait toujours. Ses ventes ne produisaient jamais que la moitié, voire le tiers de ce qu'il en attendait. Sa pensée s'engagea dans ses ornières habituelles : vendrait-il tous ses hongres de plus de quatre ans à la vente de l'armée, en automne ? Si oui, il encaisserait une jolie somme, mais pas la moitié de ce que valaient ces animaux pour le polo ou la chasse à courre. L'armée payait cent quatre-vingt-cinq dollars par tête. Tout compte fait, ce prix ne le rembourserait pas de ce qu'il avait dépensé. S'il gardait ces chevaux, il en vendrait bien avec profit de temps à autre ; mais ils vieillissaient, leur nourriture coûtait cher, et, surtout, ils avaient besoin d'être quotidiennement montés et soignés, sans quoi ils redevenaient sauvages, et son personnel était trop peu nombreux.

La jument le portait aisément. Taggert avait pouliné cette année, de sorte qu'il montait Gypsy à sa place. D'ailleurs, il tenait à ce que Gypsy fût gardée à l'écurie, à l'abri, bien soignée et bien nourrie. Il ne fallait pas qu'elle eût un autre petit ; elle devenait trop vieille. L'idée de la perdre lui était odieuse ; elle faisait partie de sa vie depuis si longtemps, même avant Nell et les garçons. Elle était le lien qui le rattachait à l'époque insouciante où il était cadet. Gypsy et lui avaient commencé la vie ensemble dans l'Est. Peut-être que, s'il n'avait pas été aussi fou d'elle, il n'aurait jamais eu l'idée de quitter l'armée pour se faire éleveur de chevaux dans l'Ouest. Gypsy était la jument de base de son troupeau. Et aujourd'hui, âgée d'un quart de siècle, elle avait toujours ce trot allongé, elle obéissait toujours aussi promptement au moindre mouvement, à la moindre parole, elle était toujours prête à l'emmener partout où il voulait aller.

Il l'arrêta sur la falaise au-dessus de la prairie de Castle Rock, afin d'évaluer l'importance de la récolte de foin. Il restait encore un mois avant la fenaison, mais l'herbe était déjà épaisse et haute. Si elle n'avait été parsemée d'autant de rochers, cette prairie aurait donné cent tonnes de foin. Tirant de sa poche son calepin et son crayon, il s'absorba dans le calcul de ce que ces rochers supprimaient de foin, de la quantité de dynamite qu'il faudrait pour les faire sauter et des journées de travail nécessaires pour percer les trous destinés à l'explosif et pour enlever les rochers brisés. Cette prairie était aussi traversée par plusieurs petits ravins où l'on ne coupait pas le foin. S'il les élargissait, en arrachait les broussailles, y faisait sauter les rochers, les drainait et les flanquait de canaux d'irrigation avec des barrages au-dessus, on aurait bien des tonnes de foin en plus. Il remit son calepin dans sa poche et poursuivit sa tournée. Le foin était un revenu sûr ; le foin et le droit de pacage des moutons. Les chevaux n'étaient pas sûrs du tout. Il devrait tout faire pour augmenter le rapport du ranch indépendamment des chevaux ; faire sauter ces rochers ; développer ces nouvelles prairies. Mais où en trouver le temps ? Les chevaux l'occupaient entièrement. Passant dans le pré dix-neuf, il s'aperçut que le ciel se couvrait. Une masse de nuages violets accouraient de l'horizon ; il semblait y en avoir plusieurs couches se mouvant dans diverses directions. « Les vents sont curieux, par ici, soufflant dans plusieurs sens à la fois. » Peu lui importait qu'il plût ; il continua son chemin, désireux de voir Bellamy afin de lui demander s'il pouvait verser la première moitié de son loyer un mois plus tôt qu'il ne le devait, soit le 1er septembre au lieu du 1er octobre. De cette façon, la pension de Howard serait assurée.

L'orage se préparait. Rob jeta un coup d'œil sur le ciel noir et éperonna Gypsy. Elle galopa plus vite. S'il atteignait Bellamy et son campement avant l'orage, il éviterait de se mouiller. Mais, soudain, il tira les rênes. Il se sentait au centre même d'une tempête électrique. Un baldaquin de pourpre royale était suspendu au-dessus du ranch : un grand nuage qui paraissait fait de peluche. À travers ses extrémités effilées en pointes se jouaient des éclairs.

Immobile sur Gypsy, Rob était hypnotisé par ce spectacle. Bien qu'il en eût vu bien d'autres pareils, il en était toujours impressionné. Non loin de lui, la lance d'un éclair s'enfonça dans la terre. Puis un autre éclair la poignarda, et un autre encore. Un peu plus loin, l'un de ces poignards de feu frappa la clôture et courut le long des fils de fer comme une flamme liquide. Le ciel projetait tout autour de lui ses dards enflammés. Effrayé par le danger qui les menaçait, lui et la jument, et songeant aux pièces de métal que comportait son harnachement, il mit promptement pied à terre, en dépouilla Gypsy, le déposa par terre à une certaine distance et remonta sur elle, ne lui laissant qu'un bout de corde autour du nez.

Le nuage pourpre devint d'un bleu-noir ; les premiers roulements du tonnerre se firent entendre, puis, après une série d'éclairs, un fracas assourdissant et des explosions qui déchiquetèrent le nuage. Il déversa des torrents de pluie, ce qui mit fin à la foudre. L'électricité était balayée par l'eau, et Rob se souvint d'avoir lu quelque part que, lorsque la foudre frappe la terre, elle y introduit de l'azote. La prairie qu'il venait de traverser devait être saturée d'azote.

L'orage se termina aussi brusquement qu'il avait commencé. Le soleil apparut, et la chemise trempée de Rob se mit à fumer.

Bientôt, il entendit les bêlements des brebis et ceux des agneaux, semblables à des pleurs d'enfant. Parvenu sur la crête du coteau, il aperçut le troupeau dans la vallée et s'arrêta pour le regarder. Avec l'une de ces impulsions soudaines qui animent tous les agneaux d'un troupeau au même moment, le désir de téter les saisit. Ils cessèrent de brouter sur les pentes, et, pleurnichant comme des enfants malades, ils se précipitèrent tous ensemble vers leurs mères. Celles-ci, en proie à la même crise de déraison, levèrent la tête, bêlèrent frénétiquement et coururent à la rencontre de leurs petits. On se serait cru dans une maison de fous. Il semblait miraculeux que les mères et leurs rejetons pussent se reconnaître ; dès qu'ils s'étaient rejoints, les agneaux tombaient à genoux et se mettaient à téter violemment, ingurgitant le lait avec bruit, gloutonnement.

De loin, Rob distingua Bellamy, assis sur un roc. Deux chiens de berger noirs qui se tenaient à ses côtés commencèrent à aboyer dès que Rob fut en vue et coururent à sa rencontre.

Bellamy était un petit homme barbu à l'air timide. Tandis qu'il s'approchait pour l'accueillir, Rob se dit, une fois de plus, qu'avec son imperméable blanc il ressemblait à un Arabe. Rob descendit de cheval et s'assit à ses côtés pour bavarder. Bellamy, sevré de société et de conversation, parlait à une vitesse telle que Rob avait peine à le suivre.

Tirant sur sa pipe avec satisfaction, il l'écoutait tout en observant les mouvements des moutons et en estimant la valeur du troupeau. Quinze cents brebis, au cours actuel, représentaient sept mille cinq cents dollars, une vraie fortune. Bellamy avait acheté ses premières brebis lors de la crise, quand les moutons se vendaient un dollar ou cinquante cents par tête ou étaient même donnés pour rien ou lâchés dans les prairies. Personne, à cette époque, n'avait les moyens de payer des bergers, les impôts, ni de quoi nourrir les bêtes. Pendant quelques années, Bellamy avait reçu un bon salaire en s'employant comme berger et il avait placé toutes ses économies en moutons.

Le troupeau était en bon état. Rob parcourut l'herbage des yeux : la sauge abondait sur les pentes. Les désignant du doigt, il dit :

— Bonne pâture pour les moutons, n'est-ce pas ?

— Il n'y en a pas de meilleure, répondit Bellamy. Ce ranch offre tout ce qu'il faut : du couvert, du fourrage et de l'eau. Dans ce ruisseau-là, dit-il en pointant sa main sale en direction du nord, l'eau a quelque chose qui leur plaît. Ils en sont fous. Quand ils la sentent, ils se mettent à courir et ils se bousculent les uns les autres pour être le premier à en boire.

— C'est curieux, dit Rob. Elle doit contenir une substance minérale dont ils ont besoin. Je la ferai analyser un jour.

Bellamy poussa une brusque exclamation, suivie d'un flot de jurons, se leva d'un bond, prit son fusil et visa soigneusement.

Rob vit que les moutons étaient en émoi. Le coup de fusil partit, et une silhouette grise sortit furtivement du troupeau. Bellamy tira une seconde fois ; le coyote sauta en l'air et retomba mort. Les deux hommes descendirent dans la vallée pour le regarder ; en marchant, Bellamy raconta avec agitation combien il avait tué de coyotes cet été-là et dit qu'ils lui avaient fait perdre une demi-douzaine d'agneaux. Poussant le cadavre gris du pied, il montra non sans fierté le trou rond qui saignait.

— Je l'ai atteint en plein ciboulot, dit-il.

L'agneau mort était étendu tout près. Ils portèrent les deux bêtes mortes jusqu'à la roulotte du berger. Bellamy prit un couteau à dépouiller.

— Je vous aiderai, dit Rob, si vous avez un autre couteau.

Ils retirèrent les peaux. Bellamy jeta aux chiens le corps du coyote, et dit en montrant celui de l'agneau :

— Voilà qui va me faire un ragoût. Quant aux peaux, je les vendrai.

— À propos, Jim, dit Rob, je suppose que vous allez renouveler votre bail, cet automne ?

Les yeux de Bellamy s'éclairèrent :

— Non, monsieur, dit-il avec fierté ; je suis en train d'acheter un ranch.

Rob tira sur sa pipe en silence. Il s'étonna d'éprouver une telle défaillance simplement parce que ce bail n'allait pas être renouvelé.

— Mais c'est magnifique, Jim, dit-il avec un rire fort et taquin. L'avez-vous déjà payé ? Si oui, comment vous y êtes-vous pris ? Quand vous êtes arrivé ici, il y a trois ans, vous m'avez dit que vos brebis constituaient votre unique avoir.

En regardant l'homme, ses yeux ne formaient plus dans son visage sombre que deux étroites fentes bleues ; sa lourde mâchoire était projetée en avant, son air batailleur, et ses dents blanches mordaient fortement le tuyau de sa pipe. Ravi d'expliquer sa réussite, Bellamy dit :

—Depuis trois ans, les moutons se sont bien vendus ; les gardant moi-même, je n'ai eu comme frais que ce que je vous paye, les tourteaux et le grain, l'aide que je prends lors de l'agnelage et de la tonte…

—Voyons, dit Rob, vous me versez quinze cents dollars, plus deux cents pour les vingt-cinq tonnes de foin que je vous vends… Combien vous faut-il de tonnes d'autre nourriture pour les moutons ? Trois, je pense, à environ quarante dollars la tonne ?

Bellamy avait tous les chiffres en tête :

—L'année dernière les tourteaux et le grain m'ont coûté deux cents dollars ; l'avoine pour les chevaux de ma roulotte, cinquante…

—Ça fait déjà plus de deux mille, dit Rob.

—En effet. Il y a en plus du sel pour les moutons, ma propre nourriture, les deux hommes qui m'aident pour l'agnelage, ce qui fait encore à peu près cinq cents… et tout le reste est bénéfice net.

Tout le reste ! Rob tira longuement sur sa pipe, rejeta la fumée avec lenteur en se livrant à ses calculs. Les dépenses annuelles de Bellamy s'étaient élevées à au moins deux mille cinq cents dollars…

—Tout le reste est bénéfice, dites-vous…

Bellamy, un bout de papier sale et un crayon à la main,

inscrivait des chiffres, très excité, afin de faire connaître à Rob le côté recettes de ses comptes.

D'abord, le prix de la laine : vingt-trois cents la livre, moins les deux cents et demi accordés aux tondeurs ; les brebis donnaient en moyenne dix livres[1] de laine chacune, soit un peu plus de trois mille dollars, puisqu'elles étaient quinze cents. À la fin de l'été, la vente des agneaux, même en déduisant les pertes, les transports et les commissions, rapportait quatre fois autant !

Rob quitta Bellamy tiraillé entre des sentiments si divers qu'il était incapable d'une pensée rationnelle.

« Un revenu annuel de plus de dix mille dollars ! Ce Bédouin illettré ! Et moi qui travaille comme un nègre et qui élève de bons chevaux, je ne gagne même pas de quoi payer leur avoine ! À quoi bon, nom de Dieu ! Je suppose que c'est parce que je produis des bêtes de luxe et lui des denrées nécessaires. Autant me couper la gorge. Je suis pareil à Ken, obstiné comme lui à ne vouloir qu'une chose. Mais des moutons ! Pouah ! j'aimerais mieux élever des lapins ! »

Les jambes enserrant convulsivement les flancs de Gypsy, il la faisait aller un train d'enfer. Quand il vit le harnachement posé sur l'herbe, il se ressaisit, mit pied à terre, ressella sa jument et continua sa randonnée.

– C'est aussi une question de chance, marmonna-t-il. Ce type a eu une veine insensée. Nombre d'éleveurs de moutons ont fait faillite. Gaynor, par exemple : la gale s'est mise dans son troupeau ; il a englouti trente mille dollars, toute sa fortune. Il n'a plus jamais voulu s'occuper de mou-

1. Un peu plus de 4 kilos.

tons… Le diable m'emporte ! Ça existe, la veine ; certaines gens en ont, mais moi pas ; je n'en ai jamais eu. Bon Dieu ! que vais-je dire à Nell ?

Il pénétra dans le corral, dessella et nourrit sa jument, la remit au pré et se dirigea vers la maison. Personne en vue. Le vide de la maison le frappa ; il s'en réjouit. Ses vêtements n'étaient pas encore secs. Il monta, prit une douche et mit une chemise bleue et un complet de flanelle. Dans la glace, en se brossant les cheveux, il remarqua sur sa figure des taches rougeâtres, presque comme des meurtrissures. Il fut heureux que Nell ne fût pas là pour les voir.

Il descendit, prit une bouteille et un verre dans le buffet et les porta sur son bureau. Confortablement installé et savourant son whisky à l'eau, il se sentit moins déprimé. Il se versa un second verre. À cet instant, il aperçut une enveloppe blanche par terre près de la porte ; son nom y était inscrit, de l'écriture de Nell. Une épingle de sûreté ouverte y était fichée ; l'enveloppe avait dû tomber de la porte.

Il l'ouvrit et lut :

Chéri,
Charley Sargent est venu et les garçons l'ont emmené voir courir Thunderhead. J'y vais aussi. Charley fait courir des poulains de deux ans cet automne, aux courses de Saginaw Falls, dans l'Idaho. Si tu lis ces lignes à temps, viens nous rejoindre sur la piste. En tout cas, je ramène Charley pour dîner. Remets du charbon dans la cuisinière, je te prie. Je pourrais être en retard. Voilà de quoi espérer ! Vive Thunderhead !

Nell

Rob lut ce billet à plusieurs reprises et la colère le gagna peu à peu. Ken et Thunderhead ! Ken créait toujours des incidents. Et Nell et Charley, là-bas, en train de regarder le poulain courir ! Ils devaient comprendre le chagrin de Ken à l'idée que Thunderhead allait être castré. « C'est une chose sur laquelle je ne céderai pas... pour rien au monde ! »

Il remplit encore une fois son verre et fut surpris, en regardant la bouteille, de voir combien il restait peu de whisky. Renversé dans son fauteuil, bien à l'aise, il porta le verre à ses lèvres. Par la fenêtre, il vit Gus dans la charrette qui ramenait les deux juments noires à l'écurie. Pendant qu'il achevait de boire, une image se formait dans son esprit. Ces deux juments noires... un bel attelage rapide... la piste de course... un public... une concurrence à Thunderhead. Et soudain, il ne se sentit plus déprimé. Il avala d'un trait le reste de sa boisson, se leva si brusquement que son fauteuil se renversa, quitta la maison et se rendit à grandes enjambées aux écuries en appelant Tim et Gus.

— Non, ne remettez pas les juments au pré, Gus ! dit-il. Donnez-leur encore un peu d'avoine et faites-leur un pansage soigné ; je veux qu'elles brillent ! Tim, donnez-moi un coup de main, je veux emmener cette remorque à l'atelier ; prenez ces vieux brancards de charrette.

Travaillant avec ardeur, Rob et Tim attachèrent les brancards de la charrette à la remorque au moyen d'une paire de charnières. Puis Rob retira le siège de la charrette et le fixa sur la remorque. Gus amena les juments et les attela. Rob grimpa sur le siège, prit le long fouet des mains de Tim et dit : « Allez ! hue ! »

Les juments s'élancèrent ; puis, surprises par la légèreté

de la remorque, alors qu'elles étaient habituées à tirer la charrette, elles s'arrêtèrent et tournèrent la tête, l'air interrogatif.

Rob agita son fouet et cria :

– Allez-y, les belles filles ! En avant !

Ses bras tendus agitaient les rênes.

Patsy et Topsy bondirent. La petite remorque aux roues caoutchoutées bondit derrière elles. Tim et Gus suivirent des yeux, avec de larges sourires, l'étrange véhicule qui filait sur la route et disparut au tournant.

20

La piste était un ovale d'environ sept cent cinquante mètres, en terrain plat, au nord du ruisseau du Lone Tree Creek, à quelque trois kilomètres du ranch. Cet endroit avait été choisi par les garçons dès leur retour du collège, au début des vacances, pour servir à l'entraînement de Thunderhead. D'un côté, un rocher le flanquait d'une tribune naturelle. Ils avaient délimité la piste en plantant des poteaux aux courbures de l'ovale. Le poulain devait comprendre qu'il fallait contourner ces poteaux par l'extérieur et non à l'intérieur. Tantôt il observait, tantôt il enfreignait cette règle. Ce n'était pas faute de la comprendre ! Howard et Ken avaient tracé une large bande blanche devant la tribune et Thunderhead avait couru bien des kilomètres sur cette piste, se demandant sans doute à quoi cela rimait. Courir pour se mettre à l'abri d'un orage, courir pour fuir des ennemis ou des dangers, voire courir pour s'amuser et se débrouiller les jambes, sur le Dos-d'Âne avec sa troupe, oui, cela était compréhensible. Mais courir à toute vitesse sur ce terrain plat indéfiniment autour de ces poteaux avec un petit démon hurlant sur son dos et un autre sautillant sur le rocher, cela défiait le bon sens !

Après l'orage, l'air était frais, la montagne verte et sans poussière. Nell était habillée d'un pantalon de cheval en toile blanche et d'un chemisier en soie de la même couleur dont les manches relevées laissaient voir ses minces bras hâlés. Son visage ne trahissait ni souci ni tourment ; il était comme celui d'un enfant en route pour un pique-nique. Assise à côté de Sargent dans sa voiture, elle le guidait vers la piste à laquelle ne conduisait aucun des chemins du ranch. À l'arrière, il y avait Howard avec un seau d'avoine. Au moment où ils démarraient, ils avaient entendu un cri, et Ken était accouru portant un seau à demi-plein d'avoine et un licou. Il avait l'air embarrassé en excusant Thunderhead et en fourrant le seau dans la voiture :

— C'est pour le cas… le cas où il se sauverait et où j'aurais du mal à le faire revenir.

— Ainsi, dit Sargent, alors qu'ils roulaient, ce cheval se sauve et on a de la peine à le rattraper ?

— C'est-à-dire… répondit Howard… il est assez sage. Il n'y a pas très longtemps que nous le dressons, vous savez ; seulement depuis cet été.

— Quelquefois, dit Nell, il disparaît complètement et ne revient que très longtemps après. Attention, Charley ; il faut descendre cette pente et traverser le Lone Tree Creek ; vous voyez, là où il est presque à sec.

Charley ralentit et franchit le ruisseau.

— Où va ce poulain quand il se sauve ?

— C'est ce que nous voudrions tous bien savoir, dit Nell.

— Une fois, il est revenu couvert de blessures et d'égratignures, dit Howard, en se penchant par-dessus le dossier du siège d'avant. Il avait une terrible grande blessure à la poitrine. Dad a expliqué que c'était un coup de sabot que lui avait donné l'étalon.

— C'est précisément ce que j'allais suggérer, dit Charley avec un sourire. S'il mène une double vie, vous pouvez être certains qu'il doit y avoir dans ces parages une autre troupe de chevaux et qu'il a des démêlés avec l'étalon.

— Mais il n'y en a pas, affirma Howard ; il n'y a pas d'autre étalon que Doggie.

— Qui est Doggie ? demanda Charley.

— Il appartient à Barney, un éleveur à l'ouest de chez nous. Nous l'avons baptisé Doggie. Ce n'est pas grand-chose en fait d'étalon ; c'est tout bonnement un vieux cheval de labour.

— Est-ce un percheron ?

— Il n'est d'aucune race. C'est un mélange... une espèce de daim. Dad dit qu'il doit y avoir en lui du mulet. Il n'est ni grand ni fort et il est si vieux qu'il est prêt à tomber en morceaux. Quand Thunderhead n'était qu'un bébé, il aurait pu le battre avec une jambe attachée. Nous les avons une fois mis en présence pour voir s'ils se comporteraient en ennemis ; Thunderhead s'est contenté de le flairer pendant que Doggie le regardait faire en courbant l'échine de peur. Ils n'ont ni rué ni crié.

Parvenus à la piste, ils montrèrent à Sargent comment elle avait été établie. Au bout d'un moment, Ken arriva monté sur Thunderhead avec Revient-de-loin courant librement derrière lui.

— Deux chevaux ! s'écria Charley. Amène-t-il un entraîneur ? Mais ce n'est qu'un yearling !

Ken mit pied à terre, son visage brillait d'excitation et

d'un énergique savonnage ; sous sa petite casquette de jockey, ses cheveux étaient soigneusement lissés ; sa chemise rose était propre. Il avait astiqué et chaussé ses meilleures bottes de cow-boy, dans lesquelles son pantalon de toile bleue était enfoncé ; il avait évidemment fait toilette pour cette grande occasion. Thunderhead aussi ; sa robe d'un blanc pur paraissait de satin ; sa crinière et sa queue, longuement brossées, flottaient avec légèreté.

– Ken ! s'écria Nell, comment as-tu fait pour lui faire briller les sabots ?

– C'est le vernis à sabots marbré de Furness, expliqua Ken, un peu gêné. Il figurait dans les réclames de mon « Tableau des courses » du mois dernier. J'en ai fait venir, parce que, s'il doit être un cheval de course, il faut qu'il ait l'air chic. C'est une sorte d'émail.

– Et qu'est-ce que cette raie bleue sur son cou ? demanda Nell.

Ken la frotta pour l'effacer en disant :

– Je l'ai peut-être faite un peu trop bleue.

– Trop bleue ?

– Il met du bleu dans l'eau quand il le lave ! s'écria Howard, joyeusement.

– Mum met bien du bleu dans l'eau pour blanchir le linge ; j'en mets un peu de temps en temps.

– Un peu ! dit Howard. Il vide presque la bouteille !

– Ah ! c'est là que passe tout mon bleu de lessive !

Charley Sargent semblait frappé de stupeur. Il regardait les chevaux, d'abord Thunderhead, ensuite la pouliche. Celle-ci s'était éloignée et broutait tranquillement. Enfin, ayant roulé une cigarette, il l'alluma, aspira une grosse bouffée et dit :

– Ken, je veux être damné !

Ken, rougissant et pâlissant tour à tour, lui jeta un regard inquiet.

– Alors, c'est ça, dit Sargent de sa voix traînante, c'est ça, Thunderhead, par Flicka et Appalachian ?

– Oui, monsieur, il est bien fils d'Appalachian.

– Quel âge a-t-il ?

– Presque deux ans. Trouvez-vous… trouvez-vous qu'il a bon aspect, monsieur Sargent ?

– Il n'a rien d'un cheval de course.

– Vous trouvez ?

– Je n'ai encore jamais vu de cheval pareil. Il a l'air de la statue d'un cheval imaginé par un sculpteur – tout en grandes courbes et en muscles – cette tête…

La face de Thunderhead, sa tête étaient en effet ce qu'il offrait de plus remarquable, étant de celles qui obligent les passants à s'arrêter et à les regarder, hypnotisés. L'intensité de ses yeux noirs entourés d'une étroite ligne blanche, son expression sauvage, d'une volonté implacable, la grandeur de sa tête, la façon dont son cou puissant s'incurvait et tirait son menton vers sa poitrine, puis, soudain, rejetait la tête en arrière, le menton noir levé, les narines dilatées…

– Je veux être damné… répéta Sargent.

– N'a-t-il vraiment rien d'un cheval de course, monsieur Sargent ?

– Il n'en a pas le type. Ce n'est pas un coureur. Ce qui n'empêche qu'il pourrait bien battre un cheval de course ! Avec une puissance pareille, on ne peut dire de quoi il serait capable ! Est-il rapide ?

– Quelquefois, quand il le veut bien. En vérité, il *sait* courir, mais il n'en a pas toujours envie.

236

Sargent ne pouvait détacher les yeux de l'étalon. Son long visage brun s'était coloré.

— Je commence à croire que je pourrai être fier de lui, dit-il soudain, avec agitation. Ne t'ai-je pas parlé, Ken, de tous les gagnants qu'Appalachian a engendrés ?

— Si, je m'en souviens, monsieur Sargent : Coquette, Spinnaker Boom, Mohaw et un tas d'autres. C'est pourquoi, vous savez, c'est pourquoi j'ai voulu qu'il soit le père de Thunderhead. Lui trouvez-vous vraiment l'air d'un bon cheval ?

— C'est le plus gros paquet de muscles que j'aie jamais vu !... et pour ainsi dire pas encore dressé... Comment diable s'est-il développé ainsi ?

Thunderhead leva un énorme sabot luisant d'émail et en frappa le sol avec impatience. Par rapport au poids de son corps et de son cou, ses jambes étaient encore courtes. « À moins, se dit Nell, qu'elles ne donnent seulement cette impression par comparaison avec le reste de sa masse. » Il mesurait quinze palmes [1] et n'avait pas encore atteint sa taille définitive. Dès sa naissance, il avait eu la forme d'un cheval adulte. S'il continuait à pousser de partout comme il l'avait fait jusqu'alors, ses jambes pousseraient elles aussi. Peut-être que, sa croissance achevée, elles seraient suffisamment longues.

— Vous ne le croyez pas trop lourd, Charley ? demanda-t-elle, pas trop semblable à un cheval de labour ?

— Nullement ! Ses jambes sont fortes, mais elles sont bien tournées. Il a le type d'un bon cheval de chasse à courre. Il est d'une puissance rare.

1. Environ 1,10 m.

À chacune des paroles de Sargent, une vague de froid ou de chaleur envahissait Ken. L'éloge de Thunderhead ! Sa puissance ? Ken la connaissait. Oublierait-il jamais la première fois qu'il l'avait monté cet été ? Ce n'était pas seulement la chevauchée, c'était la sensation que la volonté et la puissance du cheval lui avaient été communiquées au point de laisser dans sa conscience une marque indélébile. Il caressa doucement les naseaux de Thunderhead. Celui-ci tourna la tête et fixa les yeux sur lui ; Ken lui rendit son regard. Tout à coup, Thunderhead montra les dents et les approcha du bras de Ken qui le retira et calotta l'étalon. Celui-ci se cabra ; Ken raccourcit les rênes. Charley recula vivement.

— Sale caractère, hein ?

— Ce n'est pas cela. Il ne m'aime pas.

— Il ne t'aime pas ? C'est de la guigne, vu qu'il t'appartient et que tu dois le dresser.

— Je me dis toujours qu'il finira par m'aimer. Mum est la seule personne qu'il aime. Il ne lui joue jamais de vilains tours.

— Regardez la selle, Charley, dit Nell.

En entendant sa voix, Thunderhead tourna la tête pour la regarder ; elle posa son bras sur le gros cou arqué où saillaient les muscles, et s'appuya contre lui.

— En quoi est-elle faite ? En crin ? demanda Charley.

— Oui, dit Ken, avec fierté. C'est moi qui l'ai fabriquée ; dad m'a montré comment m'y prendre.

Sargent palpa la selle.

— Comment fait-on ?

— Vous commencez par remplir un sac avec du crin, dit Howard, du crin des queues et des crinières ; vous vous en servez comme d'une couverture de cheval pendant à peu près une année. Les crins sont ainsi comme tissés ensemble et forment un épais tapon.

– Après quoi, enchaîna Nell, vous découpez cette agglomération de crin selon la forme de la selle qui y a imprimé ses contours, et vous avez de la sorte une petite selle légère, moelleuse et parfaitement adaptée.

Charley souleva les petits étriers attachés à la sous-ventrière, sous la selle.

– Tout à fait une selle de jockey, dit-il en riant.

Puis, posant la main sur la tête de Ken :

– Tu ne négliges rien, n'est-ce pas ? Si une selle de crin, le vernis à sabot de Furness et le bleu dans l'eau peuvent faire gagner des courses à un cheval, Thunderhead en gagnera, n'est-ce pas ? Regardons un peu la pouliche, à présent. Pourquoi l'as-tu amenée ?

– Il l'aime beaucoup ; c'est sa petite sœur. Elle est pour lui une sorte de mascotte.

– Oh ! Est-elle aussi née de Flicka ?

– Oui. Ils sont toujours ensemble. Sa présence le calme quand il est sur le point de s'exciter.

– Il s'excite facilement ? Il est méchant ?

– Oh ! jamais méchant ! s'offusqua Ken. Mais il rue et lutte. Quelquefois, il s'emballe.

– Mais il n'est jamais méchant ! fit Sargent. Je comprends ! Ne peux-tu pas le retenir ?

– Il prend le mors aux dents. Quand Revient-de-loin est là, il est plus sage, plus heureux. Il n'est pas très heureux la plupart du temps. Dad dit qu'il a quelque chose qui le dévore.

Sargent, qui examinait la pouliche, dit :

– Voilà une jolie petite pouliche !

– Elle est exactement comme Flicka lorsqu'elle était un yearling. Quand on m'a donné Flicka, elle avait à peu près son âge ; elle était d'un alezan doré avec la crinière et la queue claires, toute pareille à celle-ci.

– Elle tient de son père, expliqua Sargent. Elle est par Banner, n'est-ce pas ?

– Oui, et elle est très légère et rapide.

– Ah ! vraiment ? dit Sargent qui n'était pas disposé à s'enthousiasmer pour un poulain de Banner quand il avait un descendant d'Appalachian sous les yeux.

– Oui, elle va comme le vent. Mais, naturellement, elle n'a pas encore été montée. Elle court simplement toute seule ou en suivant Thunderhead quand nous l'entraînons.

– Combien pèses-tu, Ken ?

– Quatre-vingt-quinze livres [1].

– Tu ne me sembles pas avoir grandi du tout, ces dernières années.

– En effet. Dad dit que je ne m'y suis pas encore mis ; il prétend que les garçons poussent en hauteur d'un seul coup. Howard vient de le faire.

Sargent jeta un coup d'œil sur Howard. Il venait évidemment de le faire : une longue portion de jambe hâlée et poilue se voyait entre ses chaussures et le bas de son pantalon.

– Que pèses-tu sur un cheval ? interrogea Sargent.

– Que voulez-vous dire ? demanda Ken, ahuri.

– Tu sais bien, n'est-ce pas, que certaines personnes sont lourdes sur un cheval et d'autres légères ?

1. Environ 43 kilos.

– Dad dit toujours que je suis léger sur un cheval, mais cela ne se rapporte pas à mon poids véritable, n'est-ce pas ?

– Bien sûr. Ne le savais-tu pas ? Pèse le cheval et le cavalier ; additionne les deux poids, et tu trouveras parfois un chiffre supérieur à celui de leur poids global. Cela indique un cavalier lourd. Parfois, le chiffre est inférieur, ce qui signifie que le cavalier est léger. Si tu es léger, il se peut que tu ne pèses pas plus de cinquante livres à cheval.

– Vous ne vous moquez pas de nous ? demanda Howard, qui, comme son frère, trouvait ces affirmations fort étranges.

– Venez chez moi, où j'ai des balances, et je vous le prouverai.

– Monsieur Sargent, dit Howard, nos poulains de deux ans doivent être castrés bientôt et d'après dad Thunderhead doit l'être lui aussi. Êtes-vous de cet avis ?

Tout l'agrément de la journée disparut pour Ken à l'évocation de cette perspective si redoutée. Nell rougit de colère et se dirigea vers la « tribune » en disant :

– Viens, Howard, aide-moi à grimper là-haut. Il est temps de commencer.

Sargent remarqua la pâleur et la tristesse de Ken.

– Qu'est-ce qu'il y a, fiston ?

Désignant Howard d'un mouvement de la tête, Ken répondit :

– Ce dont il vient de parler. Dad veut faire castrer tous les poulains de deux ans.

– Quand ?

– Un jour de cette semaine. Il a écrit au Dr Hicks de venir dès qu'il sera dans les parages ; de cette façon, dad n'aura pas à lui payer son déplacement.

– Et il doit castrer Thunderhead aussi ?

– Oui.

– Et puis après ? Il ne sera pas le seul. Ils doivent tous y passer, tu sais.

– Mais s'il doit devenir cheval de course !

– Quel rapport ? On castre aussi les chevaux de course – pour la plupart. Ça ne lui fera pas mal. Et ça pourra améliorer son aspect. Je ne voudrais pas voir son cou grossir davantage.

– Mais il pourrait en mourir ?

– Quelle bêtise !

– Nous en avons eu un qui en est mort. Il s'appelait Jungo. C'était un hermaphrodite.

– Un hermaphrodite ! fit Charley en riant et en regardant Thunderhead ! Mais cette histoire n'a rien à voir avec Thunderhead ! Ne l'insulte pas !

Ken baissa la tête et gloussa.

– Cela ne lui fera pas de mal. Mais peut-être que s'il court suffisamment bien nous pourrons faire changer ton père d'avis.

– Il ne change jamais d'avis, dit Ken en secouant la tête.

– Jamais ?

– Non, jamais.

– Eh bien, voyons maintenant ce dont le poulain est capable. Allez ! hop !

Il saisit Ken par le fond de sa culotte, et, léger comme une plume, le jeune garçon se mit en selle, passa ses pieds dans ses courts étriers et dit avec un large sourire :

– En général, je ne monte pas avec ces petits étriers. Je monte beaucoup à cru. On a du mal à s'y habituer, mais je m'y suis fait.

Serrant les genoux, il se pencha sur le garrot du cheval,

à la manière d'un jockey. Le long visage brun de Sargent pétillait de plaisir.

— Commence par le faire travailler un peu pour l'échauffer. Souviens-toi que, moi aussi, j'ai un intérêt dans ce cheval.

Ces paroles apportèrent à Ken un grand réconfort. Si Mr Sargent y avait intérêt, il toucherait peut-être un mot à son père au sujet de la castration.

Sargent le suivit du regard tandis qu'il parcourait la piste au petit galop, puis il grimpa sur la tribune à côté de Nell et de Howard. De la saillie supérieure, on pouvait embrasser toute la piste.

Howard tenait le chronomètre à la main. Revient-de-loin cessa de paître et se mit à galoper aux côtés de son grand frère. Thunderhead allait sans hâte, d'un train aisé. Au bout d'une dizaine de minutes, Sargent cria à Ken:

— Vas-y, à présent, fiston, lâche-lui la bride.

Ken revint au point de départ et lança le cheval au grand galop. Pendant la demi-heure suivante, il s'efforça, sans grand succès, de lui faire faire une belle performance. Thunderhead, à un moment donné, omit de prendre un virage à la corde; Ken l'arrêta, l'obligea à revenir en arrière et à contourner le poteau. Soudain, le poulain devint méchant; il essaya de se défaire du mors; Ken l'éperonna, raccourcit les rênes, puis le fit galoper. Revient-de-loin courait avec lui. Howard et Sargent tenaient le chronomètre à tour de rôle. Finalement, ils descendirent du rocher et Ken s'approcha d'eux. Il avait les joues enflammées, les yeux furieux et le cheval caracolait nerveusement.

— Qu'est-ce que tu viens de me montrer là, Ken? dit Sargent. Sait-il courir, oui ou non?

—Oh ! oui, il sait courir… quand il le veut bien, répondit Ken.

—Je commence à croire que ce cheval te dépasse.

—Vous savez, dit Nell, *il sait vraiment courir*, quelque chose de tout différent de ce galop soutenu. Quand il court vraiment, son allure est tout autre. Vous rappelez-vous Rocket, cette jument noire, sa grand-mère ?

—Je me la rappelle fort bien ; elle a failli être ma jument.

—Oui, c'est bien celle-là. Vous souvenez-vous du jour où nous l'avons fait courir devant l'automobile en la chronométrant ? Elle flottait sans faire le moindre effort.

—Je m'en souviens ; je n'ai jamais vu pareille allure de ma vie.

—Il a la même, quelquefois. Je voudrais que vous le voyiez. Ken, faisons encore un essai. Je vais attacher Revient-de-loin. Je crois qu'elle le distrait.

Nell assujettit une corde au licou de Revient-de-loin et l'attacha au pare-chocs arrière de la voiture, de façon que son frère ne pût la voir. Ils reprirent leurs places sur le rocher et Charley donna à Ken le signal du départ.

Comme précédemment, Ken n'obtint du cheval que ce galop soutenu ; Thunderhead, luttant de la tête, ne voulait pas obéir… « Très bien, se dit Ken, en colère, si c'est ainsi, ce sera la guerre. » Résolu à dominer l'étalon, une volonté obstinée dont il n'avait encore jamais fait preuve s'empara de lui. Il leva sa cravache et l'abattit sur le flanc du poulain de toutes ses forces. Thunderhead bondit en l'air et chercha à désarçonner Ken. Celui-ci leva de nouveau sa cravache et en frappa le cheval avec une force décuplée par la colère. Cette fois, quand après s'être cabré, Thunderhead reprit contact avec le sol, ce fut pour s'élancer en

avant du même galop allongé, flottant, qui avait caracté-
risé Rocket. Immobile sur sa petite selle, Ken le laissait
aller ; ils atteignirent l'extrémité de la piste, contournèrent
les poteaux, revinrent par l'autre côté...

Nell jeta un regard sur Charley :

– Vous voyez, dit-elle ; c'est cela que je voulais dire.

– Et il ne fait même pas d'effort, dit Charley ébloui.

– Il arrive, il arrive ! cria Howard, regardez le chronomètre !

Sargent sursauta. N'ayant pas quitté le poulain des yeux,
il avait négligé de le chronométrer. Il agita le bras, et cria
à Ken :

– Continue ! Refais le tour !

En passant, Ken lui lança un coup d'œil, mais Charley
ne détourna pas la tête. Son visage exprimait le ravissement.

– Mon Dieu ! s'exclama-t-il. Ce cheval vole ! Ses pieds
ne touchent pas la terre !

Howard sautillait comme un fou et hurlait :

– Continue, Thunderhead ! Continue !

Nell sentait ses nerfs sur le point de la trahir ; elle
enfouit son visage dans ses mains. C'était si beau ! Cette
super-performance – et Ken si calme – enfin la victoire,
après deux ans de lutte – sa foi, sa fatigue – les coupures, les
meurtrissures, les foulures qu'elle lui avait pansées... et
maintenant, la victoire... Elle releva la tête. Il revenait au
point de départ. Il arrivait. Un long hurlement de Sargent
et le cheval dépassait la ligne ; Ken s'efforçait de le retenir et
il tournait en rond... la voix muante de Howard : « Quelle
est sa vitesse, monsieur Sargent ? » pendant que Sargent
dégringolait du rocher.

Thunderhead avait fait sept cent cinquante mètres en quarante-sept secondes !

– Oh ! Kennie !… Kennie…

– Chouette, Ken, il l'a fait, c'est épatant !

– Ce cheval est l'une des sept merveilles du monde !

Thunderhead se débattait ; il voulait continuer à courir. Ken sortait à peine de l'extase où l'avait plongé cette course. Son visage rayonnant aux lèvres entrouvertes était à demi inconscient.

– Pourra-t-il le refaire ? Avait-il déjà couru à cette allure ? Accordons-lui un peu de repos et recommençons l'épreuve.

– Du repos ? dit Howard. Il n'est pas fatigué. Il ne se fatigue jamais. Il déteste qu'on l'arrête une fois qu'il est lancé. C'est pour cela qu'il est furieux en ce moment.

Ils décidèrent de le remettre à l'épreuve, reprirent leurs places sur le rocher et minutèrent le départ. Entre l'étalon et Ken, la même lutte recommença : Thunderhead refusait d'obéir ; Ken, les joues enflammées, le cravachait tandis que les témoins de cette scène gardaient le silence. Sargent finit par désespérer :

– C'est un hasard quand il veut bien s'y mettre. Il est ingouvernable.

– Regardez, regardez, monsieur Sargent, il recommence !

Le poulain, lassé de ses caprices, avait repris ce galop volant, prodigieux, et flottait au-dessus de la piste. À l'instant où il atteignit la ligne, Sargent bloqua le chronomètre. Nell et Howard retinrent leur souffle. Sargent avait la bouche dilatée par un sourire de dément et ses yeux lui sortaient de la tête.

Soudain, on entendit un homme crier, des chevaux

galoper et un étrange bruit de ferraille. Et l'on vit s'engager sur la piste, quelques mètres derrière Thunderhead, les deux juments noires attelées à un léger véhicule cahotant où un homme à demi assis, à demi penché sur les chevaux, brandissait un fouet et les rênes en rugissant :

– Hihi ! allez-y, les filles ! Holà ! allez-y, les belles !

Les juments noires, excitées par les coups de fouet, s'efforçaient de rattraper Thunderhead. C'était plus qu'il n'en pouvait supporter. Il s'élança entre les poteaux et se cabra. Rob passa devant lui dans un tourbillon de sabots et de queues, acheva le tour de la piste et atteignit la ligne avec un hurlement de triomphe.

Ken conservait vaillamment son assiette sur le cheval qui se cabrait.

Il avait sorti ses pieds des étriers et serrait les flancs de sa monture entre ses genoux. Renversé en arrière au point de toucher presque la croupe de la bête, son corps était projeté dans tous les sens ; sa tête oscillait ; sa casquette s'envola. Thunderhead semblait emporté par une sorte d'ivresse, de rage démoniaque. Mais Ken tenait ferme.

Nell, épuisée par l'émotion, ne pouvait plus que se cramponner au bras de Charley en criant : « Oh ! Oh ! »

Rob revint devant la tribune et s'y arrêta pour assister à ce duel. Charley et Howard descendirent du rocher. Thunderhead se cabrait toujours.

– C'est son sang de cheval sauvage, murmura Rob, mais Ken est capable de monter n'importe quel animal.

Soudain, complètement à bout de forces, Ken lâcha tout. Il s'éleva en l'air, décrivit une large parabole et vint atterrir sur un petit buisson. Thunderhead continuait à se cabrer. Ken se releva, la tête lui tournant, rejeta les cheveux qui lui couvraient les yeux et regarda. Tous regardaient l'étalon. Finalement, Ken se secoua, ramassa sa casquette et alla rejoindre son père. Thunderhead sortit en se cabrant d'entre les poteaux, traversa la piste, passa devant l'automobile à laquelle Revient-de-loin était attachée, puis se mit à courir à une vitesse folle en direction des plaines. Hennissant avec désespoir, Revient-de-loin tirait sur sa corde. Le nœud, assez peu serré, se défit, la pouliche bondit en avant et galopa à la poursuite de son frère.

21

La castration. Depuis des jours et des nuits, Ken y pensait. Mieux le poulain se comportait, plus il courait vite, plus Ken se désespérait. On avait beau lui dire, lui démontrer que le cheval ne perdrait pas un iota de sa vitesse, qu'il en acquerrait peut-être davantage, une partie de son énergie n'étant plus consacrée à lutter, à courir après les juments, à les couvrir, rien n'y faisait. Ken avait vu les poulains, avant qu'ils fussent castrés, remplis d'une force qui coulait dans leurs veines comme une lave brûlante, qui les faisait ruer, jouer et se battre, qui faisait de leurs queues et de leurs crinières des bannières flottantes, qui prêtait à leurs faces un air personnel et passionné... et il les avait vus après l'opération. Il avait observé le changement survenu dans leur port de tête, dans l'expression de leurs yeux, dans tout leur aspect et leur comportement.

Rien ne pouvait le convaincre. Mais son père avait décidé...

Que faire en une telle occurrence ? La « force d'âme ». Quand on ne peut avoir ce que l'on désire, il faut accepter la défaite avec vaillance. Sa mère disait qu'on pouvait prier... non que la prière vous apporte la réalisation de votre souhait : elle vous fait obtenir tout juste la force de supporter votre déception. Il se sentait comme pris entre les mâchoires d'un étau.

Ces jours de souffrance opérèrent un changement dans le caractère et l'apparence de Ken. Il ne dit pas grand-chose. Il savait que son père céderait d'autant moins qu'il discuterait et plaiderait davantage. Au fond, sa mère partageait son sentiment, mais elle laissait à Rob les décisions de ce genre. Elle pensait qu'il s'y connaissait mieux qu'elle.

Le matin même du jour où Ken avait fait courir Thunderhead sur la piste, devant Sargent, le vétérinaire avait reçu à son cabinet de Laramie un coup de téléphone de Barney, propriétaire du ranch situé à l'ouest de celui de Goose Bar. Il demandait au Dr Hicks de venir soigner l'une de ses vaches, malade à la suite d'une fausse couche.

Accompagné de son assistant Bill, le Dr Hicks arriva chez Barney vers une heure. Ils s'occupèrent de la vache pendant deux heures.

— Nous ne sommes qu'à quelques kilomètres de Goose Bar, dit le vétérinaire, au moment de s'en aller. Nous nous y arrêterons pour castrer les poulains de deux ans du capitaine Mc Laughlin.

Ils arrivèrent aux écuries peu après que Rob les eut quittées avec les juments noires. Gus appela les poulains, muni d'un seau d'avoine, et le vétérinaire se mit à l'œuvre.

— Est-ce tout ? demanda-t-il quand il en eut castré sept. Je croyais que le capitaine avait dit qu'il y en avait huit.

— Il en reste un, dit Gus. Le poulain de Ken, le blanc.

— Oh ! celui dont il croit qu'il va devenir cheval de course. Comment se développe-t-il ?

— Il court joliment vite à présent, dit Gus.

– Peut-être ne veulent-ils pas qu'on le castre.

– Le capitaine le désire. Vous pourriez p'têt attendre un brin, le temps que j'aide Tim à traire les vaches ? Ken est sorti avec ce poulain il y a un bout de temps ; il peut rentrer à tout instant.

Le Dr Hicks et son aide s'assirent sur la clôture du corral, roulèrent des cigarettes et attendirent. Les ombres s'allongèrent. Ils entendirent les cloches des vaches qui regagnaient les pâturages après la traite, puis le bruit de l'écrémeuse qui séparait le lait, versant dans un des récipients le mousseux liquide blanc et dans l'autre une épaisse crème jaune. Finalement, le vétérinaire dit à Bill d'emballer le matériel ; ils remontèrent dans leur voiture et s'en allèrent.

Ken et Howard ramenèrent les juments noires et la remorque brimbalante. Quand ils arrivèrent aux écuries et que Gus leur dit ce qui venait de se passer, Ken éprouva une sorte d'épouvante. Là, dans le corral, se tenaient les sept poulains castrés, têtes basses et les jambes de derrière couvertes de sang. Thunderhead était rentré au galop avec Revient-de-loin environ dix minutes après le départ du vétérinaire. Gus avait dessellé Thunderhead et l'avait mis avec sa sœur dans le pâturage de la Maison.

Les yeux fixés sur les hongres, Ken, le cœur battant, se dit que son père ne ferait jamais revenir le vétérinaire pour opérer un seul cheval ! Il sauta en l'air de joie avec un cri de triomphe.

– Sapristi ! dit Howard, ta veine te fait perdre la boule !

Ken s'éloigna, entoura la bitte de tournage de ses bras et y posa sa tête. Il lui semblait avoir reçu une réponse directe à sa prière. La bitte de tournage n'était pas précisément un prie-Dieu, mais il se rappela la danse du roi David.

Grand merci, Dieu Tout-Puissant, d'avoir fait en sorte que Thunderhead n'ait pas été castré et de l'avoir créé cheval de course. Au nom du Christ, *amen*.

Après tout, la bitte de tournage était un endroit très confortable pour prier. Pendant qu'il dételait les juments noires avec Howard, Ken se demanda si les chevaux priaient quand ils appuyaient leurs têtes pleines de désespoir sur ce billot de bois.

Ainsi, Thunderhead ne fut pas castré. Une année auparavant, l'Albinos avait reconnu en lui son portrait en miniature. Mais la castration l'aurait modifié. Il serait peut-être resté bon coureur ; il aurait été plus utile aux hommes, plus docile à leurs exigences, mais il n'aurait plus jamais été la créature qui avait attiré l'attention de son royal grand-père.

22

—Les noires ? cria Rob en brandissant le fusil de boucher avec lequel il repassait le couteau à découper le rôti. Elles ont toute une histoire ! Si elle vous intéresse, je vous la raconterai, Charley. Vous n'avez jamais vu d'attelage mieux appareillé, n'est-ce pas ? Celle de gauche, Patsy, est un peu plus lourde parce qu'elle est pleine. Évidemment, elle ne devrait pas avoir des petits, mais elle ne consent à se laisser atteler et à tirer une charrette que si on l'autorise à avoir un poulain chaque année. Et un poulain très spécial, par-dessus le marché ! Elle ne veut pas de Banner ! Ses descendants ne sont pas assez bons pour elle ! Les mots me font défaut pour décrire les poulains qu'elle met bas ; mais le caractère de cette femelle est fait pour vous intéresser ! Quand elle est apparue, un printemps, avec son premier poulain, j'en suis resté bouche bée. Comment avait-elle pu s'échapper de la troupe de Banner ? Où avait-elle trouvé le père d'un pareil objet de musée ? Il y avait là de quoi me faire blanchir les cheveux. Je me tourmentais depuis des années à l'idée que le sang de l'Albinos pouvait s'introduire dans mon élevage, et voilà qu'un sang inconnu s'y était mêlé. Toujours est-il que ce fut ce printemps-là que je décidai de dresser ces deux juments noires pour le trait. Nous nous y sommes mis. Vous avez sans doute remarqué l'expression particulière des yeux de Patsy. On dirait qu'elle les cligne. C'est la seule chose qui me permette de la distinguer d'avec Topsy. Patsy cligne de l'œil et Topsy ne le fait pas. Et si Patsy le fait c'est parce qu'elle a eu le dessus avec moi. Le dressage de Topsy m'a donné du mal, mais un mal raisonnable comme vous en donnent la plupart des chevaux. Mais Patsy ! Tout a bien marché jusqu'au jour où je l'ai attelée à la vieille charrette dont je me sers pour dresser les chevaux. Je l'ai attelée avec le vieux Tommy. Elle avait l'air d'une mauviette à côté de ce mastodonte. Son poulain, la tête penchée d'un côté, assistait au spectacle. Quand je donnai le signal du départ et que Tommy se mit en mouvement, Patsy, sentant la charrette la pousser par-derrière, commença à ruer. Nous employâmes les procédés habituels, cris, coups de fouet, ce qui, au bout d'une minute, réduit d'ordinaire les chevaux à l'obéissance, mais Patsy continua de ruer. Tommy, lui, tirait comme un bon cheval ; elle se sentit entraînée et, pour résister, se coucha par terre. Nous les fouettâmes tous les deux. Tommy la traînait sur le sol, chose que tous les chevaux détestent et qui les fait se relever sans tarder. Mais Patsy, complètement inerte, comme une femme évanouie, se laissa traîner par le vieux Tommy.

« Dès que nous la dételâmes, elle revint à la vie, me jeta un regard de coin et cligna de l'œil. Son poulain s'approcha, fourra sa tête sous elle, téta quelques gorgées et repartit au galop. Nous réattelâmes Patsy ; elle se coucha de nouveau ; elle s'affaissait petit à petit, centimètre par centimètre, et s'effondrait lentement comme un ballon qui se dégonfle, Davy Barker, le garçon qui m'aidait cette semaine-là, s'égosillait à crier ; j'usai de mon fouet ; Tommy recommença à tirer ; Patsy ne bougea toujours pas. L'énergie que nous dépensâmes en vain sur cette jument aurait suffi à envoyer un chariot à vingt pieds en l'air. Rien à faire. Nous la détclâmes ; elle se releva, tourna la tête et me lança un clin d'œil. Nous nous sommes livrés à cette manœuvre pendant des heures, elle a dû se coucher au moins vingt fois. Je me disloquais le bras à la fouetter. Je l'attachai à la bitte de tournage dans le corral. Elle se mit à enrouler la corde autour du poteau jusqu'à la raccourcir au point que ses narines se pincèrent. Puis, passant la tête par la dernière boucle, elle cessa de prendre appui sur ses jambes et demeura suspendue, gémissant et suffoquant. Elle l'avait fait exprès, délibérément. Si nous n'avions pas coupé la corde pour la délivrer, elle serait morte étranglée en moins de cinq minutes. J'étais tellement exaspéré que je n'avais plus du tout envie de la sauver. Je m'éloignai pour réfléchir calmement à ce problème. Je m'imaginai que ce devait être à cause du poulain ; il avait environ trois semaines ; il arrive qu'un jeune poulain prive sa mère de tout bon sens. Davy Barker devait s'en aller ce même soir. Il avait un désir fou de posséder un poulain : je lui donnai celui de Patsy. Nous lui liâmes les pattes et le mîmes à l'intérieur du petit tacot de Davy. Il l'amena devant la maison pour dire adieu à Nell ; ce maudit poulain regardait par la vitre de la voiture.

« J'accordai ensuite à Patsy le temps de se remettre. Et pourtant, ce n'était pas elle qui avait besoin de repos ; c'était moi. Dieu ! j'étais claqué ! Au bout d'une semaine, nous refîmes un essai. Cette fois, au lieu de s'abandonner doucement, elle fit une sorte de bond, écarta ses quatre jambes et retomba sur son ventre pour n'en plus bouger ! Tommy tirait, nous la fouettions ; rien n'y faisait. Nous y passâmes tout l'après-midi. Dès qu'on la dételait, elle se remettait debout, me regardait et clignait de l'œil. Je finis par renoncer. C'était une défaite humiliante ; je sens ma gorge se contracter rien que d'y penser.

« Je mis Patsy au vert dans le pâturage des Écuries, résolu à l'oublier et à abandonner l'idée de me faire un attelage avec ces deux juments. Mais la manière dont elle dressa les oreilles et se mit en marche éveilla mon attention. Elle semblait exécuter un projet défini. Je passai une bride au cou du vieux Shorty et je la suivis de loin. Elle se dirigeait vers l'ouest. Elle ne trottait pas ; elle marchait, battant l'air de sa queue comme une femme qui se dépêche et sait exactement ce qu'elle va faire. Elle alla de ce train sans s'arrêter pendant plus de sept kilomètres, jusqu'à la clôture qui sépare mon ranch de celui de Barney. Barney possède un vieil étalon que les garçons ont baptisé Doggie. Vous en avez entendu parler. Ce Doggie l'attendait de l'autre côté de la clôture. Elle se faufila dessous pendant qu'il grognait et lui faisait toutes sortes de vaines et vantardes promesses. Elle passa une heure à badiner avec lui, puis revint aux écuries par le même chemin, à la même allure compassée. Quelques jours plus tard, je tentai un nouvel essai. Vous auriez dû la voir ! Elle présentait son arrière-train comme si elle demandait à être attelée à la charrette. Je n'eus rien à lui enseigner ; elle savait tout. Elle ronronnait, tirant le véhicule aux côtés du vieux Tommy comme si elle l'avait fait toute sa vie ; aussi bien que vous l'avez vue faire aujourd'hui ! Le printemps suivant, nous eûmes un autre de ses poulains à donner. C'était contraire à la nature : Doggie est vieux comme Mathusalem, mais elle le faisait quand même. Le jeune Davy a maintenant trois poulains de Patsy et, moi, j'ai un attelage !

L'histoire de Rob eut beaucoup de succès, puis Charley en raconta une. Mais la conversation roula surtout sur Thunderhead, sur sa merveilleuse performance de l'après-midi et sur son avenir. Nell était à peine remise de l'émotion que lui avait donnée le triomphe de Ken. Et le fait que son poulain avait échappé à la castration lui faisait éprouver un sentiment d'irréalité, car Rob avait dit que du moment que le vétérinaire était venu et reparti, il attendrait encore une année. Quand les obstacles disparaissaient, ils s'évanouissaient comme s'ils n'avaient jamais existé.

Elle remuait la salade pendant que le rôti de bœuf et le maïs en épis étaient dévorés ; elle saupoudrait les feuilles de laitue d'œufs durs hachés et de persil. Jetant un regard sur Howard, elle lui dit :

— Fais chauffer ces biscuits dans le four, Howard, avec du fromage râpé.

Elle mélangea l'assaisonnement dans un petit bol, en retira la gousse d'ail et le versa sur la laitue qu'elle tourna longuement à l'aide des couverts de bois. Elle avait les joues rouges, comme éclairées par son émoi, et ses yeux, à l'expression rêveuse d'une personne à moitié endormie, brillaient cependant, très bleus, d'un éclat extraordinaire. Elle vivait vraiment un rêve, celui qu'elle avait eu une nuit, deux années auparavant, où elle avait vu Thunderhead triomphant, gagnant des courses. Ils allaient avoir de l'argent ; ce serait la fin de ses soucis et de ses craintes !

— Il sera cheval de course, n'est-ce pas, dad ?

– Ça m'en a l'air, mon fils.

– Et nous n'aurons plus jamais d'ennuis.

– Que feras-tu de tout cet argent, Ken ?

– Il me remboursera tout ce qu'il me doit !

– Et il pourra payer lui-même les frais de son éducation !

– Et lever l'hypothèque prise sur le ranch !

– Et faire mettre des clôtures en bois… Il me l'a promis !

– Mum, il faut que vous me disiez ce que vous désirez ! Je vous l'ai demandé et redemandé et vous ne me l'avez jamais dit.

– Est-ce que je peux formuler trois souhaits ?

– Oui, demandez trois choses, mum, trois grandes choses !

– Je voudrais un traîneau en forme de cygne tout couvert de grelots ; je voudrais un arbre-singe et je voudrais une petite fille !

– Oh ! ce n'est pas de jeu !

– Que diable est-ce qu'un arbre-singe ?

Nell récita :

> Vieux pin tordu, je vois bien
> Que tu me fais la grimace.
> Tu ploies un genou et tu clignes d'un œil,
> C'est pourquoi je t'appelle arbre-singe.

– Je ne sais toujours pas ce que c'est qu'un arbre-singe, dit Charley, ni pourquoi Nell a envie d'en avoir un ni ce qu'elle en fera quand elle l'aura.

– Elle le plantera sur la Pelouse, expliqua Howard. C'est une espèce de grand vieux pin – il n'y en a qu'une vingtaine sur le ranch. Ils ont une forme bizarre, avec des branches qui se tordent dans tous les sens ; mum a dit, un jour que nous en regardions un, qu'il avait la figure d'un vieil homme, et elle a composé ce quatrain ; alors, pour rire, dad s'est mis à ployer un genou et à fermer un œil…

—Mum, insista Ken ; dites-moi vos *vrais* désirs, des choses que je puisse vous acheter.

—Il veut lui acheter des bijoux et des robes de velours ! cria Howard.

—Ne vends pas la peau de l'ours, Ken ; il y a loin de la coupe aux lèvres, tu sais, dit Charley.

Pendant qu'autour de la table s'échangeaient ces propos, le regard de Nell accrocha celui de Rob. Ils se fixèrent un instant. Elle sentit le choc de son animosité : il ne lui avait pas encore pardonné ce qu'elle avait dit la veille au soir. Quand ils étaient seuls, il était aimable et gentil comme s'il avait oublié, mais au milieu des autres, il ne se surveillait plus et laissait voir la vérité.

Tandis qu'on discutait s'il vaudrait mieux faire courir Thunderhead à l'automne ou attendre qu'il eût trois ans Nell, au bout de la table, sentait tomber sa joie. Le succès de Thunderhead était encore bien lointain, voire improbable. Il y avait de fortes chances pour que leurs espoirs fussent déçus. Le poulain avait apparemment parcouru une demi-lieue plus vite qu'aucun cheval ne l'avait jamais fait. Nombre de poulains dans le monde, chronométrés sur des pistes improvisées, auraient dû battre tous les records. Mais on n'avait plus entendu parler d'eux. Pourquoi ? Des incidents survenaient : ils se blessaient, ils se gâtaient, ils n'étaient qu'un feu de paille ou devenaient intraitables.

—Vous comprenez, disait Charley, nous savons qu'il en est capable. Mais c'est une brute ingouvernable. On ne peut pas compter sur lui. Il lui faut beaucoup de dressage et de discipline. Du reste, il n'a pas terminé sa croissance. Dans un an, quand il sera adulte, il sera imbattable...

Avec une claque sonore sur le dos de Ken, il ajouta :

– Jeune homme, mon gars, tu possèdes un gagnant ! Quelle impression cela te fera-t-il d'être l'illustre propriétaire d'un cheval illustre ?

– Mais à supposer, dit Ken d'un ton lugubre, que nous l'ayons bien entraîné pour une course et puis qu'il se sauve et que nous ne le retrouvions pas ?

Rob regarda Ken puis Nell d'un air sardonique et dit :

– Ken, tu ressembles à ta mère plus qu'aucun garçon n'a le droit de le faire.

Les regards de Nell et de Rob se croisèrent et se heurtèrent à nouveau. Elle baissa les yeux et finit sa compote de pêches. Qu'avait-il donc ? Ce n'était pas seulement la dispute de la veille qui le rendait froid et dur envers elle ; il était dans tous ses états, il l'avait été toute la soirée... oui, depuis qu'il était arrivé sur la piste avec son grotesque véhicule... Qu'avait-il fait avant cela ? Oh ! oui, il était sorti sur Gypsy ; il était allé voir Bellamy pour lui demander s'il allait renouveler son bail... Ah !...

Elle posa sa cuiller et resta immobile sans voir ce qui l'entourait, toute à ses pensées.

Charley était en train de crier qu'on ne pouvait songer à lâcher dans la montagne, pendant l'hiver, un cheval de la valeur de Thunderhead. Rob lui accorda qu'étant donné la vitesse dont il avait fait preuve cet après-midi, ce cheval serait surveillé, chéri, soigné comme le prince héritier.

Ken en croyait à peine ses oreilles :

– Vous voulez vraiment dire, dad, que vous allez le garder à l'écurie cet hiver et le nourrir d'*avoine* et de *foin* ?

– De mes propres mains ! Et je le monterai et continuerai son dressage chaque fois que j'en aurai le temps. C'est bien le moins que je lui doive s'il nous procure des clôtures en bois et un calorifère ! Qu'en penses-tu, Nell ?

Il avait remarqué sa pâleur et son silence après le dur regard qu'il lui avait jeté. Elle leva les yeux sur lui : il était amical et souriant. D'abord le coup… ensuite, le sourire… Mais elle ne répondit pas tout de suite, et Ken s'impatienta :

– Mum ! s'écria-t-il.

– Oui, dit-elle, certainement ; il faut le garder à l'écurie.

Quand elle interrogea Rob, alors qu'elle se brossait les cheveux avant de se coucher, elle le fit d'un ton détaché :

– À propos, Rob, as-tu vu Bellamy ?

– Oui.

– Eh bien, et les moutons ?

– C'est OK.

– Dieu merci ! Pourra-t-il verser la première moitié de son loyer avant le départ de Howard ?

– Non. Il faut qu'il attende d'avoir vendu ses agneaux.

– Que ferons-nous ? Il nous faut huit cents dollars pour le 10 septembre.

Debout devant le chiffonnier, Rob lui tournait le dos. Les jambes écartées, la tête rejetée en arrière, son corps présentait une étrange rigidité.

– Je vais amener quelques chevaux à la vente aux enchères de Denver, la semaine prochaine.

Nell ne fit aucun commentaire. Elle calcula rapidement. Chaque été, il avait une demi-douzaine de canassons à vendre au prix qu'on voulait bien lui en donner, des chevaux ou trop petits, ou insuffisamment développés, ou présentant un défaut quelconque. Parfois, il les vendait à Williams, un acheteur qui faisait le tour des ranchs avec son camion ; ou bien à l'une des ventes aux enchères du voisinage. Il en obtenait, quand il avait de la chance, cinquante dollars par tête. Il y avait aussi deux vieilles poulinières à vendre. Le tout atteindrait peut-être quatre cents dollars. Que pourrait-il vendre d'autre pour réunir la somme requise ?

Elle avait eu plus d'une discussion avec lui sur la question des ventes de chevaux, qui, d'après elle, devaient assurer leurs besoins courants, au prix de n'importe quel sacrifice. Il s'était toujours refusé à admettre ce principe :

— Quoi ? vendre cinquante dollars un cheval qui en vaut quinze cents ? Pour rien au monde ! Même si je devais en mourir de faim !

— Mais, Rob, combien réalises-tu de ventes de ce genre ?

— Quelques-unes… Nous avons vécu, n'est-ce pas ?

— Oui… quatre chevaux se sont vendus sept cents dollars chacun, il y a quatre ans. Et puis, l'année suivante, aucun. Après cela, tu en as vendu un deux mille dollars ; je reconnais que cette vente a été bonne. Mais, en attendant une affaire pareille, tu es obligé de nourrir trente à quarante chevaux… une de ces affaires qui ne se présentent que tous les trente-six du mois. Quand nous avons un tel besoin d'argent, tu pourrais vendre une demi-douzaine de chevaux à n'importe quel prix ; il te resterait toujours assez de belles bêtes en prévision d'une de ces occasions exceptionnelles.

— J'aime mieux vendre un cheval deux mille dollars que vingt pour cent dollars par tête ou que quarante pour cinquante dollars.

Il n'y avait rien à répondre à cela. Mais ce n'était pas ainsi qu'il parlait en ce moment. Nell jeta un coup d'œil sur lui. Son intention était-elle de lâcher à bas prix quelques-uns de ses bons chevaux à la vente aux enchères de Denver ?

Il avait le visage las et tiré. Pendant qu'elle se lavait la figure à l'huile et la séchait avec soin, il était entré dans la petite pièce attenante où il rangeait ses vêtements et ses bottes, et ils échangeaient leurs propos par la porte ouverte.

—Cette course de Thunderhead a été épatante, n'est-ce pas ?

—Oui.

—Tu n'en as pas vu la meilleure partie. Je le regrette.

Elle l'entendait cirer ses bottes avant de les ranger.

—Oh ! il sait courir ! Il est rapide, si jamais on le déshabitue de faire des caprices… Ne m'attends pas… je vais fumer une pipe avant de me coucher.

—Tu n'as pas l'air de fonder sur lui de grandes espérances, Rob ?

—En effet.

Après un bref silence, Nell dit :

—Moi non plus. Il me semble improbable qu'il réussisse.

Elle enfila une chemise de nuit de soie blanche légère ; il faisait trop chaud, cette nuit, pour mettre un pyjama.

—C'est la meilleure chose qui soit jamais arrivée à Ken, cette lutte avec Thunderhead, dit Rob au bout d'un moment. Ce combat fait de lui un homme.

—Oui, mais il m'est douloureux de penser qu'en fin de compte toute sa peine puisse être perdue. Il en aurait le cœur brisé.

—Ça lui fera du bien, marmonna Rob. *Il faut* qu'il perde sur quelque chose ; il a la veine du diable ; regarde, par exemple, pour la castration… Là, encore, il a obtenu ce qu'il voulait. J'espère bien voir Ken recevoir enfin une bonne leçon.

—Ciel ! ce que tu es féroce, ce soir ! Qu'est-ce qui t'a mis de cette humeur ?

Rob ne répondit pas. Elle l'entendit traverser le palier pour aller dans la salle de bains. Ouvrant la fenêtre, elle regarda la nuit. Il n'y avait pas de lune, mais la Voie lactée était si brillante, si fourmillante d'étoiles, que la terre en était baignée d'une douce lueur translucide. De l'autre côté de la Pelouse, sous les pins, elle vit bouger une forme blanche ; elle émergea lentement de l'ombre, suivie d'une petite silhouette sombre. Les deux chevaux s'approchèrent de la fontaine, au centre de la Pelouse ; Thunderhead y trempa la tête et but ; Revient-de-loin l'imita. Ils levèrent leurs museaux ruisselants et demeurèrent immobiles à savourer l'eau fraîche.

—Viens ici, dit Nell quand elle entendit Rob revenir du bain.

Il obéit et regarda par-dessus son épaule.

—Je suis content qu'il ait cette pouliche pour le retenir au bercail, dit-il. Elle l'empêchera aussi de tourmenter les autres juments.

—On ne le voit jamais avec aucun autre cheval.

—Les chevaux ont de ces attachements… Bonne nuit…

Il lui donna un léger baiser et ajouta :

—Ne m'attends pas.

—Non.

Elle ne quitta pas la fenêtre. Ce n'étaient donc pas les

moutons – il devait y avoir autre chose. Combien de temps allait durer cette situation ? Elle se sentait le cœur serré. Depuis deux jours seulement cette froideur existait entre eux ; mais ces deux jours lui paraissaient être des semaines. Elle n'était pas accoutumée aux querelles. Elle était profondément malheureuse… Pourquoi avait-elle dit cela ce soir, à table : « *Je veux un traîneau tout couvert de grelots. Je veux un arbre-singe. Je veux une petite fille.* » Pourquoi ? Parce que c'était vrai. Cette vieille envie la tourmentait. Serait-elle jamais satisfaite ? Il lui sembla soudain qu'elle n'aurait plus jamais dans ses bras ce petit paquet parfumé : une fille ou un garçon nouveau-né ; qu'elle ne connaîtrait plus jamais ce glorieux sentiment de l'œuvre accomplie ; qu'elle ne sentirait plus cet accroissement de l'importance de la vie ; cette émotion, cette humilité, cet étonnement qu'inspire la vue du minuscule visage avec son individualité, son âme de petit étranger venu pour vivre avec eux, pour faire partie d'eux-mêmes et grandir sous leurs yeux.

Elle arpenta la chambre avec agitation… leur existence en serait renouvelée. Bientôt, les garçons s'en iraient. Les relations qu'elle aurait avec eux ne seraient plus les mêmes quand ils seraient des hommes. Oh ! comment pourrait-elle vivre seule au ranch avec Rob ? Un autre enfant leur ferait recommencer l'existence ; il en serait adouci. Il savait être si doux, si tendre avec les petits êtres sans défense ! Mais il fallait que ce fût une fille… il le fallait, il le fallait. Une petite fille trouverait le chemin de son cœur… une *Flicka*… Quand Ken avait été si malade, elle lui avait dit qu'elle désirait une petite fille, une Flicka, aussi passionnément que lui.

Elle imaginait le visage de Rob, sa joie, son rire, ses dents

265

faisant rayonner leur blancheur tandis qu'il se pencherait sur la petite créature qu'il tenait dans ses bras, pas plus grande qu'un petit chat, un poing minuscule sortant du châle tricoté, et, sous la couverture, le mouvement d'un pied plus petit qu'une souris…

La porte de communication se referma doucement. Au bout d'un moment, elle éteignit la lampe et se coucha.

Quand elle s'éveilla, au matin, Rob était dans le lit, à ses côtés. Il dit qu'il se sentait malade et qu'il resterait couché. Nell l'examina avec anxiété. Elle était habituée à soigner les rhumes, les troubles digestifs, les fièvres, et elle était bonne infirmière…

– Je crois que j'ai de la fièvre, dit-il, je me sens faible.

Il n'avait pas sa mine normale ; il semblait fatigué.

Elle lui prit sa température et secoua le thermomètre, intriguée.

– Combien ai-je de fièvre ? demanda-t-il, avec espoir.

– Température normale, dit-elle.

Il eut l'air désappointé.

– Crois-tu avoir pris froid ? demanda-t-elle.

– Peut-être, répondit-il en hésitant après avoir fait l'effort inusité d'interroger son corps.

– Où cela ?

– Je ne sais pas. Mais je me sens très mal. Je me sens affreusement malade.

Nell commençait à avoir des soupçons : Rob ne tombait malade que lorsqu'il avait été obligé de céder ou qu'il avait eu le dessous. Une envie de rire irrésistible s'empara d'elle mais elle conserva son sérieux. Oui ! quand il est obligé de céder, il se sent drôle, différent de lui-même, et alors il se croit malade. Mais qu'est-ce qui l'a vaincu ? Sur quoi a-t-il dû céder ? Elle ne le devinait pas. La veille au soir, il n'avait manifesté aucun symptôme de défaite.

— Que crois-tu que cela puisse être ? demanda-t-il d'un ton anxieux.

— Rob, dit-elle d'une voix presque sépulcrale, as-tu déjà eu de l'érythème noueux ?

— Bon Dieu, non ! Qu'est-ce que c'est ?

— Lève-toi une minute.

Docile comme un petit garçon, il sortit du lit et se tint devant elle. Elle déboutonna la veste de son pyjama et se mit à lui tâter les côtes.

— Est-ce que j'en ai ? fit-il en frissonnant un peu.

Sans répondre, elle continua gravement son examen.

— Sapristi, Nell, dépêche-toi ! Est-ce que j'en ai ?

Elle ne se laissa pas bousculer mais quand elle finit par laisser retomber ses mains, elle dit avec soulagement :

— Non, tu n'en as pas, Rob. Je suis bien contente.

Il se palpa la poitrine et, s'approchant du miroir, il dit :

— Comment est-ce, d'ailleurs, ce truc-là ?

— Cela fait comme des petites bosses sur les os. On appelle cela le « rosaire ».

Certain de ne pas avoir de rosaire sur la poitrine, il se remit au lit et dit :

— Bon sang, Nell, ce que tu m'as fait peur !

— Comment te sens-tu à présent !

— Il me semble être un peu mieux.

— Ne ferais-tu pas bien de changer d'avis et de déjeuner ?

— Oui, peut-être pourrais-je manger un peu.

— De quoi aurais-tu envie ?

— Eh bien… des œufs au jambon, je suppose, des fruits, du café… et du pain grillé.

– Pas de bouillie d'avoine ? demanda-t-elle déjà près de la porte.

– Oh ! si !

Ken aussi tombait toujours malade quand il avait fait un gros mensonge à sa mère. Mais, cette fois, Nell n'avait connaissance d'aucun mensonge. Elle était certaine que Rob avait mauvaise conscience, mais la cause en demeurait pour elle un mystère.

23

—Emmenons-nous Skippy à la vente aux enchères ? cria Howard tout en bouchonnant Sultan, le grand cheval bai dont son père disait qu'il valait cinq cents dollars pour quiconque désirait un cheval de chasse bien dressé.

—Bien sûr que non ! hurla Rob qui, selon la promesse donnée à Nell, faisait faire à Indien son exercice quotidien dans l'autre corral. Veux-tu me discréditer ? Quel genre d'éleveur présenterait un animal pareil ?

Howard se mit à rire et, frottant la brosse contre l'étrille, il en fit sortir un nuage de poussière. Sa voix aiguë d'enfant était si brusquement descendue aux notes les plus graves qu'il s'arrêta de rire et regarda autour de lui comme s'il cherchait qui avait pu produire ce bruit. Il en était gêné. Heureusement, personne n'y avait fait attention. Son père se débattait avec Indien qui était d'humeur rétive, et Gus était occupé à installer le camion devant le quai d'embarquement.

—Tu n'as pas de chance, Skippy, dit Howard à l'étrange petit cheval qui se tenait de l'autre côté de la clôture du corral, pointant ses longues oreilles semblables à celles d'un âne, en direction de Sultan.

Skippy comprenait qu'il se passait quelque chose, et elle voulait tout voir. En dépit de sa petite taille, de son corps semblable à une barrique et de sa grosse tête en forme de marteau, elle était d'une intelligence surnaturelle. Elle n'avait jamais eu à être dressée, ayant décidé d'avance de s'attacher à ceux qui disposaient des seaux d'avoine. Rien ne la déconcertait ; elle se laissait monter par n'importe qui (toutefois, si les cavaliers étaient grands, elle s'échappait entre leurs jambes), mais elle fomentait des troubles. Si un groupe de chevaux entouraient une mangeoire et prenaient leur tour conformément aux bonnes manières qu'on leur avait enseignées, Skippy se faufilait entre eux, décochant des coups de pied et des coups d'épaule jusqu'à ce qu'elle occupât la meilleure place. À cause de son aspect, résultat de quelque croisement malheureux dans la montagne, les autres chevaux la méprisaient, la tenaient à l'écart, et l'étalon ne voulait pas de cette naine dans sa bande. En revanche, elle ne ratait jamais l'occasion de voler leur nourriture, de ruer ou de leur donner un coup de dents. Sa seule vue suffisait pour que les autres chevaux repliassent les oreilles, et s'il y avait du chahut parmi eux, on pouvait être certain que Skippy l'avait provoqué.

Quelquefois, les autres chevaux se liguaient contre elle, l'acculaient contre une clôture et la martelaient de coups. Elle était toujours couverte de morsures et d'ecchymoses. Elle savait tirer parti de ses blessures. Comme un mendiant qui montre ses ulcères, elle s'approchait des hommes de la famille et demandait en suppliant une ration supplémentaire, ce qui lui valait immanquablement des paroles de consolation et des friandises.

Une caisse d'avoine était posée par terre près du museau

de Sultan. Skippy, de l'autre côté de la clôture, passa la tête entre les pieux, ouvrit la bouche et agita sa lèvre supérieure tremblante et sa longue langue en direction de l'avoine.

Le cheval avait fait un mouvement précipité vers la tête de Skippy, mais elle avait renversé la caisse et mis sa tête à l'abri. Elle se tenait parallèlement à la clôture, souriant et roulant des yeux malins.

— Le diable t'emporte ! marmotta Howard en remettant la caisse sous le nez de Sultan et en ramassant l'avoine avec soin pour ne pas y mêler de sable.

Sultan lui flaira le dos et renifla.

— Ne te mouche pas sur moi, mon vieux ! dit Howard.

— Qu'est-ce qui se passe ? cria Rob.

— C'est Skippy. Elle a renversé l'avoine. Je voudrais que vous l'emmeniez à la vente aux enchères, dad. Même si vous ne l'avez pas élevée exprès, elle est née, elle est là, et c'est une peste. Quelqu'un pourrait l'acheter… Tourne ton gros derrière par ici, dit-il à Sultan qu'il avait recommencé à bouchonner.

Rob ne répondit pas. Il obligea son cheval à suivre la clôture, à tourner le coin et à revenir sur ses pas.

Un bruit de galopade se fit entendre. Trois belles juments alezanes : Taffy, A.-Honey et Russet arrivaient par le pâturage vers le corral, suivies de Ken monté sur Thunderhead. Howard se hâta d'ouvrir les barrières ; les juments entrèrent au trot et Ken descendit de cheval.

— C'est tout, dad, cria-t-il. Elles sont toutes là. Il y en a treize.

— Très bien. Desselle ton cheval. Tu peux l'essuyer, mais n'y passe pas la journée ; je veux que tu aides Howard à panser les autres.

La porte du corral où Rob exerçait Indien s'ouvrit avec précaution et Nell y entra. Elle portait un costume d'été en toile bleu clair et un chapeau de paille fauve dont les larges bords lui faisaient une auréole ; il était presque de la même couleur que la frange cuivrée qui brillait sur son front. Les mains dans les poches de sa jaquette, ses petits pieds chaussés de forts souliers, aux talons plats plantés dans la terre meuble, elle avait son air de petite fille. Rob s'approcha d'elle, faisait semblant de vouloir la piétiner ; souriante, elle ne bougea pas ; il fit demi-tour à la dernière minute, et le cheval, un puissant animal brun foncé, au lourd cou arqué tendu vers le sol et au corps nerveusement ramassé, passa devant elle tout fringant.

— Il se met en colère, dit Rob.

Nell observa le cheval avec inquiétude. C'était une si énorme bête, et quelque chose dans sa façon de balancer la croupe et de lever les pieds décelait la rage.

— Je le vois bien, dit Nell. Ne ferais-tu pas bien d'en descendre ?

Il n'y avait pas si longtemps qu'Indien avait rué et désarçonné Rob quatre fois de suite. Les yeux étincelants, Rob répondit :

— Descendre de cheval ? tu n'y songes pas ! Qui croit-il donc être ?

Et, serrant de ses genoux les flancs de sa monture, il la força d'avancer. Nell, frappée par le comique de ce qu'il venait de dire, se mit à rire. Un duel ! Ou bien ce serait le cheval qui vaincrait, ou bien ce serait Rob. C'était sous cette forme qu'il envisageait toutes choses, même les affaires. Il s'enflammait de fureur contre tout ce qui n'acceptait pas sa domination.

Rob dirigea de nouveau Indien jusque devant Nell et commanda : « Arrêt ! » Frissonnant, rongeant son frein et projetant une bave écumeuse, le cheval obéit.

— Le crois-tu vraiment prêt pour toi ? demanda-t-il, avec une expression solennelle et railleuse.

Nell caressa le nez d'Indien. Il se cabra et retomba les jambes ployées. Elle n'avait pas bougé et étendit de nouveau la main vers lui.

— Restez tranquille, monsieur ! hurla Rob.

Le cheval s'immobilisa, tremblant, baissant la tête, tirant sur les rênes, ses yeux agrandis s'entourant d'un cercle blanc, tandis que s'appuyait sur son museau la main légère de Nell.

— Avec moi, il se comporterait sans doute comme un vieux canasson, dit Nell en souriant. Je n'excite pas les chevaux comme tu le fais.

— C'est que tu ne les disciplines pas réellement. Aucun cheval n'aime son dresseur…

Il parcourut du regard son costume et demanda :

— Viens-tu à Denver avec nous ?

Elle fit non de la tête. La seule pensée de cette vente l'horrifiait. Voir ses chevaux se vendre pour rien mettait toujours Rob en fureur.

— Tu emmènes Sultan ? demanda-t-elle.

— Oui.

— Et Smoky, et Blue, dit-elle en les remarquant parmi la rangée de chevaux que Ken et Howard étaient en train de panser. C'étaient des rouannes, bleutées, admirables, avec des queues flottantes et des yeux doux, un peu trop petites pour l'armée ou pour le polo, mais parfaitement assorties. Nell se les était souvent imaginées appartenant à deux petites sœurs qui les auraient beaucoup aimées et soignées elles-mêmes.

– Et Taffy, et A.-Honey, et Russet, dit Rob, en faisant refaire demi-tour à Indien et en le reconduisant le long de la clôture.

Il avait répondu à la question de Nell. Il allait faire ce qu'il s'était juré de ne jamais faire : sacrifier quelques-uns de ses meilleurs chevaux pour subvenir à un besoin urgent.

Indien revenait sur ses pas. Le visage de Rob était dur comme la pierre. Nell ne pouvait en supporter la vue ; elle voyait que cette dureté masquait une véritable souffrance.

– J'aurais réservé Sultan pour le vendre à l'armée, on me l'aurait certainement payé cent quatre-vingt-cinq dollars... mais il a cette cicatrice au poitrail... Maudits soient ces barbelés !

Comme s'il avait senti la colère et la violence de son maître, Indien se mit à tirer et à ramasser son corps. Rob l'éloigna vivement de Nell et l'obligea à recommencer à pas mesurés le tour du corral. Quand il revint auprès de Nell, il dit d'un ton plus calme :

– On ne voit pas souvent des chevaux comme ceux-ci dans ce pays.

– Je le sais, dit Nell, avec tristesse.

– Il n'y aura rien d'approchant, à la vente aux enchères.

– Je n'en doute pas.

– Mum ! cria Howard, de l'autre corral, ne croyez-vous pas que nous devrions emmener Skippy pour la vendre ?

– La vendre ! fit Rob avec ironie. Vendre Skippy ? Ce garçon perd la boule !

Nell rit :

– Quelqu'un pourrait l'acheter, pour un enfant.

– Je crois qu'Indien en a assez, dit Rob en mettant pied à terre.

– Veux-tu que je desselle ? demanda Nell.

– Si cela ne te fait rien, répondit-il en lui tendant les rênes. Tu devrais changer d'avis et venir avec nous.

Nell secoua la tête. Les yeux de Rob se durcirent et il ajouta :

– Tu t'instruirais.

Elle le regarda, se demandant ce qu'il voulait dire, et elle reçut un choc en voyant l'animosité dont étincelaient ses yeux. Il le faisait exprès ; il se vengeait de ce qu'elle lui avait dit l'autre soir ; le regard qu'il lui avait jeté équivalait à une gifle… puis il s'en alla dans l'autre corral. Elle serra les poings et, le sang lui battant aux tempes, elle se dit : « Poltronne, va ! S'il crie, tu commences à pleurer. S'il te lance un regard méchant, tu manques t'évanouir. N'as-tu donc aucun cran ? »

Le cheval la regarda de ses yeux effrayés et agita la tête de haut en bas. Nell le voyait à peine, à travers la brume de rage qui lui voilait les yeux. Elle se dissipa lentement et soudain les paroles de Rob lui revinrent à l'esprit : « Qui croit-il donc être ? »

Avec le rire que suscita cette phrase, sa colère et son énervement s'apaisèrent. Indien semblait lui donner raison. Elle lui tapota les naseaux, l'examinant, songeuse.

– Suis-je une poltronne, Indien ? Qu'en penses-tu ?

Elle le conduisit à l'écurie, l'attacha à une mangeoire et lui dit :

– Attends ; tu ne vas pas être dessellé tout de suite.

Les treize chevaux, prêts à être embarqués, étaient entassés dans le petit corral séparé du quai par une barrière à glissière. C'était toujours une opération difficile. Nell se posta tout près pour y assister. Ce spectacle la déprimait. Voir partir les vieilles poulinières et les chevaux rabougris lui était indifférent, mais Sultan ! et les trois juments alezanes, et les deux rouannes !

— Skippy pourrait vous aider, dit-elle, et vous pourriez l'ajouter au chargement ; elle est si petite qu'elle ne tiendrait guère de place.

— Ken, viens ici ! rugit son père.

Il fit monter Ken sur Skippy, la plaça en avant des autres et dit à Ken de passer la barrière et de remonter au bout du quai. Pendant cette manœuvre de Ken, Rob et Howard forçaient les autres chevaux à le suivre. Skippy précéda triomphalement la procession, mais elle rabattit ses oreilles en arrière quand elle se vit coincée dans un angle du camion, sans place pour s'ébrouer et sans avoine.

— Promettez de ne pas ramener Skippy, même si vous deviez la donner pour rien ! cria Nell au moment où ils refermaient le camion…

Elle monta sur la colline pour les voir le plus longtemps possible ; Kim et Chaps l'accompagnèrent et suivirent avec elle le camion des yeux. Elle crut voir une main lui faire des signes quand il s'engagea dans le tournant ; puis il disparut, et elle se hâta de rentrer, se mit en tenue de cheval, et retourna aux écuries.

Indien dressa les oreilles et tourna la tête en entendant sa voix. Tout en resserrant la sangle et en raccourcissant les étriers, elle se rappela que Rob disait qu'il ne fallait jamais laisser voir à un cheval qu'on en avait peur.

— J'en ai peur ; mais je n'en tiendrai pas compte ; je ne veux pas continuer à me conduire comme un lièvre !

Elle monta sur Indien sans difficulté – la première chose que Rob leur enseignait toujours était de ne pas bouger avant de recevoir l'ordre de se mettre en marche.

– Je sais que tu es un démon, Indien, et que je devrais avoir des ailes pour te monter, mais je te monterai quand même. Et si tu as envie de te cabrer, ne te gêne pas ; ce n'est pas moi qui t'en empêcherai ; je serai désarçonnée au premier bond. Je me maintiens à cheval grâce à mon équilibre et non par l'étau des genoux, moi ; je ne te serrerai pas les côtes jusqu'à te faire gémir. Et si tu veux bien être sage et me faire faire une belle promenade, tu t'amuseras, toi aussi.

Était-ce à cause de l'extrême légèreté de ce corps après celui de Rob, ou parce qu'il échappait enfin au maître qui ne lui permettait pas un seul mouvement spontané, lui imposant de force sa volonté à tout instant, toujours est-il que Nell plut à Indien. La confiance lui vint quand elle se sentit en harmonie avec lui. Il était nerveux, il plongeait ou sursautait au moindre contact de ses mains ou de ses talons, mais ils se comprenaient l'un l'autre.

Dans le ciel ensoleillé, le vent faisait glisser les nuages, et l'air sec était d'une douceur délicieuse. Nell oublia ses ennuis et emmena Indien très loin. Apercevant une bête qui ressemblait à un petit renard, elle se mit à sa poursuite. Ce n'était pas un renard, mais un blaireau qui bombait son gros arrière-train et agitait son épaisse queue pointue. Mue par un instinct semblable à celui d'un petit garçon, Nell lui donna la chasse. Indien s'y intéressa. Le blaireau s'arrêta, se retourna pour les regarder et siffler une injure en retroussant ses lèvres avant de reprendre sa course. Nell le suivit. Soudain, elle s'aperçut qu'elle ne guidait pas Indien et qu'il chassait pour son propre compte. Il changeait de direction avec la vitesse de l'éclair. À la fin, le blaireau se réfugia dans un amoncellement de rochers devant lequel Indien s'arrêta en piaffant avec impatience. « Dieu ! quel admirable cheval de polo ! se dit Nell. Ardent au jeu, à la poursuite, à la découverte ! » À l'idée qu'il pût être vendu à l'encan, dans quelque vente de campagne, peut-être mis à la charrue ou maltraité par un rustre, elle éprouva la même détresse qu'avait exprimée ce matin le visage de Rob.

Tout à coup le blaireau les chargea ; Indien bondit ; Nell faillit tomber. Elle reprit son assiette, fit le tour du rocher et revint regarder le blaireau. Elle n'en avait encore jamais vu d'aussi près ; il était vraiment beau avec ses trois rayures noires et blanches partant de l'occiput pour se rencontrer sur son nez effilé. Il découvrait les dents et faisait entendre alternativement un ronflement et un sifflement aigu. Il chargea de nouveau. Nell en fut émerveillée.

– Quel courage ! Une si petite bête ! Je m'incline devant toi, mon bonhomme !

Elle rentra, donna à Indien une bonne ration d'avoine et le mit au pâturage avec Thunderhead et Revient-de-loin. Il lui avait remonté le moral. Elle se changea, se rendit à Laramie où elle déjeuna avec une amie et alla au cinéma.

24

Les vieilles poulinières se vendirent quarante dollars chacune, après qu'on eut vérifié qu'elles étaient bien toutes pleines.

– Ça vaudra mieux que de les laisser aux coyotes, marmonna Rob.

Il y eut de plus longues enchères pour les chevaux. Ils furent promenés dans l'arène par les garçons du *tattersall*[1], tandis qu'au milieu des coups de fouet le commissaire-priseur dégoisait son boniment d'une voix rauque aussi rapide qu'un gramophone poussé à fond.

– Voyez ce bel alezan hongre de quatre ans ! Frais comme l'œil ! Qui en veut ? Quelqu'un a dit cinquante ? Cinquante ? On m'en offre cinquante dollars ! Qu'est-ce que vous dites, vous, là-bas, dans le coin ? Vous dites quinze ? On a dit quinze ! Qui offre vingt dollars ? Le monsieur du dernier rang a dit vingt ! Qui en offre vingt-cinq ? Venez le regarder de près, messieurs ! Regardez sa bouche ! Vingt ! Qui en offre vingt-cinq ?

---

1. Marché aux chevaux. Tattersall est le nom d'un célèbre commissaire-priseur du XVIIIe siècle, qui exerçait ses talents à Londres, dans des ventes aux enchères de chevaux. On donna son nom au grand marché aux chevaux de la ville : *Tattersall's horse market*.

L'assistant du commissaire parcourait le public des yeux ; quand il dénichait un amateur, il le désignait à son patron. Le vacarme était assourdissant. Les chevaux frappaient la piste de leurs sabots, les garçons les enfourchaient et en descendaient, courant auprès d'eux, sautant dessus, criant, faisant claquer leurs fouets comme des coups de pistolet. Les acheteurs sérieux descendaient dans l'arène, examinant un cheval pendant que le commissaire-priseur poussait les enchères d'un autre :

— Quarante-cinq ! On offre quarante-cinq pour ce beau noir. Qui en offre cinquante ? Est-il enregistré ? Quelqu'un demande s'il est enregistré ?

— Il l'est ! hurla Rob, le visage rouge. C'est un pur-sang. Il a ses papiers. Il n'a que quatre ans et n'a pas été malade un seul jour de sa vie. Il est bien dressé.

— Vous entendez, messieurs ! Un pur-sang enregistré de l'élevage du capitaine Mc Laughlin. Tout le monde connaît les chevaux de Goose Bar. Vous faites une affaire ! Quarante-cinq ! Quarante-cinq dollars !

Il laissa tomber un silence, pendant que ses regards parcouraient le public en l'interrogeant.

— Voyons, messieurs ! Quarante-cinq dollars pour un cheval pareil — dressé pour la selle, pour le polo, pour le saut. Il saute, n'est-ce pas, capitaine ?... oui, il saute. Descendez vous-même sur la piste, capitaine, et montrez ce qu'il sait faire ! Quarante-cinq ! Qui en offre cinquante ?

Rob se fraya passage à travers la foule, enfourcha le cheval et lui fit prendre toutes les allures.

— Vous voyez ça, messieurs ? Quarante-cinq ? M'en offre-t-on cinquante ? Vous, le monsieur au chapeau melon, vous avez dit cinquante ? Non ? Quarante-cinq... quarante-cinq… personne ne dit plus rien ? Adjugé pour quarante-cinq dollars…

Le marteau s'abattit ; Howard et Ken, appuyés à la barrière qui entourait la piste, essuyaient leurs mains en sueur sur leurs pantalons.

Le garçon de piste sauta sur le prochain cheval, les fouets claquèrent, le cheval prit le galop et le commissaire-priseur recommença.

Les chevaux mal venus se vendirent quarante-cinq dollars par tête en moyenne.

Un grand cheval bai entra en piaffant dans l'arène, monté par une grosse femme aux cheveux noirs très frisés avec des plaques de rouge voyantes sous ses yeux noircis de khôl. Son pantalon noir serré s'enfonçait dans des bottes basses de cow-boy en cuir blanc très orné ; son grand sombrero, porté en arrière, était noir, et sa chemise de satin d'un rouge vif. Ses gants blancs à crispin lui montaient presque jusqu'au coude. Tout en galopant parmi les claquements de fouet, les hurlements, les enchères vociférées, elle levait les bras avec des gestes dramatiques, poussait des cris, faisait se cabrer son cheval, enlevait son sombrero, saluant de droite et de gauche, faisait mine de violenter sa monture en criant :

– Hé ! quelle brute !

– Soixante-huit, soixante-huit ! Qui a dit soixante-dix ? Soixante-dix ? Êtes-vous aveugles, messieurs ?

– Est-ce que l'amazone s'achète avec le cheval ?

– Reluquez donc ses yeux noirs !

– J'en donne soixante-dix !

– Soixante-dix ! Soixante-dix ! On a dit soixante-dix ! Qui m'en offre soixante-quinze ?

Le cheval atteignit quatre-vingts dollars et quitta l'arène, monté par la grosse amazone, au milieu d'une tempête d'acclamations.

Ken et Howard étaient intimidés par cette mer de visages étagés jusqu'au toit : des visages rouges, des visages mâchonnants, des visages souriants, des visages balourds et bêtes. Une vapeur lourde de chaleur, d'odeurs, de transpiration et de bruit s'élevait de cette foule.

On amena Sultan.

— Mon Dieu ! regardez ce cheval ! s'écria le commissaire-priseur. (Son marteau s'abattit.) Qui en offre cent dollars ? Nous disons cent !

Pendant qu'il dévidait son boniment, le garçon de piste essaya de sauter d'un bond sur le dos de Sultan. Mais Sultan rua, se déroba, se libéra de sa corde et se mit à galoper autour de la piste. Trois garçons s'élancèrent à sa poursuite, l'acculèrent dans un coin et se saisirent de sa corde. Il continua à lutter contre eux, les fouets crépitèrent, il tapait des sabots, et le commissaire, qui ne le regardait pas, continuait à crier :

— Qui dit cent ? Personne ne dit cent ? Cinquante ?

— Qui est-ce qui peut le monter ? Est-il dressé oui ou non ? cria une voix des gradins supérieurs.

— Il est dressé ! cria Howard, aussi fort qu'il le put. N'importe qui saura le monter !

— Yah ! ah ! rugit le public.

— Le jeune homme dit que n'importe qui peut le monter, hurla le commissaire. Ce sont là les fils du capitaine Mc Laughlin ; ils doivent le savoir ! Qui offre cinquante dollars ? Quarante ? Trente ? Qui commence à trente ?

— Que le gosse monte le cheval s'il est dressé ! cria l'homme du gradin supérieur.

Ken sentit la main de son père sur son épaule, le poussant vers la piste.

—Montre-leur, dit Rob entre ses dents, à ces fils de putain.

Ken se faufila sous la barrière.

—Allez-y, fiston, montez-le voir ! Qui en offre trente ? Trente ? M'en offre-t-on trente ?

On ne lui offrait rien du tout. Le silence s'était fait pendant que Ken se dirigeait vers le cheval.

—Sultan, mon vieux…

Le cheval retomba sur ses quatre pieds et resta tremblant.

—Si seulement vous cessiez de faire claquer ces fouets. Il n'a pas besoin de ça. Il n'y est pas habitué. C'est un cheval. Il est fougueux ; ce n'est pas un vieux canasson !

Un rugissement salua les paroles du commissaire quand il reprit :

—Vous entendez, messieurs ! C'est un fougueux pur-sang ! Ce n'est pas un vieux canasson ! et le petit garçon du capitaine Mc Laughlin… Quel âge avez-vous, fiston ?

—Quatorze ans, répondit brièvement Ken, mais le commissaire fut seul à l'entendre.

—Il a onze ans ! cria-t-il. Un petit garçon de onze ans va vous faire admirer ce cheval ! Qui en offre quarante ? Regardez-moi ça ! Juste cinq ans et seize palmes de haut ! Cinquante-cinq ? Ah ! voilà qui va mieux ! Soixante ? Soixante ? Regardez ses jambes ! Regardez cette allure ! M'offre-t-on soixante dollars ?

Il s'arrêta soudain et s'épongea la tête.

—Messieurs, messieurs, reprit-il d'une voix lente et persuasive, savez-vous ce que vous voyez ? Êtes-vous ici pour acheter des *chevaux* ? Reconnaissez-vous une affaire quand vous l'avez sous les yeux ? À cent dollars ce cheval-là est une affaire, à cent cinquante…

Sultan faisait des ronds, s'arrêtait au commandement, reculait, se mettait au trot après un arrêt brusque…

– Soixante ! cria une voix.

– Soixante, par ici.

– Soixante-cinq, par là !

Le commissaire-priseur désignait rapidement un enchérisseur après l'autre et n'épargnait pas ses cordes vocales :

– Soixante-dix ! Le monsieur au chapeau melon sait ce que c'est qu'un cheval, lui, il s'y connaît. Il offre soixante-dix. Qui dit soixante-quinze ?

– Soixante-quinze ! fit un gros fermier en chandail et galoches.

– Soixante-seize ! cria l'homme au chapeau melon.

Le fermier offrit quatre-vingts, l'homme au melon quatre-vingt-un. Finalement Sultan fut vendu au fermier pour quatre-vingt-dix-neuf dollars. Il était content de son achat et s'approcha de Sultan au moment où Ken se laissa glisser à terre.

– Voilà ce que j'appelle un vrai cheval. Il me fera le même usage qu'un tracteur Farmal, et sans essence, fit-il en riant et en passant la main sur le garrot du cheval.

– Allez-vous vous en servir pour labourer ?

– Bien sûr, dit le fermier avec étonnement. Pourquoi donc supposez-vous que je débourse quatre-vingt-dix-neuf dollars ?

– C'est un cheval de chasse ! s'écria Ken, désespéré.

– Pour chasser quoi ?

– Des renards.

– Des renards ? Vous voulez dire des coyotes… moi, je

les chasse avec une Ford et un couple de lévriers ; je n'ai pas besoin d'un canasson pour ça. Comment l'appelez-vous ?

– Sultan.

Le garçon de poste emmena le cheval et le fermier lui emboîta le pas. Ken les suivit des yeux, l'air désolé.

– Voilà un beau cheval, fiston.

Ken leva les yeux et vit à ses côtés le grand homme au chapeau melon. Il avait le visage rouge et le nez pointu.

– Y en a-t-il d'autres de la même provenance ? demanda-t-il.

– Oui, beaucoup.

– À qui appartiennent-ils ?

– À mon père, le capitaine Mc Laughlin, dit Ken, qui alla rejoindre Howard.

On amena Taffy, et soudain les rires fusèrent, car à ses côtés trottait Skippy. Les garçons de piste essayèrent de la chasser, mais elle leur échappa.

– Est-il à vendre ? cria quelqu'un. Mettez-le à l'encan !

– Tenez l'alezan, ordonna le commissaire-priseur. Y a-t-il amateur pour ce poney ?

– Poney ? c'est un baudet !

– Est-ce l'un des pur-sang du capitaine Mc Laughlin ?

Le public se tordait de rire.

Un homme descendait l'une des travées en criant :

– Certainement ! un tourment pur-sang, garanti capable de rendre fou n'importe qui !

Rob enjamba la barrière et s'avança vers Skippy, qui contemplait le public avec méfiance. Quand elle vit son maître, elle pointa vers lui l'une de ses longues oreilles.

– Skippy, viens ici, Skippy !

– Viens ici, Skippy ! hurla la foule. Écoute papa !

Rob lui donna une claque et elle trottina jusqu'à l'autre bout de la piste.

– Elle ne sait rien ! cria-t-il. Elle n'a aucun bon sens ; elle n'a pas été dressée.

– Que m'offre-t-on ? Que m'offre-t-on ? hurlait le commissaire. Vingt-cinq ? Vingt-cinq dollars. Qui est-ce qui en donne trente ? Qui veut un petit dada pour une petite fille ? Nous avons dit trente ? Qui mettra trente-cinq ?

Rob donna une autre claque à Skippy qui retraversa la piste.

– C'est la plus méchante petite putain de tout le Wyoming !

– Trente-cinq. Qui en mettra quarante ? Douce comme un mouton. Quarante à droite… Qui va jusqu'à cinquante ? Achetez-la pour faire plaisir à votre petite amie.

– Je paierai pour en être débarrassé ! cria Rob en la frappant de nouveau.

Elle fit volte-face et lui lança ses sabots à la figure. Il recula et la foule rit de plus belle.

– Elle ne vaut pas un dollar ! rugit Rob. Pas une dîme ! pas un cent ! pas un clou !

Skippy revint vers lui, tendit le cou, entrouvrit les lèvres et se mit à les agiter en le regardant comme si elle disait : « Pas d'avoine, par ici ? Qu'est-ce que cela veut dire ? »

Deux fermiers, assis l'un à côté de l'autre, se la disputaient en se convulsant de rire.

– Soixante et un ! Soixante et un ! Personne n'offre soixante-deux ? C'est bien dit : soixante et un ? Adjugé, adjugé au monsieur à la cravate rouge.

Rob mit la main sur l'épaule de Howard et dit :

— Restez ici, tous les deux ; je sors boire un verre et je reviens.

À la fin de la vente, l'homme au chapeau melon avait acquis pour des prix variant entre soixante-cinq et quatre-vingt-quinze dollars Smoky, Blue, Taffy, A.-Honey et Russet.

Pendant que les voitures, les camions et les remorques se dégageaient de l'embouteillage et prenaient le chemin du retour, Rob se tenait sur la route avec ses fils et l'homme au chapeau melon.

— Voici Mr Gilroy, dit-il ; mes deux fils, monsieur Gilroy, Howard et Ken.

Les garçons lui serrèrent la main.

— Je désire que vous rentriez avec Gus par l'autobus, dit-il en tendant à Howard des billets de banque. Vous arriverez à la maison vers neuf heures. Achetez-vous des sandwichs et mangez-les en route ; on en vend à l'endroit du départ, par là. Je vais dîner avec Mr Gilroy et je ramènerai le camion. Dites à votre mère de ne pas m'attendre ; je rentrerai tard.

Une fois attablé avec son compagnon, Rob lui demanda :

— Pouvez-vous me dire pourquoi vous avez acheté tous mes chevaux ? Est-ce pour votre usage personnel ?

— Non, je les ai achetés pour les revendre.

— Où les vendrez-vous ?

— À Setonville, en Pennsylvanie, aux enchères du Dr Horner.

— Quand cela ?

— Il organise deux ventes par an, l'une la troisième semaine de septembre, l'autre en mai.

— Comptez-vous faire un bénéfice dessus ?

– Bien sûr, répondit l'homme avec un large sourire. Ce sont de beaux chevaux.

– Les beaux chevaux se vendent-ils bien aux ventes de Horner ?

– Je collectionne les chevaux dans les ventes à la criée des campagnes et j'en vends deux pleins camions à Setonville.

Il tira une carte de sa poche, la tendit à Rob et poursuivit :

– J'en obtiens de bons prix ; les gens chassent, par là, et ils jouent au polo. Ce sont des gens qui aiment les chevaux, des gens riches, vous savez. Horner ne veut que des bêtes de vraiment belle qualité et elles se vendent bien.

– Que pensez-vous obtenir pour les chevaux que vous venez d'acheter, les deux rouannes, par exemple ?

– C'est assez difficile à dire, répondit l'homme en haussant les épaules. Dans le commerce des chevaux, il y a toujours un certain élément de spéculation, vous savez… mais c'est un gentil couple ; elles conviendraient à deux petites filles… si douces et si jolies.

– Oui… combien ?

– Cela m'étonnerait d'en tirer moins de quatre cents dollars pour les deux ; en tombant sur le bon acheteur, cela devrait aller jusqu'à six cents.

– Et les grands hongres ? les poneys de polo ?

– Ah ! ceux-là sont ceux qui se vendent le plus cher. J'ai vu un poney de polo, expérimenté, bien entendu, se vendre deux mille dollars. Mais ça ne se voit pas tous les jours.

– Vous devez savoir en chiffre rond ce que coûte le transport d'ici en Pennsylvanie de, mettons deux camions, de vingt-quatre chevaux chacun ?

Ils se livrèrent à des calculs et aboutirent à environ cinq à six cents dollars. Lorsqu'ils se dirent adieu, Rob se mit à faire le tour des magasins de bric-à-brac de Denver qui, heureusement, restaient ouverts tard le soir. À force de recherches, il finit par trouver ce que Nell désirait ; parmi une pile de débris de métal, les patins, et, dans un angle de la cour, le corps gracieux d'un cygne, sans tête et brisé en divers endroits.

— Il n'a pas de tête, dit Rob au marchand.

Ils la découvrirent dans l'autre angle de la cour. Rob la regarda dans les yeux, se demandant si même l'habileté de Gus parviendrait à rajuster ces morceaux et à leur rendre la vie.

— Vous le voulez ? demanda le marchand stupéfait. Pour quoi faire ? Le cou et la tête pour orner un pilier d'escalier peut-être ? et le corps pour faire une jardinière ? on pourrait y planter des fraisiers.

— Combien ?

— Cinq dollars.

— Je le prends.

Rob rassembla avec soin les pièces éparses du traîneau et les emporta dans son camion. Il arriva au ranch vers deux heures du matin, alla droit aux communs et déposa son trophée dans l'un des greniers.

25

Howard avait deux nouveaux complets, Mc Laughlin disait toujours : « Il faut leur donner des vêtements sur lesquels chaque tache se voit ; cela leur apprend à être soigneux. »

L'un des costumes était en serge bleue garantie à ce point de vue : la moindre tache s'y verrait. Le veston était croisé ; quand Howard l'eut endossé et boutonné, il n'était guère plus gros qu'un jeune arbre, mais Ken fut impressionné par l'air digne qu'il avait ainsi. L'autre costume, fait d'un tweed gris argenté, seyait fort bien à Howard avec ses cheveux noirs lisses et son teint coloré. Les garçons avaient tous les deux la peau fine, douce, hâlée et rosée ; ils avaient tous deux les yeux bleus, mais ceux de Ken étaient pleins d'ombres mouvantes, tandis que le regard vif de Howard ne vacillait jamais. Les nouveaux objets réunis dans sa chambre intéressaient également les deux frères : les deux complets accrochés dans le placard ; la valise neuve par terre, dans un coin ; le sac appuyé au mur, déjà à moitié plein de chandails, de peaux de mouton, de casquettes et de chaussures. Ils les déballaient et les remballaient sans cesse.

Ken était hypnotisé par les nouvelles bottes brunes de Howard tant elles étaient pareilles à celles de leur père. Comment Howard pouvait-il être aussi grand ? Comment une différence aussi marquée avait-elle soudain pu s'établir entre lui et son frère, au point que Howard lui inspirait à présent du respect ? Il se parcourut du regard et se trouva trop petit pour compter. Enfin… Howard n'avait commencé à grandir que depuis une année… Il avait le temps de le rattraper…

Le moment le plus impressionnant fut celui où Howard se coiffa de son chapeau mou. Malgré ses six pieds [1] de haut, il avait conservé sa tête de petit garçon ; elle était si petite qu'on se demandait ce qu'elle faisait là-haut. Quand elle fut surmontée par le chapeau mou, Nell se détourna pour cacher son rire.

Le départ de Howard équipé de cette manière donna à Ken le sentiment de se rapprocher de la vie. Le feutre mou, le complet bleu au pantalon long, les énormes bottes lui faisaient voir à sa droite la vie sous la forme d'un immense creux ; un creux grand comme le monde, gris, rempli de nuages d'un gris plus foncé tourbillonnants… Il tournait souvent la tête pour regarder ce mystérieux abîme.

Howard partait pour West Point ! Du moins presque West Point. Il allait apprendre à marcher comme on marche à West Point. Toute leur vie, ç'avait été une joie pour eux d'obtenir que leur père leur montrât la démarche de West Point. Quand ils l'en priaient, il commençait par n'y prêter aucune attention, puis, soudain, il se levait et

1. Environ 1,80 mètre (1 pied équivaut à 30 cm).

prenait cette allure qui les rendait muets de stupeur. Leurs cheveux s'en dressaient sur leur tête. Il avait parfois essayé de leur enseigner ce pas : le pied gauche, le bras et l'épaule droits en avant – le pied droit, le bras et l'épaule gauches en avant – les genoux levés (seulement pour s'exercer), les pieds dessinant un cercle comme ceux des chevaux au trot, mais leurs membres n'obéissaient pas mieux que les jambes flageolantes des jeunes poulains.

Quand, au cinéma, ils voyaient défiler aux actualités les élèves de West Point, ils s'efforçaient toujours de saisir les détails de leurs mouvements.

Howard avait une démarche étrange : il traînait les pieds. Quand il se raidissait et qu'il essayait de corriger ce défaut, il allait d'un pas saccadé.

– Qu'en dira-t-on ? demanda Ken avec inquiétude.

Se tordant de rire, Rob répondit :

– Voilà Mc Laughlin qui sautille pour se mettre en ligne !

Cette phrase acheva Ken ; elle supprimait Howard. Plusieurs fois, au cours de la journée, il se remémorait ces mots : « Voilà Mc Laughlin qui sautille pour se mettre en ligne. » Il n'était même plus Howard ; il était Mc Laughlin. Et il faisait partie d'un rang !

Afin d'éviter une dépense supplémentaire, Howard devait se rendre dans l'Est avec un chargement de chevaux que son père allait vendre à la vente aux enchères du Dr Horner. Le chemin de fer accordait un voyage gratuit à un homme par wagon de chevaux ; il devait y en avoir deux. Tous les chevaux de trois ans et au-dessus, plus les chevaux de deux ans suffisamment dressés, allaient partir : quarante-huit en tout. Howard causait avec son père dans son cabi-

net, un pied croisé sur l'autre genou, exactement dans la
même position que lui.

– Dad, dit-il, si l'on vendait Highboy pour contribuer à
payer ma pension ?

– Bonne idée, mon fils.

Taggert allait être vendue ; elle était bonne joueuse de
polo. Gypsy, Flicka, Thunderhead et Revient-de-loin suf-
firaient aux besoins de la famille. Au printemps, il y aurait
une nouvelle bande de chevaux de deux ans.

Pour Nell, les jours s'écoulaient dans la confusion et la
détresse. Rob ne lui avait pas pardonné. Depuis la vente de
Denver, où il avait sacrifié pour quelques centaines de dollars quelques-uns de ses meilleurs chevaux, il était devenu
fou à lier. Ce qu'elle avait commis était-il donc si terrible
pour mériter une telle punition ? les critiques qu'elle avait
exprimées l'avaient privé de l'illusion d'être parfait aux
yeux de sa femme ; il était trop fier et trop confiant en lui-
même pour supporter cela. La plupart du temps, il avait, en
la regardant, une expression hostile et sarcastique. Parfois,
c'était pire encore, et Nell en éprouvait l'impression de
recevoir un coup. Il n'avait plus pour elle ni amour ni tendresse.

Un soir, avant de se coucher, elle entra dans la chambre
de Ken. Étendu sur le dos, baigné de clair de lune, il avait
rejeté son drap, et son oreiller était par terre. Les bras et les
jambes écartés du corps, il dormait, respirant d'un souffle
régulier. Seul le premier bouton de sa veste de pyjama était
fermé ; son torse d'enfant, frêle et maigre, était nu, et l'un
de ses pieds pendait, dépassant du matelas.

Il avait le visage heureux, les lèvres entrouvertes en un
sourire d'extase. « Il doit rêver de Thunderhead », se dit

Nell tandis qu'elle le redressait tout doucement, replaçait l'oreiller et remontait le drap. Le tendre toucher de ses mains auquel il était habitué depuis sa naissance ne le réveilla pas.

Il fit entendre un murmure, roula sur le flanc, releva les genoux et, après un profond soupir, poursuivit son sommeil tranquille.

Nell traversa le palier et vit sous la porte de Howard une raie de lumière. Elle entra. À demi nu, il s'examinait dans la petite glace au-dessus de sa commode.

— Howard ! pourquoi n'es-tu pas couché ?

— J'en avais pour une minute, dit-il d'une voix passant si brusquement de l'aigu au grave qu'ils se mirent à rire tous les deux.

— Comment sont tes muscles ? interrogea Nell.

Il fléchit le bras et dit :

— Tâtez-les, mum. Qu'en pensez-vous ? J'étais en train de me dire que je commençais à devenir musclé.

Elle tâta le petit œuf de son biceps et le regarda avec solennité. Il avait les épaules étroites, sa poitrine lisse était encore enfantine ; on lui voyait les côtes au-dessus d'une taille si mince qu'elle aurait presque pu la tenir entre ses mains. Mais elle dut lever le bras pour le lui passer autour du cou. Il la serra timidement contre son torse nu et elle appuya sa joue contre celle de l'adolescent.

— Qu'en pensez-vous ? insista-t-il.

— Non… je ne peux dire que tu sois bien musclé. Couche-toi. Il te faut du sommeil.

Il enfila la veste de son pyjama, s'agenouilla pour faire sa prière, puis sauta dans son lit. Ses limpides yeux bleus adressèrent à Nell une prière qu'il n'osa formuler.

– Tu veux que je te borde ?

Il inclina la tête en souriant de telle façon qu'elle pensa au sourire des anges. Pendant que, penchée sur lui, elle arrangeait le drap et l'oreiller et fermait les boutons de sa veste à rayures bleues et blanches, il ne la quittait pas des yeux. Cette petite cérémonie n'avait rien perdu de ce qu'elle représentait dans son enfance ; pour lui comme pour elle, ce serait toujours une pépite d'or pur.

Ne partez pas encore, mum ! supplia-t-il. Asseyez-vous un moment.

Elle s'assit au bord du lit. Sur sa chemise de nuit, elle portait un peignoir imprimé de petits bouquets ; ses cheveux étaient épars sur ses épaules ; ses mains sentaient le savon parfumé.

– Vous êtes si jolie, mum, dit-il, enjôleur, votre visage est fauve, rose et bleu.

Elle rit :

– Tu veux me faire rester.

Il lui prit la main et la flaira.

– Howard, dit-elle, envies-tu Ken de posséder ce poulain qui sera peut-être un cheval de course ?

– Non, répondit Howard en secouant la tête. J'en tire autant de plaisir que lui, et, du reste, je vais m'en aller.

– Oui, dit-elle en lui caressant les cheveux… tu vas t'en aller… Qui est-ce qui me fera frire mon œuf, le matin, « partout et pas trop », quand tu seras parti ?

Il rit et sa voix descendit d'une octave. D'une main, elle lissait ses cheveux noirs ; il tenait l'autre dans les siennes pressées contre son visage.

– Mum…

– Eh bien ?

– Ne croyez-vous pas, maintenant que je vais m'en aller, que vous devriez me faire un petit sermon ?

– Pour te dire comment te conduire ? dit-elle après un instant de réflexion.

Il fit un signe d'assentiment.

– Peut-être, oui, je le devrais…

Elle réfléchit profondément et reprit :

– Fais toujours ta prière, c'est très important. La vie d'une personne qui prie est très différente de celle d'une personne qui ne prie pas.

– Elle est meilleure ?

– Mille fois meilleure.

Au-dehors, un oiseau émit soudain un cri passionné. Nell consulta sa montre.

– Oh ! mum ! ne croyez-vous pas que vous devriez me parler des… des principes qu'un homme devrait avoir ?

Nell commença par rire, puis, quand elle y eut pensé, elle dit :

– Eh bien, il y a l'honnêteté, Howard… je voudrais trouver les mots qu'il faut pour te dire combien l'honnêteté est belle. C'est une chose que nous devons apprendre. C'est dur à apprendre. Il est généralement nécessaire que quelqu'un nous l'enseigne. Mais être honnête vaut plus qu'un million de dollars en banque.

– Vous l'a-t-on enseignée, mum ?

– Oui. Tu sais, mon vieil oncle Jérôme dont je vous ai parlé ?

– Le prêtre ?

– Oui. C'est lui qui m'a enseigné l'honnêteté. Il faut un long apprentissage pour être vraiment honnête, profondément honnête. Lorsque je parlais, il m'interrompait très fréquemment pour comparer deux de mes déclarations et me montrer qu'elles se contredisaient ; il réfutait mes protestations ; je finissais par me taire, je descendais en moi-même, je voyais quelle était la vérité et j'en faisais l'aveu.

Howard fit un mouvement qui trahissait son malaise.

– Tu l'as voulu, dit Nell d'un ton malicieux. Mais on est bien payé de ses peines. Quand on est sûr de la vérité, on en sait tellement plus, on voit tellement plus de choses ! On a tellement plus de pouvoir !

– Pourquoi ?

Nell chercha une image.

– Suppose que tu aies une automobile et que tu aies toujours désiré un voilier ; tu te mets à imaginer que ta voiture est un voilier. (C'est ce qu'on appelle prendre ses désirs pour des réalités.) Mais tu peux aussi avoir péché par ignorance. Quoi qu'il en soit, tu essaies de faire voguer ton automobile.

– Elle sombrera, dit Howard en riant.

– En agissant ainsi, tu n'as ni succès ni plaisir. Tout le monde se moque de toi et tu te crois voué au malheur. Puis tu découvres la vérité, à savoir que c'est une automobile que tu possèdes ; et plus tu sauras la vérité à son sujet, mieux tu la conduiras et la soigneras. C'est cela le pouvoir. On acquiert du pouvoir avec la connaissance de la vérité…

Le regard pensif, Howard semblait en quête d'une application pratique de cette leçon.

– Le véhicule où nous voyageons tous, si l'on peut dire, c'est la vie. Plus on apprend de vérité à son propos, mieux on la dirige.

– Quel genre de machine est-ce ?

– Eh bien, j'ai décidé que la vie est un gymnase, une école

d'entraînement, pas un voyage de vacances et de plaisir. Quand on la considère sous cet aspect, on ne se désole pas trop si l'on rencontre des obstacles ; on les tient pour des appareils destinés à vous fortifier les muscles – les muscles spirituels…

Elle détourna soudain la tête, son regard devint absent et fixe, son animation disparut.

– À quoi pensez-vous, mum ? demanda Howard qui l'observait.

Silencieusement, elle lui caressait la main. L'oiseau nocturne poussa de nouveau son cri et le répéta. Howard regarda par la fenêtre. La lune décroissante s'était retournée sur le dos.

– Je ne comprends jamais, dit Nell en revenant à elle, comment les gens peuvent se figurer que la vie est un paradis où ils feront ce dont ils ont envie, car, dès le début, nous ne sommes pas libres. Depuis la naissance jusqu'à la mort, nous devons obéir. Comme bébés, mangeons-nous à notre heure ? Non, on nous fourre un biberon dans la bouche, c'est à prendre ou à laisser. Et en vieillissant nous apprenons qu'il nous faut obéir aux parents, aux maîtres, aux agents de police, aux signaux, aux opinions de nos amis, aux lois, aux conventions qui règlent le travail, la mode et l'hygiène. Oui ! toute la vie, un pistolet braqué sur nous nous rappelle : « Fais ceci, sinon… » Jusqu'à mon propre esprit qui m'impose sa contrainte : je ne suis pas libre de dire que deux et deux font cinq, n'est-ce pas ?

« Seulement, si c'est un gymnase, si tout cela n'est qu'un exercice pour rendre nos âmes plus belles et meilleures, en vue d'une autre vie meilleure et plus belle, alors, cela offre un sens, n'est-ce pas ?

– Cela me paraît terriblement grand, mum…

– Ce n'est jamais trop grand pour nous, chéri…

– Vraiment ?

– Non ; on trouve toujours de l'aide autour de soi.

L'oiseau de nuit se remit à crier.

– Qu'est-ce que c'est que ça ? demanda Howard.

– Je ne sais pas ; je l'entends souvent.

– Mum, à l'église, on parle constamment du péché. Est-il vraiment fréquent ?

– Tu es décidé à m'entendre prêcher, ce soir ! fit Nell en riant.

– Pour la dernière fois, mum. Je crois vraiment que vous devez le faire.

– Eh bien, le péché, oui, il est tout autour de nous… comme la saleté. Tu vois bien qu'on n'a jamais fini de laver et de récurer. Représente-toi un instant tous les balais, tous les plumeaux qui sont à l'œuvre ! toutes les blanchisseries, toutes les teintureries qui fonctionnent ; toutes les mains en train de faire mousser du savon, tous les chiffons dont on frotte les meubles, toutes les brosses qui font voler la poussière ! Le monde se livre sans arrêt à une orgie de nettoyage, de purification, et je me suis souvent dit que si nous ne péchions pas, ni le monde, ni l'humanité, ni rien de ce que nous touchons ne seraient sales. C'est sans doute une idée stupide.

– Est-ce que je commets des péchés, mum ?

– Oui, tu as un défaut particulièrement grave qui t'en fait commettre, et j'espère que tu t'en corrigeras.

Howard sentit son sang se figer.

Mais sa mère l'embrassa et dit :

– Tu es volontiers cruel, Howard, car la taquinerie est

souvent proche de la cruauté. Tu as toujours taquiné Ken sans pitié, et je crois que si ton père n'avait pas été aussi strict à cet égard, tu aurais été cruel envers les animaux. D'ailleurs, tu l'as peut-être été.

Le visage de Howard exprimait la culpabilité et la honte.

– Mais cela peut prendre fin à cette minute même, mon chéri ; les gens peuvent, s'ils le veulent, modifier leur conduite. On devrait de temps en temps procéder, comme pour une machine, à une révision générale, un examen de nos habitudes. Les inventorier, voir s'il en est d'indésirables et les remplacer par des bonnes !

Howard, écrasé, n'arrivait pas à recouvrer son aplomb. Nell resta longtemps à regarder par la fenêtre, tenant la main de son fils, écoutant le cri monotone de l'oiseau de nuit. À la fin, comme si elle pensait tout haut, elle dit :

– Mais, au cours de ton inventaire, prends bien garde de ne pas jeter l'une quelconque de tes merveilleuses qualités.

– Lesquelles, mum ? demanda Howard après une longue pause vibrante d'émotion.

– Ton manque d'égoïsme, ta façon de ne pas être rancunier. Et puis ton sens des responsabilités. Tu seras un homme efficace, un homme en qui l'on pourra avoir confiance. Maintenant, Howard, il faut vraiment que je m'en aille...

Comme elle se levait, Howard dit en se redressant :

– Est-ce que toutes les mères parlent de cette manière à leurs fils quand ils sont sur le point de quitter la maison ?

– Oui, mon chéri.

– Je suis content que vous m'ayez renseigné sur la vie. Je vous en remercie infiniment.

Le rire auquel Nell semblait disposée ce soir-là s'égrena de nouveau, et elle dit :

– Je te répéterai probablement encore bien des fois ce que je t'ai dit ce soir. Peut-être ne l'oublieras-tu pas tout à fait.

Elle l'embrassa encore une fois et éteignit la lampe. Avant de quitter la chambre, elle regarda au clair de lune les gravures, les vêtements, les objets placés sur la commode et la tête sombre qui se détachait sur le mur blanc comme un profil de médaille. La porte refermée, elle essuya ses yeux pleins de larmes et espéra que Rob n'était pas dans leur chambre. Elle ne l'y trouva pas et pensa qu'elle aurait pu le prévoir : il n'y était jamais en même temps qu'elle à moins de ne pouvoir faire autrement. Accoudée sur le chiffonnier, elle pleura sans retenue. « D'où me viennent-elles, toutes ces larmes ? se demanda-t-elle. Je n'étais pas ainsi, autrefois ; à présent, je pleure tous les jours… » Ses sanglots la secouaient tout entière. « Ô mon Dieu ! » gémit-elle. Ouvrant un tiroir, elle en sortit l'un des grands mouchoirs de Rob, se tamponna les yeux, se moucha, résolue à ne plus pleurer. Elle se mit à arpenter la chambre, mais ses larmes coulaient toujours aussi abondantes. Écartant les rideaux, elle se dit que l'air frais arrêterait ses pleurs et en effacerait les traces, mais elle n'arrivait toujours pas à se calmer, et longtemps encore, malgré sa volonté, les larmes continuèrent à couler. Tout à coup, l'oiseau nocturne répéta son cri. Elle l'écouta, se demanda quel pouvait être cet oiseau et songea que Dieu allait lui venir en aide. Le ferait-il ? comment ? Au fond, qu'avait-elle ? De quoi souffrait-elle pour pleurer de la sorte ? Ah ! de solitude, d'une amère, affreuse solitude. Rob s'était détourné d'elle. Il lui tenait toujours rigueur de ce qu'elle avait blessé son orgueil… « Mais je n'ai pas atteint sa confiance en lui-même ; j'aurais dû me douter qu'il ne renoncerait pas aux

301

chevaux ; il préférerait renoncer à moi. » Il l'écartait, il la traitait en ennemie, et il était tout pour elle.

Assise dans le fauteuil, elle sentit ses larmes couler de plus belle, en flots précipités, pareils aux torrents du printemps… Quelque chose lui frotta la jambe : c'était Pauly. Elle prit le petit chat dans ses bras et continua à sangloter éperdument. Le chat ronronnait et lapait l'eau salée des larmes tandis que ses longs yeux de topaze luisaient doucement dans la pénombre. Nell se dit soudain qu'elle avait été gâtée. Elle avait vécu par et pour l'amour si longtemps qu'il lui était devenu aussi indispensable que l'air même ; sans lui, elle suffoquait d'asphyxie. Mais il devait y avoir des gens qui s'en passaient… À cette pensée, la panique la prit.

Dans ces sables mouvants de la solitude, on se cramponne à n'importe qui ; un moment, elle s'accrocha à la pensée de Ken et de Howard, puis elle s'en arracha… Non, non, il ne fallait pas chercher appui sur ces jeunes cœurs ; ce n'était pas à eux qu'elle pouvait demander le soulagement de sa douleur et de la paix de son âme. Non, non, une mère ne doit jamais s'appuyer sur ses enfants ; elle ne doit pas leur laisser sentir son poids ; il faut les laisser libres, jeunes, complètement libres de ne regarder que leur avenir, cette route qui les éloignera de vous… Pour elle, il n'y avait que Rob… et maintenant, elle l'avait perdu.

Quand il ouvrit la porte, elle avait encore la poitrine soulevée par un souffle profond, sanglotant, mais sans larmes, et elle tenait toujours Pauly dans ses bras. Le temps lui manqua pour s'affubler d'un masque ; elle ne bougea pas et ne leva pas les yeux sur lui. Il la regarda fixement un instant, puis alla prendre dans un tiroir ce dont il avait besoin et se rendit dans la chambre voisine.

26

Quand elle s'éveilla, au milieu de la nuit, à demi conscience, ses pensées reprirent aussitôt leur cours habituel : Rob et son amour. Mais, comme une personne qui, traversant une fondrière, pose le pied sur une motte de terre apparemment solide et la sent s'affaisser, ainsi l'esprit de Nell sentit lui manquer son soutien, et la terreur s'empara d'elle. Rob ! Était-il insensible ? Ne souffrait-il pas d'être éloigné d'elle comme elle souffrait d'être éloignée de lui ? Non. Les gens qu'anime la colère se protègent, du moins un certain temps, contre la douleur ; la colère leur sert de barrage, de cuirasse ; la souffrance ne les atteint pas. Et Rob était toujours en colère.

Elle se rendormit et oublia. Elle se réveilla de nouveau et lui tendit mentalement les bras… mais il n'était pas là. Après l'oubli que lui avait procuré le sommeil, elle avait peine à y croire ; c'était un coup inattendu chaque fois qu'elle en prenait conscience, chaque fois que son élan vers lui se heurtait à l'absence, à ce vide désolant. Et chaque fois, elle priait : « Mon Dieu, ne me permettez pas de pleurer encore ; faites que je ne pleure plus. »

Elle rêva d'un pin, rond et gros comme une montagne ; autour de lui et entre ses grandes branches, on voyait le cobalt profond du ciel. Il n'y avait dans son rêve rien d'autre que cet énorme pin, grand comme le monde.

Elle se réveilla et pensa à la beauté des objets isolés. « Beau comme une étoile qui brille seule dans le ciel. » Un pic neigeux unique sur l'horizon. Une ligne de mélodie jouée par un seul violon, s'élevant au-dessus du fracas de l'orchestre, planant comme un oiseau. Un seul ami. Un seul amour…

Son corps physique était dans le lit auprès d'elle. Elle souhaita qu'il fût resté dormir dans la petite pièce attenante. Le souhaitait-elle vraiment ? Elle le croyait. Elle ne pouvait poser la tête à côté de la sienne sur l'oreiller, se retourner et s'endormir contre lui, jeter son bras sur les épaules de Rob, sentir la chaleur de son corps tout le long du sien, elle ne pouvait rien faire de tout cela dans le calme, et comme une chose naturelle ; il lui semblait coucher avec un étranger. Elle se leva et alla regarder par la fenêtre. À l'est naissait l'aurore nacrée ; chaque brin d'herbe était argenté de rosée, et les chevaux, qui paissaient, détachaient sur le ciel leurs silhouettes sombres. Sur les branches du plus grand peuplier elle vit une bande de petits oiseaux qui regardaient fixement vers l'orient, le bec ouvert. Elle les crut d'abord silencieux, puis, soudain, elle entendit un gazouillement aigu, soutenu. Ils chantaient pour saluer le soleil levant. Elle se dit combien, à la campagne, l'être humain est enveloppé de poésie et d'émotion. La vie en est pleine. L'émotion est le vent de l'âme ; on ne peut pas plus l'en chasser qu'on ne peut supprimer le vent…

L'après-midi, elle se rendit à cheval sur la montagne ;

elle gravit la montagne verte jusqu'à ce qu'elle n'eût plus au-dessus de sa tête que le ciel. Alors, elle mit pied à terre, se jeta sur le sol et essaya de s'évader. Les nuages paraissaient au niveau de ses mains ; elle avait l'illusion qu'en étendant le bras elle pourrait les toucher. C'était très loin, en bas dans la plaine, qu'on en voyait les ombres, des formes sombres, flottantes, belles et mystérieuses. Quelqu'un qui les verrait passer sans avoir la possibilité de lever la tête, d'où supposerait-il qu'elles proviennent ?... Comme la poule, dans sa caisse, la poule enfiévrée dont de grandes mains venues d'en haut organisaient la destinée. C'est dans une autre dimension – toujours – que se trouve la réponse aux énigmes de notre existence.

Non, ce n'était pas possible. Rien de sérieux ne pourrait jamais s'interposer entre elle et Rob. De quoi s'agissait-il, en somme ? D'argent. Comment l'argent – le fait d'en avoir ou de ne pas en avoir – pouvait-il altérer de cette façon les relations entre deux êtres humains ? S'ils devaient être pauvres, ne pouvaient-ils l'être tout en s'aimant ? tout en se rendant heureux l'un l'autre ? Ne pouvaient-ils travailler et lutter ensemble, qu'il en résultât l'échec ou le succès ? Non – pas Rob. Si Rob les réduisait à la misère, la vie serait impossible avec lui. Il cesserait simplement de l'aimer – il l'avait peut-être déjà fait. L'amertume lui pervertirait le caractère ; lui-même et tout ce qui le touchait seraient atteints d'une flétrissure.

Il fallait absolument en sortir. Elle ne regrettait pas d'avoir sonné l'alarme même au prix de son éloignement. Mais pourrait-elle le supporter ? Elle s'assit à nouveau et entoura ses genoux de ses bras. Kim, qui l'avait suivie, vint se blottir contre sa poitrine, et elle enfouit ses mains dans son épaisse toison. Il s'échappa pour poursuivre un lapin ; elle se recoucha dans l'herbe chaude à l'odeur épicée ; elle y trouvait du réconfort. Oui, on en recevait toujours de la nature, de la religion, du travail, de la société… mais pas de Rob. C'était précisément lui sa souffrance.

Aujourd'hui, des processions de nuages, tous différents, parcouraient le ciel. Il en était de semblables à des navires ; d'autres à des cavernes que l'on eût aimé visiter ; et puis, tous au même niveau, ils composaient une flottille de petits bateaux à fond carré.

Elle se retourna et, s'appuyant sur un coude, se mit à réfléchir le plus calmement qu'elle le put. Quand on est dans l'ennui, il faut faire quelque chose pour s'en tirer et non pas pleurer et gémir. Mais que faire ? En réalité, il eût convenu de défaire et non de faire ; pouvoir revenir à cette soirée où elle avait montré à Rob, selon les termes dont il s'était servi, qu'elle « attendait tranquillement le désastre pour pouvoir ramasser les débris »… mais il n'y avait pas moyen de revenir en arrière ; elle ne pouvait que lutter, qu'essayer de franchir cet horrible passage de sa vie, pareil à un marécage où elle serait enlisée… Les contractions de sa poitrine et de sa gorge présagèrent une nouvelle crise de larmes. Elle se maîtrisa. Non, décidément, la seule conduite à tenir était de demeurer ferme, de faire bon visage ; après tout, il faut se mettre à deux pour se quereller. Oh ! le fallait-il vraiment ? Quelle erreur ! Rob était très capable de se disputer… tout seul. D'ailleurs, la situation était entre ses mains à lui et non entre les siennes. Elle passa ses doigts à travers ses cheveux et pressa ses paumes contre son front ; sa tête était comme serrée dans un étau et ses yeux brûlaient. Elle appela Indien. N'importe quoi pour penser à autre chose et éviter de pleurer. Indien, qui broutait, leva la tête, la regarda et se remit à paître.

Ce qu'il y avait de pire, vu la nature de Rob, était sa capacité de s'enfermer dans une coquille et d'y vivre à tout jamais. Lui, le supportait ; elle, ne le pourrait pas. Elle ne pouvait même pas supporter l'attiédissement de l'amour et de la camaraderie de Rob. Elle ne pouvait pas, dans ces conditions, supporter de vivre au ranch, avec lui, les chevaux, les orages, les montagnes, et, pendant les vacances, les garçons.

Elle pensa à la vente aux enchères du Dr Horner. Si Rob obtenait les prix qu'il espérait, il triompherait. Cela ferait une grosse somme. En ce cas, il n'y aurait aucune raison d'abandonner l'élevage des chevaux. Elle pourrait lui prendre les mains, le regarder et dire : « Je me suis trompée, Rob... et j'en suis contente. » Lui pardonnerait-il, alors ? Peut-être. L'acuité de leur discorde s'userait. Mais si les chevaux se vendaient mal, si la vente ne rapportait pas de quoi acheter d'autres poulinières ou un étalon, ni même de quoi payer leurs dettes, la vie avec lui ne serait plus tolérable.

Les gros nuages avaient disparu ; il n'en restait qu'un, en forme de point d'interrogation, qui voguait au milieu du ciel. Elle le suivit du regard jusqu'à ce que le calme de la solitude s'emparât d'elle. Finalement, elle se releva et s'approcha d'Indien. Il leva la tête et resta bien tranquille pendant qu'elle ramassait les rênes et l'enfourchait.

La veille du départ, Rob, flanqué de Howard et de Ken, emmena les chevaux à Tie Siding et les y enferma dans les corrals d'embarquement. Pas un seul des chevaux du ranch de Goose Bar n'ignorait ce qui se passait. Le lendemain, les chevaux furent chargés dans les wagons. Rob les y conduisit par la rampe un à un, les rassurant de la voix, les rangeant à leurs places. Ils furent mis tête-bêche, comme des sardines dans une boîte, assez serrés pour être calés lorsque le train roulerait. À certaines gares, les haltes seraient suffisamment longues pour permettre qu'on les fasse descendre, qu'on les nourrisse, les abreuve et les promène.

Nell les regarda franchir la passerelle : Taggert, Highboy, Pepper, Hidalgo, Cheyenne, Tango, Indien et plein d'autres. Si les rapports entre elle et Rob avaient été différents, elle n'aurait pas été aussi affectée par ce spectacle : il lui parut mettre fin à une tranche de son existence.

Rob et Howard portaient pour le voyage des vêtements de coutil bleu. Quand les portes du wagon se furent refermées sur les chevaux, Rob vint se tenir auprès de la voiture où elle était assise. Il était très silencieux, presque distrait. Tout s'était accompli sans cris. Il ne pensait qu'aux chevaux et semblait à peine conscient de la présence de Nell.

— Je me demande, dit-il d'un ton méditatif, si nous avons le droit de nous occuper des animaux et de ne rien faire pour eux. Nous les rendons impuissants en les privant de toute initiative. Sans nous, ils se tirent si bien d'affaire, mais du moment que nous les prenons en charge, ils comptent de plus en plus sur nous, et que faisons-nous d'autre que leur nuire ? Néanmoins, ils nous regardent avec une telle confiance !

Nell ne trouva rien à lui répondre. Elle se demanda si, à l'instant des adieux, la coquille dans laquelle il s'enfermait craquerait. Sentirait-elle, quand il la tiendrait contre lui pour l'embrasser, un peu de tendresse, de chaleur, une promesse ?

Rob et Howard devaient faire le trajet dans la voiture voisine du wagon où se trouvaient les chevaux. Ils allèrent tous attendre devant le marchepied de cette voiture. Les employés achevaient leurs dernières besognes ; à l'avant du train, le mécanicien était penché à la fenêtre de sa cabine. Il agita le bras et au cri : « Tout le monde en voiture ! » on échangea les baisers d'adieu et Rob et Howard s'embarquèrent.

Quand Rob s'était baissé vers elle pour l'embrasser, ses paupières cachaient ses yeux ; son baiser fut froid comme l'acier. Mais quand il eut pris place dans le compartiment avec Howard, pendant que les deux garçons se souriaient et se parlaient par la fenêtre, il regarda Nell et leurs yeux se croisèrent. Ceux de Rob avaient cette dureté par laquelle il lui donnait à entendre qu'elle l'avait offensé et qu'il ne lui pardonnerait pas.

27

Il ne restait que cinq jours avant celui où Ken devait quitter le ranch pour retourner au collège. Normalement, il aurait occupé ces cinq jours à faire des emplettes et à passer ses vêtements en revue avec sa mère, à jeter un coup d'œil rapide sur les livres qu'il avait été censé lire pendant les vacances, à parcourir avec mélancolie ses sites préférés, pour un dernier adieu. Mais ces cinq jours se passèrent d'une façon toute différente, car lorsque Ken et sa mère revinrent de la gare, Thunderhead avait disparu. Si son père avait été là, Ken n'aurait sans doute pas obtenu aussi facilement la permission de partir à la poursuite du poulain. En hésitant, sa mère dit :

— Mais, Ken, il peut être allé très loin. Il te faudra peut-être plusieurs jours pour le retrouver. Tu pourrais aussi ne pas le retrouver du tout.

— Je peux toujours essayer ; je sais qu'il s'en va vers le sud. Howard et moi l'avons vu revenir une ou deux fois. Et à supposer qu'il me faille camper une nuit dehors ? je l'ai déjà fait souvent. Dad nous le permet toujours.

C'était vrai. Partir à cheval avec des aliments et un petit matériel de campement était une chose que leur père leur avait enseignée et qu'il les encourageait à faire.

— Mais tout ce que tu sais est qu'il va vers le sud. C'est grand, le Sud, Kennie !

— Je le suivrai à la trace, dit Ken. J'ai fait une marque à son sabot droit du devant. Je le reconnaîtrai d'entre tous les chevaux du monde.

— Comment l'as-tu marqué ?

— J'ai découpé un petit V dans le bord extérieur.

— Quel cheval vas-tu prendre ?

— Flicka. Et j'emporterai assez d'avoine pour en donner aussi à Thunderhead. Comme cela, je suis sûr qu'il nous suivra quand nous le trouverons. Et alors, je lui réserve une bonne surprise, à ce gaillard ! Dad a dit qu'il lui ferait passer l'hiver enfermé ; cela ne veut pas dire dans le pâturage de la Maison, cela veut dire dans les corrals ou dans le pré de Six-Pieds pour qu'il ne puisse pas sauter les clôtures et se sauver ! (Le pré de Six-Pieds était ainsi appelé à cause de ses hautes clôtures de barbelés.)

Pendant que Ken pansait et nourrissait Flicka en vue de l'expédition, il la lui expliqua. Elle s'excita quand elle le vit remplir sa musette d'avoine, la rouler et la ficeler ; elle comprenait que ces préparatifs annonçaient une longue randonnée, on n'en avait pas fait depuis quelque temps parce que Ken montait constamment Thunderhead. Et puis, Ken était coiffé d'une casquette et lui dispensait l'avoine plus généreusement que de coutume ; c'était significatif. Elle plongea le nez dans sa mangeoire, mâcha vigoureusement, puis leva la tête et la retourna pour regarder Ken lui bouchonner la croupe, lui passer vivement la brosse sur les jambes de derrière et la frotter sur l'étrille pour en faire sortir la poussière. Il lui donna une claque en disant :

— Tourne ton derrière.

Elle se hâta de faire volte-face et Ken lui brossa l'autre côté. Elle était en magnifique état. Elle n'avait pas pouliné cette année, elle était restée enfermée et avait mangé tant de grain que sa robe, du même or rouge que celle de Banner, luisait, toute satinée. À cinq ans, elle avait achevé sa croissance et mesurait quinze palmes et demi de haut.

Ken passa l'étrille à travers son épaisse crinière blonde.

– Tu vas peut-être m'aider, Flicka, lui dit-il. Nous allons chercher la trace de ton vaurien de fils. Crois-tu pouvoir reconnaître sa piste ? Tu le devrais ; tu es sa mère.

Mais Flicka ne pensait qu'à retourner dans les montagnes où elle avait passé ses années de liberté à courir comme une folle avec les autres yearlings le long des crêtes du Dos-d'Âne ; elle songeait au vent violent chargé de l'odeur neigeuse des montagnes du Colorado et de tant d'autres senteurs délicieuses. Elle en ronflait et en tremblait tandis que Ken lui arrangeait son toupet sur le front et essuyait sa fine tête à type arabe.

Quand cette toilette de *prima donna* fut terminée, il jeta sur elle la selle et la bride, et, la musette sous le bras, courut à la maison, Flicka sur les talons. Sa mère était en train d'emballer des provisions dans les sacoches. Par suite d'une longue habitude, elle savait exactement ce dont les garçons auraient besoin pour une expédition de ce genre. Ils se plaisaient toujours à faire la cuisine sur un feu de branchages ; aussi n'oubliait-elle ni la petite poêle, ni le bacon, ni deux grosses côtelettes de mouton. Ken vit qu'elle lui en mettait autant que lorsqu'il partait avec Howard ; c'était adorable. Il y avait une miche du bon pain qu'elle confectionnait elle-même, si nourrissant, et d'une agréable saveur de noisette. Il y avait un petit pot de beurre frais, un de confiture de framboises et de la salade de pommes de terre ; une douzaine d'œufs durs et une thermos de chocolat chaud.

– Voilà de quoi te nourrir pendant une semaine, dit Gus en attachant les sacoches à la selle.

– Je pourrais avoir besoin de mon fusil ! s'exclama Ken.

Il courut chercher son vingt-deux et fixa la bretelle à la sous-ventrière. Flicka observait chaque mouvement. Elle savait que plus on entassait d'objets sur elle plus on irait loin, et elle avait une telle envie des pâturages les plus verts… parce qu'ils étaient les plus éloignés ! Ses pieds dansaient.

– Reste tranquille, voyons ! Comment pouvons-nous te charger convenablement si tu gambades comme ça !

Ken apporta son rouleau de couvertures enveloppé d'une toile et l'assujettit sur l'arçon, enfin son imperméable qu'il mit sur le pommeau, par-devant, à portée de sa main en cas de pluie ou de neige.

Nell regarda le ciel ; il était plein de gros nuages que chassait un vent bruyant.

– Que pensez-vous du temps, Gus ?

Le Suédois fit lentement le tour de l'horizon.

– Il se maintiendra aujourd'hui, m'dame, et demain aussi, si le vent continue.

Nell passa Ken en revue d'un œil critique. Il était vêtu d'un chandail léger par-dessus sa chemise de coton, d'un pantalon de coutil bleu et chaussé de souliers bas.

– Si tu vas dans les montagnes, Ken, tu ne peux savoir quel temps tu y trouveras ; tu ferais mieux d'emporter ta peau de mouton et une paire de grosses chaussettes de laine pour la nuit.

Pendant que Gus et Ken ajoutaient ce supplément au

bagage, Nell rentra dans la maison et revint portant les jumelles de Rob. Elle passa la courroie sur l'épaule de Ken :

– Avec cela, tu pourrais voir Thunderhead à quinze kilomètres de distance !

– Oh ! c'est gentil, mum. Merci infiniment !

Il embrassa sa mère et enfourcha Flicka.

– As-tu ta boussole ? cria-t-elle.

Il tapa sur sa poche, lui sourit et partit.

Sur le Dos-d'Âne, il s'orienta. Derrière lui, le ranch était franchement au nord ; devant lui, les collines du Buckhorn, franchement au sud. Et il savait exactement où Thunderhead allait et d'où il revenait. Une fois, comme il l'avait vu arriver, il l'avait aligné avec la montagne qu'il avait derrière lui, le pic le plus élevé de la chaîne du Neversummer, appelé le Tonnant, dont les flancs neigeux n'étaient guère plus blancs que la robe satinée de son poulain. Une parenté étroite existait entre eux. On ne voyait pas souvent le Tonnant avec netteté jusqu'au sommet parce qu'il était toujours entouré de nuages, mais on distinguait où il était. Ken suivait à présent cette ligne. Même sans mettre pied à terre, il apercevait de temps en temps sur le sol l'empreinte d'un sabot marqué d'un V. Il suivait la bonne piste. Là-haut, Flicka avait une envie folle de courir ; le vent l'enivrait, et elle se mettait au galop dès que Ken le lui permettait. Quand ils eurent fait sept kilomètres, Ken descendit de sa monture, lui desserra sa sangle et détendit ses jambes.

Attentive, les oreilles dressées, la jument examinait tout. Par moments, elle s'ébrouait, secouait brusquement la tête et piaffait avec impatience. Ken dirigea les jumelles sur le pays qui s'étendait au sud. Comme ce territoire appartenait

314

au gouvernement, on n'y voyait ni vaches, ni chevaux, ni moutons, mais il n'était pas dépourvu d'êtres vivants. Près de chaque masse de rochers se mouvaient de petites créatures : des tamias. Devant son terrier, il vit une mère coyote grise avec trois petits jouant autour d'elle. Dans la plaine, il prit d'abord un petit troupeau d'animaux pour des moutons… mais non, c'étaient des antilopes. Quelque chose les effraya ; elles s'éparpillèrent, glissant sur les dunes herbeuses comme si elles avaient eu des roulettes. Seules les antilopes se déplaçaient de cette manière. Mais Thunderhead n'était pas visible. Rapprochées par les jumelles, les montagnes offraient leur enchantement et leur mystère. Que renfermaient-elles ? Qu'y avait-il derrière leur masse ? Elles semblaient plus hautes qu'il ne l'avait cru. Et les jumelles qu'il bougeait lentement lui révélaient une foule de détails : des gorges, des forêts, des parcs, des hauteurs rocheuses, de gigantesques pics flanqués de glaciers et, au-delà, d'autres pics et d'autres glaciers et d'autres encore jusqu'au Tonnant caché dans son château de nuages.

L'estomac de Ken se serra étrangement. Ces montagnes paraissaient terriblement hautes et vastes ! Il commença à croire impossible d'y retrouver son poulain. Il abaissa les jumelles et les reporta aussitôt à ses yeux : quelque chose de blanc était entré dans son champ visuel, émergeant d'une des ondulations de la plaine. Il l'y voyait encore. Il fixa cette tache blanche jusqu'à ce que ses yeux lui fissent mal. Oui, c'était Thunderhead ; ce ne pouvait être rien d'autre. Trop grand pour un mouton ou une antilope ; trop blanc aussi. D'un blanc éblouissant. Aucun animal n'était aussi blanc que Thunderhead. Il s'avançait lentement le long de l'étroit plateau qui reliait les pics Jumeaux et disparut bientôt.

Ken remonta vite en selle et se remit en route ; il ne tarda pas à éprouver l'impression de suivre une piste ; peut-être une piste d'antilope ; dès que la piste la plus légère a été tracée dans la prairie, d'autres animaux la suivent. Flicka la suivait. Ou bien c'était Thunderhead qui l'avait tracée, ou bien il avait instinctivement pris le chemin où d'autres animaux l'avaient précédé. En tout cas, il menait directement au petit col entre les pics Jumeaux. Quand Ken l'atteignit, il s'attendait à revoir Thunderhead, mais à partir de là, le terrain s'élevait rapidement sans autre interruption, et la seule trace laissée par l'étalon était un petit tas de crottin environ cent mètres plus loin.

Ken continua de trotter, levant de temps en temps la tête pour regarder les montagnes qui se dressaient de plus en plus escarpées, au-dessus de lui. Depuis qu'il en était plus près, le Tonnant s'était glissé derrière d'autres chaînes de montagnes. À dix ou quinze kilomètres devant lui commençaient les pentes inférieures du Buckhorn, couvertes de pins. Plus haut, le sol était découvert, très sauvage et accidenté, s'élevant jusqu'à des sommets arrondis. Et plus haut encore, un rempart de roc déchiqueté dominait le paysage. Cela ne ressemblait pas aux autres montagnes, et Ken se demanda si ce n'était pas la paroi d'un volcan éteint.

Au coucher du soleil, ayant couvert environ trente kilomètres, Ken se trouva au bord d'une rivière, un turbulent torrent de montagne. Ken s'arrêta et le contempla longuement, retenu par cette fascination qu'exerce toujours l'eau écumeuse. C'était, il le savait, la Plume d'Argent, qui, prenant sa source dans les monts du Buckhorn, se dirige d'abord vers le nord, puis se tourne vers l'ouest et finit par se jeter dans le Rio Grande.

Il descendit de cheval et, pendant que Flicka buvait, il examina le terrain. Thunderhead s'était, lui aussi, désaltéré à cet endroit. Ses traces allaient jusqu'à la rive et remontaient ensuite. Alors il s'interrogea : allait-il reprendre son ascension ou camper là pour la nuit ? Il entendit un bruit qui le fit pâlir, un rugissement profond et creux ; c'était la rivière, mais ce bruit qu'elle faisait là-haut ne ressemblait en rien au gargouillement d'ici ; il rappelait un tonnerre incessant de grosses caisses. Il imagina des cascades tombant de trois cents mètres ; de grandes gorges au travers desquelles l'eau se précipitait, charriant des arbres et des blocs de pierre, les brisant comme des bouts d'allumettes. Non, non, il ne passerait pas la nuit là-haut, dans la forêt, auprès de cette terrible rivière ! Il l'affronterait au matin, quand il ferait bien clair, et qu'il aurait son courage du grand jour. En attendant, il camperait ici.

Organiser son campement l'amusait : il savait comment s'y prendre et disposait de tout ce qu'il fallait pour son confort et celui de Flicka. Il lui enleva sa selle et sa bride et attacha l'un des bouts d'une longe à son licou, et l'autre à une forte branche de saule qu'il enfonça profondément dans le sol, se servant d'une pierre en guise de marteau ; ainsi Flicka disposait pour brouter d'un rayon de six mètres. Lorsqu'il lui apporta sa musette d'avoine dont il avait retiré la moitié pour le lendemain, elle hennit et y plongea le museau avant même qu'il l'eût assujettie. Ensuite, il dîna lui-même, après quoi il passa une heure à étudier les environs. Comme le soleil allait se coucher, il vit sauter des truites. Tirant de sa poche une ligne enroulée sur une bobine, il la lança, amorcée d'une mouche Captain, et attrapa en quelques minutes une demi-douzaine de truites pour son petit déjeuner. Enfin, après avoir empilé du menu bois sur son feu, il étendit la toile sur une surface plane et, son fusil à côté de lui, se coucha sous ses couvertures. La terre était dans l'ombre, mais une lueur rosée emplissait encore le ciel, à l'occident, et teintait les nuages qui flottaient au-dessus de sa tête. Il entendait Flicka respirer, arracher l'herbe et émettre de temps en temps un petit ronflement. Au loin, la rivière rugissait, et, tout près, le saut d'une truite claquait sur l'eau par intervalles. Avant de s'endormir, juste au moment où il commençait à compter les étoiles, il perçut les hurlements des coyotes, dans la plaine. Ce bruit ne retarda pas son sommeil ; il lui était trop familier.

28

Peu après le lever du jour, Ken se remit à suivre la piste. Le terrain ne se prêtait pas, comme la veille, à la vitesse et aux longues courses, mais la piste était plus distincte ; « sans doute, se dit-il, parce qu'elle côtoyait la rivière, un plus grand nombre d'animaux l'avait utilisée ». Des cerfs y avaient passé, et Thunderhead aussi ; par conséquent, lui et Flicka y passeraient à leur tour. À diverses reprises, il fut obligé de mettre pied à terre, se voyant bloqué entre la rivière et des rochers à pic : il faisait l'éclaireur et découvrait qu'une série de bonds lui permettrait de franchir l'amas de rochers et de retrouver au-delà de l'obstacle un terrain libre... Il remontait sur Flicka et continuait son ascension. Les cascades se succédaient. Une forêt dense enserrait la gorge ; par instants, avançant sur une étroite saillie de la paroi rocheuse, à demi assourdi par le fracas du canyon, couvert d'écume, Ken sentait le cœur lui manquer. Quand il allait à pied, Flicka lui emboîtait le pas.

Ayant contourné la falaise, il atteignit une grande mare dans laquelle des tonnes d'eau se précipitaient d'une hauteur de trente mètres. Il s'immobilisa, ému par ce spectacle grandiose. C'était le tonnerre de cette chute qu'il avait entendu depuis le dernier kilomètre. À l'endroit où elle tombait dans la mare, l'eau bouillonnante était blanche ;

elle passait par toutes les nuances du bleu jusqu'aux trous sombres des rives. Le terreau gras et parfumé qui recouvrait les parois de la falaise portait une quantité infiniment variée de fougères et de mousses où s'incrustaient de petites fleurs sauvages, si bien que les fûts des arbres semblaient surgir d'un tapis merveilleux.

Ken enregistrait un à un les détails de ce paysage. De l'autre côté du torrent, dans l'eau profonde proche du rocher, le soleil jetait des taches ambrées où il perçut la forme d'une truite monstrueuse. En aval de la mare, cet assemblage de petites bûches et de baliveaux devait être le reste d'un barrage de castors. Deux animaux aux têtes lisses plongèrent sous la digue ; étaient-ce des castors ou des rats musqués ? Des douzaines de truites brillantes, de toutes les couleurs, sautaient dans l'écume, à la base de la chute d'eau, comme si elles s'étaient efforcées d'escalader cette montagne liquide. Des oiseaux et des écureuils voletaient de l'un à l'autre des arbres de la rive, et Ken entrevit cinq cerfs aux mouvements silencieux. Ils se retournèrent pour le regarder, puis disparurent d'un bond.

Presque oppressé par une telle beauté, Ken rejeta la tête en arrière et leva les yeux vers le ciel. Très haut, dans la bande bleue, entre les gigantesques murailles de pierre, flottait un grand oiseau immobile, les ailes étendues. Le jeune garçon croyait être dans les entrailles de la terre. L'émotion de l'aventure, mélange de crainte, de curiosité et d'intrépidité, soutenait son courage. Il fallait continuer ; même s'il ne retrouvait pas Thunderhead, il devait voir ce qu'on pouvait découvrir du faîte de cet immense rempart, il devait trouver la source de cette rivière, cette Plume d'Argent qui ressemblait plutôt au chaudron de l'Enfer.

Il poursuivit sa route, rencontra d'autres mares et d'autres chutes d'eau analogues. Devant l'une d'elles, il crut qu'il n'y avait pas d'issue. Passant derrière Flicka, il lui tapa sur la croupe et cria :

– Va, Flicka ! Sors d'ici !

Sans hésiter, elle grimpa entre deux gros blocs de pierre et disparut. Il la suivit et retrouva la piste. Le chemin devint moins difficile, et, avant midi, il arriva à une petite grève où il vit dans le sable l'empreinte du sabot marqué d'un V. Très excité, il se réjouit à l'idée de tout ce qu'il aurait à raconter à son père et à Howard sur cette poursuite de son poulain, retrouvé dans les infranchissables monts du Buckhorn !

Le sentier longeait toujours la gauche du torrent, sa rive orientale. Les empreintes de Thunderhead avaient l'air toutes récentes. Ken et Flicka marchaient plus vite que lui et l'avaient presque rattrapé. À partir de là, ils quittèrent le cours d'eau et s'engagèrent dans une région accidentée. La forêt se terminait ; ils atteignirent la dernière terrasse herbeuse avant ce mur de roc presque perpendiculaire. D'après Ken, ce devait être la paroi d'un ancien volcan. Au pied de ce rempart, on eût dit un parc ; il avait vu, près du ranch, des terrains de ce genre, parsemés de bouquets d'arbres, de rochers, de petites combes et de ravins. Mais ce rempart ! Il n'avait encore rien vu de pareil. Son faîte, en ligne droite, était, de-ci de-là, coupé par une dépression ou par une pointe ébréchée ; il s'étendait à droite et à gauche, lui barrant le chemin. Il était fatigué et son cœur battait fortement. Il se sentait le corps léger et se rappela ce que son père lui avait dit de ces vallées de la montagne : certaines d'entre elles étaient à plus de quatre mille mètres d'altitude. Depuis l'aube, il n'avait fait que monter ; seize kilomètres au moins.

– Flicka, dit-il, nous allons déjeuner.

Flicka parut approuver cette idée. Il la dessella, l'attacha, et lui donna de l'avoine. Pendant qu'il mangeait son sandwich, étendu sur l'herbe, il regardait le rempart de pierre et se demanda s'il pouvait être gravi. Certainement pas à cheval. Il semblait défendre un espace découvert, peut-être un lac ; il y en avait souvent dans les cratères des anciens volcans. Ou bien ce pouvait être une vallée. En tout cas, on ne voyait au-delà que de très hautes montagnes. Très éloignées. On distinguait de nouveau le Tonnant. Son père lui avait dit que lorsque tous les nuages se levaient soudain et qu'on apercevait le pic clairement jusqu'au sommet, un orage était proche. En ce moment le pic n'était pas visible. Les nuages se ressemblaient de tous les points du ciel, prenant une forme semblable à celle du Tonnant, mais à l'envers comme un cône renversé. Il était presque impossible de se rendre compte où finissait la montagne et où commençaient les nuages.

Ken vit de grands oiseaux planer très haut. Il les compta. Un, deux, trois. Un instant plus tard, il en vit un quatrième. Étaient-ce des faucons ? Il y avait beaucoup de faucons au-dessus du ranch, mais ils ont le bout des ailes incurvé. Ces oiseaux-là avaient le bout des ailes tout droit et leur envergure était plus grande. Ce devaient être des aigles. Ken connaissait par ses lectures l'aigle à tête chauve, au plumage foncé avec la tête et la queue blanches. Ceux-ci étaient entièrement de couleur sombre. Si c'étaient des aigles, ce devaient être des aigles dorés des montagnes Rocheuses. Ils montaient dans le ciel jusqu'à ne plus former que de minuscules taches. Deux d'entre eux se tenaient à l'ouest et deux à l'est, comme s'ils avaient eu des domaines séparés.

Au moment où il allait mordre dans son sandwich, il s'arrêta soudain et se redressa. Il venait d'entendre un bruit sourd, surprenante interruption du silence de la montagne. Cela ressemblait à une explosion lointaine de dynamite. Il se répéta : boum ! il provenait d'au-delà de la rivière, de l'ouest, où s'élevait un pic escarpé et déchiqueté. Flicka regardait aussi dans cette direction. Rien de visible ne pouvait expliquer ce bruit ; pas de trou sombre dans le flanc de la montagne d'où se serait échappée de la fumée comme lorsqu'on creuse des mines à la dynamite. Ken prit les jumelles. Le bruit se reproduisit au même instant, et il vit ce qui l'avait causé. Sur une étroite saillie de la paroi perpendiculaire de la montagne, deux béliers, tête baissée, s'éloignèrent l'un de l'autre, puis se chargèrent à nouveau. Leurs têtes se heurtèrent et firent résonner la solitude de ce bruit d'explosion lointaine. Ils se séparèrent encore une fois et, une fois encore, cognèrent leurs fronts l'un contre l'autre avec ce fracas extraordinaire. Les jumelles permettaient à Ken de suivre tous les détails du combat. Il voyait les grandes cornes symétriques, le choc des deux têtes et supputait les chances du gagnant.

– Vas-y ! Hardi ! Bon sang, regardez-moi ça ! s'exclamait-il.

L'un des béliers commençait à faiblir. Alors qu'un boum terrible ébranlait encore l'air, il tomba ; l'autre s'acharna sur lui. Après une lutte désespérée, le vaincu fut rejeté de l'étroite saillie ; Ken abaissa les jumelles et, comme il suivait des yeux la chute de son corps, il vit descendre du ciel une forme indécise. C'était l'aigle, ses ailes repliées. Le bélier avait à peine disparu que l'oiseau aussi se perdit parmi les cimes des arbres. Ken tendit l'oreille ; il avait la chair de poule. Il n'entendit rien. Sur la saillie rocheuse, le bélier vainqueur se tenait seul, la tête levée. Ken avala sa salive avec difficulté, non de peur, mais la solitude et l'horreur agissaient sur ses nerfs. Spectacle majestueux que celui de ce bélier, debout comme un roi, sur le flanc de la montagne, la tête levée, et que ce plongeon de plus d'un kilomètre de l'aigle… Soudain, il la vit surgir au-dessus des arbres tenant entre ses serres une masse blanchâtre. D'un vol rapide, l'oiseau gagna un pic du rempart situé à la gauche de Ken. Il dirigea les jumelles sur cet endroit et aperçut l'aire du rapace, un énorme nid d'environ trois mètres de large, qui occupait un méplat du rocher. Dans ce nid, deux aiglons, presque aussi grands que leurs parents, trépignaient en battant des ailes, impatients de l'arrivée de leur mère avec sa proie. Elle s'arrêta au bord du nid, y laissa tomber sa provende et repartit aussitôt. L'un des aiglons se saisit du butin, l'attaquant comme s'il était en vie, le piétinant, les ailes étendues. L'autre menait devant son frère une sorte de danse, battant des ailes et jacassant.

Moins de deux minutes plus tard, leur mère revint avec un autre morceau de viande qu'elle laissa tomber dans le nid pour repartir immédiatement. Ken imagina le dépeçage habile du cadavre au milieu des arbres. Bientôt, deux aigles portèrent à tour de rôle des lambeaux de chair au nid. Les quatre oiseaux mangèrent à leur faim, puis, après avoir repoussé une certaine quantité de viande dans un coin de l'aire, les deux parents s'envolèrent. Gorgés, les deux aiglons se tenaient appuyés l'un sur l'autre. Ken avait entendu dire que les aigles se juchaient toujours face au vent, même les petits. Il se lécha un doigt et le tint en l'air. Les aiglons faisaient bien face au vent.

Le silence retomba. Le bélier vainqueur avait disparu. Les aigles étaient perdus dans le ciel. Les aiglons s'étaient endormis. Ken lâcha les jumelles et soupira. Il éprouvait une sensation très bizarre. Il lui fallut quelques minutes pour renouer le fil rompu de ses pensées, pour se rappeler la raison de sa présence dans cette solitude. Thunderhead ! Il était à la recherche de Thunderhead. Il lui sembla que le point crucial de son expédition venait d'être dépassé. Il lui tarda de retrouver son poulain, de le retrouver rapidement, d'être redescendu de la montagne avant la nuit et de retour à la maison le lendemain matin. Mais il y avait une chose à faire avant cela : grimper jusqu'au sommet de ce rempart et voir ce qu'il y avait de l'autre côté. Il ne pouvait rentrer avant de le savoir.

Il mit Flicka au piquet et commença à grimper. Par endroits, la paroi était presque perpendiculaire ; ailleurs, elle était en pente ; la pierre était si tendre qu'il pouvait y enfoncer les doigts. Il se reposait de temps à autre pour reprendre son souffle et regarder autour de lui. C'était bien plus haut qu'il ne l'avait cru d'en bas. Au-dessus de sa tête, le sommet paraissait à peu près plat, mais sur la gauche se dressaient une série de petits pics sur l'un desquels se trouvait le nid des aigles ; sur la droite, en approchant de la rivière, le rempart était aussi déchiqueté qu'un bol brisé.

Pendant la plus grande partie de son ascension, Ken ne voyait rien d'autre que le ciel quand il levait la tête. À la fin, il vit un cône renversé de nuages et, au-dessous, les vastes champs de neige du Tonnant. Plus loin d'autres pics devinrent visibles, et, finalement, il découvrit toute la chaîne du Neversummer. Il gravit péniblement les derniers mètres et s'assit sur un roc. Durant une dizaine de minutes, il eut la sensation que son sang s'écoulait de son corps ; une sorte de torpeur s'empara de lui. Il perdit le sentiment de sa propre personnalité ; ce spectacle était trop grandiose. À ses pieds s'étendait une vallée verdoyante qui s'en allait vers le sud. Tout alentour s'étageaient des montagnes, de plus en plus élevées et lointaines, aux flancs étincelants de glaciers. C'étaient celles dont son père lui avait, de loin, désigné les sommets : le Tonnant, l'Excelsior, l'Epsilon, le Lingberg, le pic Torry et tous les autres. Mais alors, ils étaient suspendus dans le ciel lointain, comme en rêve, sans réalité ; à présent, ils étaient proches et réels. Il était au beau milieu de ce monde gigantesque ; il y était enserré, réduit à rien en face de leur immensité, cette suite interminable de pics neigeux d'où s'envolait par instants une plume blanche semblable à la fumée d'une cheminée et d'où émanait de temps en temps un murmure irritant qui faisait vibrer le tympan de ses oreilles.

Ken releva ses genoux, les entoura de ses bras et y enfouit sa tête pour ne plus voir ce paysage écrasant. Une peur terrible et l'horreur de cette solitude l'avaient envahi. Oh ! être en sécurité à la maison ! Mum ! Howard ! Si seulement il avait pu être sur le seuil de la chambre de sa mère, la regarder se brosser les cheveux devant sa coiffeuse, les bras levés, son peignoir tombant jusqu'à terre, son visage lui souriant dans le miroir… oh ! il n'aurait plus jamais envie de la quitter…

Ce fut l'impression, fréquente lorsqu'on tient les yeux clos dans la haute altitude, d'être sur le point de tomber dans le vide qui lui fit relever la tête. Ils étaient toujours là : en face de lui, le Tonnant avait l'air de flotter dans le ciel avec son escorte de nuages.

Il éprouva un soulagement à regarder la vallée. Qu'elle était belle ! Cette herbe épaisse des montagnes ! Cette large rivière se frayant passage entre toutes sortes de petites collines, de ravins et d'arbres ! La falaise sur laquelle il était assis tombait à pic, comme coupée au couteau, sur une longueur d'une centaine de mètres. À partir de là jusqu'à la vallée, le sol incliné se crevassait de fissures où croissaient des bouquets de trembles et où coulaient des ruisseaux bordés de framboisiers sauvages. À sa droite, la rivière s'échappait de la vallée par une coupure du rempart. Sûrement, comme il l'avait pensé, cette vallée était le cratère d'un volcan éteint, et le mur sur lequel il était assis avait naguère été de lave bouillante. En bas avait bouillonné une marmite infernale à la place où il voyait aujourd'hui paître tranquillement des animaux : antilopes, élans et chevaux... Soudain, il se leva et examina attentivement les chevaux. Il y en avait un grand nombre. Des juments et des poulains, et dans un coin broutait un cheval blanc. Quand Ken le vit, tout son être fut ébranlé. D'abord, les larmes lui montèrent aux yeux, puis il éclata de rire. Thunderhead ! Rien que de le voir là en bas le soulageait du poids de ces montagnes ! Avec Thunderhead, il n'avait rien à en redouter ! Il enleva sa casquette, l'agita et hurla :

– Thunderhead ! sacré coquin ! Comment es-tu donc arrivé là ?

Les chevaux étaient dans le vent et trop loin de lui pour le remarquer. Il reprit les jumelles et regarda le cheval blanc. Son visage prit une expression intriguée. Ce n'était pas le corps de Thunderhead ! Ces gros muscles noueux ! Ces membres lourds ! Ces grosses veines saillantes ! Se penchant jusqu'à risquer de tomber, Ken étudia l'étalon depuis les oreilles jusqu'aux sabots. À la fin, il abandonna les jumelles et, avec un regard fou, il se mit à crier :

– Dad ! Oh ! mum ! dad ! Il est ici, il est ici ! Flicka, ton grand-père est là ! Oh ! mon Dieu ! mon Dieu !

Sautillant sur la crête du rempart en agitant les bras, il poussait des cris de triomphe :

– Flicka ! C'est lui ! Je l'ai retrouvé ! c'est l'Albinos !

Il fit quelques pas pour redescendre auprès de Flicka, puis se ravisa et se dirigea de l'autre côté du rempart. Si seulement il y avait eu quelqu'un pour hurler et danser avec lui !

Il fut très long à se calmer. Son cœur battait à se rompre et ses joues étaient empourprées. Il n'arrivait pas à décider ce qu'il fallait faire ; ses pensées s'embrouillaient et il se livrait à des mouvements nerveux et désordonnés. Enfin, il reprit possession de lui-même et observa calmement l'Albinos ; il le vit lever la tête, jeter un coup d'œil sur la vallée, sur ses juments, et recommencer paisiblement à paître. Ken le compara à Thunderhead. Il était plus grand et avait l'air de peser bien davantage. Thunderhead ? où était-il ? Ken l'avait presque oublié. Il réfléchit. Quel rapport y avait-il entre lui, ces juments et cet étalon ? Ce devait être à cause d'eux qu'il s'échappait si souvent ; c'était cette vallée le but de ses mystérieux voyages… Mais il n'était nulle part en vue…

Reprenant les jumelles, Ken explora soigneusement des yeux chaque mètre de la vallée. Thunderhead s'y cachait-il quelque part ? S'il y était, ne serait-il pas avec les juments ? Et comment y pénétrerait-il ? Où en était l'entrée ? Et pourquoi l'Albinos permettait-il à un autre étalon d'approcher de sa bande ?

Tout à coup, l'Albinos leva la tête et se mit à flairer le vent. Et, presque aussitôt, il donna des signes d'excitation, galopa autour de ses juments, la tête près du sol, pour les rassembler. Ken se demanda ce qui lui avait donné l'alarme et admira la rapidité avec laquelle il mettait chaque jument à sa place d'un coup de queue ou de pied. En un tourne-main, il les eut réunies. Puis, faisant volte-face, il trotta à leur tête comme un gladiateur, leva la tête vers le rempart et fit entendre un hennissement de défi. Ken suivit la direction du regard de l'Albinos et vit Thunderhead, sur le rempart, à une centaine de mètres à sa gauche, en train de regarder dans la vallée. Il se tenait très tranquille, sans manifester ni agitation ni surprise, comme s'il était venu à cet endroit, comme s'il avait vu cette vallée et ces juments bien des fois.

L'Albinos s'approcha du rempart et hennit de nouveau à plusieurs reprises. Il trottait, arpentant la base de la falaise. Thunderhead continuait à le regarder comme s'il lui disait : « Ne t'excite pas. J'attends mon heure. »

Soudain, le poulain entendit un son qui éveilla son attention. C'était un long hennissement d'impatience de Flicka, qui en avait assez d'être attachée à un piquet par une corde de six mètres. Ken l'entendit lui aussi. Thunderhead se retourna, prêta l'oreille, leva le nez, les naseaux dilatés. Le hennissement retentit de nouveau ; il y répondit fortement, s'engagea dans la descente et disparut parmi les arbres.

29

Le vent déroulait les nuages qui entouraient le Tonnant ; ils tourbillonnaient autour de lui comme une écume, mêlés de neige, en une spirale montante que chassait par en dessous le soleil. Bientôt, il eut dégagé le Tonnant et fit briller ses vastes champs de neige de l'éclat éblouissant du diamant. Claire et nue, la haute montagne se détachait sur le ciel, regardant les chaînes et les pics plus bas, les glaciers, les forêts, et la vallée d'émeraude limitée par le mur volcanique sur lequel la petite silhouette d'un garçon lui rendait audacieusement son regard.

Ken ne pouvait se décider à s'en aller. Il avait observé pendant longtemps l'Albinos et les juments. Après la disparition de Thunderhead, l'Albinos continua un moment à arpenter le pied de la falaise avec nervosité, les oreilles dressées, en proclamant, par des hennissements espacés, qu'il était toujours prêt à combattre si son adversaire se montrait. Mais aucune réponse à son défi ne lui parvenait du sommet du rempart. Il finit par retourner au troupeau serré de ses juments et leur accorda la permission de se disperser et de recommencer à paître : fonçant parmi elles, il les sépara les unes des autres. Quand elles se furent remises à brouter, il se calma et en fit autant. La paix redescendit sur la vallée.

Ken ne bougea pas. Le douloureux isolement qu'il avait ressenti sous le poids des montagnes avait fait place au ravissement. Il respirait avec volupté l'air glacial, debout, les pieds écartés ; il voulait, avant de partir, que les montagnes fissent sur lui une marque indélébile. Voyant le Tonnant libéré de son capuchon de nuages, il se rappela ce que son père lui avait dit, mais la perspective d'un orage ne lui causait nulle inquiétude. Il étudiait chaque pic, se répétant qu'il avait sous les yeux les montagnes Rocheuses, les plus élevées des États-Unis ; il se disait qu'elles étaient pleines d'or, d'argent, de cuivre, d'étain, de plomb, qu'elles avaient été exploitées depuis des temps immémoriaux et qu'elles l'étaient encore. Il se souvenait de ce que son père lui avait raconté sur les anciennes villes de mineurs qu'il lui avait montrées sur la carte, et de leurs drôles de noms : Ratatouille, Pâte-Aigre, Crêpe, Poêle-à-Frire, Tout-Chaud.

Mais il lui fallait découvrir comment Thunderhead avait réussi à pénétrer dans cette vallée ; Ken, en effet, n'en doutait pas : c'était l'Albinos qui lui avait donné ce terrible coup de sabot quand il était un yearling. Cela signifiait que l'un ou l'autre connaissait le moyen d'entrer et de sortir de l'ancien cratère. Peut-être, puisque la rivière coupait le rempart, l'entaillait-elle assez largement pour être flanquée d'une piste. Cette entaille se trouvait à une centaine de mètres de l'endroit où il se tenait. Il longea la crête jusqu'à ce grand trou et se coucha sur le ventre. Ce qu'il aperçut lui fit aussitôt renoncer à l'idée qu'un être vivant pût emprunter cette porte pour pénétrer dans la vallée. La large rivière y était comprimée entre les parois perpendiculaires d'une étroite fissure ; c'était là, dans ce chaudron effroyable à voir, qu'elle émettait le rugissement terrible qu'il avait entendu des kilomètres en aval.

Après avoir craché dans le torrent pour lui montrer sa supériorité, Ken revint sur ses pas. Il vit alors qu'au-dessus des pentes nues du Tonnant des nuages s'assemblaient en tourbillonnant ; et, de toutes les autres montagnes, il en venait d'autres qui s'ajoutaient à leur masse. En quelques minutes, le ciel en fut couvert ; le Tonnant, l'Excelsior, le Kyrie, l'Epsilon et le Lindbergh devinrent invisibles. Il ne restait plus dans le paysage que la vallée et, quand les nuages poussés par le vent se divisaient, apparaissait, un bref instant, la pente abrupte d'une montagne ou un pic isolé.

Ken sentit la nécessité de se hâter. Cependant, il n'admettait pas d'être venu aussi près d'un nid d'aigle sans en emporter une plume. Avant de regrimper jusqu'à l'aire, il examina le ciel et les cimes des arbres. Aucun des parents aigles n'était en vue. Lorsque sa tête dépassa le bord du grand amas de branches et de mottes de terre qui constituaient le nid, il vit les aiglons tels qu'il les avait quittés, debout, appuyés l'un contre l'autre ; mais il vit aussi autre chose qui lui avait été masqué pendant son ascension : l'un des parents, assis sur son perchoir, une petite pointe rocheuse, de l'autre côté du nid. L'aigle l'attaqua instantanément ; Ken fit demi-tour et bondit, glissa, se protégeant de ses bras levés contre la furie de l'oiseau. S'il était demeuré immobile une seconde, il aurait été sérieusement blessé, mais il continua de sauter comme s'il avait porté des bottes de sept lieues, trébuchant, roulant jusqu'à ce qu'il finît par offrir à l'aigle une occasion favorable. Elle se présenta quand, tombé sur le dos, il dut repousser l'oiseau à coups de poing et de pied. Il se rendit compte alors que celui-ci n'avait qu'une seule patte. Il visait du bec les yeux de Ken, qui lui frappa la tête. L'aigle revint aussitôt à la charge et lui mordit profondément la lèvre inférieure. Au même moment, Ken ressentit une douleur atroce au milieu de son corps où l'aigle avait enfoncé ses serres, quatre griffes d'acier, chacune de cinq centimètres de diamètre, qui cherchaient à atteindre ses entrailles. La boucle de la ceinture de Ken lui sauva la vie, car les serres de l'aigle l'encerclèrent et furent empêchées de s'enfoncer aussi profondément qu'elles l'auraient fait sans cet obstacle. Soudain, lassé de recevoir des coups, l'aigle relâcha son étreinte et s'éleva verticalement dans les airs.

La chemise de Ken était trempée de sang ; le sang coulait de sa lèvre coupée ; du côté droit, son pantalon avait été arraché et sa peau écorchée. Ses vêtements étaient en lambeaux et son poignet droit était paralysé, couvert de petites coupures dans lesquelles s'étaient incrustés du gravier et des saletés.

Avant de laver ses plaies et de les panser, il reprit ses investigations, résolu à découvrir l'entrée de la vallée.

Il y réussit : non loin du nid de l'aigle, une fissure dans la falaise et, un peu plus à l'est, la piste qu'empruntait Thunderhead et qui portait les traces de ses fréquents passages : elle était pleine de marques de ses sabots et de crottin ancien et récent. L'histoire se reconstituait aisément : après sa première rencontre avec l'Albinos, Thunderhead était revenu à cet endroit pour observer de haut son ennemi, ses juments et cette grasse vallée ; mais il ne s'était jamais aventuré plus loin.

Le poulain, naturellement, avait rejoint Flicka au campement. Pendant que Ken le sellait, le bridait et remballait son équipement, la neige tombait à gros flocons. On ne voyait plus ni ciel, ni arbres, ni montagnes. Mais il faisait encore clair, et Thunderhead connaissait le chemin. Comme il le connaissait bien ! Aussi bien que le chemin de l'écurie du ranch au pâturage ! Ken rit de l'empressement des deux chevaux à quitter cette solitude pour rentrer au Goose Bar. Il laissa la bride sur le cou de Thunderhead, Flicka le suivant de près. Quelle chevauchée ! Sans se laisser troubler par la tempête de neige, par les nuées d'écume qui les trempaient en longeant la rivière, par les cascades qui se précipitaient au-dessus de leurs têtes, ni par les multiples obstacles de la piste presque invisible, Thunderhead ramena son jeune maître à la maison sans un faux pas et sans une halte.

Ce fut un garçon très meurtri qui, le lendemain après-midi, dans son lit de noyer, reçut les soins du Dr Rodney Scott. Ce médecin, qui l'avait tiré d'affaire lors de sa pneumonie, était un bon ami. Pendant qu'il extrayait de ses plaies des saletés et des fragments de schiste, pendant qu'il recousait la lèvre et le ventre de Ken, il blaguait :

— Et tous ces dégâts ont été faits par un aigle à une patte ? Juge un peu dans quel état tu serais s'il en avait eu deux !

Ken rit.

— Et maintenant, maman (le docteur appelait toutes les femmes « maman », car, praticien de petite ville, il faisait surtout des accouchements), vous allez mettre des compresses chaudes d'eau salée sur ces écorchures, toutes les dix minutes.

– Pourra-t-il retourner au collège dans trois jours ?

– Dans trois jours, il ne se rappellera pas ce qui lui est arrivé, à moins que les blessures ne s'infectent. Renvoyez-le au collège et je l'y soignerai.

Ce soir-là, tandis que Nell se brossait les cheveux dans la chambre de Ken (à sa demande expresse), il dit :

– Mum, les explorateurs ont le droit de choisir les noms des lieux qu'ils découvrent, n'est-ce pas ? J'ai appelé cette vallée la vallée des Aigles. Est-ce que ce nom vous plaît ?

– Il lui convient parfaitement ; c'est un nom épatant.

Ken eut un soupir heureux et, regardant par la fenêtre, il ajouta :

– La seule chose embêtante est que je n'aie pas pu prendre une plume ! Le diable l'emporte !

30

« Mange quelque chose, se dit Nell comme si elle avait parlé à un enfant. Tu te sentiras mieux quand tu auras mangé ; il faut que tu manges. »

Mais elle continuait à regarder fixement par la fenêtre, assise dans un fauteuil, enveloppée de sa robe de chambre bleu foncé, les pieds ramenés sous elle à cause du froid qui régnait dans sa chambre.

Il n'y avait pas de feu dans la cheminée, le lit n'était pas fait et ses cheveux n'étaient pas brossés.

C'était une de ces âpres journées d'octobre auxquelles de bons feux, des rideaux et des voix gaies devraient fermer la porte. Quand il faisait ce temps-là, Nell travaillait furieusement de l'aube à la nuit, lavait et raccommodait, confectionnait des rideaux neufs, comptait, jetait et rangeait, empotait des boutures de géranium et nettoyait les plates-bandes. D'autres jours, si elle se décidait à bouger, c'était pour errer nonchalamment à travers la maison, s'arrêtant devant chaque fenêtre en se demandant pourquoi elle était entrée dans la pièce, ne sachant plus si c'était le matin ou l'après-midi, ni quelle était la date du mois.

Le pas lourd de Gus ébranla l'escalier ; il frappa à la porte.

– Entrez !

– Je vous apporte du bois, madame.

– Oh ! il en reste, ici ! Il ne fait pas très froid.

Gus s'agenouilla, enleva une partie des cendres, prépara et alluma le feu et balaya soigneusement le foyer. En se redressant, il jeta sur Nell un rapide coup d'œil. Elle fixait le feu, les lèvres entrouvertes. Gus fut sur le point de parler, hésita, puis demanda hardiment :

– Comment marche la vente des chevaux du patron ?

– Je ne sais pas.

– Il est toujours dans l'Est ?

– Non. Il est à Laramie.

– À Laramie ! Quand est-il revenu ?

– Je ne le sais pas exactement, mais je l'ai vu dans le journal il y a environ une semaine.

Gus se pencha pour balayer un reste de cendres imaginaire.

– Descendez à la cuisine, madame. Je prépare à déjeuner.

– Très bien, Gus. Est-ce l'heure du déjeuner ?

Dans la cuisine bien chaude, Gus s'affairait avec efficacité. Il plaça devant Nell, sur la nappe à damiers rouges et blancs, une tasse de thé fort et chaud, des haricots bien assaisonnés avec du porc salé en tranches minces, croustillantes, posées dessus, ainsi que du pain qu'elle avait fait griller elle-même sur le fourneau.

Assis en face d'elle, il l'étudiait pensivement de ses yeux bleu pâle tout en remuant son thé.

– Êtes-vous malade, madame ?

– Non, Gus.

– Allez-vous monter à cheval cet après-midi ?

—Je ne sais pas.

Elle regarda son assiette remplie, prit sa fourchette et sentit son estomac se rétrécir et se fermer. Ses ceintures étaient devenues très lâches depuis quelque temps ; ses jupes lui descendaient sur les hanches.

Gus, apparemment absorbé par la démolition du monceau de haricots qu'il avait dans son assiette, dit tout à coup :

—Si vous pouviez tuer un lapin de garenne... les poules ont besoin de viande.

Nell but un peu de thé, reposa sa tasse et répondit :

—Eh bien, peut-être plus tard, dans l'après-midi.

—Je vais vous seller Gypsy, madame.

Nell remuait son thé, les yeux fixés sur un trou de la nappe.

—Cette Gypsy, elle est pleine.

—Oui, je le sais.

—Et le patron veut qu'elle n'ait plus de poulains.

—Elle a dû être couverte avant qu'il l'enlève à Banner, au printemps dernier... de bonne heure.

—Oui. Ça fait qu'elle va mettre bas cet hiver.

Nell beurra un petit morceau de pain grillé et se força à le manger.

—Vous n'aimez pas les haricots, madame ?

—Si, Gus, je les aime, mais je n'ai pas faim.

Elle remonta et mit lentement sa chambre en ordre, s'interrompant fréquemment pour regarder par la fenêtre. Les cieux mornes et le paysage décoloré lui rendaient tristement son regard. Plus tard, dans l'après-midi, elle revêtit son pantalon de laine noire et une épaisse jaquette de tweed gris. Quelques coups de peigne rejetèrent ses cheveux en arrière ; elle les noua en un petit chignon, lissa sa frange et se coiffa d'une petite casquette noire à visière. Au moment où elle prenait ses gants fourrés et son foulard rouge, elle éprouva soudain le désir de quitter cette maison au plus vite.

La jument noire galopait, et la mince et souple silhouette la montait avec un balancement gracieux, inconscient. Par instants, sa tête faisait en arrière un mouvement qui lui donnait l'air d'appeler au secours. Les deux chiens, Kim et Chaps, couraient autour du cheval. Nell était contente d'avoir ce petit devoir à accomplir : rapporter de la viande pour les poules. Elle sentait avec plaisir le fusil, attaché sous sa jambe. Elle avait l'impression d'être déracinée du ranch, de ne plus y appartenir.

Sortant de sa léthargie, son cerveau redevint doulou-reusement actif. Une ardente discussion s'éleva dans son esprit ; elle commença par s'affirmer qu'il n'y avait rien de sérieux entre elle et Rob ; puis, se contredisant, elle déclara avec force que c'était inouï, qu'il la traitait d'une manière abominable !

Sur la grand-route, Gypsy dressa les oreilles et se tourna vers le Dos-d'Âne.

– Non, ma fille, ce n'est pas là-haut que nous allons !

Gypsy hennit, le vent lui apportant l'odeur de la bande de poulinières qui se trouvait de l'autre côté de la crête, mais Nell l'éperonna et l'obligea à rester sur la route. Elle calcula depuis combien de temps Rob était parti ; c'était le 10 septembre ; cela faisait presque un mois. En comptant quatre jours pour le voyage jusqu'en Pennsylvanie, puis une semaine ou dix jours pour la vente, deux jours pour le trajet du retour, on arrivait au 26 septembre. Où avait-il été depuis lors ? Apparemment à Laramie, à quarante kilomètres du ranch ; et il n'était pas rentré. Il n'avait même pas écrit. On était dans la deuxième semaine d'octobre… Elle fit entrer Gypsy dans le pré dix-neuf et la fit galoper à travers les pentes accidentées qui menaient au Deercreek. Devant elle, une bande de mésanges migratrices s'éleva dans les airs comme un nuage, puis, lorsque Nell s'arrêta, elles redescendirent ; chaque oiseau se posa sur un brin d'herbe, si bien qu'on eût dit un champ de grosses fleurs bleues ; et, quand une bouffée de vent fit osciller les herbes, les mésanges eurent l'air de se balancer simplement pour s'amuser.

Ne voulant pas les déranger, Nell poursuivit sa route. Elles s'envolèrent pour la laisser passer, tournoyèrent au-dessus d'elle et, quand elle fut passée, se reposèrent sur les herbes et recommencèrent à s'y balancer.

En arrivant au Deercreek, Gypsy, jusqu'au ventre dans des herbes sèches, grogna doucement et tourna la tête vers l'eau. Assise à l'aise sur sa selle, Nell laissa la jument entrer dans le ruisseau, y enfoncer ses pieds dans le gravier meuble, et, tandis que montait l'odeur délicieuse de l'eau, de la terre humide et des feuilles d'automne, elle se demanda pourquoi, maintenant, tout ce qui était délicieux lui pinçait le cœur d'une douleur aiguë.

Gypsy buvait à longs traits, aspirant avec bruit ; deux pies se querellaient dans un arbre. Un peu plus loin, Kim, pourchassant un lapin, jappait frénétiquement. Le cocker, lui, ne jappait jamais et ne se laissait pas entraîner par un lapin dans une poursuite inutile ; il savait d'avance où le lapin irait et il l'interceptait.

Nell souleva la tête de Gypsy, la fit tourner, et la jument

se mit à gravir la berge, l'eau ruisselant de ses sabots et de sa bouche.

Comme elle se remettait au petit galop, Nell reprit avec elle-même sa discussion. Rob était à Laramie depuis près de deux semaines et ne le lui avait pas fait savoir. Pourquoi ? N'avait-il pas envie de la voir ?

Les chiens avaient complètement disparu. Souvent, quand ils partaient en promenade avec elle, les chiens disparaissaient ainsi, détournés par les odeurs excitantes du gibier, et elle ne les revoyait qu'à son retour, haletant sur la terrasse.

À la pensée que Rob ne désirait pas rentrer, elle essaya d'imaginer ce qu'il pensait et ressentait. Souffrait-il, lui aussi ? « Oh ! je l'espère ! je l'espère, car, s'il m'aime, il doit forcément souffrir. Mais m'aime-t-il ? » Elle se vit allant à Laramie, parcourant la ville à la recherche de son mari... Non... *non* ! Elle rougit de honte. Rien d'autre à faire que d'attendre ici, mais combien de temps ? Oui... combien de temps ? Jusqu'à ce qu'il lui plût de revenir ? Elle était complètement impuissante.

Pendant que ces pensées se pressaient dans son esprit, son corps et ses nerfs étaient agités par d'invisibles fouets. Elle devenait alternativement brûlante ou glacée, faible ou fortifiée par une vague de fierté. Son cœur et son estomac se vidaient tout à coup ; elle s'en remettait chaque fois comme d'un choc, lentement, avec difficulté. C'est cela qui l'empêchait de manger, car ces crises la prenaient souvent quand elle venait de préparer son repas et s'asseyait à table.

Elle s'étonna de ces mystérieux troubles physiques sans doute gouvernés par les glandes endocrines, réactions des émotions violentes. Que se passait-il en réalité dans son corps ? Était-ce une commotion du genre de celles que produit un bombardement ? Ce phénomène était-il en train de détruire sa santé, sa force, sa jeunesse ? Elle ne pouvait plus supporter de voir le visage que lui renvoyait le miroir.

Dans le pré seize, elle retrouva les chiens, courant comme des fous après un lapin. La neige d'une tempête récente séjournait encore parmi les arbres. Le lapin, sur la neige, s'efforçait d'atteindre un amas de rochers, et Kim le poursuivait en aboyant avec frénésie. Nell tira sur les rênes et regarda la chasse, apaisée par le sentiment de la fatalité. Quelle chance le lapin avait-il de se sauver ? Il était comme sa pensée, s'efforçant de trouver un trou où se cacher, un sentier par où s'échapper, mais il était chaque fois acculé à une impasse. Le lapin revint sur ses pas et Kim, qui courait toujours trop vite, le dépassa. Le lapin cherchait à gagner les rochers : il devait avoir une cachette sûre en dessous. Y parviendrait-il ? Kim était presque sur lui, mais, de nouveau, le lapin fit demi-tour, de nouveau Kim le dépassa et, pendant qu'il faisait volte-face, le lapin profita de ces quelques secondes pour atteindre son abri. Mais, ah ! il y avait aussi Chaps. Le rusé cocker noir émergea de son embuscade au dernier moment et se saisit de sa proie. Puis vint la mort. Les petits cris du lapin, les chiens le flairant, les brusques secousses de leurs têtes et le claquement de leurs mâchoires. « Ils ne méritent aucun reproche », pensa Nell en galopant vers eux et leur criant de reculer. Remuant fièrement la queue, ils s'écartèrent et levèrent les yeux sur elle. Ils étaient haletants, leurs longues langues rouges pendaient, ruisselantes, hors de leurs gueules.

Nell ramassa le gros lapin – il devait bien peser environ

six livres [1] – et demanda à Gypsy la permission de le suspendre à sa selle. Gypsy dressa les oreilles et rentra le menton en ronflant. Nell lui présenta le lapin ; Gypsy le flaira avec précaution et autorisa Nell à l'attacher à sa selle. Les chiens la regardèrent faire avec satisfaction ; ils savaient que, lorsque Gus le dépouillerait, ils en auraient leur part.

La chasse et la mort du lapin n'avaient fait qu'aggraver la dépression de Nell. L'idée de rentrer lui répugnait. Si elle pouvait chevaucher jusqu'à la nuit tombée, jusqu'à ce qu'il n'y ait plus rien à faire qu'à se déshabiller et à se jeter dans son lit ! Si elle pouvait galoper jusqu'à une fatigue telle qu'elle fût sûre de dormir !

Elle regardait de temps en temps le ciel pour voir s'il y avait des étoiles ou si la lune se levait ; mais le ciel était un solide couvercle ; il n'était ni bas ni orageux, mais lointain et horriblement froid. Elle frissonnait. Où étaient passées la vie et la beauté de la nature ? Quand le ciel avait cet aspect-là, il mettait en deuil le monde et l'âme humaine.

Nell atteignit les écuries par le pâturage du Sud. Elle s'était attendue à y trouver Gus. Mais elle n'y vit personne, pas même les chiens. Elle donna à manger à Gypsy, la dessella et la mit au pré. Elle porta le lapin dans la resserre à viande et prit à contrecœur le chemin de la Gorge qui reliait les communs à la maison. Physiquement, elle était à bout ; son pas était lent et mal assuré. Comme elle approchait de la maison, elle s'arrêta soudain. Des lumières brillaient à toutes les fenêtres et une file de voitures s'allongeait derrière l'habitation.

C'était l'une de ces réunions bruyantes organisées par

1. Un peu moins de 3 kilos.

les gens de la ville, munis de toutes les provisions nécessaires pour surprendre leurs amis campagnards. La maison, où abondaient nourriture et boissons, était emplie de lumière, de flambées, et animée comme une ruche. Rob avait apporté des côtelettes, les pommes de terre étaient en train de cuire, et Geneviève Scott mettait la dernière main à deux grosses tourtes au potiron.

Quand Nell s'immobilisa dans l'embrasure de la porte de la cuisine, sidérée, n'en croyant pas ses yeux, son mari l'étreignit aussitôt en la chahutant, à la façon d'un ours ; sur quoi Rodney Scott et Charley Sargent en firent autant. Elle reçut l'ordre de s'asseoir et de se reposer pendant que ses amis feraient la cuisine et dresseraient le couvert. Morton Harris lui apporta un cocktail à l'ancienne mode. Elle n'aurait, lui dirent-ils, qu'à préparer son fameux assaisonnement pour la salade de laitue.

— Et la sauce au café et à la moutarde pour accompagner les côtelettes ! cria Rob.

Gus était occupé à confectionner le fort punch suédois appelé *glögg*.

— J'espère, dit Bess Gifford, qu'il y aura de la place dans le four pour ces biscuits.

— Le dîner sera prêt vers vingt heures trente et tu n'as, d'ici là, rien d'autre à faire qu'à boire et à t'amuser ! dit Rob.

Elle courut dans sa chambre. « Rob est revenu. Il m'a embrassée. Il est ici ! » Ce soir même, ils seraient ensemble dans cette chambre et tout serait expliqué et pardonné. Cette affreuse solitude… cette désolation, c'était fini. Un souffle apaisé soulevait sa poitrine, agréable soulagement après ces semaines de tension si pénible. Sur le seuil, elle se demanda s'il était déjà venu dans leur chambre, si elle y trouverait son veston jeté sur l'oreiller et ses bottes au milieu du plancher. Mais elle ne vit sur le lit que des manteaux féminins entassés. Naturellement... les vêtements de ses amies... Eh bien, elle attendrait...

Légère et pleine d'animation, elle se changea, se recoiffa et redescendit. Rob lui offrit un second cocktail.

— Le veux-tu ? fit-il d'un ton jovial. Il faut que tu rattrapes les autres, tu sais.

— Y a-t-il longtemps que tu es ici ? demanda-t-elle en prenant le verre.

Elle avait l'impression de parler à un homme qu'elle connaissait à peine et dont elle était follement amoureuse.

Leurs yeux se rencontrèrent l'espace d'une seconde, puis il abaissa les siens sur le verre qu'il lui tendait et répondit :

— Oh ! depuis environ deux heures.

— Je veux vous voir assaisonner la salade ! dit Morton Harris. J'ai mis tous les ingrédients sur cette table.

La radio vociférait. Bess Gifford et Charley Sargent dansaient au salon. Nell se sentait flotter sur une rivière de bruit qui la soulevait de plus en plus haut. Son corps était chaud, vif et souple, les pupilles de ses yeux dilatées, son rire fusait. Présidant la table, elle découpait les côtelettes, mettant sur chacune un morceau de beurre, de la moutarde et une cuillerée de café noir qu'elle mêlait au jus de la viande. Lorsque, tout à coup, le souvenir de cet après-midi, de tous les jours qui l'avaient précédé lui revenait à la mémoire, elle posait sa fourchette et se demandait si elle n'était pas ivre, tant le moment présent était intolérablement doux auprès de la désolation passée. C'était fini. Il l'avait embrassée. Il l'embrasserait encore cette nuit.

– Peut-être que vous saurez nous le dire, Nell, cria Bess Gifford, de l'autre bout de la table. Pourquoi Rob et Charley ne sont-ils jamais aussi heureux que lorsqu'ils racontent combien ils perdent d'argent sur les chevaux ?

– Perdre sur les chevaux ? dit Nell avec hésitation en cherchant du regard les yeux de Rob.

– Ne le croyez pas, dit Rodney Scott. Allons, Rob, pas de cachotteries, vous avez fait des affaires d'or à cette vente, n'est-ce pas ?

– Inutile de le lui demander ! cria Stacy Gifford. Il n'y a qu'à le regarder ! Vous voyez ce sourire satisfait ! Il a fait sauter la banque !

Rob essayait de se faire entendre :

– Si vous tenez à le savoir, j'ai perdu jusqu'à ma chemise !

– C'est cela qu'il racontait à Charley, dit Bess Gifford. Je ne comprends pas pourquoi ils s'obstinent à élever des chevaux.

– Simplement pour le plaisir de les donner pour rien et de les voir battre sur les champs de courses.

– Est-ce vrai, Rob ? demanda Geneviève Scott.

– C'est vrai, dit Rob, souriant. Qui, excepté moi, aurait fait une chose pareille ? Je suis arrivé à cette vente avec deux wagons de chevaux juste au moment où les joueurs de polo argentins se défaisaient des leurs avant de quitter les États-Unis ; ils en ont obtenu des prix fabuleux. Les chevaux américains se sont vendus pour une bouchée de pain.

Nell resta silencieuse, sans mouvement. Voilà comment il avait choisi de le lui apprendre ; c'était plus facile que de le lui dire sérieusement quand ils seraient tête à tête. C'était aussi plus facile pour elle.

Se frappant la tête du poing, Rodney Scott cria :

— Et il me doit de l'argent !

— Oui, je vous dois de l'argent ! blagua Rob, et à combien d'autres ! Je vous enverrai à tous une circulaire. Aucune note ne sera payée !

Les yeux de Nell cherchèrent à nouveau ceux de Rob. Les choses en étaient-elles à ce point ? Ce n'était pas possible... Sûrement, même s'il avait dû sacrifier ses chevaux aux prix les plus bas, avec deux wagons pleins, il avait pu réaliser de quoi régler leurs notes...

Son regard exprimait une question définie. Pour la première fois de la soirée, celui de Rob le rencontra franchement, et il était si dur qu'il équivalait à une réponse précise. Elle baissa les paupières. C'était vrai. Le désastre. Elle n'en avait cure. L'argent... qu'avait-il à voir avec eux ?

Pendant que des propos joyeux et des rires s'entrecroisaient autour de la table, Nell écoutait la musique. Arthur Rubinstein jouait avec un orchestre un concerto de Rachmaninov. Les larges crescendos passionnés pénétraient dans ses veines. Ainsi, des hommes vibraient eux aussi de cette manière. Un homme avait composé cette musique et des hommes l'exécutaient. Voilà comment elle vibrait. Et Rob éprouvait-il la même émotion ?

À un moment donné, quelqu'un annonça qu'il neigeait ; les hommes sortirent pour aller fermer les fenêtres de leurs voitures. Gus ne cessait d'apporter des bûches pour les cheminées et des bols de *glögg*. Il était trop tard, et le temps était trop mauvais pour qu'on pût songer à rentrer cette nuit à Laramie. Nell alla voir dans la chambre d'amis du rez-de-chaussée s'il y avait du pétrole dans les lampes. Elle frotta une allumette et, à l'instant où elle en protégeait la flamme vacillante, elle vit une autre main appuyée sur la table, devant elle. Impossible de ne pas reconnaître cette main, cette main puissante…

La flamme s'éteignit. La main se referma sur celle de Nell, l'emprisonnant tout entière. La main de Nell fut soulevée, sa paume baisée deux fois, puis relâchée. Tremblant des pieds à la tête, elle trouva une seconde allumette et la frotta. Elle était seule dans la chambre. Elle alluma la lampe et s'efforça de se ressaisir. Elle regarda la paume de sa main comme pour y voir la marque de la violente caresse qui avait transformé en feu tout son sang.

Elle resterait là jusqu'à ce que son tremblement eût cessé et que son cœur se fût calmé. Ses regards ne pouvaient se détacher de sa main. Elle la posa contre sa joue. Elle se demandait si, quand elle retournerait au salon, on verrait se réfléchir, dans ses yeux, sur ses lèvres, dans son sourire, ce baiser qui brûlait en elle.

Elle examina les lampes, s'assura qu'il y avait suffisamment de couvertures sur le lit et réfléchit à la façon dont elle coucherait ses invités. On était huit ; la maison contenait cinq lits dont deux à deux places. Elle ne parvenait pas à caser tout le monde ; c'était pire que de faire une table de dîner… Ses amis la tirèrent d'embarras ; ils décidèrent que deux des ménages prendraient les deux grands lits ; les deux célibataires occuperaient les chambres des garçons, et Rob irait coucher aux communs.

Nell passa la nuit dans le cabinet de toilette de Rob. Si elle n'avait pas ses bras autour d'elle, du moins elle était sur son divan. Il est rare qu'on passe toute une nuit sans fermer l'œil ; cette nuit, Nell ne dormit absolument pas.

Le lendemain, les hommes se levèrent de bonne heure ;

ils sortirent leurs voitures de la neige et passèrent des chaînes autour de leurs roues pendant que les femmes préparaient le déjeuner. Tous partirent aussitôt après. Rob s'arrêta pour l'embrasser et dit sans la regarder dans les yeux :

— Je suis obligé de retourner à Laramie avec eux... pour une affaire. Je reviendrai bientôt ; je te télégraphierai et tu pourras venir me chercher avec la voiture.

31

Nell rêva qu'elle se remariait avec un homme qu'elle n'avait jamais vu. Il mesurait environ un mètre quatre-vingt-dix et était large en proportion. Ses cheveux bruns qui se clairsemaient étaient droits, et son visage très coloré était presque comme celui d'un Peau-Rouge. Il était méticuleux, bon et attentionné. La cérémonie du mariage avait lieu dans le parc d'une propriété, à l'ombre de grands arbres. Elle se mariait hâtivement, avant d'avoir eu le temps de régler une affaire importante, et elle avait le sentiment qu'à moins qu'elle ne fût réglée, son mariage ne serait pas complètement légal. S'agissait-il des dernières formalités d'un divorce ? Elle n'en était pas sûre, mais elle sentait un obstacle à ce mariage. Le pasteur qui officiait n'était pas non plus dans son assiette. Debout devant eux, il leur expliquait avec un sourire d'excuse que, venant d'apprendre, au cours d'une récente aventure, qu'il était maintenant un prêtre authentique, il avait légalement le droit de marier les gens. Nell et son fiancé étaient assis sur deux chaises basses. Agitant les mains, le prêtre dit : « Je sais que vous êtes pressés. » Sur quoi elle et le grand homme rouge firent un signe d'assentiment et se prirent les mains à la façon des patineurs, en les entrecroisant.

Les seuls témoins de ce mariage étaient une ou deux douzaines de grands chiens danois que Nell avait aperçus un peu plus tôt, à l'intérieur d'une clôture de fil de fer contre laquelle ils se ruaient. À présent, ils étaient étendus bien tranquilles d'un côté de l'officiant, tous dans la même position, leurs têtes sur leurs pattes allongées, leurs pattes de derrière ramenées sous eux. La moitié d'entre eux étaient morts. Leur position était exactement celle des chiens vivants, mais ils n'étaient que des cadavres.

Nell éprouvait la fiévreuse sensation des rêves d'avoir oublié quelque chose d'important, ou d'avoir perdu un objet ou d'être incorrectement habillée. Et pendant qu'elle attendait avec son fiancé, les mains enlacées comme celles des patineurs, le moment de dire : Oui, elle sentait peser sur elle les yeux des grands danois ; ceux des vivants semblant dire : « Prends garde, sois prudente » ; et ceux des orbites vides des morts : « Plus rien à faire ; il est trop tard. »

Elle s'éveilla soulagée de ce que ce n'eût été qu'un rêve, mais obsédée par la terrible réalité du grand homme rouge aux manières polies. Il la suivit toute la journée, avec son aspect si particulier, sa personnalité si définie que lorsqu'elle se rendit à Laramie pour déjeuner avec Rob et le ramener, elle se sentait nerveuse comme une femme entre deux hommes. Elle passait son temps à se dire qu'il ne fallait pas réveiller le chat qui dort. Mais il ne se contentait pas de dormir. La semaine qui venait de s'écouler avait été presque aussi éprouvante que les précédentes ; sans appétit, sans sommeil, énervée, Nell était maigre et avait les traits tirés. Néanmoins, elle s'habilla avec soin d'un tailleur vieux de six ans en tweed vert et d'un béret de feutre de la même teinte. La fièvre qui la minait colorait et animait son visage ; ses yeux couleur d'iris scintillaient ; ses lèvres étaient frémissantes. Elle riait beaucoup. Lorsqu'elle enleva sa jaquette en s'asseyant dans le restaurant, elle eut, dans le chandail jaune qui la moulait, son air jeune et gai habituel. Rob n'était pas loquace. Nell eut à faire la conversation, et elle ne savait pas jusqu'à quel point elle pouvait se risquer à l'interroger.

— Est-ce vrai ce que tu as raconté au sujet des chevaux, l'autre soir, pendant le dîner ?

— Oui. Je n'aurais pu choisir un pire moment.

— J'en suis désolée, Rob… (Elle hésita et baissa les yeux.) Et pour nos dettes aussi, c'est vrai ? Nous ne pouvons pas les payer ?

— Nous ne pouvons pas les payer.

— Et la traite de cinq mille dollars ?

— Non plus. C'est de cela que je me suis occupé cette semaine : faire proroger cette traite, obtenir des délais de nos créanciers.

« *Cette semaine*, peut-être, pensa-t-elle en découpant sa côtelette d'agneau, mais la semaine précédente, et celle d'avant ? Et pourquoi ne pas avoir, tout ce temps-là, habité à la maison et être venu passer la journée en ville pour vaquer aux affaires comme il l'avait toujours fait ? » Mais cette question ne la tourmentait guère depuis la visite de Rob huit jours auparavant. Du moment qu'il l'aimait… Cette minute dans l'obscurité où il lui avait pris la main pour la baiser ! Son absence s'expliquait par l'échec dont il redoutait de lui parler. « Tu ne fais qu'attendre la catastrophe afin de ramasser les débris… » Elle ne lui reprochait pas sa réticence.

— Parle-moi de Howard, dit-elle, puisqu'il n'avait pas

l'intention de lui parler de la vente. Elle ne savait pas combien elle avait rapporté. Ne lui dirait-il même pas cela ?

Pendant qu'il lui parlait de Howard et de son école, Nell, tout en l'écoutant, poursuivait ses réflexions et l'observait attentivement.

Ce n'était pas seulement l'incident de la main qui la persuadait de son amour : elle avait surpris Gus en train de réparer le traîneau dans le grenier au-dessus de l'écurie, et il lui avait dit que Rob l'avait rapporté de Denver dans le camion pour lui en faire cadeau en recommandant le secret. Outre le baiser et le traîneau, il y avait l'arbre-singe. Un après-midi, en se promenant à cheval, elle était tombée sur un gros arbre-singe autour duquel on avait creusé une tranchée. Elle avait arrêté Gypsy et elle avait compris. C'était ainsi que Rob transplantait les arbres adultes : creuser tout autour un fossé profond, imprégner d'eau la terre afin qu'elle gelât dès les grands froids ; de cette façon, au cœur de l'hiver, on pouvait enlever l'arbre avec ses racines enveloppées de leur croûte de terre et le porter ailleurs sans dommage.

Il avait fait cela pour elle ! Il avait pensé à lui faire plaisir, alors même qu'il la négligeait et que son abandon la tuait presque de détresse et d'angoisse. Elle faillit éclater de rire et s'écrier : « C'est tout toi, Rob ! » Mais, oh ! comment cet horrible refroidissement pourrait-il être effacé ? Comment oublier cette souffrance et retrouver la paix, la véritable union conjugale ?

Tout en l'examinant et en évoquant ces souvenirs, elle lui racontait l'expédition de Ken à la vallée des Aigles.

Vêtu d'un de ces costumes de tweed soigneusement conservés qu'il portait avec tant d'élégance, quelque vieux qu'ils fussent, il lui faisait l'effet, assis en face d'elle dans le grill-room du Moutain Hotel, d'une simple relation, presque aussi peu son mari que le grand homme rouge dont l'image surgissait si clairement dans son esprit. Des vagues d'une impatience délirante l'envahissaient à tout moment. Quelle affreuse situation ! Se sentir moins intime, moins en harmonie avec son mari qu'à l'époque de leurs fiançailles ! Avoir un fils de seize ans et le cœur rempli du même émoi, de la même passion, de la même fièvre qu'aux premiers jours !... mais en bien pire...

Ce n'était pas seulement que Rob prenait une attitude détachée ; un changement plus profond s'était opéré en lui. Son expression était dure – il ne se confiait pas à elle et la tenait à distance. Tout cela, elle le comprenait, mais elle était déroutée par un élément inconnu qui éteignait la flamme de sa vitalité ; il avait dû recevoir un choc pour être abattu de la sorte.

Cette vente ! Elle baissa la tête sur son assiette pour dissimuler son visage tandis qu'elle imaginait le supplice qu'il avait dû subir quand ses chevaux chéris s'étaient vendus pour une fraction infime de leur valeur, eux qui représentaient des années d'un labeur incessant. Il ne restait plus à présent au ranch que les jeunes bêtes et la troupe des poulinières.

– Pourras-tu acheter d'autres poulinières ? demanda-t-elle soudain en sortant de sa rêverie.

– Non.

– Un nouvel étalon ?

– Non.

Rentrant à la maison avec l'arrière de la voiture rempli de provisions, elle aurait pu se sentir heureuse si seulement il l'avait été. Mais comment pouvait être heureux un homme venant de recevoir un coup aussi dur et qui se trouvait dans un immense embarras ? Elle-même, comment aurait-elle pu l'être si elle n'avait pas, au bout de longues heures de réflexion, eu l'idée d'un projet qui lui semblait susceptible de les tirer de leurs difficultés ?

Quand le lui révélerait-elle ? Maintenant, afin qu'ils pussent le discuter en cours de route ? Comment l'aborderait-elle ? « Rob ! j'ai réfléchi. Et il m'est venu une idée… »

Elle lui jeta un regard à la dérobée et décida que mieux valait ne pas lui en parler tout de suite. Il avait l'air si… Quel air avait-il au juste ? Pas implacable, aujourd'hui. Non, pas aussi fâché qu'avant son départ, mais dur. Et sur ses gardes. Ce ne pouvait être que contre elle. Et résolu… à quoi était-il résolu maintenant ? Peut-être à continuer à la punir. Il disait toujours quand il se fâchait qu'il était fâché contre lui-même et non contre elle. Même si c'était exact, cela ne changerait rien au résultat : il sécrétait une mauvaise humeur qui bouleversait tout le monde autour de lui.

– Rob, j'ai réfléchi et il m'est venu une idée.

Le dîner avec un bon verre d'alcool l'avait un peu radouci. Il posa le périodique qu'il était en train de lire, regarda sa pipe et vit qu'elle était éteinte.

– À quel sujet ? demanda-t-il.

– Eh bien, à propos de nos finances.

– Alors ? fit Rob, tout en cherchant une allumette.

– J'ai pensé à une chose que nous pourrions peut-être faire pour que le ranch nous rapporte.

– Quand as-tu combiné ça ? demanda Rob, s'arrêtant au moment d'allumer sa pipe pour regarder Nell.

– Cette semaine, depuis… depuis que tu es venu l'autre

soir et que tu as dit… que la vente… n'avait pas produit les résultats que tu en espérais.

– Ah ! tu t'es dit que l'heure était arrivée pour toi de ramasser les débris !

Nell était consternée. Allait-il interpréter son projet de cette façon ? Elle garda le silence.

– Alors, déballe-la, ton idée, dit-il avec une gaieté forcée.

Il la fixait de ses yeux très bleus, par-dessus sa pipe, et Nell se souvint de la phrase de Ken : « C'est dad qui a les yeux les plus ardents. »

– Vas-y ! dit-il.

– En vérité, ce qui me l'a suggérée est une chose que tu as dite il y a plusieurs années.

– Ah ! tu es bien bonne de te l'être rappelée ! Mais ne prends pas la peine de m'en faire part avec ménagements, Nell, vas-y carrément.

– Tu m'as raconté que le percepteur t'a dit que les seuls éleveurs du Wyoming qui gagnaient de l'argent étaient ceux qui prenaient des pensionnaires. Et tu as ajouté : *Et il est renseigné.*

Elle leva sur Rob un regard interrogateur, espérant qu'il ne s'apercevrait pas du tremblement nerveux qui secouait son corps.

– Je m'en souviens. Continue.

– Et ça m'a donné l'idée de prendre des pensionnaires.

– *Dans ce ranch ?*

– Oui. Nous en avions déjà parlé plusieurs fois, il y a des années, t'en souviens-tu ?

– Et tu as toujours dit que, si nous le faisions, le ranch ne serait plus pour toi un foyer.

– En effet, répondit Nell, et elle poursuivit péniblement : j'en ai toujours détesté l'idée. Mais il m'a semblé, Rob, que, du moment que nous sommes dans l'embarras, que tu as besoin d'argent, je n'ai pas le droit de tenir compte de mes goûts personnels.

Elle le regarda avec hésitation et détourna aussitôt les yeux. Il paraissait en colère – en rage, plutôt – et son visage n'était pas beau à voir.

– Et alors, dit-il de son ton le plus sardonique, tu as simplement décidé que je n'étais littéralement bon à rien, que j'avais fait fiasco sans remède possible et que tu ferais mieux de renoncer à la chose que tu aimes le plus : ton foyer. Faire de cet endroit, que je me suis acharné à embellir pour toi, un lieu de campement pour tous les Pierre, Paul et Jacques qui auront envie d'y venir…

– Tu n'es pas juste de présenter les choses sous ce jour, dit Nell avec un regard indigné. Les gens n'y seraient admis que pendant l'été. L'hiver, ce serait notre maison comme toujours. On a bien le droit de changer d'avis. Si cela devait nous permettre de payer nos factures, je serais stupide de ne pas savoir m'adapter quelques mois, chaque été, à un mode d'existence différent. C'est honteux d'être toujours endetté. Je préférerais n'importe quoi à cette situation-là.

– Et tu te figures, dit Rob du même ton sardonique, que tu pourrais tirer un bénéfice du ranch avec des pensionnaires ?

– Oui. C'est bien ce qu'a dit le percepteur, n'est-ce pas ?

– Les gens parlent toujours de prendre des pensionnaires. L'expression juste serait : « trouver des pensionnaires ». La plupart des ranchers de cet État seraient contents d'en trouver s'ils le pouvaient. Comment comptes-tu faire pour y arriver ?

– J'ai déjà commencé ! dit Nell, piquée au jeu, maintenant. J'ai écrit à tante Julia, à Boston. Elle a énormément d'amis et de connaissances. Et j'ai écrit à deux de mes anciennes camarades de classe, Adélaïde Kinney et Evelyn Sharp.

– Tu t'attends à ce qu'elles lancent ton entreprise ?

– Pas comme tu le prétends ! Oh ! Rob, tu es simplement odieux !

Nell bondit et alla s'accouder au manteau de la cheminée.

– Je cherche uniquement à comprendre ton idée, dit Rob d'une voix glaciale. Tu voulais me l'exposer, n'est-ce pas ? Continue – dis-moi le reste. Elle m'intéresse particulièrement à présent que je sais tes parents et amis de l'Est mis au courant par toi de mon échec.

Nell resta silencieuse quelques minutes, puis, après une profonde aspiration, elle dit :

– Il n'est pas question qu'elles lancent mon entreprise. Elles seront heureuses de me donner des listes de personnes à qui écrire en me servant de leurs noms comme référence. J'ai déjà rédigé une lettre-prospectus, décrivant la propriété ; il faudrait y joindre le plus de photographies possible pour les envoyer aux personnes en question. La mise de fonds nécessaire serait presque nulle. Quelques baraquements pour servir de chambres supplémentaires, oui – Gus, Tim et toi pourriez les construire vous-mêmes. Cet endroit est ravissant, les alentours se prêtent à de magnifiques promenades, nous avons beaucoup de chevaux et je suis très bonne cuisinière !

– Bon Dieu ! éclata Rob.

Nell se tut. Au bout d'une minute, Rob demanda :

— Tu dis que tu as rédigé la lettre ?

— Oui, dit Nell en la prenant sur la table et en la lui tendant.

Mais Rob la repoussa d'un geste.

— Non, je ne veux pas la voir, merci. Et j'espère que ce projet ne te tient pas à cœur ? Que tu n'y es pas résolue ?

— Si j'y suis résolue ? fit Nell.

— Parce que je ne veux contrarier aucun de tes désirs.

— Je le sais, dit Nell en hésitant. Tu es extrêmement gentil à cet égard. Je voulais te remercier pour… pour le traîneau que Gus est en train de réparer… et pour l'arbre-singe. Je te remercie infiniment.

— Ce n'est rien, dit Rob avec indifférence. Il n'y a aucune raison pour que tu n'aies pas ce dont tu as envie.

Au bout d'un long silence, elle dit :

— Tu sais, Rob, ceci n'est pas simplement une chose dont j'ai envie, pour mon plaisir…

— Non ? Je pensais que tu te sentais peut-être trop solitaire ici seule avec moi.

— Tu sais que ce n'est pas cela du tout, Rob. Tu ne fais même pas semblant de dire la vérité.

— Je ne suis qu'un satané menteur, n'est-ce pas ?

Cette phrase parut à Nell si drôle qu'elle en recouvra son équilibre.

— C'est parce que je t'ai dit l'été dernier que l'élevage des chevaux ne réussirait jamais que tu t'es mis en colère contre moi. Et tu n'as pas cessé d'être furieux. Après cela, je me suis reproché d'avoir ainsi condamné les chevaux, tout ton travail, sans rien avoir à te suggérer à la place. Alors, je me suis efforcée de trouver autre chose. Voilà tout.

Rob fumait en silence et Nell s'était rassise. Le feu crépitait ; une grosse bûche s'écroula avec un jet d'étincelles. Secouant les cendres du fourneau de sa pipe, Rob dit :

– Je n'avais pas l'intention de te le dire, Nell, mais à présent j'y suis obligé, sans quoi tu ne comprendrais pas pourquoi je dis non à ta proposition. L'élevage des chevaux va cesser d'être la principale entreprise de ce ranch. Les chevaux n'y seront plus qu'un accessoire ; je vais élever des moutons.

– Des moutons ! s'écria Nell, mais cela exige une mise de fonds considérable ! Comment pourrais-tu te procurer l'argent nécessaire ?

– C'est déjà fait. D'abord, bien que mes poneys de polo ne m'aient pas rapporté les vingt mille dollars que j'aurais pu en tirer si j'avais eu de la chance, ils sont quand même montés à près de dix mille. Je n'ai donc plus de chevaux ; à part les jeunes qui doivent naître, il ne me reste rien à vendre. Mais j'ai investi toute cette somme plus tout ce que j'ai pu emprunter dans un troupeau de brebis. J'ai étudié à fond le marché des moutons pendant mon séjour à Laramie et je crois avoir été heureux dans mon achat. J'ai trouvé ces bêtes au ranch de Doughty, près du désert Rouge. Ce sont quinze cents brebis de Corriedale.

– Quand doivent-elles arriver au ranch ?

– Elles y sont déjà, dit Rob. J'ai engagé un berger mexicain avec qui j'ai amené le troupeau de Laramie il y a deux jours. Nous avons pris la route transversale.

– Eh bien, et les moutons de Bellamy ? ils sont sur la colline du fond ; je les y ai vus hier.

– Si tu as vu des moutons sur ce ranch hier, tu as vu nos propres moutons. Bellamy est parti avec les siens il y a plusieurs semaines.

360

Nell fut sur le point de demander : « Alors, qu'advient-il du bail que tu lui as renouvelé pour un an ? », mais elle se ravisa et dit :

— Tu viens de dire que tu n'avais pas l'intention de m'en informer. Pourquoi ?

— Parce que cela pourrait ne pas réussir, répondit Rob d'un ton froid. C'est une spéculation comme tout élevage. Elle semble bonne à cette heure ; le marché a été excellent depuis plusieurs années. Je devrais gagner près de dix mille dollars net en un an avec ces moutons, ce qui permettrait d'amortir une bonne partie de nos dettes ; et si les prix se maintiennent, nous serons tirés d'embarras en quelques années.

Le renversement de tout ce qui avait occupé sa pensée était si brusque que Nell se sentit comme laminée. « Tout allait bien ! Tout était arrangé ! Notre avenir est assuré… et tout et tout !… »

Elle finit par reprendre son souffle et exprima sa pensée à haute voix.

— Oui, acquiesça Rob, tout est arrangé.

— Nous n'avons plus de soucis.

— Aucun.

Leurs paroles s'égrenèrent dans un pesant silence. Nell leva les yeux sur Rob. Tout est arrangé… plus de soucis… et cependant, cette froideur, cet éloignement subsistait entre eux. À quoi était-ce dû ? Était-il impossible de rétablir les habitudes de l'amour, une fois qu'on les a rompues ? Même quand la cause de cette rupture n'existe plus ?

Ses yeux fixant le feu, Rob dit lentement :

— J'aurais aimé achever cette expérience et ne te la révéler qu'après le fait accompli : de l'argent en banque, nos dettes payées, nos factures réglées, l'affaire en marche… et non pas maintenant où ce n'est qu'une expérience de plus, un projet de plus auquel accrocher ses vœux.

Renversée dans son fauteuil, Nell ne répondit pas.

— Mais, continua Rob, puisque tu m'as si clairement donné à entendre que ce n'était pas seulement des chevaux que tu doutais mais de moi-même, de ma capacité de veiller à tes besoins, de t'assurer un foyer…

Il laissa sa phrase en suspens. La pendule sonna onze heures, et Pauly, se levant de devant le feu en s'étirant, courut en miaulant vers Nell, qui la prit automatiquement dans ses bras.

— C'est vrai, n'est-ce pas, Nell ? demanda Rob d'une manière soudainement directe.

— Quoi ?

— Que tu as perdu confiance en moi ?

Elle ne répondit pas immédiatement. Finalement, elle dit :

— Rob, je n'ai pas cru que ton élevage de chevaux serait une réussite ; je te l'ai dit. Mais il ne s'agit pas de toi personnellement…

— Mais si, c'était bien moi, personnellement, insista-t-il. Tu ne croyais pas que je saurais nous tirer d'affaire, n'est-ce pas ?

— Tu ne t'es jamais confié à moi, dit Nell ; tu ne m'as jamais dit que tu allais essayer de faire autre chose. Tu répétais toujours que ce seraient des chevaux ou rien.

— Je suppose que ta réponse en vaut une autre, dit Rob.

Une protestation passionnée fit brusquement bondir Nell. Pauly heurta le sol avec un petit grognement.

— Je ne vois pas pourquoi tu attaches une telle importance à la *confiance* ! Je n'ai jamais cessé de t'aimer, pas le moins du monde. À supposer que j'aie perdu un peu de ma confiance en toi, ce serait simplement humain – cela ne signifierait rien de sérieux entre nous !

Rob se leva à son tour et se mit à éteindre les lampes.

– Sauf qu'il y a de quoi décourager un homme…

En montant lentement l'escalier, Nell se dit que tout n'était pas encore perdu. Quand des gens s'étaient aimés comme eux, il ne faudrait pas plus qu'un regard, qu'un mot – son nom, *Nell*… – et sans pardon, sans explication, ils se retrouveraient, et leur désaccord s'évanouirait.

Mais Rob restait au milieu de leur chambre à coucher, dans une sorte d'hébétude, comme s'il ne la reconnaissait pas. Il tenait sa pipe à la main tout en regardant Nell enlever le couvre-lit, fermer la fenêtre, prendre ses vêtements de nuit dans le placard et les poser sur le lit. Elle sortit un pyjama du tiroir de la commode, le lui tendit en disant :

– Voilà un pyjama propre pour toi.

Il le prit sans s'en rendre compte, puis, tandis que Nell quittait sa jupe et retirait son chandail, il lui dit en hésitant :

– Je suis très fatigué. Je crois que je vais coucher dans mon cabinet de toilette. Cela t'est égal ?

Il regarda sa femme. Assise sur une chaise basse, n'ayant plus sur elle que sa petite chemise, elle dénouait son soulier, ses belles jambes luisantes dans leurs bas de soie croisées l'une sur l'autre, ses cheveux fauves retombant sur la peau nacrée de ses seins. Une rougeur exquise colorait ses joues. Sans lever la tête, elle répondit avec aisance :

– Complètement. C'est une très bonne idée. Je dormirai probablement mieux moi-même.

32

« On ne meurt pas, songea Nell ; on est tué petit à petit, parce que, lorsqu'on est trop malheureux, on ne peut pas manger et que, si on mangeait, on ne pourrait pas digérer, tout le fonctionnement de votre corps étant bouleversé. »

Elle était assise à son bureau, essayant d'écrire une lettre à Howard.

« Nous avons beaucoup de neige. Cela me paraîtra étrange que tu ne sois pas ici pour Noël, mais tu pourras faire souvent du ski, dans le Massachusetts… » Elle regarda par la fenêtre et appuya son menton sur sa main. C'était une journée grise, silencieuse ; le ciel bas annonçait la neige. *« Oui. Les trois quarts de la vie se passent à mourir lentement. C'est le désespoir qui nous tue – rapidement ou lentement – et je suppose que chacun en a sa dose. Maintenant je sais ce que c'est. Le désespoir agit sur les glandes ; elles s'altèrent et c'est ainsi que le corps vieillit et finit par mourir… »*

Elle trempa sa plume dans l'encrier et reprit sa lettre : *« Nous gardons Gypsy enfermée afin de pouvoir la soigner quand elle poulinera. Ton père est furieux parce qu'elle va avoir un poulain d'hiver… »* Elle termina sa lettre, la cacheta et descendit en hâte à la cuisine, regarda les marmites qui mijotaient sur le fourneau et se mit à dresser le couvert du déjeuner. Être assis face à face trois fois par jour pour les repas avait fini par devenir pour l'un comme pour l'autre une épreuve plus pénible de semaine en semaine. Ils l'affrontaient avec une sorte d'horreur.

Cependant, elle ne parvenait pas à y croire, et elle attendait, persuadée que cela passerait et que leur amour, comme un cours d'eau, s'était enfoncé sous terre, qu'il continuait à y couler et réapparaîtrait un jour au soleil. « J'ai peut-être eu ma part de bonheur, pensait-elle, et je ne devrais pas en exiger davantage. Mais je ne suis pas raisonnable à ce point ; personne ne l'est. Un peu ne suffit pas – nous en voulons toujours, toujours davantage, et si nous ne l'obtenons pas, nous mourons. »

Rob expliquait qu'il irait après le déjeuner au pré dix-sept, sur la colline, marquer des arbres à abattre ; elle répondit qu'en effet le bûcher avait besoin d'être regarni. Tout en parlant, elle pensait qu'elle écrirait ce soir sur la page de garde de son livre de chevet : *« Nous sommes insatiables de bonheur. Nous cherchons toute notre vie une beauté inaltérable. »*

Pourquoi ne s'en allait-il pas à présent que le déjeuner était fini ? Pourquoi restait-il là à fumer en regardant par la fenêtre ? La neige avait commencé à tomber doucement. Elle allait et venait nerveusement à travers la cuisine, rassemblant les assiettes, mettant de l'ordre, faisant couler de l'eau chaude.

Cette attente ! Il semblait presque que l'air tremblât, attendant la parole qui mettrait fin à cette tension. Mais novembre passa, puis décembre, et rien ne changeait. Rob était sombre, désespéré ; on l'eût dit en proie à une espèce de pénible frénésie.

« J'ai toujours pensé qu'il en était capable, se disait Nell. Il en jouit ; il aime sa colère et sa furie ; il aime sa dureté. La confiance, quelle bêtise ! Ils ne comprennent pas comment les femmes aiment leurs enfants, leurs hommes. La confiance n'a rien à y voir. D'ailleurs, est-ce vrai ? Est-ce qu'il souffre vraiment ou est-ce qu'il se venge ? »

Elle ne pouvait supporter de le regarder. Finalement elle ne put même plus supporter d'être près de lui. Elle s'ingéniait, toute la journée, à l'éviter et elle respirait plus facilement, elle pouvait manger et se tenir droite quand elle le voyait, avec ses grosses bottes, gravir la colline et disparaître dans les bois. Elle courait aux écuries et se penchait sur l'établi où Gus travaillait au traîneau. Pendant un certain temps, elle s'oubliait dans une insouciance enfantine à le regarder décorer le bois de bleu, de rouge, de toutes les couleurs gaies de l'art populaire suédois. La tête du cygne serait en partie dorée à la feuille. En le lui disant, Gus lui souriait de ses bons yeux bleus et lui faisait tout oublier.

– Vous avez très mauvaise mine, madame.

Elle le savait ; elle détestait se voir dans le miroir ; surtout ses yeux, avec leur air égaré.

– Êtes-vous malade, madame ?

– Je ne me sens pas très bien, Gus. Rien de particulier. Simplement très faible.

– Vous devriez voir le Dr Scott.

En rentrant lentement et à contrecœur à la maison, Nell songea qu'elle pourrait en venir à ne plus jamais avoir envie de revoir Rob.

33

Nell et Gypsy étaient toutes deux dehors lors de la terrible tempête de neige qui déferla sur le ranch vers la fin de janvier. Nell, parce que, lorsqu'il neigeait, elle ne pouvait jamais rester à la maison ; Gypsy, à cause de la loi naturelle bien connue et incompréhensible selon laquelle les animaux donnent le jour à leurs petits par le temps le plus mauvais plutôt que par le temps le plus beau.

Gypsy se prépara à mettre bas son poulain sous l'abri précaire d'une crête boisée à environ quatre cents mètres du ranch. Elle s'était échappée de son box confortable et chaud. Depuis des années, elle poulinait en plein air, sur les pentes sauvages de la montagne, et elle était décidée à ne pas changer ses habitudes. Elle fut assez prudente pour se mettre sous le vent, protégée par la colline, mais la tempête passait à travers les arbres, et la neige s'empilait en long tas entre lesquels la terre était presque nue. Proche d'un arbre, dans l'un de ces espaces libres, elle se tenait debout, le dos au vent. Elle baissait la tête avec résignation et agitait sa queue entre ses jambes. Des crampes de douleur lui faisaient arquer le dos. Elle ne voulait pas se coucher sur le sol par ce froid terrible. Mais la souffrance l'y contraignit ;

à la longue, par soubresauts maladroits, elle s'affaissa sur un côté. Elle ramassait toutes ses forces en violentes contractions, reconnaissant l'épreuve déjà subie une douzaine de fois, remplie, malgré son supplice, d'espoir, d'amour et d'une intense impatience. Elle connaissait déjà son poulain et le désirait ; elle avait l'expérience de la maternité.

N'eussent été son âge et la tempête, la mise bas se serait faite aisément ; Gypsy avait été bonne poulinière et elle avait passé toute sa vie sans un seul jour de malaise. Mais les années lui avaient enlevé de sa force ; elle avait perdu ses dents et les aliments ne la sustentaient plus guère. Le travail fut plus long qu'il n'aurait dû. Quand enfin son petit sortit, Gypsy ne put se relever. Elle tenta un ou deux efforts, puis sa tête retomba sur la terre. Le petit réussit en se débattant à sortir de la poche qui l'enfermait, cassa le cordon qui l'unissait à sa mère et respira. Il aurait dû, à cet instant, être léché, massé et réchauffé par elle, mais, bien que privé de son assistance, il parvint, au bout d'un certain temps, à se redresser. Le vent glacial transforma l'humidité de son corps en une mince couche de glace que son violent tremblement faisait craquer.

Gypsy s'efforça de se relever pour soigner son petit. Elle leva plusieurs fois la tête en poussant de faibles grognements qui attirèrent l'attention du poulain ; il tourna vers elle ses yeux encore à demi aveugles. Elle voulait qu'il se rapprochât d'elle, mais sa faiblesse la paralysait. Le poulain continua à grelotter, remuant un peu la tête et clignant de ses paupières bordées de glace. Enfin il essaya de se mettre debout. L'instinct le poussait à rechercher la chaleur du corps de sa mère — sa chaleur et son lait. Ses longues jambes flageolantes une fois sous lui, une poussée le mit debout ; il retomba sur les genoux, se releva et retomba sur le côté ; il se releva encore ; ses quatre jambes glissèrent en s'écartant et il tomba sur le ventre. Il se remit debout, son sang coulant un peu plus rapidement dans ses veines et sa vue s'éclaircissant un peu ; à pas titubants, il tourna autour de la grande masse chaude étendue par terre. Une forte odeur lui fit lever son petit museau et chercher la tette qui aurait dû se trouver au-dessus de lui. Mais il ne l'y trouvait pas. Désappointé, il baissa le nez, son corps formant une courbe tremblante, sa tête touchant presque le sol. Sa queue mouillée pendait entre ses jambes de derrière. Il avait l'air d'un petit lévrier noir et nu.

Il renouvela sa tentative, levant le museau et lui faisant décrire des cercles. Ce procédé demeurant sans résultat, il se mit à examiner le corps prostré de sa mère. Lentement et faiblement, il le flaira, s'arrêta, abandonna sa recherche, puis la reprit. Il finit par toucher le chaud sac caoutchouteux, sut instantanément ce que c'était et leva le museau pour téter dans la position voulue. Pas de tétine ; rien que la neige et le vent glacé. Sa tête retomba ; il recommença son tâtonnement, toujours en vain. Déçu, à bout de forces, il s'effondra. Mais, en lui, le flot de la vie était ascendant ; il se releva une fois encore et retrouva bientôt la tette. Il s'instruisait. Mais elle ne pouvait laisser couler en lui le bon liquide chaud que si elle était au-dessus de sa tête. Or sa mère était couchée. De son petit sabot mou, il lui frappa le ventre. « *Lève-toi, lève-toi, afin que je puisse boire et ne pas mourir !* »

Gypsy était sur le point de perdre connaissance, mais cet appel la ranima douloureusement. Elle leva la tête. Le poulain la frappa de nouveau. Elle savait qu'il ne pouvait téter à moins qu'elle ne fût debout. Elle devait coûte que coûte rassembler ses quatre pauvres jambes, se redresser et lui donner sa tette. Mais, en elle, le flot de la vie descendait, et ses forces ne répondaient plus à sa volonté. Cependant, elle y réussit. Elle y parvint comme un pur-sang arrive quelquefois à gagner une course quand ses jambes malades peuvent à peine le porter. Lentement, elle se mit sur son séant, attendit un peu, car la tête lui tournait, puis, d'un suprême effort, elle fut debout. Ses jambes semblaient indépendantes de la tête et du cœur qui les commandaient ; comme elles ployaient sous elle, Gypsy s'appuya contre l'arbre et écarta ses pieds en se raidissant. Le poulain poussa un petit cri, fit deux pas et leva de nouveau le museau. Il rencontra la tette et se mit à sucer le lait avec délices. La tête de Gypsy s'inclina. Elle la redressa vivement ; ses genoux fléchirent un peu ; elle s'appuya plus lourdement contre l'arbre, soutenue par ses pieds arc-boutés. La neige les fouettait et le vent rugissait dans les pins. Sur la montagne, un coyote, accroupi, faisait entendre le long hurlement qui rassemblait sa bande et annonçait que l'on ferait bonne chasse. Gypsy l'entendit et comprit quel sort attendait son poulain quand elle n'y serait plus. Tant pis ; elle ne pouvait rien faire d'autre pour lui que lui donner ce lait, à la fois aliment et boisson, force, chaleur, purgatif et stimulant.

Le poulain buvait, lâchant de temps en temps la tette et la ressaisissant pour boire encore. C'était un petit prince, à présent, agissant à sa guise, disposant à son gré de ce flot de nectar. Un miracle de chaleur, de pouvoir et d'arrogance s'opérait en lui ; il sentait qu'il pouvait ruer ; il ne lui fallait qu'un tout petit peu plus de nourriture et de développement pour baisser sa petite tête d'hippocampe et lancer deux de ses sabots du même côté !

Quand il eut le ventre plein, il recula comme pour dire à sa mère : « Assez ; je n'en veux plus. » Elle relâcha l'effort héroïque qui la maintenait debout ; son corps détendu glissa sur le sol.

Nell tomba sur la jument et son petit alors que la blancheur de la tempête se muait en obscurité. Elle regagna la maison non sans peine et dit à Rob :

— Gypsy gît effondrée et son poulain est à demi mort de froid.

Ils se munirent de torches électriques et ressortirent. La jument et son petit étaient toujours dans l'état où Nell les avait laissés. Rob s'agenouilla auprès de Gypsy et la palpa :

— Elle est vivante, dit-il.

La jument ne bougea pas.

— Gypsy ! Gypsy ! Ma fille !

Pas de réponse. Rob leva sur Nell des yeux égarés :

— Dieu ! quel endroit a-t-elle été choisir ! et quel temps !

Il la saisit et essaya de la ranimer ; il lui cria dans l'oreille et lui souleva la tête.

— Ses paupières ont battu ! Elle n'est pas encore perdue ! Si je pouvais l'amener jusqu'à l'écurie, elle aurait une chance de survivre !

Affolé, il pensait à la mettre sur un traîneau attelé de deux chevaux.

— Veux-tu que j'aille chercher Gus ? demanda Nell.

— Oui, et tu pourrais prendre le poulain, le traîner, s'il ne peut pas te suivre.

Seul avec sa jument, Rob s'efforça de lui faire reprendre conscience. Il passa derrière elle et lui releva la tête ; il essaya de pousser son corps de façon qu'elle eût les jambes sous elle. Il ne cessait de lui parler en criant, et ce fut en entendant cette voix, ces ordres péremptoires qu'elle recouvra ses sens. Il l'encouragea, il s'acharna à la soulever avec une telle énergie que les veines de son cou lui semblèrent sur le point d'éclater. À la fin, elle s'assit toute tremblante.

– Bravo, ma fille ! Et maintenant, hop là, Gypsy, sur tes guibolles ! Allons-y !

Devant elle, tenant le licou des deux mains, il le tira de toutes ses forces avec des cris et des jurons. Elle parvint à se tenir debout ; il la soutint tandis qu'elle oscillait :

– C'est ça ! Bonne fille ! Appuie-toi sur moi ! Tu vas te rétablir !

Gus et Nell arrivèrent avec un baquet de pâtée chaude.

– Ah ! voilà ce qu'il te faut, Gypsy ! Mets-le dans ton ventre !

Il lui présenta le seau sous le museau.

– Qu'est-ce qu'il y a ? Tu n'en veux pas ?

La jument branlait de la tête. Elle ferma les yeux. Tendant le seau à Gus, Rob dit :

– Elle ne peut pas manger. Rentrons-la. Viens, Gypsy ! Viens, ma fille ! Fais un pas ! C'est ça ! Un autre, maintenant !

Comme portée par sa voix, la jument s'avança automatiquement, sa tête lourdement appuyée sur l'épaule de Rob. Ils couvrirent environ cent mètres. Maintenant qu'ils avaient dépassé l'abri de la crête, la tempête s'abattait sur eux de toute sa force. Gypsy trébuchait.

– Bon Dieu ! Pourquoi a-t-elle choisi une nuit pareille !

Sa tête pesait de plus en plus lourdement, les pauses entre

ses pas s'allongeaient. Rob essaya de se cacher, par un flot de jurons, ce que signifiaient ces symptômes. S'il l'avait pu, il l'aurait portée dans ses bras. Lorsqu'elle s'effondra de nouveau, ce fut si violemment qu'elle l'entraîna avec elle. Le mince rayon de la torche de Nell éclaira le visage affolé de Rob tandis qu'il se dégageait et cherchait à reprendre la tête de Gypsy.

– Allez la botter par-derrière, pendant que je tire dessus, Gus, dit-il ; elle ne peut rester ici !

Sous la bourrasque glacée, criant, tirant, poussant, les deux hommes s'épuisèrent. La jument frémit un peu. Elle paraissait entendre. Elle gémit ; elle tenta quelques efforts spasmodiques.

– Elle veut, mais elle ne peut pas, dit Rob.

Il s'agenouilla et attira sa tête contre lui afin qu'elle pût encore entendre sa voix et sentir ses mains.

– Nell, et vous, Gus, rentrez. Il est inutile que vous geliez ici.

– Ni vous non plus, patron ; elle n'a plus conscience.

– Elle s'en tirerait si je pouvais la transporter jusqu'à l'écurie. Je vais la laisser se reposer quelques minutes et j'essaierai de nouveau de la faire marcher. Allez vous occuper du poulain, Gus. Je ne veux pas le perdre. Préparez-lui une bouteille de lait. Je ne sais pas s'il a tété. Mettez-le avec Flicka. Je crois qu'elle sera bonne pour lui, mais veillez à ce qu'elle ne lui donne pas de coups de pied.

Nell partit avec Gus. Agenouillé au milieu de la tempête en furie, Rob conservait sa jument en vie par sa seule voix. Il n'osait pas s'arrêter de lui parler. De loin en loin, il en recevait une réponse : le léger tressaillement d'une oreille. Une lumière parut. C'était Gus qui revenait.

— Ce poulain, dit-il, il a déjà le ventre plein. Elle l'a allaité avant de s'écrouler.

— Bonne vieille, marmotta Rob, la main sur la tête de Gypsy. Je te reconnais bien là : pur-sang !

— Il ne veut plus de lait à présent.

— Comment Flicka l'a-t-elle reçu ?

— Eh bien, elle ne s'est pas décidée tout de suite. Le poulain s'est couché dans le foin. Flicka l'a flairé, reniflé, observé. Je crois que ça ira.

— Très bien ! mais vous feriez mieux de les surveiller.

— Bien sûr.

Il était de nouveau seul sous la neige tourbillonnante, dans un vent qui hurlait comme une méchante bête en délire. Il éprouvait cette solitude désespérée de l'âme qu'on ne ressent qu'à de rares occasions dans la vie et qui donne l'impression d'une grande cavité où l'on s'enfonce avec une vélocité croissante. La masse sombre de sa jument était couchée sur la terre nue, ses yeux clos, son nez encroûté de glace, son souffle de plus en plus rare et de plus en plus creux.

— Si tu voulais seulement faire encore un effort ! Viens, ma vieille ! Ce n'est pas loin et nous ferons encore plus d'une belle promenade ensemble !

L'oreille tressaillit un peu. Il lui frotta le cou et la tête. Il savait qu'il mentait. Ce n'était pas seulement un cheval qui mourait. C'était la fin de la moitié de sa vie, de toute sa vie de jeune homme, de sa jeune opiniâtreté. C'était la rupture du dernier lien avec l'heureux début de son existence. C'était comme si Gypsy et lui s'engouffraient dans l'enfer des derniers mois écoulés. Il se pencha davantage sur elle ; son oreille continuait à remuer lorsqu'il lui parlait.

– Gypsy, rappelle-toi combien nous nous sommes amusés ensemble… Nos belles parties de polo… Rappelle-toi, Gypsy… rappelle-toi le temps où nous étions jeunes tous deux.

Il s'accroupit encore plus bas. Le souffle s'était arrêté ; l'oreille ne remuait plus. Il resta longtemps immobile, puis il se pencha doucement sur elle, lui prit l'oreille et y murmura : « Bon voyage ! »

Il se redressa, mit ses mains sur ses yeux en les pressant fortement.

Il entendit la voix de Nell, sentit qu'elle posait les mains sur sa casquette, en descendait les oreillettes et lui entourait le cou d'une écharpe de laine. Il sentit ses doigts nus lui frôler la joue et le cou.

Levant vivement la tête en faisant tomber sur les mains de Nell des gouttes glacées, il dit :

– Nell, où sont tes gants ?

– Je les ai enlevés une seconde.

– Remets-les.

Nell avait à peine la force d'enfiler ses gants fourrés tant elle était faible.

– Ça y est, ils sont remis.

Elle tomba à genoux à côté de lui :

– Est-elle ?…

Il ne répondit pas. Il restait agenouillé avec la tête de la jument contre sa poitrine. Il finit par retirer ses gants pour lui tâter la tête, le corps, les jambes… comme s'il ne pouvait pas y croire. La rigidité cadavérique commençait. Nell s'inclina vers lui, puis s'éloigna.

– Ne t'en va pas, Nell ! cria-t-il en jetant un bras autour d'elle.

– Je ne m'en vais pas, dit-elle d'une voix défaillante.

Elle se demanda même comment elle parviendrait à faire une fois de plus le trajet jusqu'à la maison et doutait de pouvoir tenir debout.

– Oh ! Nell !

Ce fut un cri d'angoisse déchirant. Il jeta son autre bras autour d'elle et la serra étroitement contre lui, son visage se pressait sur celui de Nell ; pleurait-il ? Pleurait-il sa jument ? Nell n'en était pas sûre, à cause de la neige glacée qui tombait sur leurs visages et y fondait. Comment rentreraient-ils ?... Cette scène prendrait-elle jamais fin ?... Ah ! il y avait un changement. Il ne se blottissait plus seulement contre elle pour demander à son contact un soulagement à son chagrin : ses lèvres dures et froides l'embrassaient avec frénésie... et elle sentait dans ces baisers une supplication... de la honte... et de l'amour. Il avait introduit l'une de ses grandes mains dans sa canadienne et la palpait, étreignant son dos étroit comme s'il avait tenu entre ses bras son corps nu... Sa main était chaude... comment pouvait-elle être chaude ? Il en émanait un courant qui la faisait vibrer tout entière ; il lui sembla qu'elle allait s'évanouir... Était-ce de froid et d'épuisement... Était-ce parce que Rob... parce que Rob ?...

C'était fini. Sa certitude en était absolue et définitive. Tandis que cette pensée prenait la forme d'une sensation, d'un feu qui brûlait chacune de ses cellules, la terrible maîtrise d'elle-même qu'elle s'imposait depuis des mois céda soudain.

Ce fut à demi portée par Rob qu'à travers la tempête elle regagna la maison. Ils croisèrent Gus qui partait mettre quatre lampes à pétrole autour du cadavre de Gypsy. Il avait entendu hurler sur le Dos-d'Âne une bande de coyotes.

Le lendemain matin, inquiète au sujet du poulain, Nell se hâta de se rendre aux écuries. Les petits de Gypsy étaient précieux : c'étaient deux des siens, Romany Chi et Romany Chal, qui avaient été vendus sept cents dollars chacun ; et Redwing, vendu deux mille dollars, avait aussi été enfanté par elle.

Elle trouva le poulain tout seul, dans le coin le plus éloigné de son box, son bout de queue dressé avec irritation vers Nell et vers le monde entier, sa petite figure d'hippocampe tournée, pleine de curiosité, par-dessus son épaule. Enchantée par le tableau qu'il formait, Nell se pencha sur lui en riant et, battant des mains, cria :

– Qui c'est ça ?

Le poulain se retourna et s'approcha d'elle en trébuchant.

Ainsi naquit et fut baptisé *Qui c'est ça*, issu de Sacrifice et de Tempête.

34

Le vent s'était calmé, et les collines du ranch reposaient sous leur épais manteau de neige. La neige était partout : elle faisait ployer les rameaux des arbres ; le ciel en était plein, et elle continuait à tomber doucement, lentement, à travers l'air immobile où vibrait la musique lointaine des clochettes des traîneaux.

Attelées à un traîneau léger, deux juments noires que stimulait un long fouet claquant gravissaient la pente blanche d'une montagne. Elles étaient folles d'excitation ; leurs têtes éparpillaient une pluie d'écume et, à chaque arrêt, elles cabriolaient et se cabraient agitant les grelots suspendus à leurs harnais. Bariolé comme une boîte à couleurs d'enfant, le petit traîneau les suivait ; le cygne au regard fixe était superbement doré. Toutes les fourrures qu'on avait pu trouver au ranch avaient été amoncelées, et le visage de Nell émergeait, rose de froid, de ce qui avait été naguère la pelisse en raton laveur de Rob.

– Oh ! ces clochettes ! s'écria-t-elle. Comme elles dansent et tintent, Rob !

Leur conversation n'était pas très claire.

– Patsy ! Topsy ! Espèces de noiraudes ! Montrez-lui ce dont vous êtes capables !...

Et il faisait claquer son fouet. Les noires achevèrent la montée au galop.

—Tu aimes ça, mon trésor ?

—J'adore !

Parvenu sur la crête, il fit tourner les deux juments à angle droit. Patsy rua, et l'air retentit du tintement de ses clochettes.

—Oh ! ce carillon !

—Un carillon nuptial !

—Lâche-leur la bride, Rob !

Ils galopèrent tout le long de la crête du Dos-d'Âne. Les cris de Rob et les claquements de pistolet de son fouet ponctuaient le tintement des grelots et la chanson des clochettes.

—C'est bon, Rob !

—C'est bon, mon amour chéri. Heureuse ?

—Je ne l'ai jamais été à ce point.

—Tu m'as pardonné ?

—Oh ! Rob !

—Je sais que tu m'as pardonné, mais je voudrais aussi que tu me comprennes… bien que je me comprenne à peine moi-même.

—Je le sais.

—J'ai passé par l'enfer ; je me suis détesté, je me suis combattu.

—Je le sais.

—Il a fallu que quelque chose meure en moi, pour ainsi dire, avant que je puisse céder.

—Il en est toujours ainsi. Une chose meurt pour qu'une autre, meilleure, la remplace.

—Tout cela n'est dû qu'à ma satanée obstination.

– Il me semble qu'on doit édifier son âme autour de ce qu'elle contient de meilleur et jeter tout le reste.

Rob garda le silence.

– Mais cet arrachement du reste est douloureux.

Rob fit faire demi-tour à l'attelage ; le traîneau s'inclina fortement ; Nell poussa un cri et les chevaux se remirent au galop.

– Cramponne-toi !

De gros paquets de neige jaillissaient sous les pieds des juments. Leur allure était si rapide, si légère, que le traîneau paraissait ne pas toucher terre : on avait l'impression qu'il volait. Nell renversa la tête et ferma les yeux. Les flocons lui posaient sur les joues de petits baisers froids et formaient sur la fourrure, avant d'y fondre, des étoiles parfaitement symétriques.

– Rob, je n'avais jamais pensé me marier deux fois.

– *Deux fois*, mon bébé ? Tu vas te marier tant de fois que tu en perdras le compte ! et toujours avec le même homme !

– Je ne reprendrais pas volontiers mon premier mari.

– Le fait est qu'il ne valait pas cher ! Cela ne t'ennuie pas que je t'embrasse tout le temps ?

– Je n'y suis plus du tout habituée. Je m'en étais tellement désaccoutumée que je ne suis pas sûre de pouvoir le supporter.

– Cela demande de la pratique ; il faut s'y exercer.

Il lui fit faire une très longue promenade hors du ranch, dans des endroits qui ne lui étaient pas familiers. Ils descendirent dans la plaine auprès d'un fleuve placide, brun foncé entre ses berges neigeuses. Les rameaux dépouillés des peupliers qui le bordaient s'incurvaient sous leur fardeau de neige. À travers les arbres, les ailes étendues, planait une corneille noire ; ils l'avaient dépassée avant qu'elle se fût posée sur la berge blanche. Ce décor, semblable à une eau-forte, s'imprima pour toujours dans l'esprit de Nell.

Pour finir, Rob fit gravir à ses juments une autre colline et les arrêta sur la crête. Elles se dressèrent sur leurs jambes arrière, dans une écume de neige. Ils dominaient une petite vallée où de grandes taches grises s'étalaient. C'étaient les moutons. Ils se nourrissaient à de longs râteliers remplis de foin. De la roulotte du berger s'élevait une fumée témoignant qu'une bonne chaleur régnait à l'intérieur.

— Les voici, dit Rob d'un ton à la fois humble et sérieux.

Nell les contempla si longtemps en silence que Rob lui lança un coup d'œil. Elle lui rendit son regard et, souriante, dit avec un petit soupir :

— Oui, les voilà !

35

Charley Sargent ne manquait jamais les trois semaines de courses d'automne à Saginaw Falls dans l'Idaho, l'un des rares grands champs de courses « reconnus » des États des montagnes Rocheuses ; il y retrouvait chaque année les mêmes écuries pour ses chevaux et la même chambre à l'hôtel. Les chevaux provenant d'une haute altitude, amenés plusieurs milliers de mètres plus bas, sur l'autre versant de la ligne de division du continent, avaient un avantage sur les chevaux des plaines, et puis il aimait la ville, située dans la longue vallée entre les chaînes du Wauchichi et du Shinumo, où l'arrière-saison était belle.

Bien que son ranch ne fût qu'à douze cents kilomètres de Saginaw Falls, Sargent y envoyait toujours ses chevaux par chemin de fer sous la garde de son entraîneur, Perry Gunston, plutôt que de les transporter en camion. C'était à cause des lacets difficiles de la route montagnarde et des orages imprévisibles qui la rendaient parfois dangereuse pour les camions. Mais il faisait lui-même le voyage en voiture.

Il y avait toujours plusieurs épreuves pour les chevaux de deux ans qui permettaient à Sargent d'essayer ses bons jeunes sujets, et la dernière course, nantie d'un prix de dix mille dollars, attirait de nombreux concurrents. C'était à cette course que Thunderhead devait faire ses débuts, et, longtemps avant les vacances, Ken s'était instruit des performances de tous les gagnants de cette grande épreuve. Thunderhead n'avait qu'à courir les cinq kilomètres de la piste de Saginaw Falls aussi vite qu'il avait couru au ranch pour gagner.

Il était si anormal que Ken tournât autour de son père pendant qu'il ouvrait la lettre contenant le bulletin scolaire, voire qu'il affrontât ce moment redoutable dans la même pièce, que Rob Mc Laughlin se méfiait.

Il leva les yeux sur Ken, debout auprès de son bureau, les mains profondément enfoncées dans les poches de son pantalon de coutil bleu.

— Tu sais que tu dois prendre ta purge et tu as hâte que ce soit fait, hein ? fit-il en souriant. Mais un second regard jeté sur Ken lui révéla un visage qui n'était pas le visage habituel de bulletin scolaire, celui d'un homme qui attend sa condamnation à mort. Au contraire, ce visage sensible était empourpré par une joyeuse attente, des lueurs se jouaient au fond de ses yeux bleus et les sourires se succédaient sur ses lèvres.

— Lisez-le, dad. Lisez-le vite ! s'écria-t-il, et il regarda attentivement son père prendre le bulletin et l'étudier rubrique par rubrique.

Rob ne pouvait y croire. Il secoua la tête, éberlué, et demanda :

— Est-ce que ce bulletin est faux ou quoi ? Sais-tu ce qu'il y a dedans, Ken ?

— Quoi ? demanda Ken avec confiance.

– Quatre-vingt-douze en algèbre. Quatre-vingt-quatorze en latin. Quatre-vingt-dix-sept en chimie et cent en anglais. Qu'est-ce que cela signifie ? Gibson est-il devenu fou qu'il te décerne un bulletin pareil ?

– Lisez sa lettre, gloussa Ken. Il m'a dit qu'il allait vous écrire une lettre pour… pour… vous féliciter !

– Me féliciter, *moi* ! s'écria Rob. À quel propos ?

Ken, d'un geste théâtral, plaça sa main sur sa poitrine, s'inclina et dit :

– À propos de *moi* !

Puis, renversant la tête en arrière, il éclata de rire et fit quelques gambades à travers la pièce. Rob lut la lettre, la posa brusquement et tourna la tête vers la fenêtre. Il se rappelait un matin, cinq ans auparavant, quand Ken avait dix ans et qu'un bulletin était arrivé, ne contenant qu'un assortiment de notes inférieures à vingt, couronné par un zéro en anglais. Pour sa défense, Ken avait formulé une demande sans le moindre rapport avec la question : « Si seulement vous me donniez un poulain, je pourrais faire mieux. » Il avait donné à Ken la pouliche Flicka… et Ken s'était presque tué à la soigner. Il avait aussi rédigé une composition qui avait amené Mr Gibson à revenir sur sa décision de lui faire redoubler sa classe. Gibson avait écrit que Ken était d'une intelligence brillante et Rob avait demandé à sa femme : « As-tu jamais pensé que Ken est intelligent ? Je l'ai toujours cru bête. »

Rob reprit le bulletin et la lettre et les relut avec soin. Oui, brillant, en effet. Comment diable ce gosse avait-il pu avoir cent en anglais ?

Cela signifiait pas de fautes du tout… ou une performance extraordinaire de temps à autre.

– Comment as-tu mérité ça ? demanda Rob en désignant le bulletin. Est-ce pour une seule composition ?

– Pour avoir cette note, il fallait avoir été *excellent* toute l'année et faire à la fin une composition parfaite.

– Quel sujet as-tu choisi ?

– J'ai raconté l'expédition où j'ai essayé de prendre une plume dans le nid d'aigles… vous savez, dans la vallée des Aigles, quand l'aigle m'a poursuivi alors que je descendais la falaise, qu'il m'a enfoncé ses griffes dans le ventre et que j'ai été sauvé par ma boucle de ceinture… Mais, naturellement, je l'ai arrangée un peu.

– Comment l'as-tu arrangée ? L'épisode me semble assez émouvant sans arrangement.

Ken agita les mains d'une façon suave et éloquente :

– Oh ! j'y ai mis un peu de romanesque, vous savez, comme font les écrivains… J'ai dit que j'avais le portrait de ma petite amie dans ma boucle de ceinture, de sorte que c'est elle qui m'a en quelque sorte sauvé la vie, vous comprenez ?

Les grandes dents blanches de Rob luisaient dans son visage sombre. Il avait l'air très content. Mais, continuant à étudier l'expression de Ken, sa méfiance lui revint. Il y avait quelque chose de louche dans cette histoire.

– Dis-moi, Ken, est-ce que tout cela est absolument régulier ? L'as-tu réellement fait ? Es-tu de bonne foi ?

– Mais oui, dad, répondit Ken, qui perdait sa joie en constatant combien une mauvaise réputation peut être tenace. Vous ne me croyez pas ?

– Si, je te crois, dit Rob après un instant de réflexion. Cependant tu me caches quelque chose. Allons, sors-le ! Qu'est-ce que c'est ?

Sans sourire, Ken, très droit, debout devant son père, les mains toujours dans ses poches, aspira profondément et dit :

— Eh bien, dad, je l'ai fait... parce que je voulais que vous me permettiez de... ne pas retourner au collège le 15 septembre.

— Quoi ?

— Je veux dire pas avant un ou deux mois plus tard. Vous comprenez, dad, la course de dix mille dollars de Saginaw Falls, dans l'Idaho, a lieu le 24 octobre, et c'est cette course-là que Thunderhead va gagner !

Il tira un journal plié de sa poche et reprit :

— Mr Sargent dit que cette course est faite sur mesure pour lui. On y admet des chevaux non enregistrés et n'ayant pas encore couru.

Le journal sportif s'ouvrit de lui-même à la page voulue ; il le posa sur le bureau de son père et désigna le portrait d'un homme d'un certain âge.

— Beever Greenway ! s'écria Rob. Beever Greenway et son prix de dix mille dollars ! Bien sûr que je le connais ! Je parie que ce vieux type a découvert plus de tocards qu'aucun autre homme de cheval de ce pays. C'est sa marotte ; s'ils gagnent, il les achète, tu sais.

— Il n'achètera pas Thunderhead !

Rob lut le paragraphe jusqu'au bout, recula sa chaise et passa sa main à travers ses cheveux noirs et drus.

— Quand as-tu combiné tout ça ? interrogea-t-il.

— L'automne dernier, quand je suis retourné au collège.

— Quand as-tu commencé à travailler en vue de ce bulletin phénoménal ?

— Tout de suite, dès la rentrée des classes.

– Et tu as soutenu ton effort toute l'année ?

Ken inclina la tête.

– Simplement pour obtenir que je te permette de ne pas retourner au collège avant que Thunderhead ait couru ?

– Oui, m'sieur.

– Donne-moi ta main, mon fils. Je suis fier de toi !

Ken était ébahi. Sa petite main sans os, perdue dans celle de son père, y était serrée avec force. Il cherchait toujours à s'expliquer.

– Naturellement, dad, je rattraperai tous les cours que je manquerai. Mais si je vous l'avais demandé d'avance, si je vous avais dit ce que je ferais, vous ne m'en auriez pas cru capable.

– Et tu as raison, mon garçon !

– De sorte qu'il m'a fallu vous le prouver *avant* de vous le demander.

– Tu l'as prouvé.

– Dad, vous me l'accordez *!*

– Parfaitement. Ta brillante intelligence semble fonctionner à rebours. Qu'on te donne des chevaux de façon que tu n'aies pas le temps d'apprendre tes leçons, que tu manques même tes cours et tu tiens la tête de ta classe et remportes la palme !

– Dad, il y a encore autre chose.

– Ah ! nous y voilà ! fit Rob en prenant son expression sardonique.

– Deux choses.

– Vas-y.

– Vous avez dit l'année dernière, quand Thunderhead n'a pas été castré en même temps que les autres yearlings, qu'il pouvait attendre jusqu'à cette année. Faut-il... faut-il vraiment qu'il soit castré ? Ne pourriez-vous y renoncer ? Parce qu'il pourrait gagner la course. Et la castration risque de le blesser, ou de le tuer, et, de toute façon, s'il gagne la course, nous louerions ses services en tant qu'étalon, n'est-ce pas ? Et puis…

— Il ne sera pas castré, lâcha soudain Rob.

Cette rapide victoire fut pour Ken un nouveau choc. Reprenant le bulletin, Rob dit :

— Tu t'apercevras tout au long de la vie, mon fils, que c'est par de belles performances qu'on obtient les choses mieux que par tout autre moyen.

— D'ailleurs, dit Ken, qui ne pouvait détacher sa pensée de son cheval, Thunderhead ne vous a causé aucun ennui. Il n'a pas essayé de combattre Banner et de lui prendre ses juments, ni rien de ce genre.

— Thunderhead n'a pas encore eu l'occasion de faire le diable. C'est une bénédiction qu'il ait pu rester avec Revient-de-loin jusqu'au début de ce printemps quand elle est entrée en chaleur pour la première fois. Sa compagnie l'a rendu heureux ; elle l'a éloigné des autres juments et a retardé le début de ce qu'on peut appeler sa vie sexuelle. Il a été dressé et monté avec méthode. Tu sais qu'on peut dresser un animal en vue de l'existence qu'on lui destine. Nous l'avons empêché de mener la vie d'un étalon. Mais cela ne durera pas toujours. Un beau jour, il dressera les oreilles, se frappera la poitrine et s'écriera : « Je suis un homme ! »

Ken rit et dit :

— J'espère que ce ne sera pas sur le champ de courses.

— Le sexe ne joue pas un grand rôle chez les chevaux de course. Les étalons et les juments courent ensemble sans s'émouvoir les uns des autres.

—Je le sais.

—Eh bien, quelle est l'autre chose ? Autant en finir.

—Vous rappelez-vous, dad, dit Ken en rougissant, m'avoir dit un jour que je vous coûtais de l'argent chaque fois que je me retournais ?

—Je m'en souviens !

—Eh bien… l'argent que va coûter la course… les droits d'entrée et tout ça ?

—Je vois, dit Rob, qui devint très pensif.

—Vous êtes beaucoup plus riche à présent qu'autrefois, n'est-ce pas, dad ?

—Où as-tu pris cette idée ?

—Eh bien, les moutons…

—Les moutons m'ont tellement endetté qu'il faudra que Thunderhead me tire d'embarras en gagnant des courses.

—Oh ! dad ! est-ce que vous comptez sur lui ? demanda Ken, tout embrasé d'orgueil.

—Je fonde sur lui des espérances ; je l'ai beaucoup fait travailler moi-même, comme tu le sais, et je le crois capable de grandes prouesses, mais il a un fichu caractère. Nous saurons cet été à quoi nous en tenir sur lui.

—Naturellement, dad, dit Ken avec magnanimité, tout ce que gagnera Thunderhead sera pour vous et mum.

—Vraiment ? Non, je ne crois pas ; nous voudrons que ce soit pour toi. De cette façon, tu pourras faire les frais de ton entretien et de tes études, ce qui nous permettra de nous remettre à flot.

—Mais il faudra que vous en preniez *une partie* !

—Très bien. Nous formerons la société Mc Laughlin et fils. Je prendrai ce dont j'ai besoin à présent, et nous ferons nos comptes plus tard.

Il y eut un bref silence. Rob n'avait encore rien dit à propos des droits d'entrée.

– Vous allez avoir une merveilleuse récolte de foin, n'est-ce pas, dad ? Ne croyez-vous pas que vous pourriez vendre ce qui ne vous sera pas nécessaire pour les moutons, les chevaux et les vaches, très tôt, par exemple en *septembre* ?

– Tu as tout calculé d'avance, n'est-ce pas ?

Ken acquiesça.

– Je ne sais pas quand je vendrai mon excédent de foin. Il peut être plus avantageux de le conserver jusqu'à ce qu'il devienne plus rare…

Ken eut l'air désolé. Renversé dans son fauteuil, Rob dit :

– Nous ferions bien de calculer tout de suite à quoi nous devrons faire face.

Ken fit appel à sa « force d'âme » et attendit.

– Si tu fais le voyage avec Mr Sargent, il ne te coûtera rien, mais tu resteras trois semaines à Saginaw Falls.

– Je coucherai à l'écurie avec Thunderhead, se hâta de dire Ken. Un tas de propriétaires font cela quand ils n'ont pas beaucoup d'argent.

– Mais je suppose que tu devras manger ! Sargent enverra le poulain par chemin de fer avec ses chevaux et les mettra dans une écurie sous la garde de son entraîneur ; tu n'auras donc rien à dépenser ni pour le transport ni pour le logement. C'est une chance. Mais Thunderhead aussi devra manger. Il y aura par conséquent sa note de nourriture et le salaire du jockey…

– Cela fait dix dollars s'il ne fait que monter et vingt-cinq s'il gagne, interrompit Ken, et dad, je vous en prie, ne dites pas *jockey*. Les gens qui s'y connaissent disent *cavalier*.

Rob ignorait ce détail. Il reprit :

– Et enfin les droits d'entrée ; au total, une somme assez importante.

Il regarda par la fenêtre, et, en dépit de sa « fortitude », Ken sentit se mouiller ses aisselles et le tour de sa taille.

– Mais je t'avancerai de quoi payer l'entrée et toutes tes dépenses et celles de Thunderhead.

– Vous le ferez, dad ? Oh ! chic alors !

– Comment serai-je remboursé s'il ne gagne rien ?

– Je travaillerai dur pendant tout l'été, répondit Ken, plein de courage et de résolution.

– Tu le feras en tout état de cause, dit Rob avec sévérité. Je ne t'ai jamais donné à entendre que tu pourrais passer l'été assis sur ton derrière à ne rien faire ou à t'amuser avec ton cheval.

– Du reste, dit Ken, j'ai un autre moyen de gagner assez d'argent pour vous rembourser et davantage.

– Ta brillante intelligence me donne le vertige, Ken. Comment pourrais-tu gagner plusieurs centaines de dollars ?

– Eh bien, vous m'avez dit un jour que je vous coûtais, au collège, trois cents dollars par an. Vous comprenez ? fit Ken en souriant de toutes ses dents.

– Non, je ne comprends pas. Je ne suis pas doué d'une intelligence brillante.

– Eh bien, je n'irai tout bonnement pas au collège. J'étudierai tout seul et je passerai les examens... peut-être. En tout cas, je m'instruirais tout autant, et les études ne vous coûteraient rien du tout.

– Et j'aurais consacré ce qu'elles m'auraient coûté à financer ton voyage et celui de ton cheval de course ?

Ken n'eut pas l'audace de dire oui, mais il fit un gracieux geste d'assentiment et se sauva de la pièce.

36

Tout le monde, au ranch, cet été-là, prenait au sérieux la carrière de Thunderhead que personne ne montait en dehors de son entraîneur, le jeune Mc Laughlin, qui pesait tout juste quatre-vingt-seize livres[1].

Pendant l'hiver précédent qu'il avait passé enfermé au ranch, copieusement nourri d'avoine et de foin, exercé et dressé chaque jour par Rob Mc Laughlin, l'étalon s'était magnifiquement développé. Il était aussi grand qu'un percheron – seize palmes – et devait être plus grand encore une fois sa croissance achevée. On ne pouvait plus lui reprocher d'être lourd et mal proportionné. Ses jambes étaient longues et puissamment musclées, son cou massif et arqué, sa robe, d'un blanc éblouissant, brillait du lustre particulier à la peau d'un étalon. Ses traits dominants étaient toujours la force, la puissance et la volonté.

On l'avait ferré, et Ken le faisait courir sur la piste tous les matins avant le petit déjeuner. Il luttait toujours contre Ken, il continuait à se cabrer, mais quand Ken se plaignait de ce que son cheval ne l'aimait pas, son père lui disait :

1. Un peu plus de 43 kilos.

— Tu te trompes. S'il te détestait vraiment, il ne te permettrait pas de l'approcher. Il ne lutte pas contre toi par haine, mais parce que le combat l'amuse. Tu es son entraîneur ; tu es obligé de lui faire faire ce dont il n'a pas envie et, comme il est d'un caractère frondeur, il se refuse à t'obéir. Mais je parie qu'il serait joliment déçu si tu ne le montais pas un matin pour son entraînement habituel.

Revient-de-loin continuait à jouer auprès de son grand frère le rôle de meneur de train, et Rob Mc Laughlin disait d'elle :

— Quand je vois courir cette jument, je suis bigrement tenté de penser que c'est elle qui va être le cheval de course.

Revient-de-loin était une véritable beauté. Grande et d'une structure délicate, le cou long et souple, les jambes minces et droites, de petits pieds qui auraient pu tenir dans une tasse, elle était d'une humeur enjouée qui la maintenait toujours prête à agir, toujours dansante et caracolante. Ses flancs rougeoyaient au soleil, et la blondeur de sa crinière et de sa queue lui donnait l'air d'un objet de luxe, fait sur commande. Aux yeux de Rob, sa perfection justifiait ses théories sur l'élevage et il étudiait parfois la page du turf des journaux, notant les courses prévues pour les chevaux de deux ans avec la pensée qu'on pourrait l'engager elle aussi dans une épreuve.

Pour Ken, l'été passa très lentement ; ce fut l'attente impatiente de la saison des courses et le souci constant de Thunderhead. Et puis cet été fut fertile en événements émouvants. D'abord, dès son arrivée au ranch, Ken apprit ce qui allait arriver à sa mère. Son esprit se brouillait chaque fois qu'il y pensait. Elle l'avait désiré. N'avait-elle pas dit, un soir, pendant le dîner : « Je voudrais un arbre-singe.

393

Je voudrais un traîneau en forme de cygne, et je voudrais une petite fille ? » Bien sûr, il était naturel que sa mère obtînt ce dont elle avait envie, mais il avait de la peine à se faire à cette idée. Il en avait discuté avec elle.

– Mais, mum, vous nous avez, *nous* ! Howard et moi. Est-ce que nous ne vous suffisons pas ?

– Non, je veux une petite fille.

– Vous le voulez *très fort*, mum ?

– Oui, chéri. Rappelle-toi combien tu avais envie de Flicka.

– Ce pourrait être un garçon, dit Ken d'un ton lugubre, et, d'ailleurs, n'est-ce pas terriblement douloureux ?

Nell était en train de ranger le linge. Elle compta les piles de draps qu'elle remettait dans l'armoire.

– Dites, mum ? Le Dr Hicks pourrait être obligé…

– Ken ! voyons ! Il s'agit d'un *bébé* ! Le Dr Hicks n'aura rien à y voir !

– Oh ! oui… je le sais.

– Et quant à la souffrance… peu importe.

Elle avait fini ses rangements et sa voix était très gaie :

– On n'a jamais rien pour rien, mon chéri.

En effet. Son père le lui avait souvent démontré.

– Et toi, dit-elle en arrangeant les fins cheveux de Ken qui lui retombaient toujours sur le front, n'es-tu pas resté toute une nuit dans l'eau froide à tenir Flicka, simplement parce que tu l'aimais et que tu en avais tellement envie ?

Le linge une fois en ordre, elle se hâta de retourner à la cuisine. Ken la suivait des yeux sans exprimer tout haut sa pensée. Leurs cas étaient à son avis très différents : comment pouvait-on aimer un être qu'on n'avait encore jamais vu et consentir d'avance à souffrir pour lui ? Pour sa part, il y avait des mois qu'il connaissait Flicka, qu'il la soignait et l'aimait quand il avait failli mourir pour elle !

Observant avec quelle sollicitude inquiète son père ne cessait d'entourer sa mère, il éprouvait une crainte qu'il s'efforçait à réprimer. Il s'étonnait que son père permît à sa mère même de ranger le linge ; il ne lui laissait plus rien à faire ; c'était lui qui se levait le premier, le matin, et préparait le petit déjeuner ; c'était Tim qui nettoyait à présent la maison et Gus qui fabriquait le beurre. Naturellement elle ne montait plus à cheval ; il y avait sur la terrasse, sous la pergola, une nouvelle chaise longue à roulettes sur laquelle elle restait étendue pendant des heures, sans rien faire, les mains croisées sous la nuque, à regarder le ciel ou les montagnes lointaines. Souvent, la sueur fonçait la frange de son front, de petites gouttes perlaient au-dessus de sa lèvre supérieure et ses mains tremblaient un peu.

À leur arrivée au ranch, leur père avait pris les deux garçons à part et leur avait dit de sa voix la plus dure et avec son regard le plus menaçant :

— Ne faites rien, cet été, qui puisse causer à votre mère des ennuis, du chagrin ni la *moindre inquiétude* !

— Non, m'sieur, avaient aussitôt répondu Ken et Howard.

Après quoi, ils s'étaient longuement regardés, pensivement. Ces recommandations étaient sérieuses et les avaient impressionnés ; ils ne les oublieraient pas.

Le retour de Howard avait occasionné à Ken une autre surprise émouvante, car Howard avait changé. Du moins, il lui parut changé au début, quand il était descendu du train et que, dans la voiture, il avait parlé de son école à leurs parents d'une voix grave qui ne détonnait plus. Il portait son complet de tweed gris, et son chapeau mou n'avait plus l'air ridicule sur sa tête. Mais, lorsque Ken le revit en chemise et pantalon de toile bleue, un mouchoir de soie sortant de sa poche de derrière, il se sentit plus à l'aise avec lui. Le lendemain, Howard ne resta plus à causer gravement avec son père et sa mère : il se remit à taquiner Ken et à lutter avec lui. Le troisième jour enfin, ils commencèrent à se faire des confidences.

Ken fit la connaissance des deux camarades préférés de Howard : Jake, qui était un as du football, et Bugs. À son tour, Ken lui raconta son expédition dans la vallée des Aigles, promit de l'y conduire à la première occasion et lui montra sur son ventre la cicatrice des serres de l'aigle. Howard en fut stupéfait :

— Et il n'avait qu'une seule patte ! J'aimerais savoir comment il a perdu l'autre !

Les deux frères étaient dans le pavillon de la source, en train de boire du lait qu'ils prenaient dans le seau mis à rafraîchir dans la vasque.

Ken y plongea la louche en répondant.

— Il a pu la perdre au cours d'un combat avec un autre aigle. Ou peut-être est-il né unijambiste.

— Ah ! ne me bourre pas le crâne !

— Il y a bien des veaux qui naissent avec deux têtes. Pourquoi n'y aurait-il pas des aigles qui naissent avec une seule patte ?

Howard fourra son nez dans la louche de lait.

— Tu sais, Howard, ces béliers étaient grands comme des vaches !

— Ce que tu me montes de bateaux !

— En tout cas, aussi grands que des cerfs de deux ans. Je t'assure, Howard, sans blague ! Et, quand ils se cognaient l'un contre l'autre, ça faisait un gros boum ! Comme une explosion de dynamite.

– Bon sang ! j'aimerais bien tuer un de ces moutons de montagne ! Quand nous irons là-bas, j'emporterai le merlin calibre trente.

– Et il ne faudra pas oublier les lignes pour pêcher. Ces truites étaient colossales !

Tout ce que Ken décrivait avait grandi d'un an. Les cascades descendaient du ciel même. Mais il n'essaya pas de dépeindre le Tonnant et les autres montagnes ; elles lui imposaient toujours le silence.

– J'espère que tout y sera encore quand nous irons ensemble dans ta vallée, dit Howard.

Appuyés au bord de l'auge qui était à la hauteur de leurs tailles, leurs lèvres supérieures ornées de moustaches blanches, ils commençaient à tremper moins souvent la louche dans le lait.

– C'est drôle d'être rentré, dit Howard. La maison n'est pas du tout comme je me la rappelais.

– En quoi est-ce drôle ? demanda Ken.

– Eh bien, on remarque des choses qu'on n'avait jamais vues auparavant. Par exemple, dès la première minute, j'ai remarqué les pieds de la table de la salle à manger ; ça m'a produit une curieuse impression. Ces pieds m'ont paru plus familiers que tout le reste ; cela m'a fait du bien rien que de les regarder.

– Qu'est-ce qu'ils ont donc, ces pieds ? demanda Ken, étonné.

– Je ne peux pas te l'expliquer ; tu le comprendras quand tu seras resté loin de la maison sans revenir pour les weekends ni même pour les vacances.

Ken se promit d'examiner attentivement ces pieds de table à la prochaine occasion afin de voir si, à lui aussi, ils feraient du bien. En attendant, il continua d'interroger Howard avec l'espoir qu'il lui communiquerait d'autres idées originales.

– Quand je suis dans mon lit, le matin, reprit Howard, l'air songeur, ni vraiment éveillé ni vraiment endormi, j'entends une sorte de teuf-teuf-teuf, ne sachant si c'est un train de marchandises qui passe ou mum qui pétrit la pâte pour les gâteaux ; alors je me rappelle m'être posé la même question chaque matin, pendant toutes les années où j'étais un jeune garçon – et cela aussi me donne une sensation très drôle.

« Toutes les années où j'étais un jeune garçon ! » Ken regarda Howard avec saisissement. Qu'était-il donc à présent ? Sûrement pas un homme. À dix-sept ans, on n'est pas un homme. Mais, cette année, il n'était pas seulement de haute taille ; il se tenait droit et marchait d'un pas décidé. « Voilà Mc Laughlin qui sautille pour se mettre en ligne ! » Ken détourna les yeux. Que cela semblait vieux, déjà ! Howard ne sautillait plus. À certains moments, il se tenait, marchait et fronçait les sourcils tout comme son père. Ken en éprouvait le sentiment que la vie venait envahir le ranch, et, comme les barrières de son être conscient s'ouvraient, lui aussi eut un étrange pincement à l'estomac et se rendit compte qu'il mûrissait. Puis, d'un bond de sauvage, sa pensée retourna à Thunderhead et à la course. C'était cela la chose la plus importante, la plus excitante… Même Howard avec Bugs et Jake, le football et ce nouveau pas militaire, pouvaient-ils se comparer à un étalon de course ?

De la chaise longue où elle était étendue sur la terrasse, Nell regarda les deux garçons quitter le pavillon de la source pour se rendre à l'étable. Leur conversation paraissait les absorber. Howard ressemblait de jour en jour davantage à son père ; quand ses sourcils noirs et droits s'abaissaient, le bleu de ses yeux devenait d'un cobalt plus intense. Son menton faisait saillie. Il aurait un visage énergique ; quand l'été le lui aurait bronzé, il serait exactement comme Rob. Mais Ken lui ressemblait à elle… apprendrait-il jamais à tenir lisse cette tignasse ébouriffée ? Elle se mit à évoquer des incidents épars de leur enfance. Le jour du printemps dernier, si froid, où Ken était entré dans la cuisine, avait soulevé l'un des ronds du fourneau et y avait fourré son nez tout contre les charbons ardents pour le réchauffer !… Sa manière de monter encore l'escalier à quatre pattes… La conviction – qu'il avait toujours eue – que sa mère n'avait qu'à le regarder pour lire dans son cœur. Il l'avait encore. Il disait : « Regardez-moi, mum, pouvez-vous lire dans mon cœur ? Qu'y voyez-vous ? »

Le foin fut bon à couper de bonne heure, cet été, et la récolte devant être abondante, Rob Mc Laughlin engagea une équipe nombreuse et une cuisinière pour les repas des hommes. Au début du printemps, il avait fait sauter les rochers des deux plus grands pâturages, avant que l'herbe se mît à pousser, et, dès cette première année, elle croissait à l'emplacement des rocs. L'année suivante, elle serait aussi épaisse que dans le reste du pré. Il ne pouvait continuer à dépierrer ses pâtures pendant l'été, ce travail abîmant l'herbe d'alentour, mais il étendait son projet à plusieurs petits ravins et l'expliqua à ses fils.

– Le foin est d'un rapport sûr. On risque toujours d'être

déçu quand on cherche à vendre des chevaux, des bœufs, voire des moutons. Mais on peut trouver toujours acquéreur pour le foin ; c'est pour cela qu'il est d'une telle importance.

Maintenant qu'il n'y avait plus autant de chevaux, Rob et les garçons avaient plus de temps pour autre chose. Il leur confia un terrain accidenté qu'ils devaient transformer eux-mêmes en pâturage. On y avait fait un barrage en amont et deux canaux d'irrigation avaient été creusés le long de ses rives, de niveau avec les portes du barrage.

Il restait à enlever les souches, à débroussailler les berges, à faire sauter les rochers et à en évacuer les morceaux. Ils eurent à leur disposition le gros attelage, le vieux Tommy, le dresseur de chevaux sauvages, Grand Joe, le percheron, et un traîneau spécial. Ils y travaillèrent tout l'été.

À midi, Rob venait en voiture apporter leur repas aux ouvriers. Du haut de leur ravin, qui dominait le pâturage, Howard et Ken jetaient leurs outils dès qu'arrivait leur père ; ils se hâtaient de donner à leurs chevaux les musettes remplies d'avoine et descendaient en courant prendre leur part de bœuf salé chaud, de choux, de pommes de terre, de pain beurré, de tourte et de lait. Après le déjeuner, ils se reposaient pendant une heure – Ken était supposé rattraper le sommeil qu'il perdait en montant Thunderhead très tôt le matin – mais cette heure se passait à bavarder.

– Dis donc, Howard, je voudrais que tu puisses assister à la course.

Couché sur le dos, un genou levé et l'autre appuyé dessus, Howard dit avec calme :

– Je ne le peux pas.

Cette réponse rappela à Ken ce que son père lui avait dit :

« Quand Howard ne peut pas avoir une chose dont il a envie, il se résigne avec philosophie. »

Howard fléchit les bras et dit en les contemplant :

C'est épatant ce que soulever les rochers vous développe les muscles. Je pourrais inviter Bugs et Jake ici l'été prochain.

— Est-ce qu'ils viendraient ? demanda Ken avec épouvante.

— Bien sûr. Ce seraient des crétins s'ils refusaient. Ce genre de travail vous fortifie vraiment. D'ailleurs tous les habitants de l'Est ont envie de venir dans l'Ouest.

— Tu sais, Howard, quelquefois, je ne peux pas y croire.

— Croire à quoi ?

— Que ce soit vrai que Thunderhead va courir.

— Vrai ? Espèce de serin !... Où serait le plaisir si ce n'était pas vrai ?

— Je ne sais pas...

— Te contenterais-tu d'imaginer toute l'histoire ?

— Oh ! non ! bien sûr ! dit Ken.

Cependant, il songeait qu'une chose destinée à être accomplie dans la réalité peut, lorsqu'on y pense constamment, être plus semblable à un rêve qu'à un projet positif, si bien que le jour où elle se produit effectivement, où il faut tenir compte des faits réels, des heures, des dates, des balances, des droits d'entrée et des conditions de transport, on en éprouve un choc aussi violent que si on ne s'était jamais attendu à ce qu'elle se réalisât.

Howard louchait d'abord d'un œil, puis de l'autre, faisant ainsi bouger un faucon qui flottait très haut dans le ciel, d'un bout à l'autre d'un nuage.

— Quand nous serons arrivés à Saginaw Falls et que nous

remplacerons ses fers lourds par de légers fers en alumi-
nium, il se sentira les pieds si légers qu'il ira comme le vent !

Howard, un doigt dressé en l'air, en regarda alternativement les deux côtés.

– Et si Charley Sargent achète le foin que dad aura en
excédent et l'envoie à Saginaw Falls pour les courses,
Thunderhead n'aura pas à s'habituer à une nouvelle espèce
de foin. Du reste, là-bas, Charley pourra vendre ce foin
cinquante dollars la tonne. Il l'a dit. Le foin de montagne
est le meilleur, et, là-bas, ils paieraient n'importe quoi pour
améliorer les chances de leurs canassons. *Mais personne
n'est capable de battre Thunderhead !*

Pris soudain d'un de ses accès de joie, Ken se roula en
arrière et essaya de se tenir sur la tête.

– Tu ne sais pas faire ça ? dit Howard avec mépris

Il se leva lentement et se mit sur la tête, dressé de toute
sa hauteur sans effort apparent. Puis, il s'étendit de nouveau nonchalamment.

– Chouette, Howard ! Veux-tu que je te dise ?

– Quoi ?

– Je pense tellement à Thunderhead que, lorsque je vois
ma propre figure dans la glace, je suis surpris.

– Ah ! quel idiot ! T'attends-tu à avoir sa tête ?

Ken gloussa de rire et continua :

– Je le vois tout le temps dans mon esprit – cette longue
face sauvage, ces narines qui remuent et reniflent et leur
intérieur rouge, et ces yeux cerclés de blanc qu'il roule en
vous regardant ; si, en passant devant la glace, c'était son
visage que j'y voyais, je ne le remarquerais même pas, mais,
quand j'y aperçois le mien, j'en suis surpris pendant une
seconde et je me demande qui c'est !

Howard traita par le mépris un tel enfantillage et demanda :

— Dis-moi, quand irons-nous à la vallée des Aigles ?

— Allons-y bientôt. J'espère que l'aigle à une patte y est encore ! J'aimerais lui rendre la monnaie de sa pièce !

— Nous pourrions y aller à la fin de cette semaine.

— Nous ne dirons pas que nous y allons ; cela pourrait inquiéter mum.

— Oui. Nous dirons simplement que nous allons camper.

— Oui, mais je parie que dad ne nous accordera aucun répit avant que nous ayons fini ce ravin.

Howard consulta sa montre :

— L'heure est passée. Nous ferions bien de nous y remettre.

Ils enlevèrent leurs musettes à Grand Joe et à Tommy, les attachèrent au traîneau et les laissèrent près de la clôture. Les deux chevaux s'étaient accoutumés aux explosions de dynamite et y assistaient avec intérêt. Ken tenait la pointe à forer le roc et Howard frappait avec le marteau jusqu'à ce que le trou fût assez profond. Alors, ils introduisaient la fusée dans le bâton de dynamite, le collaient dans le trou avec de la boue, allumaient l'extrémité de la fusée et se retiraient sur l'autre rive du ravin auprès des chevaux et attendaient l'explosion. Quand elle avait fait voler le rocher en éclats, ils mettaient leurs gros gants de cuir, conduisaient l'attelage au milieu du ravin, y chargeaient les morceaux de pierre sur le traîneau et allaient les jeter ailleurs.

Le soir, ils étaient si recrus de fatigue que, dès huit heures, ils gagnaient leur lit en titubant.

Mais ce fut seulement lorsqu'ils eurent nettoyé deux ravins et que tout le foin eut été mis en meules que Rob

Mc Laughlin dit qu'ils pouvaient faire ce qui leur plaisait le reste de l'été. Le reste ? Il n'y en avait pas. Septembre était arrivé et, dans quatre jours, Howard, dont la place était déjà retenue, devait retourner dans l'Est.

Mais leur excursion ne demandait que deux jours. Ils annoncèrent qu'ils voulaient aller camper ; Nell leur prépara des provisions ; Thunderhead et Flicka furent chargés de sacs, de fusils, d'imperméables, de poêles à frire, et les garçons partirent pour le Dos-d'Âne.

Sous leurs pieds s'étendaient les collines ondulées couvertes d'herbe roussie ; au-delà, les montagnes du Buckhorn, vaste amoncellement de forêts et de pics. Et, à une distance infinie, au-dessus des cimes plus basses dont il semblait issu, le Tonnant étincelant, enturbanné de nuages, les appelait !

Avec quelle ardeur ils lui répondirent ! Ni l'antilope ni le lapin de garenne ne filaient plus rapidement à travers les plaines que ces quatre jeunes êtres, fous de liberté, galopant vers le sud avec des cris de joie, les sabots martelant le sol, leurs visages fouettés par un vent frais au parfum de neige.

37

Dès qu'ils eurent quitté le ranch, Thunderhead manifesta une intense agitation ; et, quand ils eurent gravi le Dos-d'Âne et pris la direction du sud, ses yeux égarés, ses oreilles dressées et ses narines dilatées n'avaient de cesse d'explorer les montagnes qui s'élevaient devant eux. *Ses* montagnes ! *sa* vallée ! dont l'avaient éloigné, pendant une année, de hautes clôtures et des maîtres sévères !

Lorsque l'odeur de la rivière parvint jusqu'à eux, Ken, ne pouvant le retenir qu'avec peine, lui lâcha la bride et le laissa galoper sur la petite piste qu'il avait tracée lui-même. Arrivés à la Plume d'Argent, les garçons débattirent, pendant que les chevaux s'abreuvaient, la question de savoir s'ils allaient s'arrêter là pour pêcher ou achever l'ascension ce même jour ; à cause du temps limité dont disposait Howard, ce fut la seconde solution qu'ils choisirent.

Guidés par Thunderhead, ils s'enfoncèrent dans les montagnes. L'étalon était rempli d'une énergie ardente et impérieuse. Il n'avait rien oublié et il était impatient, maintenant que le chemin lui en était ouvert, d'accomplir son rôle prédestiné : il avait enfin conscience de son sexe. Le jour déclinait déjà dans la gorge et, sous les falaises et les grands arbres qui la surplombaient, la piste menait vers la nuit. Mais l'allure de Thunderhead n'en était pas moins rapide, et, quand les garçons s'arrêtaient pour admirer les gigantesques cascades, l'étalon frappait impatiemment du sabot le sol rocheux et mêlait au rugissement de la rivière son hennissement strident.

L'odeur qui l'attirait s'accentuait et le rendait fou de joie. C'était l'odeur de sa destinée, de sa vie, d'une émotion bouleversante. Car ce n'était pas pour porter un cavalier et courir docilement autour d'une piste qu'il était né ; le cadre de son existence était au cœur de ces montagnes, et il en avait entretenu le souvenir, comme une flamme, pendant toute une année.

Le soir, ils installèrent leur campement sur un terrain semblable à un parc, non loin de la base du rempart de la vallée. Attaché avec Flicka, Thunderhead ne se coucha pas pour dormir comme le font les jeunes chevaux. Seuls les chevaux adultes dorment debout. Mais Thunderhead, malgré sa jeunesse, se tint sur ses pieds toute la nuit, le corps frémissant, tourné vers la fissure du rempart qui s'ouvrait sur la vallée, les oreilles dressées, à l'affût du moindre bruit. Il fut immédiatement en alerte quand, à l'aube, un groupe de poulains et de juments, ayant franchi la passe, vint brouter dans le parc, au pied du rempart. Hennissant il voulut courir à eux, mais la corde qui le liait au piquet l'en empêcha et il se mit à piaffer et à hennir sans arrêt. Flicka s'éveilla et partagea l'excitation que causait à son fils le voisinage de chevaux étrangers. Il tournait en courant dans le cercle restreint dont sa corde formait le rayon. Secouant la tête, il tira dessus, mais son dressage avait été parfait ; se dérober au licou était presque devenu pour lui une impossibilité physique. Il se cabra, battant l'air de ses pieds de devant. Quand il les abaissa, il fit volte-face et regarda de nouveau ces juments : ombres foncées se détachant sur le gris vague de l'aube. Puis, le museau près du sol, il plaça l'un de ses pieds de devant sur la corde, l'amena, d'un mouvement de la tête, entre ses dents et la coupa aussi adroitement qu'il avait tranché la patte de l'aigle.

Il trotta, hennissant d'ardeur, vers les juments, abandonnant Flicka liée à son piquet, malheureuse et solitaire, mais trop domestiquée pour chercher à s'échapper.

Ken avait rêvé toute la nuit de chevaux hennissant ; il rêvait qu'il montait Thunderhead sur la montagne, parmi une bande de yearlings ; mais pourquoi hennissaient-ils ainsi ? Qu'est-ce qui attirait leur attention ? Il éprouvait dans son rêve une sensation de malaise. Le hennissement persistait, et, comme pour lui en offrir une explication plausible, son rêve changea de cours. Il montait à présent Flicka au milieu de la troupe des poulinières. Et, maintenant, il montait dans les corrals le jour du sevrage, car, sûrement, c'était le hennissement de poulains très jeunes qu'il entendait… Soudain, Ken se redressa, vit l'aube, se rappela où il était et ne comprit pas pourquoi le hennissement continuait alors qu'il ne rêvait plus.

Il resta une minute à rassembler ses idées, se frottant les yeux et les cheveux, chassant le sommeil, avant d'apercevoir près du rempart un groupe de juments et de poulains parmi lesquels se trouvait un cheval blanc. C'était précisément ce qu'il avait découvert lors de sa première expédition dans la vallée, sauf que, cette fois-ci, les juments étaient moins nombreuses ; et puis, l'Albinos, pour une raison quelconque, ne se conduisait pas comme un étalon raisonnable, mais ruait, glapissait, virevoltait pour regarder tantôt l'une tantôt l'autre jument. Mais d'autres hennissements, plus proches, se faisaient entendre et Ken redouta que Flicka et Thunderhead, excités par la proximité des juments étrangères, n'en vinssent à rompre leurs attaches. Il rejeta ses couvertures et courut en aval où, non loin de la rive, ils avaient fixé les piquets de leurs chevaux. La vue de Flicka toute seule l'arrêta net. Elle ne lui accorda aucune attention ; les oreilles pointées vers les juments inconnues, elle piétinait, et c'étaient ses hennissements qui l'avaient réveillé. Ahuri, Ken ramassa le bout de l'autre corde et vit qu'elle avait été coupée net ; ce n'était donc pas l'Albinos qu'il avait vu se démener si étrangement, c'était Thunderhead qui les avait enfin retrouvées ! Il fallait l'en éloigner au plus vite, car l'Albinos pourrait revenir à la recherche de ses juments…

Une brusque panique s'empara de Ken : la course était si proche ! et la moindre blessure qu'il recevrait pourrait empêcher Thunderhead d'y participer. Il prit une prompte décision : une musette à demi pleine d'avoine à la main, il s'approcha silencieusement des juments, appela doucement Thunderhead, et lui montra la musette, en la remuant. Le bruissement des grains d'avoine entrechoqués suffisait en général à attirer vingt chevaux en pleine course. Mais Thunderhead tourna à peine la tête, lui jeta un coup d'œil et recommença à s'occuper des juments. Il se baissait par moments jusqu'au sol, les encerclait à demi, fonçait sur elles, les poussant, les mordillant comme s'il allait les rassembler. Ken s'alarma davantage. Si Thunderhead rassemblait les juments et les faisait marcher, il les accompagnerait et serait encore plus difficile à rattraper.

– Ici, mon garçon ! Ici, Thunderhead ! Viens là, mon vieux ! Voilà ton avoine… de l'avoine, Thunderhead ! de l'avoine !

Thunderhead ne se souciait plus guère d'avoine. Avec une résolution plus nette, il rassemblait les juments et les poussait vers la fissure du rempart. Ken constata avec épouvante que l'étalon avait pris possession des juments ; elles lui obéissaient sans résistance, comme si le pouvoir électrique qui émanait de lui les avait fondues en une entité dont il était le maître absolu.

Se précipitant en avant, Ken cria :

– Oh ! Thunderhead ! Reviens ! De l'avoine ! Viens déjeuner !

– Hé ! Ken ! Ken ! qu'est-ce qui se passe ? fit derrière lui la voix de son frère.

Howard arriva en courant ; il vit Thunderhead pousser les juments vers la fissure et s'écria :

– Nom de Dieu !

Comme le cheval et ses juments disparaissaient dans le couloir, Ken se mit à courir après eux, suivi de son aîné. Après un rétrécissement, le couloir passait sous l'énorme bloc qui surplombait la vallée, et, une seconde plus tard, on la voyait, étendue sous la pâle lueur de l'aube ; les formes des chevaux la traversaient comme des ombres. Bientôt, la lumière inonda le ciel, et le soleil levant baigna d'un or rose les pics neigeux de la chaîne du Neversummer.

Le désastre de la fuite de Thunderhead lui-même ne pouvait atténuer l'impression que Howard éprouvait à cette vue.

– Nom de Dieu ! répéta-t-il, immobilisé par l'admiration.

Mais les regards désespérés de Ken trouvèrent ce qu'ils cherchaient : l'Albinos, immédiatement mis en alerte quand Thunderhead pénétra dans la vallée ! Les deux étalons s'aperçurent au même instant. L'Albinos se précipita en avant comme pour attaquer son rival, puis, se ravisant, il fit demi-tour et se mit à rassembler la troupe de juments et de poulains épars derrière lui. D'un galop rapide, il les encercla et les enferma dans un corral invisible ; tous ses mouvements étaient empreints d'une extrême nervosité. Mais Thunderhead demeurait à la fois exubérant et calme. Ses muscles roulaient sans se contracter sous sa robe satinée, tandis qu'il encerclait sans se presser sa petite bande de juments volées. Leur ayant enjoint de ne plus bouger, il trotta en avant. Les deux étalons s'affrontèrent à environ cent mètres de distance, immobiles comme des statues. L'Albinos s'avança un peu, puis s'arrêta, à deux reprises. Thunderhead, la tête haute, le poids porté en avant, les jambes de derrière tendues, n'avait pas un tressaillement.

Soudain, Ken jeta la musette entre les mains de Howard en disant :

– Tiens-la ; ils vont se battre. Il faut que je le reprenne.

Il courut vers Thunderhead en l'appelant par son nom. Thunderhead ne dressa même pas l'oreille dans sa direction. Il observait l'Albinos d'un air attentif, compréhensif, qui semblait pénétrer le corps et chronométrer les réactions nerveuses de son adversaire.

Ken prit le bout de la corde et tira dessus de toutes ses forces.

– Viens, Thunderhead ! Va-t'en d'ici, Thunderhead !

Mais il aurait pu aussi bien s'efforcer de remuer un rocher. L'étalon, immobile, regardait par-dessus sa tête.

Ken éclata en sanglots et se mit à frapper la tête du cheval, accroché de tout son poids au licou qu'il tirait :

– Assez, Thunderhead ! Je t'en prie ! Viens, Thunderhead !

Howard jeta la musette et, courant au secours de son frère, se saisit du licou. Thunderhead n'accordait aucune réponse aux supplications de Ken dont la voix lui parvenait faiblement. Thunderhead était ici chez lui, dans son domaine héréditaire. Ken n'avait rien à y voir. Comment faire pour en devenir maître ? En détruisant tous les obstacles. Il se cabra en reculant, renversa Howard qui lâcha la corde, et repoussa Ken d'un violent coup de tête. Puis, criant son défi, il se rua en avant comme s'il sautait d'un tremplin.

Au même instant, l'Albinos s'était précipité à sa rencontre ; les deux animaux s'arrêtèrent net à environ neuf mètres l'un de l'autre et se dévisagèrent fixement. Ils s'étaient déjà combattus et ne l'avaient pas oublié. Outre le désir de détruire l'obstacle qu'il avait devant lui, Thunderhead éprouvait la satisfaction d'une vive curiosité. Enfin, il avait sous les yeux l'être puissant qui avait dominé toute sa vie, celui dont l'image avait persisté dans sa pensée comme persiste dans le vent des montagnes la senteur de la neige.

Mais l'Albinos paraissait interloqué. Il remuait nerveusement les pieds comme pour raffermir son équilibre. Ses naseaux se dilataient et se contractaient tour à tour avec lenteur. Du fond de leurs orbites creuses, ses yeux cernés de blanc considéraient méditativement la créature qui lui faisait face et qui était LUI-MÊME ! Sa propre jeunesse superbe et invincible ! Il était ici et il était là ! Mais leur force était unique ; elle formait entre eux un courant dont on eût dit qu'il créait un troisième cheval dans lequel ils se seraient fondus tous les deux. La vision d'où surgissait cette transmutation de lui-même, magnifique, étincelante, fit courir dans les veines du vieil étalon le feu, la force, le désir de gloire. Il s'élança ; une seule volonté semblait les animer, car Thunderhead le chargea au même instant et leurs dents découvertes happèrent réciproquement leur dos en passant. L'Albinos fit jaillir le premier sang. Une tache rouge apparut sur le garrot de Thunderhead et s'étendit lentement le long de son épaule. Ils se cabraient afin de se frapper de leurs sabots de devant ; leurs coups résonnaient comme des coups de grosse caisse. Ils émettaient de brefs grognements discordants.

L'Albinos saisit Thunderhead par en dessous, le mordit à la gorge et essaya, en reculant, de lui arracher la veine jugulaire. Mais Thunderhead entoura le cou de l'Albinos de ses jambes de devant et lui comprima les mâchoires. Les chevaux titubaient comme des lutteurs, Thunderhead forçant l'Albinos à reculer. Puis, relâchant l'étreinte de ses jambes de devant, il s'en servit pour attaquer, en frappant comme d'un fléau le dos de l'Albinos, dénudant les os et essayant d'atteindre les reins. L'espace d'un instant les mâchoires qui menaçaient la veine jugulaire de Thunderhead se desserrèrent ; il lâcha prise ; les deux chevaux firent volte-face, s'éloignèrent, puis se retournèrent pour se regarder à nouveau, reprendre leur souffle et leur équilibre avant le prochain assaut.

Une déchirure saignante zébrait le cou de Thunderhead. L'Albinos était couvert de ruisselets écarlates aux pulsations rythmées. Ses naseaux anormalement dilatés indiquaient qu'il commençait à s'épuiser.

Une fois encore, comme mus par une volonté unique, les étalons se chargèrent, leurs têtes hautes, leurs queues levées et rigides. Ils s'abordaient, se retournaient, se baissaient avec une grâce indescriptible, sans un mouvement inutile ; ils projetaient en avant leur tête aux dents découvertes pour saisir par en dessous la jambe de devant de l'adversaire. Chacun d'eux déjouait cette manœuvre avec intelligence ; arc-boutés l'un contre l'autre, leurs cous tendus encastrés, ils écartaient d'abord l'une, ensuite l'autre de leurs jambes de devant, les mettant hors de portée des dents redoutables de ces têtes serpentines. Mais Thunderhead, aussi vif qu'un crotale, attrapa une jambe de l'Albinos avant qu'il pût la retirer et lui fractura l'os d'un coup de dents.

L'Albinos ne se laissa pas abattre. Il se redressa de toute sa hauteur dès que l'autre eut desserré sa mâchoire. L'une de ses jambes de devant pendait, désormais inutile, mais il disposait toujours du puissant sabot droit qui avait failli tuer le poulain deux ans auparavant. Le même coup en ferait autant aujourd'hui. Thunderhead aussi s'était dressé sur ses jambes de derrière, feignant de vouloir frapper. Mais il prévit le coup, tourna sur lui-même, baissa la tête et projeta ses pieds. Ils atteignirent la tête de l'Albinos à la seconde où il allait frapper son coup mortel ; les terribles sabots, emportant la chair des deux joues, lui mirent les os à nu. La jambe de devant intacte de l'Albinos s'abattit sur le sol avec fracas ; ayant manqué son but, il perdit l'équilibre et tomba sur les genoux. Thunderhead ne lui donna pas le temps de se relever. D'un coup de son sabot droit il écrasa l'ossature de la tête du vieil étalon et lui arracha le bas de la face.

Le sang jaillissait de la blessure fatale mêlé aux bulles de son souffle haletant. Les yeux de l'Albinos se fermèrent, son corps s'affaissa, sa tête éperdue de souffrance remuait lentement de droite à gauche, Thunderhead se mit debout au-dessus de lui. L'Albinos rouvrit les yeux et regarda son adversaire. C'était bien le cheval de sa vision, le cheval fantôme, étincelant, l'âme de sa lignée ! Il fit à cet instant don de toute sa sagesse à ce prince de sang royal. Il lui transmit sa connaissance des voix des arbres et des eaux, des neiges et des vents, afin que rien dans la vallée ne lui fût étranger, rien, ni une seule jument, ni le plus petit poulain, ni un oiseau-mouche, ni un aigle, ni un brin d'herbe…

Le sabot droit de Thunderhead se souleva et retomba, vif comme l'éclair, sur le crâne qu'il brisa.

L'Albinos frémit, puis ne remua plus. La vie le quitta, emportée par un profond soupir, tandis que son sang et sa cervelle s'écoulaient lentement, se mêlant à la terre de sa vallée bien-aimée.

Levant sa tête puissante, Thunderhead fit retentir les montagnes d'un infernal cri de triomphe.

38

Les échos s'en éteignaient à peine que le vainqueur vit à ses côtés la petite silhouette familière de Ken et s'entendit commander :

– Tiens-toi tranquille, Thunderhead !

Docilement, il s'immobilisa pendant que son jeune maître, saisissant le licou et s'agrippant à sa crinière, se hissait sur son dos.

L'étalon ne quittait pas les juments du regard. Pendant tout le combat, elles s'étaient tenues rassemblées en deux groupes serrés, fascinées. Maintenant, déconcertées et nerveuses, elles commençaient à se disperser. Howard ramassa la musette d'avoine et s'avança vers Thunderhead ; celui-ci fonça soudain sur les juments. Ken, tirant sur le licou, se renversa en arrière, mais la corde lui fut arrachée des mains par les secousses d'impatience de la grande tête blanche qui se baissa ensuite, serpentine, rasant le sol. L'étalon ne faisait pas seulement les manœuvres voulues pour rassembler les juments ; il prenait leur commandement et leur montrait que c'était lui leur nouveau maître. Ken prit dans ses mains des poignées de l'épaisse crinière. Thunderhead accéléra son allure. Il galopait en traçant autour des deux groupes de juments un vaste cercle afin de les réunir. Ce résultat obtenu, il les dispersa de nouveau, les éparpillant sur une surface d'un kilomètre, comme pour les discipliner. Puis, il se mit à les rassembler de nouveau au grand galop. Son corps ne restait pas droit un instant entre les genoux de Ken qui avait l'impression, sur ce corps ondulant sans arrêt, de monter la mèche d'un fouet impitoyablement tordue. Des cris de douleur et d'impuissance lui échappaient par moments. L'étalon poussait les juments et les poulains plus haut dans la vallée. Tous couraient à une vitesse que stimulait l'autorité de leur nouveau seigneur.

Une jument noire accompagnée d'un poulain blanc se détacha de la bande, à angle droit, dans le dessein de s'échapper. Thunderhead changea de direction pour courir après elle. Ken sentait sous lui le grand corps se ramasser en vue d'une volte-face ou d'un arrêt soudain ; incapable de s'y maintenir avec son assiette habituelle, bien d'aplomb, il s'y cramponnait comme un singe. L'étalon rattrapa la jument et la frôla ; elle ne se soumit pas. Ken, sachant ce qui allait se passer, se renversa en arrière et se prépara au choc. L'étalon saisit le cou de la jument entre ses puissantes mâchoires, le tirant à lui et se renversant en même temps sur ses hanches. Ken fut projeté sur le garrot du cheval. La jument fit une culbute complète et roula par terre sur elle-même. Par miracle, Ken, cramponné à la crinière, ne fut pas désarçonné. La jument se releva, toute tremblante. Thunderhead galopa après le troupeau et la jument le suivit docilement. Il atteignit les juments, les dépassa et se mit à leur tête ; la jument noire se faufila au premier rang, son petit poulain blanc galopant vaillamment à ses côtés comme s'il espérait rejoindre l'étalon.

Ken, en proie à des vagues successives de nausée, était d'une pâleur mortelle ; son corps lui faisait mal comme s'il avait été roué de coups. Ses doigts ne lâchaient pas la crinière de Thunderhead, simplement parce que les crins s'étaient étroitement noués autour d'eux. Il avait perdu tout espoir de reprendre le contrôle de son cheval… Les collines filaient sous ses yeux comme dans un train express – il n'en pouvait plus… La troupe martelait le sol derrière lui avec un bruit de tonnerre. Où était Howard ? Où étaient le couloir, la sécurité, et Flicka ? À marcher de ce train, il devait les avoir laissés loin derrière lui.

Son épuisement finit par atteindre un degré tel qu'il n'eut plus qu'un désir : descendre de cheval. Il desserra son étreinte, se renversa à plat sur la large croupe de Thunderhead, passa une jambe par-dessus son garrot et se laissa glisser ; ses pieds touchèrent une seconde la terre, puis il fut projeté face au sol. Couché là, il entendait passer tout autour de lui, avec un grondement de tonnerre, la troupe au grand galop ; la terre tremblait. Des mottes de boue, des graviers piquants grêlaient sur lui ; la lumière et l'obscurité alternaient au-dessus de sa tête quand, l'une après l'autre, les juments soulevaient leurs grands corps pour sauter par-dessus le sien.

Le tonnerre des sabots s'éloigna ; il finit par n'être pas plus fort que le bruit du vent dans les pins, que ses sanglots désespérés, que le cri lointain des aigles qui descendaient des nuages pour se régaler de la charogne royale.

39

L'ordre de ne causer à Nell aucune inquiétude n'avait pas été respecté. Car les garçons, tous deux montés sur Flicka, ne rentrèrent au ranch que juste à temps pour permettre à Howard de s'habiller en hâte et de faire ses valises. Après son départ, Ken, assis dans le bureau de son père, lui raconta les détails de leurs aventures.

Rob était d'humeur silencieuse. Assis dans son fauteuil de bois carré, il tirait sur sa pipe.

– Pourquoi, au nom de Dieu, finit-il par dire, as-tu emmené Thunderhead dans un endroit où se trouvaient des juments et un autre étalon ?

– Mais, dad ! s'exclama Ken avec douleur, il y était déjà allé souvent ! Il avait, sur le haut du rempart, un emplacement exempt de danger d'où il avait coutume de les observer ! Il ne descendait jamais dans la vallée depuis la première fois qu'il s'y était rendu, tout jeune, et y avait été si affreusement maltraité !

– Et alors, tu t'es figuré qu'il allait continuer, sans rien changer à ses habitudes ! Là a été ton erreur. Thunderhead a trois ans à présent ; à certains points de vue, un cheval de cet âge est adulte.

Le visage sale et fatigué de Ken se détourna, puis son regard se reporta sur son père.

— Mais il n'était encore jamais parti en vadrouille. Et il a été dressé à courir. Vous avez dit vous-même qu'un cheval se développe dans le sens où il est dressé.

Le sourire sardonique de Rob fit briller une rangée de dents blanches à côté du tuyau de sa pipe.

— La nature est toujours là, mon garçon, ne l'oublie pas ! Dieu a créé des chevaux sauvages et non des chevaux domestiques destinés à travailler pour les hommes ; il n'a pas créé des chevaux de course, logés dans des écuries-boudoirs avec des valets, des femmes de chambre et des entraîneurs… Il a créé des *chevaux sauvages* ! des étalons et des juments assez intelligents pour se tirer d'affaire tout seuls. Il a fait les étalons pour couvrir les juments et prendre soin d'elles, se battre pour elles, les rassembler, les faire obéir, les pourvoir d'une nourriture et d'un abri convenables. Il a créé les juments pour qu'elles aient des poulains et les soignent. Elles les mettent bas dehors, dans la montagne. Le cordon se détache, saigne un peu, selon le vœu de la nature ; puis, il se dessèche et tombe sans qu'il y ait jamais d'infection. C'est la nature qui y veille et non un vétérinaire. Quand Thunderhead se met à se conduire autrement que nous le désirons, nous avons vite fait de dire qu'il fait le diable : c'est tout bonnement qu'il obéit à la voix de la nature. Si on l'oublie, on peut s'attendre à des surprises.

Ken poussa un profond soupir très las et inclina la tête. Il connaissait la nature, à présent.

— Entre nous, Ken, continua son père, tout homme qui aime les chevaux est obligé de mettre chapeau bas devant un *cheval sauvage* – un cheval qui se comporte comme un cheval – comme Dieu l'a fait et non conformément à un quelconque plan combiné par les hommes.

Ken n'écoutait que superficiellement ce que lui disait son père, car sa pensée n'était occupée que d'une chose : où était exactement Thunderhead à présent ? Comment le rattraper ?

– Nous avons fouillé toute l'extrémité de la vallée le plus longtemps que nous l'avons pu, dit-il. Si Howard n'avait pas été obligé de rentrer, nous aurions poursuivi notre recherche. Je voulais que Howard rentre avec Flicka et me laisse là-haut, mais il s'y est refusé ; il a dit que nous ne devions pas nous séparer.

– Il a eu parfaitement raison. Ç'aurait été dangereux. D'ailleurs, tu n'avais pas de cheval. Comment serais-tu rentré ?

Ken détourna les yeux, ayant honte de dire que son père ou Gus serait venu le chercher.

– J'aurais pu reprendre Thunderhead.

– Oh ! il y avait bien peu de chances !

Rob réfléchit quelques minutes en silence. Puis il demanda :

– As-tu une idée de l'endroit où il a pu conduire les juments ?

– Nous sommes allés assez loin dans la vallée pour voir qu'elle s'ouvre sur d'autres vallées qui donnent accès, à leur tour, à d'autres vallées. À l'autre bout de la première, il n'y avait pas de véritable rempart semblable au mur volcanique dont je vous ai parlé ; il n'y avait qu'une suite indéfinie de montagnes les unes derrière les autres, de plus en plus hautes. Les chevaux avaient pu se rendre dans bien des endroits ; on aurait dit un labyrinthe de montagnes, de ravins, de gorges, de vallées.

Ken se tut, oppressé par le souvenir de ce paysage : les nuages de neige, les glaciers étincelants, des poches d'herbe d'un vert émeraude, la grandeur majestueuse des pics. Il ne pouvait même pas essayer de le décrire.

– C'était désespérant, reprit-il. Nous ne voyions pas trace des juments ni de Thunderhead. Nous les avions suivis à la trace jusqu'au bout de la vallée ; leurs empreintes étaient faciles à voir, surtout celles de Thunderhead. Mais, pendant les deux dernières heures, il a neigé ; je crois qu'il neige tous les jours là-haut, et la nuit tombait.

– Quelle heure était-il quand Howard t'a retrouvé après ta descente de cheval ?

Ken réfléchit. Il n'allait pas avouer à son père qu'il était resté étendu par terre à pleurer toutes ses larmes pendant une heure.

– Eh bien, dit-il, je ne sais pas exactement ; je m'étais endormi.

– Après être tombé ? demanda Rob en regardant son fils avec un petit clin d'œil.

– Oui, dit Ken en rougissant. J'étais mort de fatigue. Alors… alors, je suis resté couché là. Tout à coup, j'ai senti Howard me secouer et je l'ai vu auprès de moi avec Flicka ; pendant un moment, je ne savais plus ni où j'étais ni ce qui était arrivé. Mais je crois qu'il était environ midi.

« À moitié assommé sans s'en rendre compte », songea Rob. Et, à voix haute, il dit :

– Tu te mets dans les situations les plus invraisemblables ! Tu as vraiment la vie dure ! Toute autre personne serait morte à passer par la moitié seulement de toutes tes aventures. D'abord, avec Flicka. Ensuite quand l'aigle t'a pris aux entrailles. Et maintenant cette histoire-là !

Ken opina de la tête. Rob fuma quelques minutes, revivant en pensée le récit de son fils… cette vallée secrète… ce duel des étalons…

— Dieu ! j'aurais aimé voir ce combat ! s'écria-t-il.

Hochant la tête avec lassitude, Ken dit :

— Vous auriez dû le voir. C'était comme… c'était comme… dad, vous savez, ces monstres préhistoriques ?

— Les dinosaures, les ptérodactyles et les mastodontes ?

— Oui. Cela les rappelait. Ils avaient tous deux l'air si énormes — grands comme des éléphants… peut-être parce qu'ils étaient tout le temps dressés sur leurs pieds de derrière, qu'ils tenaient leurs têtes si hautes et battaient l'air de leurs sabots. Et, quand Thunderhead a remporté la victoire, sa façon de crier, de hurler sa victoire ! Si, aux temps préhistoriques, il existait des coqs monstrueux, c'est ainsi qu'ils devaient chanter ! On aurait pu l'entendre du sommet des montagnes. C'était un son qui vous pénétrait comme un grincement de métal sur du verre, mais aussi fort qu'un sifflet de locomotive.

— Et c'est alors que tu es allé l'enfourcher ?

Ken hocha la tête avec un de ces profonds soupirs qui témoignaient de son épuisement physique.

La seule évocation de cette scène poussa Rob à se lever et à arpenter la pièce.

— C'est la hardiesse la plus folle dont j'aie jamais entendu parler ! Ne t'est-il pas venu à l'esprit, Ken, qu'il n'avait qu'à lancer un coup de sabot comme celui qui venait d'écraser le crâne de l'Albinos pour entrer dans ta tête comme dans du beurre ?

– Mais il n'était pas furieux contre moi. Il ne me prêtait pas la moindre attention.

Rob se rassit dans son fauteuil. Il débordait de fierté. Se penchant en avant, il serra le genou de Ken qui ne put réprimer une grimace de douleur.

– Je suppose que tu sais combien il est rare qu'un homme monte un étalon en train de rassembler une troupe de juments et en revienne vivant ?

– C'était très bizarre, dit Ken. Il ne semblait pas s'opposer à ce que je fusse sur son dos ou auprès de lui ; il avait simplement l'air de ne pas me remarquer ni d'entendre ce que je disais. Et il ne voulait plus du tout m'obéir, conclut Ken d'un ton outragé.

Rob éclata de rire :

– T'obéir ! Je m'en doute ! Qui es-tu pour intervenir en un moment pareil ?

Ken fit un geste d'assentiment ; il sentait bien que c'était au tour de son père de rire. Rob lui avait déjà bien souvent vu cet air-là – toujours à la suite de ses luttes intérieures relatives aux chevaux. Il était blême, il avait les yeux cernés et paraissait avoir perdu dix livres.

– Tu as la mine d'un poulet plumé, dit Rob, sèchement. Tu t'arranges toujours pour être dans une condition déplorable au moment de rentrer au collège.

– Au collège !

– Oui. Mais je suppose que nous devrions rendre grâce à Dieu de ce que tu sois revenu entier.

La gorge de Ken se contracta. Retourner au collège ! Après toute une année d'espoir, de travail et de projets ! Redevenir collégien après avoir été propriétaire de ce cheval prodigieux ! Après en avoir fini de la vie enfantine d'un écolier et avoir obtenu de son père la permission formelle de ne pas rentrer au collège et d'accompagner Charley Sargent à Saginaw Falls !

Rob le parcourait d'un regard scrutateur :

— Tu as l'air joliment malade. Il ne t'est rien arrivé d'autre cette fois-ci que de te faire salir, écorcher et éreinter ? Pas de griffes dans ton ventre ? Pas d'os brisés ?

Ken souleva avec précaution le bras droit et le remua comme pour en vérifier l'état.

— Qu'est-ce qu'il a, ce bras ?

— Quand j'ai glissé du dos de Thunderhead, me rendant compte que j'allais atterrir sur la figure, j'ai projeté ce bras en avant ; il a craqué.

Rob examina le bras et l'épaule de Ken qui tressaillit à plusieurs reprises.

— Rien de cassé. Y a-t-il autre chose ?

— Eh bien, en revenant sur Flicka, je n'ai pas pu l'enfourcher, tant les jambes me faisaient mal ; j'ai dû m'asseoir de côté sur la selle.

— Je connais ça ! dit Rob en riant. Cela provient de ce que tu as monté l'étalon pendant qu'il serpentait ; tous les muscles de ton corps ont été tordus.

Rob étudia minutieusement Ken, notant ses vêtements en lambeaux, ses écorchures et les coupures hâtivement lavées de ses mains, incrustées de saletés, l'ecchymose sombre sur l'une de ses joues et le sang qui tachait une jambe de son pantalon.

— J'ai bien cru que j'étais fichu à un moment, dit Ken.

— Quand cela ?

— Quand je me suis laissé tomber de Thunderhead et que le troupeau des juments galopait derrière lui.

– Aucun cheval ne marche sur un être vivant quand il peut l'éviter. Et je suppose qu'elles étaient assez dispersées.

– Eh bien, non, elles n'étaient pas très éparpillées.

– Quand les chevaux ont le temps de voir, ils sautent.

– C'est ce qu'elles ont fait. J'avais l'impression que la lumière s'allumait et s'éteignait tour à tour. J'entrevoyais l'obscurité d'un ventre et des sabots, puis, de nouveau, la lumière du ciel. Mais elles m'éclaboussaient entièrement de boue et de petites pierres.

– Je te crois volontiers. Qu'est-ce que c'est que ce sang à l'intérieur de la jambe de ton pantalon ?

– C'est du sang de Thunderhead.

– A-t-il été fortement blessé ?

– Il a reçu un tas de morsures et a été déchiré par des coups de sabot. C'est d'une profonde coupure à son flanc que m'est venu tout ce sang. Elle a été la première blessure de la bataille. Puis il a été mordu au cou, comme je vous l'ai raconté, mais rien ne semblait le gêner ; il se comportait comme s'il ne s'était même pas rendu compte qu'il avait été blessé.

– Il ne s'en apercevait probablement pas. Et il est vraisemblable que l'Albinos ne comprenait pas que Thunderhead était en train de le tuer. Je crois parfois que les chevaux sont tout à fait inconscients de la douleur et de la mort. Et ton ami l'aigle à une patte ? L'as-tu revu ?

– Il est descendu ; ils sont venus à six pour dévorer l'Albinos.

– Ils le nettoieront jusqu'à l'os ! Le véritable enterrement des déserts ! C'était un grand bonhomme que l'Albinos ! J'ai toujours eu secrètement un faible pour lui, bien qu'il m'ait presque tué ! dit Rob tandis que son visage s'éclairait.

Ken avait oublié cet incident. Son père lui montra, au-dessus de sa tempe, la cicatrice laissée par le sabot de l'Albinos, et ils se sentirent plus étroitement unis.

— Quel splendide cheval ! dit Rob. Tu sais, Ken, il y a des individus éminents parmi les animaux comme parmi les hommes. L'Albinos était une sorte de Napoléon ou de César !

— Oui, m'sieur, répondit Ken, d'une voix lasse.

— Eh bien, reprit Rob en faisant un petit geste de la main, le roi est mort ! Vive le roi !

— Vous voulez dire Thunderhead ?

— Oui, Thunderhead, le retour atavique.

Et ils se remémorèrent tous deux le jour où, trois ans auparavant, ils avaient vu naître ce disgracieux petit poulain blanc auquel tout le monde avait jeté l'épithète de « Retour atavique ».

— Dad…

— Eh bien ?

Ken osait à peine formuler sa demande :

— Croyez-vous qu'en emmenant dans la vallée un grand nombre d'hommes — dix ou vingt —, munis de cordes, je vous montrerais le chemin… on parviendrait à le rattraper ? Il ne nous reste guère plus d'un mois avant la date de la course.

— Même avec tout un régiment de cavalerie, on n'y réussirait pas, répondit Rob.

Ken n'en fut pas étonné. De plus, au fond de lui-même, quelque chose répugnait à conduire une telle expédition dans sa vallée. Il imaginait la troupe des juments disloquée, quelques-unes d'entre elles tuées par le jet du lasso ; des poulains volés, séparés de leurs mères, les jurons, les cris grossiers, les actes de brutalité violant ce sanctuaire animal secret... Il préférerait plutôt perdre son cheval.

Levant son visage pâle où se lisaient le courage, la clair-voyance et la résignation, il dit « dad » et s'arrêta. Pour la centième fois, sa pensée torturée parvenait à la même conclusion, à la même fragile espérance...

– Ne reviendra-t-il pas, dad ?

– De son propre mouvement ?

– Il est toujours revenu jusqu'à présent. Le ranch est son foyer et il sait s'orienter. Vous avez toujours prédit qu'il reviendrait et vous ne vous êtes jamais trompé.

Le sourire sardonique de Rob était maintenant empreint de tristesse :

– Ken, tu connais les chevaux ! Il possède une bande de juments, à présent, n'est-ce pas ?

– Oui, m'sieur.

– Les abandonnera-t-il ?

Cette question n'exigeait pas de réponse. Ken avait fait le même raisonnement chaque fois qu'il se l'était posée. Sa tête s'inclina sur sa poitrine et Rob vit qu'il tremblait tout entier. Il ne s'était encore ni baigné ni changé, il n'avait pas dormi et n'avait pas fait de repas solide.

– Monte te nettoyer, mon fils, dit Rob, prépare-toi pour le dîner, sinon, tu vas t'effondrer. Tu viens de vivre une grande aventure. Elle ne s'est pas terminée comme tu l'au-rais voulu et la perte de Thunderhead me désappointe autant que toi.

– Oh ! vraiment, dad ? fit Ken, levant les yeux sur son père, un peu soulagé de son chagrin à l'idée qu'il était par-tagé.

– Oui, dit Rob. Je l'ai fait travailler et j'en étais arrivé à avoir confiance en lui et en son avenir. C'est un cheval extraordinaire. Et, d'ailleurs, tu le sais, j'ai besoin d'argent.

— Je le sais, dit Ken, avec une expression presque heureuse.

— Nous avons de la déveine tous les deux et nous n'avons qu'à nous y résigner.

— Avec « force d'âme », suggéra Ken avec un éclair dans les yeux.

— Précisément. Inutile de pleurer sur du lait renversé. Je vais te dire une chose qui te réconfortera peut-être, ajouta-t-il à l'instant où ils se levaient tous les deux : je suis bigrement fier de toi !

— De moi ?

— De toi. Mon Dieu, Ken ! *Tu as monté un étalon en train de rassembler ses juments !* Aucun homme de bon sens ne s'approche d'un étalon dans ce cas-là ni ne songe à le monter... et, s'il en avait le courage, il n'aurait pas celui de tenir le coup !

— Je ne l'ai pas tenu.

— Mais si, tu as tenu le coup jusqu'à ce qu'il t'ait presque tué. Tu t'es conduit avec courage. Tu as essayé de reprendre ton cheval ; tu as essayé de le maîtriser. Tu l'as enfourché et tu l'as monté jusqu'aux portes de l'enfer ! Tu as fait une chose que je n'ai jamais osée... et j'en suis fier comme Artaban !

Ken était accablé.

— Évidemment, ajouta Rob, on pouvait s'y attendre de la part d'un jeune garçon ayant accompli le tour de force d'obtenir un zéro en anglais ! C'est là une autre prouesse dont je n'ai pas été capable !

Prenant Ken par l'épaule, il le secoua en disant :

— Et maintenant, va prendre un bon bain chaud. Oublie toute cette histoire. Le dîner sera prêt dans une heure et je veux te voir manger. Et puis, je te réserve une surprise qui te fera plaisir. J'en parlerai d'abord à ta mère.

Ken se prélassait avec délices dans le bain chaud. Tous ses muscles douloureux se détendaient, et la brûlure fiévreuse de ses éraflures, de ses coupures s'apaisait. Il commençait à se sentir bien plus heureux. Son esprit était rempli de souvenirs aussi éclatants que le tonnerre, les éclairs et le vent, et ils lui appartenaient pour toujours. Il avait entendu dire que les sels de bain apportaient un soulagement aux membres douloureux ; sa mère en avait un flacon ; l'étiquette indiquait qu'il fallait en mettre une cuillerée à café ; sans doute quand on était aussi perclus que lui, on devait en prendre une dose plus forte ; il vida la moitié de la bouteille de sels parfumés au lilas dans la baignoire, s'y replongea et remua l'eau avec ses orteils.

Tout en comptant ses blessures, il se racontait une histoire passionnante : Thunderhead allait continuer à vivre dans cette vallée avec ses juments, mais il aurait sans cesse le regret de Ken ; et Ken irait de temps en temps lui rendre visite ; Thunderhead serait content de le revoir ; il lui permettrait même de le monter (mais pas pendant qu'il rassemblerait ses juments).

Il remarqua soudain que sa tête reposait aisément sur le rebord de la baignoire alors que ses orteils s'appuyaient à l'autre bout. C'était nouveau ! Avant, il flottait inconfortablement dans l'eau. Ce devait être parce qu'il commençait à grandir !

Pendant qu'il se prélassait, le murmure des voix de ses parents lui parvenait de leur chambre toute proche. Autre raison de se réjouir, car ils devaient discuter de la bonne surprise que son père lui avait annoncée.

Debout sur le tapis de bain, se séchant méticuleusement, Ken se dit que, décidément, il avait grandi. Il prit le flacon d'iode dans l'armoire à pharmacie et se mit à soigner ses plaies. Il avait le corps tout tacheté d'iode quand, finalement, les cheveux bien lissés et les ongles étonnamment propres, il s'assit à table pour déguster le poulet frit et la purée de pommes de terre mélangée de crème chaude telle que seule sa mère savait la faire.

Il recommença le récit de ses aventures, sans omettre l'incident de la jument noire qui avait tenté de s'échapper.

– C'était une beauté, dad. Elle m'a rappelé Gypsy, mais en plus grand. Son poulain blanc ressemblait à Thunderhead au même âge : il avait les jambes courtes et piaffait.

À la fin du repas, Rob révéla sa surprise : Ken ne serait pas déçu ; il irait, selon son projet, à Saginaw Falls avec Charley Sargent ; un cheval de course bien à lui s'y rendrait par le chemin de fer avec ceux de Charley Sargent. L'élevage de Goose Bar figurerait quand même au programme ; le seul changement serait qu'il serait représenté par la jument de deux ans Revient-de-loin et non par l'étalon de trois ans Thunderhead.

Aussi, quand le 11 octobre la grande Buick noire s'engagea dans les défilés montagneux de la grand-route menant du Wyoming à l'Idaho, elle transportait deux propriétaires de chevaux de course : Charley Sargent, cérémonieusement vêtu d'un pardessus noir et d'un chapeau melon, et Ken, qui se sentait plus âgé d'au moins dix ans.

40

Le vieillissement soudain de Ken avait plusieurs causes. Le pantalon de son nouveau costume était de cinq centimètres plus long qu'aucun de ceux qu'il avait possédés jusque-là. Et, sur ses genoux, soigneusement protégé contre toute avarie possible, il tenait un petit chapeau mou.

Mais c'est en lui-même qu'il constatait le plus grand changement. C'était un sentiment si particulier qu'il s'étudia pour l'identifier. Après mûre réflexion, il conclut que ce devait être la « fortitude ». Enfin, il la connaissait de près, cette combinaison d'une amère déception et de bonne humeur, de la volonté de continuer à vivre avec le sourire, quoi qu'il advînt. Maintenant que s'était produit, au sujet de Thunderhead, ce qu'il avait redouté de pire, il ne « hurlait » pas.

Diverses découvertes accompagnaient ce nouvel état d'âme. Quand on « hurle », on n'attend de plaisir que de la chose désirée qui vous a été refusée ; mais, quand on pratique la « vaillance », elle vous permet de goûter, en dépit d'un chagrin profond, nombre d'autres agréments. Par exemple, il jouissait infiniment de ce voyage en voiture. Les gens qui circulent en automobile sont persuadés qu'ils accomplissent quelque chose d'important, et, par suite, ne reconnaissent ni à leur conscience ni à des importuns extérieurs le droit de rien exiger d'eux. Les personnes nerveuses en éprouvent un grand bienfait, et, comme tout le monde est nerveux, il en est ainsi de tout le monde. Cette libération de tout devoir, de toute coercition est si douce qu'elle rend insupportable le moindre dérangement : on trouve agaçant le compagnon qui vous demande de tourner la tête pour admirer le profil d'une montagne ou de bouger un peu pour voir si l'on n'est pas assis sur son gant. Ken appréciait chaque nuance de ce subtil plaisir ; il se sentait pleinement conscient, tout à fait adulte et très paresseux.

Mais il jouissait aussi de la société de Charley Sargent. Sa tenue de ville prêtait au grand homme de cheval un aspect inusité. Surmonté de ce chapeau melon, son visage gai perdait un peu de sa bienveillance et prenait quelque chose de prudent, de rusé. Mais, lorsqu'il regardait Ken, ses yeux étaient très amicaux.

– Combien de temps crois-tu être resté sur cet étalon, Ken ?

– Oh ! je ne sais pas… assez longtemps !

– Je m'en doute ! Mon Dieu !… Combien penses-tu qu'il avait de juments dans sa bande ?

– Je n'ai jamais eu la possibilité de les compter, mais il y en avait beaucoup.

– Trente, peut-être.

– Peut-être.

– Raconte-moi ce combat, Ken, décris-moi comment ils se sont jetés l'un sur l'autre.

– Mais je vous ai déjà tout dit, monsieur Sargent.

– Eh bien, je voudrais l'entendre à nouveau.

Quand Ken se fut exécuté, il s'écria :

– Dieu ! quel cheval !

Il poussa Ken du coude et ajouta :

– N'oublie pas qu'Appalachian était son père.

Il aurait aimé parler indéfiniment de la vallée des Aigles et de ce qui s'y était passé, mais Ken désirait s'instruire du champ de courses où ils se rendaient et du sport hippique en général.

– Eh bien, Ken, cette petite piste de Saginaw Falls est excellente. Elle fait partie des champs de courses, peu nombreux dans ce pays, appartenant à un groupe de millionnaires qui s'amusent à se dépouiller les uns les autres de leur argent.

– Comment s'y prennent-ils pour le faire ? En pariant ?

– Oui, et en se vendant des canards. Mais écoute-moi bien, Ken, tu ne dois pas jouer, toi.

– J'ai cinq dollars, dit Ken.

– Eh bien, garde-les. Il y a deux façons de gagner ou de perdre de l'argent avec des chevaux de course. L'une est de parier, l'autre est d'élever des chevaux et de les vendre. Ma manière est la seconde, bien que je parie aussi. Mais *toi*, Ken, tu ne peux être un turfiste, un homme parcourant le pays, faisant courir des chevaux et pariant sur eux.

– Je le sais.

– Même si tu le pouvais, je ne voudrais pas pour toi d'une vie pareille et tes parents non plus, qu'elles que soient les sommes que cela te rapporterait.

– Je le sais.

– Tu es un éleveur et un dresseur. Tu as fait un magnifique travail avec cette pouliche ; elle est toute prête pour gagner une course, et elle n'a pas été élevée dans du coton ; elle peut, dans sa classe naturellement, affronter les épreuves les plus longues sur n'importe quel genre de piste.

Ken rougit de fierté.

— Il est possible que je mise sur elle, ajouta Sargent ; elle est rapide et pas capricieuse. Elle est capable de prendre la tête du peloton sans être jamais rattrapée. Elle courra le 16, dans cinq jours. Elle est déjà tellement en forme que, d'ici l'épreuve des pouliches, nous n'aurons pas besoin de l'exercer à une allure rapide qui révélerait sa vitesse. Personne ne la connaît ; elle n'aura pas une forte cote. Elle réglera peut-être notre note d'hôtel.

Il regarda Ken avec un large sourire.

— Ça me paraît du truquage, dit Ken.

— Les courses sont du truquage, affirma Sargent, sauf dans les arènes où l'on se contente de faire courir une troupe de chevaux et où celui qui court le plus vite remporte le prix.

Ken pensa que cette sorte de course était bien plus raisonnable.

— Ne pourrais-je coucher avec ma pouliche dans sa stalle plutôt qu'à l'hôtel ? demanda-t-il.

— Tu coucheras où je coucherai moi-même, et ce ne sera pas à l'écurie, jeune homme.

Ken ne dit plus rien. Il pensait à tout ce qui allait bientôt arriver à Revient-de-loin. Elle avait été embarquée quatre jours auparavant à Sherman Hill avec les quatre chevaux de Sargent. Elle était à présent à Saginaw Falls, sous la garde de son entraîneur, Perry Guston, et exercée quotidiennement par son aide Tommy Pratt. Le 16 octobre, elle prendrait part à sa première course ; le programme

434

annonçait d'autres épreuves pour les chevaux de deux ans, l'une pour le 20, l'autre pour le dernier jour de la série, après la course Greenway. Avec ces trois chances, Revient-de-loin devait pouvoir montrer ce dont elle était capable.

– Quel cavalier va-t-on vous donner pour Revient-de-loin, monsieur Sargent ?

– J'essaierai d'obtenir Dickson. Il m'a déjà gagné des courses et c'est un bon garçon. Mais, à son défaut, il y en a deux autres qui le valent à peu près : Green et Marble.

Ken se les imagina aussitôt tous les trois. Il préférait Dickson et le voyait, dans son esprit, portant les couleurs de Charley Sargent, monté sur Revient-de-loin, en tête du peloton ! Il le voyait sur le point d'atteindre le poteau et, à cette pensée, son cœur s'arrêtait une seconde de battre...

Ils descendaient rapidement du sommet de la ligne de partage des eaux. Les collines qui s'étageaient de part et d'autre de la route, balayées par un vent de tempête, montraient çà et là leur terre brune entre les amoncellements de neige. Charley Sargent roulait à cent trente ou cent quarante kilomètres à l'heure, selon la coutume de l'Ouest où les distances à parcourir sont grandes et les routes peu fréquentées. Ils s'arrêtaient toutes les trois ou quatre heures à des stations-service ; assis devant le comptoir à côté de son compagnon, Ken, tourmenté par l'indécision, ne savait que choisir, alors que Charley commandait en un clin d'œil une tasse de café et une part de tarte. Ils traversaient sans cesse des bourrasques de neige. On les voyait d'avance, au loin : l'air s'épaississait, s'obscurcissait et, soudain, on se trouvait au beau milieu de la bourrasque qu'on avait rattrapée et que, bientôt, on dépassait. Les montagnes étaient partout. Elles surgissaient sans qu'on s'y attendît, à moins de sept cents mètres, à un brusque tournant de la route ; ou bien, on dévalait pendant des kilomètres et des kilomètres ; le fond de la large vallée se teintait de violet foncé et les chaînes de montagnes éloignées, éclatantes de blancheur au soleil, devenaient d'un bleu vaporeux quand le ciel se couvrait ; elles disparaissaient complètement pendant l'après-midi pour se montrer à nouveau au coucher du soleil, embrasées comme l'intérieur d'une fournaise. Quelquefois, le vent creusait la neige, la soulevait en un petit cyclone que Ken regardait tourbillonner dans la plaine et qui lui rappelait les plumes de neige que le vent arrachait au Tonnant lors de sa randonnée dans les montagnes. Ce souvenir faisait soudain en lui un vide qui l'amenait à soupirer.

Thunderhead ! Où était-il à présent ? Non, n'y pense pas ; pense à Revient-de-loin, pense à cette petite pouliche, si douce, si intelligente, si docile... si belle avec son pas dansant, son élégance... Pense à sa légèreté, à sa prodigieuse vitesse... Pense à la première fois que tu as vu courir Flicka ; elle fuyait Banner qui la pourchassait sur le Dos-d'Âne ; elle n'était encore qu'un yearling avec une crinière et une queue d'un blond rose, mais elle avait su échapper à Banner.

Revient-de-loin était la reproduction exacte de Flicka. Ken l'aimait de l'amour protecteur et doux qu'une mère accorde à son cadet quand est mort l'aîné qu'elle idolâtrait.

Il se mit à penser à sa mère. Depuis longtemps, il souhaitait qu'une personne pût avoir de la force d'âme pour une autre. Il aurait aimé donner de la sienne à sa mère, mais ce n'était pas possible. Heureusement, elle n'en manquait pas. Il l'avait découvert un soir qu'il était seul dans la salle à manger, la porte ouverte sur la cuisine. Il était silencieux, inoccupé, regardant par la fenêtre. Sa mère préparait le dîner dans la cuisine. Soudain, il avait entendu sa voix ; elle était seule, mais elle parlait aussi fort que si elle s'était adressée à quelqu'un : « Oh ! redeviendrai-je jamais jeune, svelte et vive ! » et un petit gémissement avait suivi ces paroles. Il s'était rapidement retourné et l'avait vue, appuyée au mur, lui tournant le dos, la tête penchée, tenant un torchon dans une main. Il en avait été tellement bouleversé qu'il s'était dépêché de sortir et il avait erré dehors, l'esprit terriblement confus, jusqu'à l'heure du dîner. Il sentait qu'il devrait en parler à son père ; qu'on devrait appeler le médecin, faire quelque chose tout de suite. Mais, quand ils se mirent à table, sa mère était comme toujours, preste, leur souriant, ses beaux yeux de saphir pleins de sérénité et son visage rosi par le fourneau ; prête à rire à la moindre plaisanterie… C'était cela sa « fortitude ».

Enfin ! il n'y en avait plus pour bien longtemps. Elle serait de nouveau vive, svelte et jeune. Il aurait voulu savoir la date exacte de l'événement. Plusieurs fois, il avait été tenté de la lui demander, mais il s'en était abstenu de crainte que ce ne fût considéré comme impoli.

Charley avait beau aller vite, le monde était si vaste qu'il semblait ne pas bouger. Sur des terrains d'aspect stérile paissaient des vaches et des bœufs du Hereford aux mufles blancs ; des chevaux aussi, tous revêtus de leurs chauds pelages d'hiver ; et, de loin en loin, un troupeau serré de moutons gris, à peine visibles dans l'atmosphère grise. En les voyant, Ken évoqua leurs propres moutons. Son père était peut-être en train de les inspecter à cette

437

minute même, parlant au berger mexicain, décidant du moment où les béliers seraient mis avec les brebis, tirant des plans pour l'agnelage.

Parfois, Ken faisait un petit somme. Quand il se réveillait, c'était toujours le même panorama de collines et de plaines, de montagnes lointaines en partie neigeuses, en partie rocheuses ou de terre brune, avec les mêmes bestiaux et les mêmes chevaux paissant au premier plan.

On franchissait trois défilés au cours du trajet de deux jours du Wisconsin à Saginaw Falls. Ils atteignirent le premier col par une tempête de neige et furent arrêtés par un camion venant de la direction opposée qui avait dérapé au sommet de la montée, obstruant presque complètement la route. Derrière lui, plusieurs douzaines de voitures se dirigeant vers l'est s'efforçaient de gravir la pente.

Pendant que Sargent, ayant arrêté sa voiture, attendait que le camion se fût rangé, d'autres voitures arrivèrent par-derrière, glissant sur la neige en freinant. Sargent et Ken mirent pied à terre et allèrent regarder la descente : sur plus d'un kilomètre et demi, la route était couverte de voitures dans les positions les plus bizarres ; penchées sur le fossé ou agglomérées par deux ou trois, leurs occupants piétinant dans la neige, se criant des insultes, tirant ou poussant leurs véhicules. Des hommes en bras de chemise, tête nue, car le vent avait emporté leur chapeau, accroupis par terre, essayaient de désembrouiller leurs chaînes et de les placer sur leurs roues.

Pour pouvoir dépasser le camion, toutes les voitures allant vers l'ouest étaient obligées de se faufiler sur le bord extrême de la route qui surplombait un abîme, manœuvre qu'il ne fallait pas exécuter trop lentement sans quoi les

438

roues auraient cessé de tourner – après quoi elles devaient se frayer un chemin entre les voitures immobilisées sur l'autre versant du col. Charley, qui connaissait bien la route, avait pris la précaution de faire mettre les chaînes à sa voiture à la dernière station-service. Cependant, il ne s'agissait pas de bavarder en franchissant cette passe dangereuse. Ken le regarda, mais ne dit mot. Il jetait par instants un regard fasciné dans le gouffre qu'on côtoyait à droite : la paroi verticale de la falaise s'enfonçait dans un sombre chaos qui paraissait profond de plus d'un kilomètre !

En bas de la passe, ils descendirent de voiture et Ken aida Charley à retirer les chaînes. Tout en les rangeant dans le coffre, Charley dit :

– Ces tournants en épingle à cheveux sont déjà assez mauvais sans neige. Tu comprends maintenant pourquoi j'envoie les chevaux par chemin de fer.

– J'imagine, dit Ken, lorsque, sur la route droite, Charley eut repris de la vitesse, j'imagine qu'il doit arriver à des voitures de tomber dans ce précipice.

– C'est même un accident très fréquent, à en croire les journaux.

Ken s'imagina la grande masse noire versant, tombant, rebondissant dans l'espace et une ou deux petites silhouettes humaines projetées dans l'abîme et s'écrasant au fond. Il en eut mal au cœur :

– En passant sur ces routes, on voit souvent une brèche dans le garde-fou – lorsqu'il y en a un – ou bien un arbre brisé qui témoignent de ces catastrophes. Mais les passes ne sont pas toujours dans l'état où tu les vois aujourd'hui. La première neige surprend tout le monde. Dès demain, les chasse-neige les auront à peu près dégagées. C'est indispensable pour que le service des autobus transcontinentaux puisse fonctionner. Même pendant les pires tempêtes, la circulation est assurée. Quand on ne peut enlever la neige, on en ameublit la surface afin que les voitures munies de chaînes n'aient pas trop de mal à passer.

Ken évoqua avec tendresse l'image de Revient-de-loin telle qu'il l'avait vue en dernier lieu, confortablement installée, à l'abri du danger, dans le wagon du train express avec les chevaux de Sargent, entourée de bottes de foin et de sacs d'avoine pour le voyage.

– Monsieur Sargent, si Revient-de-loin gagne cette course, n'aimeriez-vous pas l'emmener avec vous dans vos tournées des champs de courses et partager avec moi ce qu'elle rapportera ?

– Ken, j'ai déjà trop de chevaux ; je cherche à en vendre et non à en acheter ni à augmenter mes frais généraux. Perry ne peut soigner qu'un nombre déterminé de chevaux sans prendre d'hommes d'écurie supplémentaires. Ce qu'il y aurait de plus avantageux pour toi serait de la vendre.

Ken se demanda si quelqu'un aurait envie de lui acheter sa pouliche. Il ne lui semblait pas possible de recevoir, en échange de Revient-de-loin, un gros chèque qu'il rapporterait à son père.

Ils traversèrent d'autres passes, mais les tempêtes de neige ne sévissaient plus aux altitudes moins élevées. La dernière passe offrit un spectacle grandiose : la gigantesque montagne de granit paraissait avoir été fendue en deux par un coup de tonnerre ; la route et la rivière blanche d'écume serpentaient entre ses murs, perdues dans ce monde de pierre. Cette rivière ressemblait à la Plume d'Argent.

C'était bien elle dont la seule vue l'emportait loin de la grand-route et des champs de courses, jusqu'à la gorge de la vallée, aux montagnes où il avait laissé Thunderhead.

– Tu ferais mieux de fermer cette fenêtre, dit Charley Sargent.

Ken se renversa contre le dossier, soudain malade du désir de revoir son cheval. La nuit tombait. Sargent alluma les phares, et l'auto, dévorant la route, continua d'avancer vers l'ouest à travers l'obscurité.

41

Thunderhead leva très haut le nez et flaira le vent. Il avait choisi pour observatoire un pic dénudé, déchiqueté, à l'extrémité méridionale de la vallée. Il pouvait, de là, voir ses juments qui paissaient au pied de la montagne. En tournant la tête, lui apparaissaient les chaînes successives que dominait le Tonnant dans son nid de nuées. Il entendait le profond rugissement des géants qui habitaient sous terre. De ce poste d'observation, il entendait la chute de chaque avalanche, le craquement de chaque arbre sous la morsure de la gelée et aucun oiseau, aucun animal ne faisait un mouvement qui échappât à son ouïe ou à sa vue.

Cette pointe rocheuse était tout juste assez large pour qu'il pût s'y tenir ; arc-bouté sur ses jambes de derrière bien écartées, son corps était de guingois ; sa tête, avec sa crinière blanche flottante et ses oreilles pointues comme des lances, se dressait fièrement, et ses yeux sombres, cerclés de blanc, étaient remplis de la grandeur sauvage des montagnes et des nuages. À son licou pendait un morceau de corde au bout effrangé.

Un peu plus bas, hésitant devant l'escarpement de la dernière montée verticale, un petit poulain blanc, immobile, levait la tête vers l'étalon. Le regard de Thunderhead s'arrêtait de temps à autre une seconde sur lui, puis s'en détachait pour reprendre sa contemplation lointaine. Ce matin-là, le vent annonçait une forte tempête. La température, déjà de seize degrés au-dessous de zéro, descendait encore. Les juments et les poulains étaient protégés contre le froid par l'épaisse et longue toison qui avait commencé à leur pousser au mois de septembre. Mais Thunderhead n'était réchauffé que par le feu intérieur de l'étalon. Sa robe était comme toujours soyeuse et luisante ; par places seulement, au cou et aux épaules, aux endroits où il avait été blessé, le tissu cicatriciel portait de longs poils grossiers.

Des tempêtes nombreuses, poussées par des vents de sens contraire, s'entrechoquaient, roulaient le long des pentes et autour des pics des montagnes. Au-dessus de la vallée, un aigle précédait une masse de nuages tourbillonnants qui paraissaient bouillir. Par moments, les tempêtes se réunissaient et s'abattaient sous la forme d'une épaisse couverture blanche ; puis elles se divisaient à nouveau, et, grondantes, partaient dans toutes les directions. Petit à petit, le brouillard se condensait et la neige tombait tantôt d'un côté, tantôt de l'autre.

Thunderhead agitait son cimier haut levé dans la tempête. Sa crinière s'envolait vers l'ouest. Le vent d'est était le plus fort et prévaudrait.

Le vent d'est... Un souvenir s'éveilla en lui et ses sabots piaffants firent retentir le roc. *« Quand le froid est par trop cuisant, quand le vent apporte la mort, descends de la montagne. Les barrières sont ouvertes, les râteliers pleins de foin. On trouve dans cet abri de la nourriture et de bons traitements ; et cette blancheur hurlante ne peut y pénétrer avec toi. »*

Après quelques brusques mouvements de la tête, il descendit avec précaution la paroi presque verticale ; sa queue frôla en passant le poulain blanc qui le suivit prudemment. Thunderhead rassembla ses juments et les dirigea vers le nord de la vallée. Quand elles eurent pris le galop, il se mit à leur tête, la jument noire et son poulain blanc juste derrière lui. Son allure permettait au plus petit poulain de ne pas rester à la traîne. Le peu de neige qu'il y avait au sol écumait autour de leurs pieds comme de l'eau de mer, et le mugissement invariable du vent d'est tendait, en s'accélérant, à devenir un gémissement.

Les chevaux franchirent en file indienne la fissure de la montagne et s'engagèrent dans le ravin où coulait la rivière. De temps en temps, Thunderhead faisait le tour de sa bande, vérifiant s'il n'y avait pas de traînards et rappelant par quelques coups de dents aux derniers chevaux de la file qu'on était en voyage et qu'il ne fallait pas lambiner. Une fois dans la plaine, leurs rangs se desserrèrent ; excités par la chaleur de leur sang, par la course, par la fureur du vent et de la neige, les chevaux échangeaient ruades et morsures.

À la fin de l'après-midi, ils approchèrent du ranch. Thunderhead galopait à travers le brouillard blanc sans se tromper de chemin, avec un instinct infaillible. Il était à présent sur le terrain dont il connaissait chaque mètre carré depuis sa naissance. Sur la crête du Dos-d'Âne, il s'arrêta pour surveiller son domaine, entouré de ses juments. La neige ne permettait pas de voir, mais sa vision intérieure lui révélait chaque bâtiment, chaque poteau de clôture, et, tandis qu'il fonçait vers la route, il se livra, en descendant la côte, à des cabrioles juvéniles de joie pure.

Accompagné de ces trente juments et poulains, il était excusable d'éprouver l'orgueil d'un jeune héritier ramenant sa fiancée pour la montrer à la famille ! Sa troupe le suivit au grand galop jusqu'au bas du Dos-d'Âne et le long de la route nationale. La barrière était ouverte ! Thunderhead prit le tournant, ses juments sur les talons, traversa le pâturage des Écuries et vit la barrière du corral ouverte. Les chevaux s'y engouffrèrent… Il était déjà plein de juments et de poulains. Thunderhead reconnaissait leurs odeurs familières ; il identifiait chaque poulinière ! Il retrouvait l'avoine et le foin, le corral, les écuries et Banner. Il hennissait et glapissait de bonheur à reprendre possession de ces lieux. Fonçant parmi les juments pour atteindre les râteliers, il en arracha une grosse bouchée de foin, de ce foin délicieux du pré de Castle Rock dont avait été nourrie son enfance. Ses juments commençaient avec les autres de petites disputes, de petits combats.

Au centre du corral, Banner l'aborda ; nez contre nez, les deux étalons tremblaient de l'émoi qu'on éprouve à revoir de vieux amis et aussi d'une autre émotion due à la présence des juments et des poulains. Ils s'éloignèrent l'un de l'autre et se mirent à étudier leurs troupes respectives. Thunderhead considérait les juments de Goose Bar comme d'anciennes camarades, mais pour Banner, les inconnues de la montagne étaient des étrangères excitantes. Et quel nombre imposant ! Son propre troupeau était insuffisant : un étalon qui se respecte ne se contente pas de dix poulinières !

Les juments et les poulains tournaient autour de l'enclos, se pressant devant les mangeoires alignées contre le mur des écuries. Banner avisa trois des juments de Thunderhead groupées ensemble ; sa tête rasa le sol et il les contraignit à se joindre à un groupe des siennes. Par-dessus la foule des chevaux qui entouraient le râtelier où il mangeait, Thunderhead aperçut cette manœuvre. Il secoua la tête et recommença à manger. Banner continua à poursuivre les juments de Thunderhead et à les immobiliser dans un coin du corral. Thunderhead se dégagea de la foule, poursuivit Banner et hennit avec défi. L'étalon alezan se retourna, lui fit face ; ils se cabrèrent tous deux, essayèrent de se mordre et retombèrent sur leurs quatre pieds tout tremblants. L'amour de Thunderhead pour Banner n'était pas mort, mais il éprouvait en même temps contre lui un sentiment qui s'accentuait de minute en minute : la colère, la combativité ; la montée d'une énergie furieuse qui lui soulevait et lui raidissait la queue, qui éclatait en grognements rageurs et le faisait se cabrer en frappant l'air de ses sabots. Bientôt, il lui faudrait un exutoire plus dangereux.

Les deux étalons se jetèrent de nouveau l'un vers l'autre, et, cette fois, chacun d'eux lança au passage un méchant coup de dents à son adversaire.

– Patron ! Patron ! Thunderhead est là avec une grande troupe de juments et de poulains !

Thunderhead connaissait cette voix ; elle était associée à l'avoine, à l'abri et à la bonté.

– Venez vite, patron ! Ils sont tout mélangés avec nos juments… les étalons se battent !

Thunderhead reconnut aussi l'autre voix qui répondit de la Gorge, cette voix profonde, autoritaire, remplie de colère. Et il reconnut les deux visages qui lui apparurent entre les flocons de neige, le rond et rose, encadré de boucles grises, et la longue figure sombre où brillaient des dents blanches. Il connaissait leur odeur, mais il ignorait

446

encore l'horreur qui l'attendait et le ton effrayé de cette voix quand elle cria :

– Prenez les fouets, Gus ! Apportez deux fourches !

Elle accompagna de cris frénétiques les coups qui se mirent à pleuvoir sur lui.

– Poussez les juments de Banner dans l'autre corral ; il les suivra !

Passant devant cet homme, il se cabra de nouveau en face de Banner également cabré et leurs sabots échangèrent des coups faisant résonner sur leurs garrots comme une foudre lointaine ; même en un tel instant, Thunderhead dut prendre soin d'éviter cet homme qui lui cinglait la tête de son fouet, qui, suspendu à son licou de tout son poids, mettait obstacle à ses mouvements pendant que l'autre homme détournait Banner... Sa pensée s'obscurcissait... Le vent chargé de neige l'aveuglait... L'obéissance apprise combattait en lui la lascivité.

L'écurie. Sa propre stalle avec sa mangeoire pleine de foin et d'avoine. Comment était-ce arrivé ? Comment l'y avait-on enfermé ! Il l'aimait, sa stalle. Il plongea la tête dans sa mangeoire. Quand il la releva, il écouta, dressant les oreilles, faisant palpiter ses narines sensibles... Il sentait l'odeur de chacune de ses juments, de chacun de ses poulains. Ils étaient tous là, autour de lui, dans l'écurie, se nourrissant aux mangeoires... Tout allait bien... ils étaient tous à l'abri, bien soignés, pendant que la tempête faisait rage, que le vent ébranlait l'écurie avec un bruit de graines secouées dans une gousse sèche...

– As-tu jamais rien entendu de pareil ? Thunderhead est revenu par cette tempête en ramenant son nouveau harem ! L'habitude a été la plus forte.

447

Rob s'astreignait maintenant à cacher sa mauvaise humeur à Nell et à lui annoncer même les événements sérieux sur un ton détaché.

Nell se laissa leurrer un moment et, s'arrêtant de mettre le couvert, elle le regarda avec étonnement et joie.

– Thunderhead est revenu ! Oh Rob !

Rob traversa la cuisine pour se laver les mains à l'évier et il sembla à Nell que le sourire qu'il lui jeta par-dessus son épaule tenait plus d'une grimace hargneuse que du sourire.

– Où est-il à présent ? demanda-t-elle.

– Je l'ai enfermé dans l'écurie.

– Je voudrais le voir ; j'irai après le dîner.

– Tu n'iras pas !

Et comme il se tournait vers elle, arrachant le torchon du porte-serviette et se séchant avec violence, elle vit luire la colère dans ses yeux. Elle ne dit plus rien, acheva de dresser le couvert, et, quand Rob alla s'asseoir, il se pencha, l'embrassa et dit avec contrition :

– Je ne peux laisser mon trésor faire une chose aussi audacieuse à un stade aussi avancé de son aventure.

« Pourquoi est-ce audacieux ? » se demanda Nell, puis elle dit soudain :

– Où est Banner ?

Le regard que lui lança Rob lui expliqua toute l'étendue de ses difficultés.

– Je l'ai mis dans le corral avec ses juments et j'ai enfermé Thunderhead dans l'écurie.

– Y est-il en sûreté ?

– Pas trop. Tu connais cette vieille écurie. Des chevaux ont su en sortir. Flicka a réussi à se sauver par l'une des

448

fenêtres. Thunderhead s'en est échappé par la partie supérieure de la porte; j'espère qu'il ne s'en souvient pas. Les deux bandes de juments et de poulains sont mélangés dans les deux corrals, dévorant à me mettre sur la paille; ils sont quatre vingts ! Il faudra que Gus et moi passions la moitié de la nuit à les trier, en les faisant passer par la glissière. Banner a chipé quelques-unes des juments de Thunderhead et les a réunies aux siennes.

— Il a fait cela ! s'écria Nell, consternée. Mais cela pourrait les faire se battre.

— C'est déjà fait ! dit Rob en reprenant du pain.

— Oh, Rob ! comment les as-tu séparés ?

— En tapant dessus. Et juste à temps… avant qu'ils soient devenus vraiment fous. Un peu plus tard, nous n'y aurions pas réussi. L'un d'eux serait mort à cette heure.

La stupeur réduisait Nell au silence. Rob, qui mangeait avec un appétit d'ogre, ajouta plus calmement :

— Et le mort ne serait pas Thunderhead.

Nell ne le contredit pas. Certainement, la puissante créature qui avait vaincu un adversaire tel que l'Albinos n'aurait pas été tuée par Banner.

— Rob, demanda-t-elle un peu plus tard, crois-tu pouvoir être tranquille à leur sujet, maintenant ?

— Je ne le crois pas, dit Rob.

Il repoussa sa chaise et alla se mettre le dos au fourneau pendant qu'il bourrait et allumait sa pipe.

Quand il en eut tiré quelques bouffées et ressenti leur effet calmant, il enleva la pipe de sa bouche, et, la tenant à la main, il dit, les yeux fixés sur le plancher :

— Nous ne serons plus jamais tranquilles avec Banner.

— Mais… mais, bégaya Nell. Nous pourrions renvoyer

449

Thunderhead… il retournerait dans cette vallée avec ses juments.

– Et, à chaque tempête, il les ramènerait, répondit Rob. Il l'a fait toute sa vie et continuera à le faire.

Pendant quelques minutes, on n'entendit rien, dans la cuisine douillette, que les pleurs du vent autour des cheminées et ses furieux assauts contre les fenêtres. Pauly émergea de dessous la cuisinière, s'étira lentement, sensuellement, tira sa langue de corail, puis s'asseyant, commença une toilette méticuleuse.

– Non, dit Rob avec un soupir en levant les yeux au plafond et en tirant sur sa pipe. Nous ne serons jamais tranquilles avec Banner tant que Thunderhead ne sera pas mort… ou castré.

– Mais Rob… Ken! laissa échapper Nell, ce qui ranima la colère de Rob.

– Moi aussi, je pense à Ken! cria-t-il. Crois-tu que cela ne me peine pas, maintenant qu'il s'est mieux conduit, qu'il a mené à bien tant de choses, qu'il m'a rendu plus fier que je ne l'ai jamais été de ma vie? S'il existait un moyen de se débarrasser de cet étalon – l'expédier à des milliers de kilomètres d'ici – le remettre à quelqu'un d'autre… Mais qui l'achèterait ou l'accepterait même en cadeau? Il n'est bon à rien.

Rob vida sa pipe de ses cendres, la glissa dans sa poche, traversa la cuisine et, sous le porche, revêtit sa tenue de plein air : pantalon de laine enfoncé dans ses caoutchoucs, pantalon de toile assujetti par-dessus, noué autour des chevilles, canadienne doublée de peau de mouton, gants fourrés et casquette matelassée. La main sur la poignée de la porte, il se tourna vers Nell :

— Il serait intelligent de lui tirer une balle dans la tête et de s'en défaire. Ken n'en saurait jamais rien et le croirait toujours dans la vallée.

Nell ne répondit pas ; elle attendait que Rob ouvrît la porte et s'en allât. Mais il ne partait pas. Elle leva les yeux et vit qu'il la regardait, attendant quelque chose. Son visage exprimait un mélange de souffrance et de colère ; il se sentait au pied du mur et ne voyait qu'une seule issue… Il ne voulait pas la blesser en faisant de la peine à Ken… Il l'interrogeait et attendait sa réponse.

Le cœur lui battit terriblement ; prise de faiblesse, elle s'assit devant la table. Il prenait cette question au sérieux et lui en demandait la solution. La tête appuyée sur les mains, elle réfléchit. Il ne s'agissait pas de juger en femme sentimentale, mais en juge raisonnable, conscient de sa responsabilité, de son devoir de prononcer une sentence donnant à tout le monde le plus de satisfaction possible. Elle voyait l'avenir, Rob affligé du souci constant de ces juments sauvages venant avec leurs poulains se faire nourrir et abriter pendant les tempêtes. Ils finiraient par croire que le ranch leur appartenait.

Thunderhead saurait toujours en retrouver le chemin ; on ne pouvait l'empêcher de revenir que par des moyens cruels que Rob était incapable d'employer… pour ne rien dire de Ken. Et puis, tôt ou tard, Thunderhead finirait par tuer Banner. Une profonde compassion pour Rob l'envahit. Quelles terribles décisions il avait à prendre ! Mettre délibérément à mort l'un des plus beaux animaux qu'il eût jamais élevés ! L'aider ! le réconforter ! Elle se leva promptement, les mains étendues vers lui, lui montrant un visage énergique, intelligent et souriant :

451

—Fusille-le tout de suite, Rob, avant qu'il ait causé un désastre. Nous n'en dirons rien à Ken. Ne te le reproche pas, mon chéri ; Thunderhead a eu une vie magnifique.

Rob était troublé. Il l'étreignit doucement et l'embrassa en la regardant avec étonnement.

—Veux-tu aller te coucher, maintenant, ma chérie, et me laisser la vaisselle à faire quand je rentrerai !

—Oh ! tu rentreras si tard… et tu auras eu à lutter pour trier ces juments ! Je peux faire la vaisselle ; je ne suis pas fatiguée !

—Je t'en prie, Nell. J'aurais l'esprit plus tranquille en te sachant au lit avec un livre. As-tu suffisamment de bois et de charbon dans ta caisse ?

—Bien assez, Rob. Et, si cela doit te tranquilliser, j'irai me coucher tout de suite.

Dans son lit, Nell essaya de lire ; mais elle ne comprenait pas le sens des mots, car elle attendait le coup de feu. Elle finit par s'endormir. Rob se déshabilla et éteignit les lampes sans la réveiller.

Il n'y avait pas eu de coup de feu, car une autre idée était venue à Rob, une idée offrant une chance, une très légère chance de réussir.

Il se leva très tôt le lendemain matin ; la tempête continuait de faire rage. Il sella Shorty et se rendit au bureau du télégraphe afin de se renseigner sur l'état du temps et des routes en direction de l'ouest. Sur la colline de Sherman, l'ouragan était à son apogée, mais les chasse-neige fonctionnaient et, sur la grand-route, les autobus circulaient. À quatre-vingts kilomètres plus à l'ouest, il ne neigeait plus.

Il rentra et exposa son projet à Nell. S'il pouvait transporter Thunderhead à Saginaw en camion et effectuer le trajet en deux jours, ils arriveraient le 23 octobre, la veille de la course Greenway. Il était encore temps. Si Thunderhead faisait bonne figure dans la course, il pourrait trouver un acquéreur et tout le monde serait content. Après tout, c'était à cette fin qu'il avait été dressé.

— Mais la tempête, Rob ! Et les routes ! Et ces effroyables défilés ! Faire franchir la ligne de partage des eaux à un camion par un temps pareil !

— À quatre-vingts kilomètres d'ici, le ciel est clair, dit Rob en préparant sa valise. Et, vraiment, Nell, le gosse le mérite. Le plus difficile sera de passer de la route du ranch sur la grand-route ; on y a de la neige jusqu'à la taille.

Gus avait reçu l'ordre de prendre Shorty et de passer, si nécessaire, toute la journée à chasser du ranch les chevaux sauvages. Ils seraient vite désemparés, sans Thunderhead et, une fois sortis du ranch, ils retourneraient tout droit à leur vallée et y resteraient.

Thunderhead, protégé par une couverture, fut embarqué dans le camion, la tête attachée assez bas pour rendre son évasion impossible. Grand Joe et Tommy furent attelés à un chasse-neige improvisé conduit par Gus, emmitouflé comme un Esquimau, ne laissant voir qu'un bout de nez rouge de froid entre sa casquette et son col. La voiture et le camion suivaient de tout près le chasse-neige.

42

Des lumières étincelèrent soudain dans la chambre obscure, et Ken se mit à rêver que, sous le lustre de la chambre d'hôtel démodée, son père causait avec Charley Sargent. Ils parlaient de Thunderhead. Charley ne cessait de répéter : « Nom de Dieu ! Nom de Dieu ! » Cela paraissait tellement réel que Ken commençait à croire qu'il était réveillé, mais il continuait à dormir et à poursuivre son rêve sans parvenir à s'en arracher.

Puis son père dit : « Ne le réveillez pas ! » et Ken tenta de dire : « Je ne dors pas » et de se redresser, mais il ne réussit qu'à s'enfoncer plus profondément dans son rêve, puis à sombrer dans l'inconscience.

Le jour commençait à poindre quand il se réveilla brusquement. Toute la nuit, son rêve avait côtoyé la réalité à tel point qu'il se demandait s'il avait effectivement rêvé. Comme de coutume, Charley Sargent ronflait doucement dans le lit jumeau. Mais ce fut sans surprise que Ken aperçut une autre forme endormie sur le canapé, du côté opposé de la chambre : c'était son père. Ken le regarda fixement pendant que les suppositions se pressaient dans son esprit. Qu'est-ce que cela signifiait ? Était-il possible que…

Il se leva sans bruit et s'habilla. Les écuries étaient à une dizaine de minutes de l'hôtel. Ken y courut d'une traite. Quand il vit se profiler sur le ciel gris de l'aube la longue ligne du bâtiment, l'incertitude lui devint presque intolérable. Il s'engagea sous le portique longeant les box réservés aux chevaux de Sargent et scruta l'une après l'autre les stalles obscures ; son regard y rencontra le regard méditatif des chevaux. Bien avant qu'il eût atteint la dernière stalle, la tête du cheval qui s'y trouvait s'était tournée vers lui, le pas de Ken lui était aussi familier que le grincement de l'anse du seau à avoine de Goose Bar. Un grognement profond fit vibrer la poitrine de Thunderhead et, l'instant d'après, les bras de son jeune maître lui encerclaient le cou. Thunderhead avait enseigné à Ken à garder ses distances ; il n'avait demandé de caresses à personne sauf à Nell. Mais, quand Ken lui posa les mains sur les joues, le grand étalon se pencha en avant et appuya tout le poids de sa tête sur Ken. Tout enfiévré, celui-ci sentait contre son visage la douceur satinée du poil de son cheval ; il jouait avec la mèche qui retombait entre les yeux sombres de Thunderhead comme il avait si souvent joué avec celle de Flicka.

Il ne cessait de murmurer : « Thunderhead ! Thunderhead ! Tu es revenu ! »

Il tournait autour de lui, caressant le gros cou arqué, poussant la crinière du côté droit, celui où elle devait être portée, suivant de la main les contours des muscles puissants. Il était submergé par la joie secrète et par l'étonnement d'un homme auquel la femme longtemps désirée tend les bras et demande soudain appui. Avoir conquis l'amour de ce cheval après des années de lutte... et d'un tel cheval !

Thunderhead tourna tout à coup la tête et manqua renverser Ken. Il y avait de l'affection dans ce mouvement, mais autre chose aussi. Il voulait atteindre la porte. Il tendit la tête au-dehors, dressa les oreilles et fixa les yeux sur l'horizon. Ses narines dilatées flairaient et aspiraient l'air frais du matin. Elles palpitaient comme pour chercher une odeur dans le vent. Et, soudainement, il fit un mouvement vers Ken, abaissa et balança la tête, contracta sa poitrine comme s'il hennissait en silence, donnant à entendre aussi clairement que s'il avait parlé : « *Où sont-elles toutes ? Qui les a enlevées ? Tu étais avec elles et moi dans cette vallée ! Où as-tu caché mes juments ? Si tu es mon ami, tu me les rendras. À qui d'autre pourrais-je les demander ?* »

Frappé de stupeur, Ken recula contre le mur ; l'étalon refit impatiemment le tour de sa stalle, en agitant la queue, revint vers Ken, lui donna du nez une autre poussée et, remettant la tête au-dehors, contempla de nouveau l'horizon, à l'est, où s'éclairait le ciel. Il tremblait de tout son corps.

On commençait à s'activer partout, autour des écuries. Sur de petits feux, les casseroles du premier déjeuner se mettaient à fumer. Les palefreniers apportaient du fourrage aux chevaux et les sortaient des stalles pour les laver et les panser. D'autres, montés sur des poneys, partaient en trottant ou emmenaient les chevaux de course faire un tour de piste au petit galop. Ken ne resta pas longtemps seul avec son cheval. Perry Gunston et Tommy Pratt arrivèrent pour l'examiner et lui donner sa ration d'avoine du matin. Bientôt, d'autres entraîneurs qui avaient entendu parler de l'étalon vinrent le regarder.

Thunderhead ne voulut pas toucher à son avoine. Il la

renifla, puis détourna la tête, demeurant inerte et indifférent. Inquiet, Gunston demanda à Ken :

— Il a perdu l'appétit ?

Ken prit une poignée d'avoine et la présenta sous le menton de l'étalon. Thunderhead joua avec les grains, souffla dessus, frotta ses naseaux contre la main de Ken, puis, l'air las, pencha la tête sur le côté et resta tranquille, à attendre. Les garçons d'écurie se mirent à bavarder :

— C'est le voyage qui l'a dérangé. Quand Dusky Maid a été amenée de Denvers, elle a été sans appétit pendant une semaine. Il va peut-être tomber malade à cause du transport. Vous ne le ferez pas courir, s'il refuse de manger, non ?

— Cela ne veut pas dire qu'il soit en mauvais état, répondit Ken avec mépris. Quand il en a envie, il court plus vite que n'importe quel cheval.

Gunston suggéra à Ken de faire faire à Thunderhead un temps de galop. Après avoir pris de l'exercice, il consentirait sans doute à manger. Dickson accourut, impatient d'inspecter le cheval qu'il devait monter ce même après-midi.

— Mieux vaudrait peut-être que Dickson le monte, dit Ken, afin qu'il s'habitue à lui.

Mais Gunston fut d'avis que, pour son premier essai, il était préférable que Ken le montât lui-même. Ils sellèrent Thunderhead, Ken l'enfourcha et se dirigea lentement vers la piste, suivi de Dickson, de Gunston et de Pratt. Le jockey bombardait Ken de questions. Ken y répondait avec calme.

— Non, la cravache ne l'émeut pas. Quelquefois, il faut le battre comme plâtre pour le faire obéir… Non, il n'a pas la bouche dure. On peut le guider sans rêne ; il sait où l'on veut aller… Oui, il a de fortes chances de gagner le prix…

Il *peut* gagner s'il en a envie, sans le moindre doute. Je vous dis qu'il est plus rapide qu'aucun autre cheval. Tout dépend de son humeur… S'il ne se met pas une autre idée en tête…

En prononçant ces derniers mots, Ken regarda l'horizon avec malaise. Dickson considérait anxieusement le cheval.

– Certains jours, ajouta Ken, il commence mal, par un galop forcé et dur. Ne vous tourmentez pas. Ce n'est pas son allure véritable. Il faut alors lui taper dessus, lutter contre lui, le forcer à vous obéir. Une fois qu'il a pris son allure, il est imbattable.

Lorsque Ken aborda la piste, une petite foule d'hommes se tenaient le long de la barrière dont quelques-uns avec des chronomètres à la main. Mais, cette fois-ci, Thunderhead ne se montra pas rétif. La voix qu'il aimait, ce cavalier familier, si léger, aux mains de plume, le firent passer sans accroc du petit galop à cette extraordinaire allure flottante, et les petits yeux au regard aigu de Perry Gunston se rétrécirent davantage. Il consulta son chronomètre, jeta un coup d'œil sur Dickson, secoua la tête et le remit dans sa poche.

– Jésus ! éclata Dickson. Ce n'est pas un cheval que l'on *voit* courir, c'est un cheval dont on rêve !

– Dieu tout-puissant ! crièrent les autres, il a gagné le prix de Greenway d'avance !

– Le cheval de Ken est comme qui dirait déjà vendu ! dit Gunston.

Un peu plus loin, contre la clôture, le vieux Mr Greenway en personne, appuyé d'une main sur son bâton noueux pour épargner son pied gauche goutteux, tournait vers la piste l'une de ses oreilles munie d'un petit appareil acoustique semblable à un bouton noir, comme s'il prenait la mesure des chevaux par l'ouïe en même temps que par la vue. Il savait que l'un des concurrents lui appartiendrait avant la nuit prochaine et il était curieux de savoir lequel.

Ce fut seulement en déjeunant au grill-room du Club avec son père que Ken apprit tous les détails du retour de Thunderhead. L'étalon n'était pas revenu seul ainsi qu'il l'avait fait tant de fois ; il avait amené toute sa bande de juments et de poulains et avait confié aux corrals de Goose Bar ce qu'il chérissait le plus au monde. Mais maintenant, si les espérances de son père et les siennes se réalisaient, Thunderhead ne reverrait jamais plus ses juments.

Les yeux baissés sur son assiette, Ken chipotait ses œufs frits.

— Où croyez-vous que soient allés les juments et les poulains ? demanda-t-il au bout d'un moment.

— Dans leur vallée, dit Rob. C'est leur foyer. Il est naturel qu'ils y retournent et…

Rob laissa sa phrase en suspens.

— Et ?… fit Ken, levant les yeux.

— J'allais dire : et qu'ils y attendent Thunderhead. Ils comptent évidemment qu'il reviendra prendre soin d'eux… Pourquoi ne manges-tu pas ?

Ken ne fit même plus semblant de déjeuner ; il posa sa fourchette et, se renversant en arrière, informa son père, par des phrases hésitantes, entrecoupées, de l'affection nouvelle que Thunderhead lui témoignait, de sa confiance en lui, de la terrible nostalgie qu'il avait de ses juments, de sa vallée. Et maintenant que, pour la première fois, son cheval l'avait traité en ami, Ken allait se comporter à son égard en traître, en ennemi…

Rob écouta son fils avec un visage impassible, mangeant avec appétit, beurrant son pain grillé, remplissant sa tasse de café chaud, jetant des coups d'œil à travers la salle comme s'il entendait ce qui s'y disait en même temps que les paroles de Ken.

Un rapide regard lui révéla les yeux cernés, la pâleur, les lèvres serrées, ces symptômes bien connus des chagrins de Ken. D'un ton sec, il dit :

— Tu as remué ciel et terre depuis trois ans pour faire de ce cheval un cheval de course et, maintenant, tu changes d'avis ? Ne peux-tu pas t'en tenir à une décision ? Pourquoi diable faut-il que tu oscilles comme ça ?

Ken se dit que, si son père pouvait voir les tableaux qui se succédaient lentement dans son esprit, il ne lui poserait pas de telles questions. À cette minute, Ken revoyait la façon dont Thunderhead s'était, avec tant de confiance, appuyé contre lui pour lui faire part de sa douleur, de sa nostalgie et le prier de venir à son aide.

— Je pense, dit Ken en hésitant, que c'est simplement, comme vous le dites toujours vous-même, dad, ce que nous faisons des chevaux en les obligeant à nous servir au lieu de les laisser vivre selon leur destinée naturelle…

Les ardents yeux bleus de Rob approuvèrent la compréhension et la bonne foi dont Ken faisait preuve et il dit :

— Néanmoins, Ken, nous avons pris un engagement sur lequel nous ne pouvons revenir. Thunderhead non plus ; il est trop tard. Et puis, rappelle-toi tout ce qui en dépend.

— Quoi ?

— As-tu oublié toutes les choses que nous devions acheter pour ta mère ?

Ken tressaillit.

— Crois-moi, avec tous les frais d'hôpital que nous avons en perspective, si Thunderhead peut rapporter de l'argent, nous en avons grand besoin.

Ken se mit à chercher dans toutes les directions le moyen de libérer Thunderhead. Revient-de-loin avait couru dans deux courses sans se faire remarquer, quoique dans la seconde elle eût été tout près d'être placée. Elle avait encore une occasion, cet après-midi, dans la course suivant celle du prix Greenway. Mais ce n'était certainement pas sur elle qu'on pouvait compter maintenant.

— Rappelle-toi, continua Rob, les choses que tu voulais faire pour le ranch ; mettre des clôtures de bois ; régler les dettes.

— Je le sais.

— Vas-tu retourner casaque et tout lâcher au dernier moment, pour la seule raison que Thunderhead brame après ses juments ?

— Mais, dad, c'est parce que... parce qu'il n'a encore jamais été comme cela avec moi. Il m'a toujours regardé méchamment, il a toujours essayé de me lancer un coup de pied ou de dents, vous savez. Il me fallait constamment être sur mes gardes. Mais il a changé. Il était *content* de me revoir, ce matin... *content* ! Il... il...

— Qu'a-t-il fait ?

— Il a mis sa tête dans mes bras et s'est appuyé contre moi comme il l'a toujours fait avec sa mère ; il m'a traité comme si j'étais le seul ami qu'il eût au monde... Il a laissé entendre un petit grognement – vous le connaissez – on dirait qu'il sort tout droit de son cœur.

Rob gardait le silence et ne se sentait pas capable de lever les yeux sur son fils. Finalement, il dit :

– Ken, tu es placé entre deux loyalismes, et il n'y a rien de plus pénible. De quelque côté que tu te tournes, tu fais souffrir à la fois toi-même et un autre. C'est une situation fréquente dans la vie et qui t'instruira. Vas-tu rester fidèle à ton intention de gagner de l'argent pour le ranch et pour tous nos besoins – les tiens y compris, ne l'oublie pas – l'argent nécessaire pour ton éducation et celle de Howard ; vas-tu mener à bonne fin ce que tu as commencé et à quoi nous avons tous travaillé pendant trois ans ? Ou bien vas-tu, non pas exactement abandonner la partie, mais te laisser détourner de son but au dernier moment ?

– Serait-ce mal, dad ?

– Ce serait une preuve de faiblesse, Ken. Je ne pourrais admirer une telle conduite ; elle ne serait pas virile. On est parfois obligé, dans la vie, de choisir un parti et d'y persévérer même s'il fait souffrir quelque innocent.

Ken ne répondit pas. Rob termina son déjeuner, posa son couteau et sa fourchette et repoussa son assiette.

– Quand Dickson montera ce cheval, cet après-midi, je voudrais que tu les entraînes de tout ton cœur et de toute ton âme.

Le visage de Ken s'empourpra. Il se figurait Thunderhead caracolant avec Dickson sur son dos et voyait bien qu'il ne saurait faire autre chose que de vouloir sa victoire ! Supposer seulement qu'un cheval quelconque pût battre Thunderhead !

– Souviens-toi de ceci, Ken, bien qu'à cette heure Thunderhead pense à autre chose qu'à courir et qu'il boude, il a cependant été dressé pour être cheval de course. Il l'a dans le sang, à présent. Quand il l'aura menée un certain temps, cette vie deviendra sa véritable vie.

462

– Vraiment, dad ! Autant que le serait son existence sauvage ? demanda Ken en levant les yeux sur son père.

Évitant de se compromettre, Rob répondit :

– Tu connais mon sentiment à l'égard des chevaux, Ken. Je regrette toujours de les asservir, de leur organiser des vies artificielles, de les priver de leur vie naturelle, véritable, indépendante. Mais cette vie-là ne serait pas nécessairement une vie *meilleure* du point de vue du bonheur et du bien-être des chevaux.

Ken médita cette idée. Rob commençait à s'impatienter. Il appela le garçon et paya la note. Un coup d'œil sur Ken lui montra qu'il était encore dans le même état d'indécision. Se penchant vers lui, il dit :

– Écoute !

Ken remarqua aussitôt que son père lui parlait sur un ton différent.

– Tu vas prendre une décision tout de suite et tu t'y tiendras.

– Moi ?

– Oui. Sois un homme. Ce cheval est à toi ; si tu désires qu'on le retire sans même qu'il essaye de courir, tu en as le droit.

– Vraiment, dad ?

– Certainement, dit Rob.

Ses yeux avaient une expression dure et méprisante.

– Fais ton choix !

Il prit sa pipe, l'alluma et regarda autour de lui comme si le sujet ne l'intéressait plus.

Toute prête, la décision surgit d'un bond dans l'esprit de Ken.

– Il courra et il gagnera, dit-il soudain.

Ces paroles firent vibrer Rob comme une corde qu'on pince, lui apportant l'émotion qu'il éprouvait chaque fois qu'un de ses fils avançait d'un pas vers l'âge d'homme. Sa main s'abaissa sur le bras de Ken et le serra. De l'autre main, il saisit son chapeau.

– Viens, mon fils ; allons nous occuper de faire changer les fers de Thunderhead.

Ils se rendirent ensemble aux écuries et la détermination de Ken se trouva fortifiée quand il entendit son père lui dire en atteignant la stalle de son cheval :

– Naturellement, Ken, s'il ne gagne pas et que nous soyons obligés de le ramener, tu comprends que je ne peux permettre qu'il revienne au ranch ; il faudra le vendre pour le prix que je parviendrai à en tirer – et le castrer auparavant.

Ken s'arrêta net :

– Mais, dad, je lui ferai quitter le ranch. Il retournera à sa vallée !

– Mais il n'y resterait pas, dit Rob, et, tôt ou tard, il se battrait avec Banner, et tu sais ce que cela signifie. Tu as vu...

43

Dickson ne plut pas à Thunderhead, qui sortit de sa stalle en luttant contre lui. Les autres chevaux étaient déjà loin, sur la piste, que le jockey s'efforçait encore d'enlever le mors d'entre les dents de l'étalon et de le faire aller dans la direction voulue.

L'agitation ordinaire des champs de courses qui naît, atteint son apogée et meurt à chaque course n'est rien comparée à l'excitation frénétique qu'y provoque un incident vraiment exceptionnel : quand un ou plusieurs chevaux, sans tenir compte des plans tracés par les hommes, organisent le spectacle à leur propre manière. En pareille occurrence, la foule, dans les tribunes, rappelle une rivière qui rompt son barrage.

Il en fut ainsi à Hialeah, en 1933, quand deux juments baies, Merryweather et Driftway, qui étaient en désaccord depuis plusieurs années, firent exception à la règle selon laquelle les juments ne se battent jamais : elles désarçonnèrent leurs jockeys et vidèrent leur querelle, se mordant, criant et se frappant pendant tout le parcours.

Thunderhead réserva aux spectateurs de la course Greenway, à Saginaw Falls, l'après-midi du 24 octobre, une émotion analogue.

Devant la tribune d'honneur, Ken passa la tête entre les barreaux de la clôture. Le sang lui monta au visage quand il vit comment Thunderhead résistait à son cavalier. Les autres chevaux étaient déjà loin, Staghorn et Bravura, les deux gagnants présumés, tenant la tête du peloton ; cinq autres les suivaient, serrés contre la clôture et trois concurrents déclassés formaient l'arrière-garde. Sans avancer d'un pas, Thunderhead tournoyait et se cabrait tandis que Dickson le cravachait sans pitié. Comme d'habitude, la furie engendrée par ce conflit finit par éclater, libérant le cheval du complexe de ses inhibitions et il partit tout à coup de son galop volant.

Ken se redressa trempé d'une sueur de soulagement. Mais le peloton franchissait déjà la courbe qui le ramenait au poteau. Le souffle coupé, les occupants de la tribune suivirent des yeux Thunderhead, dont les foulées rapides comme l'éclair lui faisaient à peine toucher la terre. À son allure prodigieuse, il diminuait de seconde en seconde la distance qui le séparait des autres chevaux. Dickson montait, la bouche ouverte de stupéfaction, et Ken vit la même expression sur des centaines de visages, autour de lui. Quand l'étalon dépassa le groupe qui suivait les chevaux de tête, un murmure d'étonnement s'éleva de la tribune ; mais quand, à leur tour, ceux-ci eurent été laissés derrière lui, le public de la tribune se leva, hurla, agitant les mains, les programmes et les chapeaux. Cette étrange montagne qui bruissait à sa droite inquiéta Thunderhead ; il s'arrêta, tourna vers elle ses yeux étincelants cerclés de blanc et ses oreilles dressées avec nervosité. Comme Dickson se mit à crier et à secouer le mors, l'étalon se dressa sur ses jambes de derrière. Bravura et Staghorn repassèrent devant lui, commençant le second circuit de la piste.

— Cravachez-le, Dickson ! Tapez dessus à tour de bras ! cria Ken dont la voix se brisait.

Dickson jeta sur Ken un regard désespéré, et, tandis que Thunderhead se cabrait de plus belle, le jockey leva la main et fit voir qu'il avait perdu sa cravache. La bouche ouverte de Ken se referma sans émettre un son de plus et son visage pâlit.

Dickson retira sa casquette et en frappa le cou du cheval. D'autres chevaux le dépassèrent. Soudain Thunderhead fonça en avant et, de nouveau, Ken défaillit de soulagement. Il desserra lentement les doigts qui avaient laissé dans ses paumes de petites coupures saignantes. Tout irait bien, à présent ; du moment que Thunderhead les avait semés au premier tour, il saurait le refaire.

Mais Thunderhead n'en avait pas l'intention. Tout ce qu'il semblait vouloir était de trouver l'endroit propice où montrer à la foule comment il allait se débarrasser du cavalier qui ne lui convenait pas. Il traversa la piste en diagonale, flotta par-dessus la grille intérieure, galopa jusqu'au centre de la pelouse, sauta en l'air, tire-bouchonnant, retomba sur des pieds pareil à quatre pistons d'acier, se balança plusieurs fois et n'eut pas à en faire davantage, car Dickson avait été projeté en l'air où son corps décrivait une de ces courbes lentes infligées à Ken un si grand nombre de fois.

Délivré de son cavalier, Thunderhead décida de se joindre à la course. Il sauta de nouveau par-dessus la grille, avec une aisance et une grâce qui arrachèrent un halètement de surprise à la tribune, et se remit à courir. Une fois encore, la voix du public s'enfla comme le crescendo d'un orchestre, pendant que le cheval blanc réduisait à néant la distance entre lui et les autres chevaux.

Mais Thunderhead ne savait pas où s'arrêter. Il continua de flotter au-dessus de la piste après la fin de la course, alors que le vainqueur avait été proclamé et que les autres concurrents regagnaient le paddock. Des garçons d'écurie essayèrent de l'arrêter. Cela le mit en colère. Il les repoussa, franchit d'un bond la grille extérieure et s'enfuit, les petits étriers lui battant les flancs.

Quand il disparut derrière le boqueteau de saules, au sud du champ de courses, Ken se fraya un passage à travers la foule, passa sous la tribune et contourna l'extrémité ouest de la piste. Il courait aussi vite qu'il le pouvait, les yeux fixés sur la petite brèche entre les saules par où son cheval avait disparu. Il tâta sa poche. Le sifflet y était. S'il pouvait parvenir à portée d'ouïe de l'étalon, il l'appellerait avec le sifflet.

Se faufilant parmi les broussailles, il émergea du boqueteau et scruta un moment le paysage ; son visage écarlate ruisselait de sueur ; des bouts d'écorce et de feuilles parsemaient sa tignasse hirsute. À sept cents mètres de là, l'étalon blanc se tenait bien tranquille. Quand il entendit le sifflet de son jeune maître, il tourna la tête et vint aussitôt vers lui au petit trot.

— Idiot ! lui dit Ken avec amertume. Tu viens de gâcher ton unique chance de bonheur.

Thunderhead s'arrêta, discernant dans la voix de Ken autre chose que de l'approbation.

– Tu aurais pu gagner comme dans un fauteuil ! Et tu as tout gâté !

Ken avait prononcé ces mots avec un tremblement ; il ne dit plus rien, mais enfourcha le cheval et, contournant le champ de courses, il le ramena aux écuries. La rumeur qui s'élevait de la tribune lui apprit qu'une autre course avait lieu ; il stoppa sur un petit monticule et aperçut la piste juste à l'instant où le peloton franchissait la ligne d'arrivée ayant à sa tête, d'une bonne longueur, un alezan doré à la queue blonde.

Revient-de-loin ! Il avait complètement oublié qu'elle courait ! Et voilà qu'elle avait gagné ! La joie alternait en lui avec l'incrédulité. Il fit galoper Thunderhead jusqu'aux écuries, sans mettre pied à terre pour ouvrir les barrières qu'il lui faisait sauter. Il le mit dans son box, appela un palefrenier pour le faire panser et retourna en courant au champ de courses. Il l'atteignit juste à temps pour entendre le haut-parleur proclamer : « Gagnant : Revient-de-loin, de l'élevage de Goose Bar. Propriétaire Kenneth Mc Laughlin. »

Ken s'immobilisa ; il s'initiait au sentiment de la victoire. Puis il s'élança, impatient de mettre la main sur Revient-de-loin et de voir si elle était toujours pareille à elle-même… Perry Gunston l'avait conduite au paddock. On lui avait mis une couverture et une foule d'hommes l'entouraient. Rob Mc Laughlin parlait avec le vieux Mr Greenway. Faisant signe à Ken, il lui dit :

– Je veux que tu connaisses Mr Greenway. Voici mon fils, monsieur Greenway, le propriétaire et l'entraîneur de la pouliche.

Pendant qu'il lui tendait la main, Ken entendit derrière lui un petit hennissement chaleureux.

– Pas possible ! Pas possible ! s'écria Mr Greenway. Il paraît que vous avez aussi dressé l'étalon blanc. Mais il ne vous vaudra jamais que des ennuis, mon garçon ; on ne peut pas compter sur lui.

Revient-de-loin hennit de nouveau et Ken mourait d'envie de la rejoindre.

– Mr Greenway vient d'acheter Revient-de-loin, Ken.

– Il l'a achetée !

– Je suis collectionneur de bons chevaux, mon garçon. C'est le deuxième que j'achète aujourd'hui. Maintenant, montez dessus fiston, et menez-la à mon écurie.

Mr Greenway s'approcha en boitant de la pouliche. Rob saisit le bras de Ken et lui montra le chèque. Il était libellé au nom de Kenneth Mc Laughlin et s'élevait à cinq mille dollars. Ken regarda son père. Un large et joyeux sourire découvrait les grandes dents blanches de Rob Mc Laughlin.

– Voilà qui arrange tout, Ken ! s'écria-t-il.

Mais Ken, ébahi, fixait alternativement le visage de son père et le chèque.

– Montez-la une dernière fois, fiston, dit Mr Greenway.

Tandis qu'il s'approchait d'elle, Revient-de-loin regardait Ken avec affection. Une répugnance soudaine lui fit traîner les pieds… la monter pour *la dernière fois* !… Il lui caressa la figure. Son père et Mr Greenway se tenaient auprès d'elle.

– Bonne fille, murmura Ken ; c'est toi qui as gagné, mon bébé.

Ce qu'elle avait fait était certainement merveilleux. Sans histoires, elle avait toujours fait les choses comme on les lui avait enseignées, et elle les faisait de tout son cœur. Elle était douée de la même puissance, de la même vitesse que Flicka… Flicka telle qu'elle était avec ses quatre belles jambes avant que lui, Ken Mc Laughlin, l'eût arrachée à sa montagne et l'eût paralysée… mais Revient-de-loin avait aussi la douceur et la docilité que Flicka n'avait acquises qu'à force de souffrance.

– Bonne fille, répéta-t-il.

Et, appuyant sa joue contre la tête de la pouliche qui la poussait vers lui, il exprima sa tendresse en suédois :

– Ma *Flicka* !

Perry Gunston enleva la couverture ; Ken se mit en selle et se dirigea lentement vers les écuries Greenway.

– Es-tu réveillé, Thunderhead ? murmura Ken qui avait passé la nuit roulé dans une couverture devant la stalle de l'étalon.

Celui-ci ne bougea pas. Il tenait la tête passée par l'ouverture de la partie supérieure de la porte. Mais l'une de ses oreilles se rabattit en arrière, et Ken, se levant, alla s'accouder sur la moitié inférieure de la porte, tout près du cou de Thunderhead. Dehors, la nuit s'éclaircissait, il faisait presque jour. Ken réfléchit à tout ce qui s'était passé et à ce qui allait avoir lieu. Son père, Thunderhead et lui repartaient pour le ranch ce jour-là. L'étalon y serait castré ; on avait à présent tout l'argent nécessaire pour payer le Dr Hicks ; et ensuite il serait vendu à l'armée comme cheval de fanfare. Son père disait que l'armée payait mieux pour ces chevaux-là que pour les chevaux ordinaires. Il pourrait rapporter trois cents dollars ; les chevaux de fanfare blancs, pour la cavalerie, ne sont pas faciles à trouver.

Ken ne voyait plus les formes estompées des arbres et des écuries : il avait devant les yeux Thunderhead portant un musicien au milieu d'une fanfare, comme celle qu'il avait vue défiler au Poste. Thunderhead était costaud ; on lui ferait peut-être porter la grosse caisse.

Grosse caisse ! Fanfare de cavalerie ! Les grosses baguettes s'entrecroisant au-dessus du dos de Thunderhead, frappant le tambour avec des gestes de clown ! Et les énormes cuivres étincelants, les uniformes de fantaisie, l'adroit tambour-major, le vacarme assourdissant de cette musique ! Et Thunderhead réduit à caracoler dans cette parade de carnaval !

Soudainement, Ken songea à s'enfuir avec lui. À le lâcher dans la campagne ; à le donner…

Alors qu'ils s'apprêtaient à embarquer l'étalon, Ken demanda :

— Dad, est-ce que vous voulez le faire castrer parce que sans cela vous ne pourriez pas vous en défaire ?

— Tu sais raisonner, mon garçon ! dit Rob d'un ton sarcastique.

Puis, posant la main sur l'épaule de Ken :

— Ce n'est plus à cause de l'argent, bien que trois cents dollars ne soient pas à dédaigner, mais c'est parce qu'il n'y a pas d'autre moyen de sauver Banner et de m'épargner l'adoption inopinée d'environ trente juments sauvages.

Avant huit heures du soir, ils avaient chargé l'étalon dans le camion et s'étaient mis en route pour le ranch.

44

L'aigle se laissa porter par le fort vent d'ouest et plana très haut, les ailes immobiles au-dessus de la vallée. Le vent d'est était tombé et il n'en restait d'autres traces que des plaques de neige sous les arbres et aux creux des montagnes. L'été régnait à nouveau, l'été indien, avec la débauche d'écarlate et d'ocre des trembles et l'or que les peupliers faisaient pleuvoir sur la rivière en perdant leurs feuilles mourantes.

L'aigle vit les juments et les poulains en train de paître, il vit aussi quelque chose de grand et de blanc s'engager dans le couloir du rempart et, de quelques coups d'aile, il se posta juste au-dessus de cet objet. C'était l'étalon que Ken ramenait à la vallée. Ils s'arrêtèrent à l'issue du couloir. Thunderhead portait la petite selle de crin que Ken avait fabriquée lui-même. Sous la bride, il y avait un licou et une longe formés d'une lourde chaîne. Il avait les yeux bandés et cependant il savait où il était, ainsi qu'en témoignaient ses furieux ronflements et les coups dont ses sabots frappaient la terre. D'une main, Ken détacha la sangle, souleva la selle et la jeta sur le sol. Le miroitement du soleil sur les étriers d'acier attira les regards de l'aigle qui soudain se souleva, étendit les ailes et se mit à tourner en rond au-dessus de la passe.

Ken défit la courroie de la sous-gorge et dit tout bas à son cheval :

– Tu ne le sais pas, Thunderhead… mais ce sont nos adieux… Il faut que tu retournes à tes juments afin d'en prendre soin et que tu mènes la vie d'un étalon… Tu es un vrai Retour atavique, tu n'es pas un cheval de course, bien que tu saches courir comme le vent quand tu en as envie… et tu n'es pas un cheval de fanfare militaire bon à promener avec une grosse caisse sur le dos… Il faut que tu rejoignes tes juments… et moi, je dois rentrer au collège et faire un tas d'autres choses… alors… nous ne pouvons plus rester ensemble.

Le sabot de Thunderhead fouillait impatiemment la terre. Ken glissa son bras sous le cou de l'étalon et y appuya sa tête. Pendant qu'il lui retirait la bride, le licou, et enfin ses œillères, il continuait à lui parler :

– Ne m'oublie pas, Thunderhead… Je ne t'oublierai jamais, moi.

Ken recula ; l'étalon était libre et le savait. Il fit un pas en avant en agitant la queue. La tête haute, les oreilles en alerte, ses yeux parcouraient la vallée. On eût dit qu'il comptait chacune des juments, chacun des poulains qui broutaient à environ un kilomètre de là. Mais il ne sem-blait pas pressé d'aller les retrouver. Ils étaient son bien et il n'y avait plus personne pour le lui disputer. Il se tourna vers Ken et lui donna une poussée affectueuse. Ken lui passa son bras autour des naseaux :

– Il faut que tu t'en ailles, Thunderhead… Ce sont tes juments… Tu sais que ce sont nos adieux.

Le cheval releva la tête et examina les juments. Ken jeta la bride et le licou par terre, et au même instant, quelque chose qui descendit du ciel le surprit et lui fit lever les yeux. L'oiseau s'éloigna, mais l'ombre de ses larges ailes glissa au-dessus de la passe et Ken vit avec étonnement Thunder-head tressaillir et s'accroupir à demi.

— Mais voyons, Thunderhead ! s'écria-t-il en étendant la main vers lui pour le rassurer.

L'étalon n'avait eu qu'une seconde de recul ; aussitôt redressé, il rejeta la tête en arrière, chassant de ses narines l'odeur détestée. L'aigle tournoya et revint vers eux, plus bas, cette fois, sa serre unique brandie et ses grandes ailes repliées en avant afin d'atténuer la vitesse de son vol. Thunderhead bondit, se cabra de toute sa hauteur et déco-cha une demi-douzaine de furieux coups de sabot que l'aigle évita sans peine. Il se recoucha dans le vent et s'éleva en spirale de quelques battements d'ailes paresseux. Il avertis-sait ainsi qu'il était le gardien de cette passe et qu'il avait son mot à dire dans la vallée. Serait-ce Thunderhead qui, un jour, piétinerait l'aigle ou l'aigle qui fondrait sur l'étalon et nettoierait sa carcasse ?

Cette rencontre avait attiré l'attention des juments. Se détachant de la bande, la jument noire, accompagnée du poulain blanc, arriva au trot, pointant vers l'étalon des oreilles interrogatives. Elle hennit. Il répondit. Délaissant Ken, il alla à sa rencontre en balançant sa tête baissée. Sa queue levée s'épanouissait en un large panache flottant. À présent, toutes les juments le regardaient ; elles le recon-nurent et coururent elles aussi vers lui. Le petit poulain blanc fut le premier à l'atteindre. Il le flaira, découvrit ses petites dents blanches et le mordilla affectueusement, puis tourbillonna en le frappant de ses petits sabots. Cependant, Thunderhead et la jument échangeaient d'ardentes caresses, pressant leurs visages l'un contre l'autre, se frottant le museau et se soulevant enfin sur leurs jambes de derrière pour s'embrasser.

Ensuite, Thunderhead salua le reste de son harem. Les juments tournaient autour de lui, se mordant et se décochant des coups de pied, leur jalousie excitée par son retour. Puis elles se remirent à la plus sérieuse occupation de la vie, c'est-à-dire à brouter.

Ken observa leur manège en souriant. Enfin, ramassant l'équipement qu'il avait jeté sur le sol, il reprit le chemin du couloir pour achever sa tâche. Il avait passé des heures à travailler avec le foret et le marteau dans le rocher autour du bloc monstrueux qui formait le toit du couloir. Il avait étudié l'emplacement de chaque bâton de dynamite. Il ne voulait pas risquer une de ces petites erreurs de calcul qui faisaient aboutir tant de ses bonnes idées au néant. Il fixa la dynamite dans les trous et y attacha les mèches. Il les alluma, fit demi-tour et s'enfuit, ne cessant de courir qu'à l'endroit où il avait attaché Flicka. Glissant son bras sous sa tête, il la tint contre lui afin qu'elle ne s'effrayât pas et, debout, il attendit l'explosion.

Elle se produisit. Les rochers autour et au-dessus du passage se soulevèrent avec un bruit sourd. La terre semblait palpiter sous les pieds de Ken. Les oiseaux jacassèrent de peur et une foule de petits animaux sortit vivement des rochers. Un nuage de poussière flottait au-dessus du passage. Et comme la terre et les rocs reprenaient leur aplomb, la vallée se remplit des détonations répercutées par les montagnes. Le dernier écho parvint du Tonnant qui émit

476

un grondement de tonnerre. Au bout de quelques minutes, Ken retourna au couloir pour voir ce qui lui était arrivé : conformément à son projet, il n'existait plus. Les piliers qui soutenaient le gros roc formant toit s'étaient effondrés, les autres blocs avaient pris de nouvelles positions. Un chat ou un chien aurait pu passer par les petites fissures qui restaient, mais, pour Thunderhead, le passage était fermé à jamais. Ken revint sur ses pas et longea le pied du rempart jusqu'à l'endroit où Thunderhead avait tracé une piste jusqu'au sommet et il y grimpa.

Les juments étaient agitées par l'explosion. Thunderhead était invisible. Ken se coucha à plat ventre, sa tête dépassant le bord, certain que le cheval devait être en bas, tapant les pierres du pied, cherchant une issue et découvrant que c'en était fini de ses allées et venues. « Du moins, se dit Ken, il ne passera plus par ici. Peut-être, mon vieux, trouveras-tu un chemin à l'autre bout, à travers ces vallées, ces montagnes, ces glaciers, mais cela te ferait faire un tour de cent soixante kilomètres dans un pays inconnu pour rentrer au ranch… Non, je crois que tu resteras ici. »

Ken eut tout à coup l'impression que les yeux ardents, autoritaires de son père le regardaient et il leur répondit :

— Je l'ai fait, dad. Il ne reviendra plus vous ennuyer ou… tuer Banner !

Son père ! Il avait chaud au cœur et se sentait heureux en se rappelant comment, alors qu'il s'apprêtait à conduire sa mère à l'hôpital, son père l'avait regardé, lui avait parlé, lui avait serré l'épaule. Il lui avait dit comme un ami :

— Si tu crois pouvoir le faire, je t'en laisse le soin, mon fils. Je n'ai envie ni de fusiller ni de castrer ton cheval.

Et sa mère l'avait embrassé.

—Sois tranquille, chéri, nous voulons une petite *Flicka*, n'est-ce pas ? Grâce à toi, Ken, et aussi à Revient-de-loin, je m'en vais sans le moindre souci au sujet des dépenses et de l'hôpital ; je vais me commander une nouvelle robe de chambre ! En velours, garnie de plumes.

Thunderhead déboucha de dessous le rempart et galopa vers ses juments. Ken se releva d'un bond. Qu'allait-il faire, maintenant ? Que pensait-il du passage bloqué ? Le cheval s'en éloignait comme s'il avait eu la dynamite au derrière. Il se mit à rassembler ses juments. Ken assista pour la dernière fois à cette manœuvre : il lui vit raser le sol de la tête et faire sursauter les juments sous ses rapides morsures…

Le jour déclinait. Ken eut à faire un effort pour distinguer, du haut de son observatoire, la réunion du troupeau en une masse compacte de corps mouvants, de crins flottants, de jambes ailées.

Il exultait d'une joie folle. Il avait réussi ! Il avait restitué à son cheval ses juments, l'orgueil magnifique de les rassembler ainsi, sa vallée, la rivière tumultueuse, et les pics aux neiges éternelles… Et pourtant, l'autre vie à laquelle il avait destiné l'étalon, la vie d'un cheval de course, comme il l'avait désespérément souhaitée ! Combien il avait prié pour qu'elle s'accomplît. Aucune de ses prières n'avait été exaucée, son labeur avait été vain et, cependant, il se sentait récompensé…

Son regard passa de l'une à l'autre des cimes que le soleil couchant commençait à enflammer. Trois antilopes de couleur crème buvaient au bord de la rivière où se mêlaient le vert de l'émeraude, le bleu de la turquoise, un rose ardent, et où se reflétait une grosse étoile d'or. De longs rayons horizontaux partaient de l'occident vers l'est. Un croissant de lune, étendu sur le dos, s'était allumé.

Tout cela pour Thunderhead !

Le troupeau de chevaux n'était plus, dans la nuit tombante, qu'une grande ombre en mouvement ; Ken vit la silhouette blanche de Thunderhead se placer à sa tête. Il lui dit un dernier adieu et essuya de la main les larmes chaudes qui lui mouillaient les joues. Elles l'étonnèrent, car, malgré sa solitude et l'amertume de sa perte, il lui semblait avoir enrichi son cœur de la beauté de la vallée et de la splendide liberté de son cheval.

Le troupeau avait disparu. Le soupir que poussa Ken contenait toute l'étendue et tout le vide du monde.

Avec une soudaineté surprenante le jour se retira de la vallée, les lances dorées des rayons rentrèrent dans le fourreau de la nuit, les nuages roses s'éteignirent. L'ombre semblait monter de la terre, et, flottant sur cette mer obscure, les pics neigeux qui l'encerclaient luisaient comme des fantômes d'argent. Sur les pentes bleu glacé du Tonnant coupées de triangles et de barres d'un bleu plus foncé, étincelaient par places des chapelets de diamants, et son profil dentelé se détachait, aussi nettement découpé qu'un cristal sur le ciel d'émeraude pâle.

Il était l'heure, plus que l'heure de partir. Flicka attendait Ken. Comme autrefois avant Thunderhead, avant Revient-de-loin, ils étaient seuls tous deux, lui et Flicka. Il descendit le sentier en courant, fit ses paquets, monta en selle et se mit en route.

Du ciel où s'attardaient les derniers rayons, l'aigle observait tout ce que faisait Ken. Après son départ, le grand oiseau survola lentement l'amas de gros rochers qui avait soudain changé de forme. Il l'examina, rôda autour, se rendant compte des modifications brusquement effectuées dans son royaume. Finalement, il remonta dans le ciel et son cri dur et isolé : « *Kark ! Kark ! Kark !* » fut emporté par les ondes à travers la vallée jusqu'aux flancs des montagnes où ses derniers échos se brisèrent en un murmure imperceptible.

Mary O'Hara
L'auteur

Mary O'Hara (1885-1980) commença à se former à la littérature en écoutant les sermons de son père, ministre de l'Église épiscopale. Plus tard, elle vint avec sa grand-mère en Europe, y étudia les langues et la musique. Petite fille, elle passait l'hiver en ville, à Brooklyn Heights où se trouvait la paroisse de son père, et l'été en Pennsylvanie chez sa grand-mère qui possédait une ferme avec des vaches, des chevaux et des poneys. Un de ses premiers désirs d'enfance fut d'avoir un poulain qu'on lui avait promis et qu'on ne lui donna pas. Cet événement fut déterminant dans le choix de son sujet lorsqu'elle commença à écrire. Elle épousa un Américain d'origine suédoise qu'elle suivit dans le Wyoming. C'est là qu'elle connut la vie du ranch, si bien décrite dans ses livres. Romancière et dialoguiste de films réputée, Mary O'Hara est également connue comme compositeur de mélodies et de pièces pour piano.

Découvre d'autres livres
de **Mary O'Hara**
———————
dans la collection

MON AMIE FLICKA

n° 638

Howard et Ken Mc Laughlin passent leurs vacances dans le ranch familial du Wyoming, dans l'est des États-Unis. Ken rêve d'un poulain tout à lui, un cheval qui serait aussi son ami. Son père décide de lui offrir un poulain afin de développer son sens des responsabilités. Ken, contre l'avis de sa famille, choisit une pouliche d'un an, issue d'une lignée de chevaux sauvages et indomptables. Flicka, tel est son nom, se révolte et se blesse grièvement au cours de sa capture. Tous la croient condamnée. Sauf Ken qui, grâce à sa ténacité et à son amour, parvient à apprivoiser la pouliche et à l'arracher à la mort.

L'HERBE VERTE DU WYOMING

n° 640

Thunderhead, le sauvage étalon blanc, s'est enfui dans les collines avec Joyau, la belle pouliche anglaise de Carey. Ken, le propriétaire de Thunderhead, fait la connaissance de Carey et tombe amoureux de la jeune fille. Cependant, au ranch, on organise une expédition pour rechercher les fuyards. Carey pourra-t-elle échapper à la surveillance de sa grand-mère pour aider Ken à retrouver les chevaux ? Ken pourra-t-il rendre Joyau à Carey au risque de ne jamais la revoir ? Si Thunderhead est capturé, il perdra sa liberté. S'il s'échappe, des fermiers le tueront pour protéger leurs juments… Ken réussira-t-il à ramener son protégé sain et sauf ?

LE RANCH DE FLICKA

n° 641

Voici le véritable ranch que Mary O'Hara possède dans le Wyoming. C'est ce lieu magique qui a servi de théâtre aux aventures de Flicka. On se souvient des folles chevauchées dans les collines, de la poursuite des troupeaux en liberté, de la vie au ranch...

Mise en pages : Maryline Gatepaille

Loi n° 49-956 du 16 juillet 1949
sur les publications destinées à la jeunesse
ISBN : 978-2-07-062321-1
Numéro d'édition : 314409
Premier dépôt légal dans la même collection : octobre 1991
Dépôt légal : janvier 2017

Imprimé en Espagne par Novoprint (Barcelone)